LA FORMA DEL AGUA

Guillermo del Toro y Daniel Kraus

LA
FORMA
DEL
AGUA

Traducción de Antonio Padilla Esteban

Argentina • Chile • Colombia • España
Estados Unidos • México • Perú • Uruguay

Título original: *The Shape of Water*
Editor original: Feiwel & Friends,
an imprint of Macmillan Publishing Group, LLC, New York
Traducción: Antonio Padilla Esteban

1ª edición en **books4pocket** Enero 2022

THE SHAPE OF WATER Text Copyright © 2017 by Necropolis, Inc.
Illustrations copyright © 2017 by James Jean
Published by arrangement with Feiwel & Friends, an imprint of Macmillan Publishing Group, LLC.
All Rights Reserved
© de la traducción, 2018 *by* Antonio Padilla Esteban
© 2018 *by* Ediciones Urano, S.A.U.
Plaza de los Reyes Magos 8, piso 1.º C y D – 28007 Madrid
www.umbrieleditores.com
www.books4pocket.com

ISBN: 978-84-16622-74-0
E-ISBN: 978-84-17180-21-8
Depósito legal: B-18.231-2021

Fotocomposición: Ediciones Urano, S.A.U.

Impreso por Novoprint, S.A. – Energía 53 – Sant Andreu de la Barca (Barcelona)

Impreso en España – *Printed in Spain*

Al amor, en sus muchas manifestaciones y formas.

Pues breve como el agua que cae será la muerte,
y breve como una flor que cae, o una hoja,
breve como recibir y como dar, el aliento;
así de natural, así de breve, mi amor, es el dolor.

CONRAD AIKEN

No importa si el agua está fría o tibia;
de todos modos vas a tener que vadearla.

PIERRE TEILHARD DE CHARDIN

PRIMIGENIO

1

Richard Strickland lee el informe resumido enviado por el general Hoyt. Se encuentra a tres mil trescientos metros de altura. Las turbulencias sacuden al bimotor como los puños de un boxeador. Es la última etapa del vuelo de Orlando a Caracas, Bogotá y Pijuayal, el agujero en la encrucijada formada por Perú, Colombia y Brasil. El informe resumido es breve, valga la redundancia, y está salpicado de tachaduras en negro. Con prosa entrecortada y militar, explica la leyenda de un dios de la selva. Los brasileños le dan el nombre de Deus Brânquia. Hoyt quiere que Strickland escolte a unos cazadores que ha contratado. Que les ayude a capturar esa cosa, sea lo que sea, y que la transporte a Estados Unidos.

Strickland tiene ganas de llevar a cabo la misión. Será la última que realizará para el general Hoyt, y de eso está seguro. Las cosas que hizo en Corea bajo el mando de Hoyt le han mantenido encadenado al general a lo largo de doce años. Su relación es una forma de chantaje, y Strickland quiere ponerle definitivo punto final. Si cumplimenta este encargo —el mayor de todos hasta la fecha—, tendrá el capital necesario para no seguir estando al servicio de Hoyt. Y entonces podrá volver a su casa en Orlando, junto a Lainie, con los niños, Timmy y Tammy. Podrá ser el marido y el padre que los trabajos sucios para Hoyt nunca le han permitido ser. Podrá ser un nuevo hombre, nuevo de pies a cabeza. Podrá ser libre.

Vuelve a concentrarse en el informe. Su manera de ver las cosas refleja la dureza de los militares. Esos patéticos capullos de ahí abajo, esos sudamericanos... La culpa de su pobreza no la tiene su atraso en las técnicas de cultivo. No, claro que no. El responsable es una deidad dotada de branquias y contrariada por su forma de extraer provecho de la selva. Hay un borrón en el resumen, porque en el bimotor hay una gotera. Lo seca en sus pantalones. El ejército de Estados Unidos, lee, cree que el Deus Brânquia tiene ciertas propiedades de significativa aplicación militar. Su trabajo es el de velar por «los intereses de Estados Unidos» y el de mantener a la tripulación, según dice Hoyt, «motivada». Strickland conoce de primera mano las teorías hoytianas sobre la motivación.

Es cuestión de pensar en Lainie. Mejor dicho, en vista de lo que posiblemente tendrá que hacer, mejor será no pensar en ella.

Las blasfemias que el piloto suelta en portugués están justificadas. El aterrizaje pone los pelos de punta. La pista se encuentra encajonada en plena selva. Strickland sale del avión trastabillando y descubre que el calor resulta visible, amoratado y flotante. Un colombiano vestido con una camiseta del equipo de los Brooklyn Dodgers y unas bermudas con estampado de flores hace un gesto con la mano invitándolo a venir a su camioneta con caja descubierta. En la caja del vehículo, una niña pequeña tira un plátano a la cabeza de Strickland, quien se siente demasiado mareado por el vuelo como para reaccionar. El colombiano le lleva al pueblo: tres cuadras con niños panzudos y carros con frutas que claquetean por efecto de las ruedas de madera. Strickland se aventura por las tiendas y compra por instinto: un encendedor, líquido repelente para los insectos, bolsas de plástico con cierre hermético, polvos de talco para los pies. Los mostradores en los que paga con pesos lagrimean por causa de la humedad.

En el avión estuvo estudiando una gramática rudimentaria del idioma. «Você viu Deus Brânquia?»

Los vendedores ríen entre dientes y mariposean con las manos a la altura del cuello. Strickland no tiene ni puta idea de lo que están diciendo. Estas gentes desprenden un olor fuerte y acerado, como el de las reses recién sacrificadas. Se aleja por una carretera asfaltada que está fundiéndose bajo sus zapatos y ve que una rata muy hirsuta se debate en el engrudo negruzco. Está muriéndose, y lentamente. Sus huesos terminarán por blanquearse y hundirse en el asfalto. Es la carretera en mejor estado que Strickland va a ver en año y medio.

2

El sonido de la alarma estremece la mesita de noche. Sin abrir los ojos, Elisa palpa hasta dar con el botón del despertador. Estaba sumida en un sueño profundo, suave y cálido, y lo que quiere es volver a él, otro minuto fascinante más. Pero el sueño elude su desvelada persecución; siempre lo hace. Había agua, agua oscura... Es todo cuanto Elisa recuerda. Toneladas de agua, apretándose contra ella, pero sin ahogarla. Respiraba mejor en su interior, mejor, de hecho, de lo que aquí respira, en su vida de vigilia, en las habitaciones con corrientes de aire, con comida barata, con la electricidad que chisporrotea cada dos por tres.

Del piso de abajo llega el estrépito de unas tubas, y una mujer grita. Con el rostro pegado a la almohada, Elisa suspira. Es viernes, y hay película de estreno en el Arcade Cinema Marquee, la sala abierta veinticuatro horas al día que se encuentra justamente debajo. Lo que significa que hay nuevos diálogos, efectos de sonido y entradas musicales que se verá obligada a integrar en sus rituales del despertar, si es que quiere evitarse continuos sustos de infarto. Ahora suenan unas trompetas; seguidas de hombres que vociferan. Abre los ojos, y lo primero que ve es el despertador que marca las 22:30 horas, y luego los haces de luz del proyector cinematográfico que se cuelan por entre los tablones del suelo, coloreando en tecnicolor las aglomeraciones de polvo y suciedad.

Elisa se sienta en la cama y encoge los hombros en respuesta al frío. ¿Cómo es que el aire huele a cacao? Al extraño olor se suma un ruido desagradable: un camión de bomberos que avanza al noreste de Patterson Park. Elisa lleva los pies al suelo gélido y contempla los bandazos y los juegos de la luz del proyector. Por lo menos, esta nueva película es de tonalidades más brillantes que la previa, una producción en blanco y negro titulada *El carnaval de las almas*, y los vibrantes colores que aparecen entre sus pies le permiten volver a sumirse en una ensoñación de fantasía: de pronto tiene dinero, un montón, y unos solícitos vendedores están calzándole una selección de vistosos zapatos. Está usted deslumbrante, señorita. Con este par de zapatos se comerá el mundo, ¡no le quepa duda!

En realidad, es el mundo el que la ha comido a ella. La profusión de bagatelas compradas de segunda mano por unos centavos y pegadas a las paredes no consigue esconder los maderos roídos por las termitas ni apartar la atención de los bichos que se desparraman por todas partes tan pronto enciende la luz. Decide no fijarse; es su única esperanza para dejar atrás la noche, el día después, la vida posterior. Cruza la cocina diminuta, ajusta el temporizador, mete tres huevos en un cazo con agua y se dirige al cuarto de baño.

Elisa solo toma baños. Se despoja de la bata de franela mientras el agua sale del grifo. Las mujeres que trabajan suelen dejar revistas femeninas en las mesas de la cafetería, y un sinfín de artículos le han informado sobre los centímetros precisos de su cuerpo en los que tendría que concentrarse. Pero ni las caderas ni los pechos pueden compararse con el hinchado, rosado queloide de las cicatrices a uno y otro lado de su cuello. Se acerca al espejo hasta que el hombro desnudo choca contra el cristal. Cada cicatriz tiene unos ocho centímetros de longitud y se extiende desde la yugular hasta la laringe. La sirena sigue avanzando a lo lejos; Elisa ha vivido en Baltimore toda la vida, treinta y tres años, y reconoce que el camión de los bomberos está bajando por Broadway. Las cicatrices en su cuello también llevan a pensar en las calles de una ciudad, ¿no es así? En unos lugares en los que ha estado pero prefiere no recordar.

Al sumergir los oídos en el agua del baño, los sonidos del cine llegan amplificados. *Morir por Chemosh*, grita una chica en la película, *¡es vivir para siempre!* Elisa no tiene idea de si ha oído la frase bien. Desliza una astilla de jabón entre sus manos, mientras disfruta de la sensación de estar más mojada que el agua, de resultar tan resbaladiza que puede atravesar el líquido como lo haría un pez. Las impresiones de su sueño tan agradable se aprietan contra ella, con tanta fuerza e insistencia como el cuerpo de un hombre. Lo que resulta repentinamente erótico, de un modo abrumador; hace que sus dedos enjabonados patinen entre los muslos. Ha salido con hombres, se ha acostado con ellos, todas esas cosas. Pero han pasado años. Si un hombre conoce a una mujer que es muda, se aprovecha de ella. En ninguno de tales encuentros el hombre de turno trató de comunicarse, no de verdad. Simplemente, se aprovecharon y se llevaron lo suyo, como si ella, carente de voz como un animal, *fuera* un animal. Esto resulta mejor. El hombre del sueño, desvaído como es, resulta mejor.

El temporizador, ese cacharro infernal, suena de pronto: ring-ring-ring. Elisa farfulla algo, avergonzada a pesar de estar sola, y se levanta, con las extremidades brillantes por el agua que se escurre. Se envuelve en un albornoz y vuelve a la cocina sin apresurarse, tiritando de frío. Apaga el fuego y asume la mala noticia que le da el reloj: las 11:07 de la noche. ¿Cómo ha podido perder tanto tiempo? Se encoge de hombros y se pone un sujetador cualquiera, se abotona una blusa cualquiera, alisa con los dedos una falda cualquiera. En el sueño se sentía rabiosamente viva, pero ahora se muestra tan inerte como los huevos puestos a enfriar en un plato. En el dormitorio también hay un espejo, pero prefiere no mirarse en él, por si su presentimiento es real y resulta que es una mujer invisible.

3

Tras encontrar el barco fluvial de quince metros de eslora amarrado en el lugar indicado, Strickland utiliza su nuevo encendedor para quemar el informe de Hoyt con las órdenes a seguir. Ahora está negro por completo, se dice, el papel entero ha sido tachonado en negro. Como todo cuanto hay aquí abajo, el barco es un insulto para sus estándares militares. Se trata de basura claveteada con basura. La chimenea está sembrada de parches de hojalata ajustados a martillazos. Los neumáticos sobre las bordas dan la impresión de estar desinflados. La única sombra que hay en la embarcación es la ofrecida por una sábana extendida entre cuatro postes. Hará calor. Lo que es bueno. Pues el calor desintegrará de su mente los angustiantes pensamientos sobre Lainie; sobre el hogar limpio y fresco que comparten; sobre el susurro de las palmeras de Florida. Hasta cocer su cerebro y proporcionarle el tipo de furia exigido por una misión como esta.

Chorros de agua de color marrón sucio brotan de entre las lamas del embarcadero. Algunos miembros de la tripulación son blancos, otros morenos, otros de tonalidad rojizo oscura. Unos cuantos lucen tatuajes, aretes y similares. Todos arrastran unos cajones húmedos por una pasarela que se comba de forma espectacular por el peso. Strickland les sigue y llega ante un casco con la inscripción *Josefina*. Los pequeños ojos de buey llevan a pensar en la menor de las cubiertas inferiores, apenas lo bastante grande para el capitán. La misma palabra *capitán* le irrita. Aquí el único capitán es Hoyt, y Strickland es el representante de Hoyt. No está de humor para fatuos marinos de agua dulce que creen estar al mando.

Encuentra al capitán, un mexicano gafudo, con barba, camisa, pantalones y sombrero de paja blancos, ocupado en firmar manifiestos de carga con unas rúbricas excesivas. Grita «¡*Mister* Strickland!*»* y, al oír cómo pronuncia su apellido, Strickland tiene la sensación de haberse convertido en un personaje de los dibujos animados protagonizados por Speedy Gonzales, tan del gusto de su hijo. Memorizó el nombre del capitán mientras sobrevolaba un punto de Haití: Raúl Romo Zavala Henríquez. Un nombre que resulta adecuado, pues empieza bastante bien y termina por hincharse de pomposidad.

—¡Mire! Escocés y puros cubanos, amigo mío, todo para usted. —Henríquez le pasa un cigarro, enciende uno de los suyos y sirve dos vasos. A Strickland le inculcaron el principio de no beber durante el trabajo, pero se aviene a brindar con el otro—. ¡Por la magnífica aventura!

Beben, y Strickland reconoce para sus adentros que aquello entra bien. Todo vale a la hora de desconectar, aunque sea un momento, de la alargada sombra del general Hoyt, de lo que puede ser del futuro de Strickland si fracasa en su misión de «motivar» debidamente a Henríquez. Mientras el whisky surte su efecto, el calor en sus entrañas rivaliza con el que hace en la selva.

Henríquez es un hombre que ha pasado demasiado tiempo haciendo oes con el humo del tabaco: los círculos le salen perfectos.

—¡Beba, fume, páselo bien! No va disfrutar de estos lujos en largo tiempo. Menos mal que no se ha retrasado, señor Strickland. La *Josefina* está impaciente por zarpar. Al igual que la Amazonia, la *Josefina* no tiene paciencia con los que se retrasan. —A Strickland no le gusta lo que las palabras sugieren. Deja el vaso y clava los ojos en el otro. Henríquez ríe, palmea las manos—. Hace usted bien. Los hombres como nosotros, pioneros del Sertón, no necesitamos expresar las emociones. Los brasileños nos honran con una palabra: *sertanista*. Suena bonito, ¿verdad? ¿A que le hace bullir la sangre?

Henríquez relata, con tedioso detalle, su travesía a un puesto remoto del instituto de biología marítima. Asegura haber tenido —¡entre sus propias manos!— unos fósiles en caliza descritos como semejantes al Deus Brânquia. Los científicos calculan que tales fósiles son del período devónico, que, no sé si está al corriente, señor Strickland, forma parte de la era paleozoica. Circunstancia que, según entona Henríquez, es la que atrae a los hombres como ellos dos a la Amazonia. Allí donde sigue floreciendo la vida primitiva. Allí donde el hombre puede volver atrás en el tiempo y tocar lo intocable.

Transcurre una hora hasta que Strickland se decide a preguntar:

—¿Ha recibido los mapas?

Henríquez aplasta la punta del cigarro puro y escudriña por el ojo de buey. Ve algo que le provoca una sonrisa y hace gestos imperiosos.

—¿Se ha fijado en esos tatuajes faciales? ¿En los tarugos que llevan encajados en las narices? Estos no son indios como los de sus películas de Hollywood. Estos son indios bravos. Conocen cada kilómetro del Amazonas, desde el Negro-Branco hasta el Xingú; lo tienen metido en la sangre. Proceden de cuatro tribus distintas. ¡Y los he contratado como guías! Es imposible que nuestra expedición se pierda, señor Strickland.

Strickland repite:

—¿Ha recibido los mapas?

Henríquez se abanica con el sombrero.

—Su gente me envió unos mapas mimeografiados por correo. Muy bien. Nuestra expedición científica seguirá esas líneas serpenteantes tanto tiempo como podamos seguirlas. Después, señor Strickland, ¡vamos a continuar a pie! Hasta localizar los vestigios de las tribus originales. Estas gentes han sufrido por causa de la colonización más de lo que puede imaginar. La selva se traga sus gritos. Nosotros, en cambio, vendremos en son de paz. Les ofreceremos regalos. Si el Deus Brânquia existe, ellos nos dirán dónde vamos a encontrarlo.

Por usar la fórmula del general Hoyt, el capitán está motivado. Strickland así lo reconoce. Pero también hay indicios preocupantes. Strickland sabe una cosa sobre los territorios salvajes, y es que te manchan, por dentro y por fuera. Si vistes ropas blancas, es que ignoras qué demonio te traes entre manos.

4

Elisa hace lo posible por no mirar la pared occidental de su dormitorio hasta el último momento, para que la imagen le sirva de inspiración. La habitación no es grande, y la pared tampoco lo es: dos metros y medio por dos metros y medio, y cada centímetro está cubierto por zapatos comprados a lo largo de los años en comercios con ofertas y tiendas de segunda mano. Zapatos Customcraft de tacón grueso en dos tonos con puntas como palas de jardinero. Zapatos con tacón fino y abiertos por delante en satén color champán, semejantes a un amasijo de chifón caído de un vestido de boda. Zapatos Town & Country con tacón de siete centímetros y medio color rojo brillante: cuando los llevas puestos tienes la impresión de que te cubres los pies con delicados pétalos de rosa. Relegados a los márgenes se encuentran los zapatos con el tacón abierto y gastados por el uso, las sandalias con talón descubierto, los mocasines de material plástico y los feos zapatones de ante, cuyo valor solo es nostálgico.

Los zapatos cuelgan de clavos minúsculos que Elisa, inquilina sin mayores privilegios, no tenía derecho a clavar. El tiempo vuela en su contra, pero no por ello deja de examinar unos cuantos, hasta escoger unos zapatos de tacón marca Daisy con una flor azul de cuero en la lengüeta de plástico transparente, como si la elección fuera de suma importancia. Y lo es. Los Daisy van a ser su único gesto rebelde de esta noche, y de todas las noches. Los pies son lo que te conecta con el suelo, y cuando eres pobre, ni un centímetro de dicho suelo te pertenece.

Se sienta en la cama para ponérselos. Como un caballero que estuviera metiendo las manos en un par de guanteletes de acero. Mientras menea el dedo gordo para ajustarlo bien, deja que sus ojos vaguen por el informe montón de viejos álbumes de elepés. Muchos de ellos los compró usados años atrás, y casi todos llevan consigo unos alegres recuerdos prensados, junto con la propia música, en el polímero plástico.

The Voice of Frank Sinatra: la mañana en que ayudó al guardia de una escuela a liberar a unos polluelos atrapadas bajo una rejilla de cloaca. *One O'Clock Jump*, de Count Basie: el día que vio que una pelota de béisbol bateada con fuerza, tan rara como un halcón de patas rojas, salía volando del Memorial Stadium e iba a rebotar contra una boca de incendios. *Stardust*, por Bing Crosby: la tarde en que ella y Giles vieron *Recuerdo de una noche*, con Barbara Stanwyck y Fred MacMurray, en el cine de abajo; Elisa pasó el resto de la jornada tumbada en la cama, dejando caer la aguja sobre el disco de Crosby una y otra vez, preguntándose si ella, al igual que la bondadosa ladrona interpretada por Stanwyck, había venido a este mundo para sufrir una dura condena, y si alguien como MacMurray estaría esperándola el día de su puesta en libertad.

Ya está bien. Nada de todo esto tiene sentido. Nadie está esperándola, nadie ha estado esperándola nunca, y menos todavía el reloj de entrada en el trabajo. Se pone el abrigo, coge el plato con los huevos. El curioso olor a cacao resulta innegable cuando sale al corto pasillo en el que están amontonadas polvorientas latas de película con a saber qué tesoros del celuloide. A la derecha se encuentra el otro único apartamento. Elisa llama con los nudillos dos veces antes de entrar.

5

Zarpan antes de que pase una hora. Alégrese, dicen los guías, estamos en la estación seca; es lo que llaman el *verão*. El horror es la estación de las lluvias; ni siquiera dicen a Strickland qué nombre tiene. El legado de la previa estación lluviosa lo constituyen los *furos*, los atajos producidos por las inundaciones en las curvas del río, que la *Josefina* enfila siempre que puede. Estos meandros y zigzags convierten al Amazonas en un animal. Se despatarra. Se esconde. Se lanza hacia delante. Henríquez aúlla de alegría y acelera el motor, y la jungla verde y turbosa se llena de tóxico humo negro. Strickland se agarra a la baranda, contempla el agua. Es de un marrón tonalidad chocolate con leche con espumeos de malvavisco. La hierba de elefante tiene tres metros y medio de altura y se encrespa en las orillas como la espalda de un oso colosal que estuviera despertando.

A Henríquez le gusta delegar el control en el segundo de a bordo, porque así puede hacer anotaciones en el cuaderno de bitácora. Se jacta de estar escribiendo para que le publiquen y hacerse famoso. El mundo entero se familiarizará con el nombre del gran explorador Raúl Romo Zavala Henríquez. Acaricia el cuero del cuaderno de bitácora, seguramente soñando con una foto en la que el autor aparezca con expresión debidamente ufana. Strickland sofoca su odio, su repulsión y su miedo. Tres cosas que siempre estorban. Las tres terminan por *delatarte*. Hoyt así se lo enseñó en Corea. Limítate a hacer tu trabajo. El sentimiento más ventajoso es el de no sentir nada en absoluto.

La monotonía, sin embargo, bien podría ser el depredador selvático más taimado y mortífero de todos. Día tras día, la *Josefina* resigue la interminable cinta de agua que hay abajo, propagando espirales nebulizadas. Un día, Strickland mira a lo alto y descubre que un gran pájaro negro traza círculos en el cielo azul. Un buitre. Ahora que se ha fijado, lo ve todos los días, volando en círculos perezosos, a la espera de que Strickland muera. Strickland está bien armado, con un fusil de asalto Stoner M63 en la bodega y una Beretta modelo 70 en su funda, y se muere de ganas de derribar al pajarraco a tiros. El pájaro es Hoyt, observándole. El pájaro es Lainie, diciéndole adiós. Strickland no sabe bien quién de los dos es.

La navegación es traicionera por la noche, por lo que el barco fondea. Strickland normalmente prefiere quedarse de pie a solas en la proa. La tripulación ya puede murmurar. Los indios bravos ya pueden quedárselo mirando como si fuera una especie de monstruo americano. Esta noche en particular, la luna es un gran agujero tallado en las carnes de la noche para revelar el hueso pálido, apenas luminiscente, por lo que no repara en que Henríquez llega a su lado de improviso.

—¿Lo ve? ¿Esa cosa rosada que pega brincos?

Strickland está furioso, no con el capitán, sino consigo mismo. ¿Qué clase de soldado deja que lo sorprendan por la espalda? No solo eso, sino que el otro le ha pillado contemplando la luna. Una cosa femenina, algo que Lainie haría, pidiéndole que la cogiera de la mano. Se encoge de hombros, con la esperanza de que Henríquez se largue. No obstante, el capitán señala con el cuaderno. Strickland mira a lo lejos y ve un salto sinuoso seguido por una rociada de plata.

—Un boto —dice Henríquez—. Un delfín de río. ¿Cuánto diría? ¿Dos metros? ¿Dos y medio? Solo los machos tienen ese color tan rosado. Tenemos suerte de verlo. Muy solitario, el boto macho. Le gusta ir a su aire.

Strickland se pregunta si Henríquez está jugando con él, mofándose de su tendencia a aislarse. El capitán se quita el sombrero de paja, y su pelo blanco reluce a la luz de la luna.

—Conoce la leyenda del boto? Supongo que no. A ustedes más bien les enseñan sobre armas y balas, ¿no? Muchos de los indígenas creen que el delfín rosado del río es un hechicero y puede cambiar de forma. En las noches como esta se transforma en un hombre irresistiblemente apuesto y camina hasta la aldea más cercana. Es posible reconocerlo por el sombrero que lleva puesto para esconder su espiráculo. Disfrazado de esta guisa, seduce a las mujeres más hermosas de la aldea y se las lleva a su hogar bajo el río. Ya verá usted. Vamos a encontrar muy pocas mujeres en el río por las noches, pues tal es el miedo que tienen a ser raptadas por el hechicero. Pero yo me digo que esta es una historia esperanzadora. ¿O no es preferible un paraíso bajo las aguas a una vida marcada por la pobreza, el incesto y la violencia?

—Está acercándose un poco. —Strickland no pretendía decirlo en voz alta.

—¡Ah! En tal caso, conviene que vayamos a reunirnos con los otros cuanto antes. Dicen que si miras a los ojos del hechicero, caerá sobre ti la maldición de unas pesadillas que acabarán por volverte loco.

Henríquez da una palmadita en la espalda de Strickland como el amigo que no es y se aleja silbando. Strickland se arrodilla junto a la baranda. El delfín se sumerge clavándose en las aguas como una aguja de tejer. Probablemente sabe lo que son los barcos. Probablemente quiere restos de pescado. Strickland desenfunda la Beretta y apunta allí donde calcula que el delfín saldrá a la superficie. Las fábulas caprichosas no merecen seguir con vida. La realidad cruda, eso es lo que Hoyt busca y lo que Strickland tiene que encontrar si espera salir con vida de este lugar. La forma del delfín se torna visible bajo la superficie. Strickland se mantiene a la espera. Quiere mirarlo a los ojos. Él será quien imparta pesadillas. Él será quien haga enloquecer a la selva.

6

Una horda feliz recibe a Elisa en el interior del apartamento de al lado: amas de casa que sonríen con alegría, maridos que sonríen con suficiencia, niños jubilosos, adolescentes pagados de sí mismos. Pero no son más reales que los papeles interpretados en el cine Arcade. Son personajes de anuncios publicitarios y, si bien estos cuadros originales han sido pintados con enorme talento, ninguno de ellos está enmarcado. *El líquido impermeable para rizar pestañas* sirve para sellar una rendija por la que se colaba el aire frío. *Los polvos faciales que iluminan con suavidad* mantienen entreabierta una puerta por la que asimismo entra la corriente. *9 de cada 10 mujeres tienen problemas para encontrar las medias indicadas* ha sido reconvertido en mesa sobre la que descansan latas con pinturas para las obras en preparación. Esta falta de dignidad deprime a Elisa, pero los cinco gatos lo ven de forma muy distinta. Las telas diseminadas por todas partes constituyen unos excelentes puestos elevados de observación a la hora de emboscar ratones.

Uno de los gatos se atusa los bigotes contra un peluquín, haciéndolo girar sobre un cráneo humano llamado, por razones que Elisa no recuerda, Andrzej. El artista, Giles Gunderson, suelta un bufido y el gato se aleja de un salto, maullando amenazas que tienen que ver con el cajón de la arena. Giles se apoya un poco en el lienzo y entrecierra los ojos tras las gafas con montura de carey salpicadas de pintura. Sobre sus pobladas cejas hay un segundo par de gafas, y un tercero está encajado en lo alto de su cabeza calva.

Elisa se alza sobre las puntas de los Daisy y mira el cuadro por encima del hombro: una familia de cabezas incorpóreas que planean sobre una cúpula de gelatina roja: los dos niños tienen las bocas abiertas como sendas hambrientas crías de macaco, el padre se pellizca la barbilla con admiración, la madre contempla a su tan entusiástica camada con contento visible. Giles tiene problemas con los labios del padre; Elisa sabe que las expresiones masculinas son su punto flaco. Se acerca un poco más y ve que el otro da forma a sus propios labios hasta lograr la sonrisa que está tratando de pintar, una sonrisa tan adorable que Elisa no puede resistirse. Baja el rostro de golpe y estampa un beso en la mejilla de su vecino.

Este levanta la mirada, sorprendido, y emite una risita.

—¡No te he oído entrar! ¿Qué hora es?¿Las sirenas te han despertado? Pues vete preparando para acontecimientos todavía más dramáticos, amiga mía. En la radio han dicho que la fábrica de chocolate se ha incendiado. ¿Es posible imaginar algo más horroroso? Me temo que los niños de la ciudad esta noche no van a dormir bien.

Giles sonríe bajo el bigotillo cuidadosamente recortado y levanta las dos manos con los pinceles; uno es rojo, el otro verde.

—La tragedia y el deleite —dice—van de la mano.

A espaldas de Giles, sobre un carrito con ruedas, un televisor en blanco y negro del tamaño de una caja de zapatos chisporrotea electricidad estática surgida de las entrañas de una película de las que se emiten entrada la noche. Es el bailarín Bill «Bojangles» Robinson, quien, con pasos de claqué, está subiendo por una escalinata de espaldas. Con rapidez, antes de que Bojangles tenga que ralentizar la subida con vistas a la aparición de Shirley Temple, Elisa hace el signo con dos dedos que significa: «¡Fíjate en eso»!

Giles lo hace, y con ambas manos mezcla la pintura roja con la verde. Lo que hace Bojangles resulta increíble, razón por la que Elisa se avergüenza de sentir una punzada de soberbia. Y es que ella hubiera podido seguirle al ritmo al bailarín mejor que Shirley Temple, de no haber nacido en un mundo por entero diferente. Elisa siempre quiso ser bailarina. De ahí que tenga tantísimos zapatos: son energía en potencia, a la espera de ser usada. Guiña los ojos mientras contempla el televisor y cuenta los golpes de compás, haciendo caso omiso de la competencia musical que llega del cine de abajo, y se embarca en un baile de claqué siguiéndole el ritmo a Bojangles. No lo hace mal; cuando Bojangles hace que su pie rebote contra el canto de un escalón, Elisa lo emula haciendo rebotar el de ella contra lo que tiene más cerca, el taburete de Giles. Este ríe.

—¿Sabes qué otro baile en la escalera es digno de ser imitado? ¡El de James Cagney! En su momento vimos *Yanqui Dandy*, ¿no? Si es que no, tenemos que verla. Cagney baja por unas escaleras. Está contento como unas castañuelas. Y empieza a menear las piernas como si le hubieran pegado fuego en el culo. Improvisándolo todo por completo, ¡y es peligroso de verdad! Pero así es el verdadero arte, querida: peligroso...

Elisa señala el plato con los huevos y mediante señas le indica: «come, anda».

Giles sonríe con melancolía y coge el plato.

—Me parece claro que sin ti sería un artista muerto de hambre, en el sentido menos metafórico posible. Despiértame cuando vuelvas a casa, ¿de acuerdo? Yo me encargo de hacer la compra: mi desayuno y tu cena.

Elisa asiente con la cabeza pero señala, con gesto severo, la cama plegada contra la pared.

—¡Giles Gunderson no es hombre que se resista a la fruta pasada de la frutería! Y sí, te lo prometo: luego me ocuparé de dormir como es debido.

Giles casca un huevo contra *9 de cada 10 mujeres tienen problemas para encontrar las medias indicadas* y desliza un par de gafas por encima de las otros dos. Su cara vuelve a remedar la sonrisa que está intentando pintar: dicha sonrisa ahora es de tamaño un poco mayor, y Elisa se siente contenta. Solo la estruendosa fanfarria final procedente del último fotograma de la película hace que otra vez pase a la acción. Sabe lo que viene a continuación: las palabras *The End* se materializan en la pantalla, corre el listado con los créditos, se encienden las luces en la sala y ya no es posible esconder quién eres en realidad.

7

Los nativos son mutantes; el calor sofocante no les dificulta los movimientos. Van y vienen, suben y saltan, machetean. Strickland nunca había visto tantos machetes. Los llaman «facones». Que los llamen como gusten. Por su parte prefiere el M63, gracias. El viaje por tierra empieza en un camino que algún héroe olvidado abrió en plena jungla. Se topan con unas plantas trepadoras —filodrendos con hojas en forma de sillines de bicicleta— que impiden el paso por la trocha. Muy bien, se dice Strickland. Tampoco será cuestión de abrirse paso en la selva a tiros. Empuña uno de los machetes.

Strickland se considera fuerte, pero a primera hora de la tarde tiene los músculos licuados. Lo mismo que el buitre, la selva detecta la debilidad. Las lianas arrancan los gorros de las cabezas. Los afilados bambúes apuñalan las extremidades. Unas avispas con aguijones largos como dedos pululan en lo alto de nidos que parecen hechos de papel, a la espera de una razón para salir volando en enjambre, y quien pasa de puntillas por su lado se estremece con alivio. Un hombre se apoya en un árbol. La corteza emite un sonido parecido al de un chapoteo. No se trata de corteza. El árbol está cubierto de termitas, que ahora están colándose en tropel por la manga del infortunado, con la idea de excavarle la piel. Los guías carecen de mapas pero siguen señalando, siguen señalando, siguen señalando.

Pasan semanas. Meses, quizá. Las noches son peores que los días. Se quitan los pantalones pesados como piedras por causa del barro reseco, vierten litros de sudor de sus botas y se tumban en hamacas con redes antimosquito, impotentes como recién nacidos, escuchando el croar de las ranas y el palúdico clamor de los mosquitos. ¿Cómo es posible que un espacio tan enorme resulte así de claustrofóbico? Strickland ve la cara de Hoyt por todas partes, en las nudosidades de los hongos de los árboles, en los patrones de las conchas de las tortugas tracajá, en las formaciones de vuelo de los guacamayos azules. A Lainie no la ve por ninguna parte. Apenas puede sentirla; se diría que es un latido agonizante. Cosa que lo alarma, pero hay tantas cosas que lo alarman, segundo a segundo...

Después de días de caminata, llegan a una aldea con vestigios. Un pequeño claro. Unas malocas con techos de paja. Pellejos de animales extendidos entre los árboles. Henríquez va de un lado a otro, ordenando a sus hombres que envainen los machetes. Strickland hace lo mismo, pero solo para empuñar mejor el fusil. Su trabajo es el de ir armado, ¿no? Al cabo de unos minutos, tres rostros emergen de la oscuridad de una maloca. Strickland se estremece, y la sensación resulta mareante bajo este calor. Unos cuerpos pronto siguen a los rostros, y echan a correr por el claro con rapidez de arañas.

Strickland siente náuseas al verlo. Sus manos se crispan en torno al fusil. Los mato a tiros en un segundo. La idea le deja atónito. Es una idea propia de Hoyt. Pero resulta tentadora, ¿a que sí? Hay que llevar a cabo la misión, cuanto antes. Y volver a casa, ver si es el mismo hombre que se marchó de Orlando. Mientras Henríquez despliega con cuidado los regalos —cazos para cocinar— y uno de los guías trata de dilucidar qué dialecto compartido es útil en este lugar, una decena más de vestigios aparecen de las sombras para contemplar las armas de Strickland, su machete, su piel blanca y espectral. El americano siente como si le hubieran arrancado la piel a tiras y no disfruta de las celebraciones que siguen. Amargos huevos de aves silvestres cocinados sobre un fuego. Cierto ridículo ritual que incluye el embadurnamiento con pintura de las caras y cuellos de algunos de los recién llegados. Strickland se mantiene al margen, a la espera de que todo aquello termine de una vez. Henríquez acabará por preguntarles sobre el Deus Brânquia. Mejor que lo haga pronto. Strickland solo está dispuesto a encajar un número limitado de mordeduras de insectos antes de ponerse a hacer las cosas a su manera.

Cuando Henríquez se aparta del fuego para colgar su hamaca, le bloquea el paso.

—Se ha rendido.

—Hay otros vestigios. Los encontraremos.

—Meses río abajo, y ahora, sencillamente, lo deja correr.

—Creen que hablar del Deus Brânquia supone despojarlo de su poder.

—Podría ser una señal de que se encuentra cerca. De que están protegiéndolo.

—Vaya, ¿así que ahora cree en su existencia?

—Lo que yo crea da igual. Estoy aquí para capturarlo e irme a casa.

—No se trata de que estén protegiéndolo. No es tan sencillo. La selva es más... ¿cómo decirlo? ¿Recíproca? En la selva, las cosas existen juntas. Estas gentes piensan que todas las cosas naturales están conectadas. La introducción de invasores como nosotros es como provocar un incendio. En el que todo arde. —Los ojos de Henríquez apuntan a la M63—. Aferra usted el fusil con mucha fuerza, señor Strickland.

—Yo tengo familia. ¿Es que quiere estar aquí un año entero? ¿Dos años? ¿Le parece que su tripulación permanecerá tanto tiempo a su lado?

Strickland deja que su mirada fulminante haga el resto. Henríquez ya no tiene fuerzas para resistirla. Bajo su andrajoso traje blanco, está hecho un esqueleto. Una erupción de mordeduras de garrapatas en su cuello supura y sangra de tanto rascarse. Strickland le ha observado alejarse del camino para vomitar sin que sus hombres lo vieran. Agarra su cuaderno de bitácora con fuerza para que las manos dejen de temblarle. Strickland tiene ganas de tirar al suelo todo ese papelamen inútil y acribillarlo con plomo. Quizá eso mantega motivado al capitán.

—Los jóvenes de la tribu... —suspira Henríquez—. Vamos a reunirlos después de que los mayores se hayan ido a dormir. Tenemos hojas de hacha y piedras de amolar que ofrecerles. Es posible que estén dispuestos a hablar.

Sí que hablan. Los adolescentes están ansiosos de botín y describen al Deus Brânquia con tanto detalle que el mismo Strickland se siente convencido. No se trata de una leyenda, como la del delfín rosado del río. Es un ser vivo, una especie de pez-hombre que nada y come y respira. Fascinados por el mapa de Henríquez, los muchachos reconocen la región de los afluentes del Tapajós, que resiguen con los dedos. Las migraciones estacionales del Deus Brânquia son conocidas desde hace generaciones, traduce el guía. Strickland comenta que eso no tiene sentido. ¿Hay más de uno? El guía traduce la pregunta. Hace mucho tiempo, responden los chavales. Ahora solo hay uno. Varios de los chicos rompen a llorar. Strickland interpreta que les angustia la posibilidad de que su codicia acabe de poner a su deida dotada de branquias en peligro. Es el caso.

8

Frente a la parada del autobús que coge Elisa hay dos tiendas. Elisa las ha estado mirando miles de veces; no ha entrado una sola vez en ellas, porque el instinto le dice que eso sería como hacer añicos un sueño. La primera de ellas es Electrodomésticos Kosciuszko. Hoy anuncian precio rebajado en los TELEVISORES EN COLOR CON PANTALLA RECTANGULAR CON ACABADOS EN MADERA DE NOGAL; varios modelos, cada uno con patas que llevan a pensar en las antenas del Sputnik, están emitiendo las imágenes finales de la noche. Una bandera estadounidense cede paso a una pantalla con el logotipo del «Código de buenas prácticas» antes de fundir a cero. La pantalla en negro confirma que Elisa llega tarde. Reza por que el autobús llegue de una vez. ¿A quién rezaba la chica de la película de esta noche? ¿A Chemosh? Es posible que Chemosh trabaje con mayor rapidez que Dios.

Sus ojos van a la segunda tienda, la Zapatería Selecta Julia. No sabe quién es la tal Julia, pero esta noche la envidia de tal modo que está al borde de las lágrimas. Envidia a esta mujer determinada e independiente, dueña de su propio negocio, sin duda hermosa, con el cabello lustroso y pleno de vida y con el paso más vivaz todavía, tan segura del valor que su comercio tiene para el barrio de Fells Point que por las noches no apaga las luces del todo, sino que deja un foco encendido, cuyo haz converge sobre un solitario par de zapatos emplazados sobre una columna de marfil.

El truco funciona. Y tanto que funciona. Las noches en las que no llega tarde, Elisa cruza la calle y apoya la frente en el cristal del escaparate para verlos mejor. Estos zapatos no son dignos de Baltimore; no sabe de dónde son dignos, como no sea de una pasarela en París. Son de su talla, con la punta cuadrada y tan bajos que se soltarían del pie de no ser por el tacón que remete el talón hacia dentro. Tienen el aspecto de unas herraduras magníficas, propias de unicornios, de ninfas, de sílfides. Cada centímetro de lamé está ornado en plata centelleante, y las plantillas relucen como espejos: literalmente, pues Elisa puede verse en ambas. Los zapatos despiertan en ella unas sensaciones que creía haber perdido a golpetazos en el orfanato de sus años mozos. La de que algún día sería alguien. La de que se convertiría en una persona importante. La de que todo entraba dentro de lo posible.

Chemosh responde a su llamada. El autóbús llega pitando ladera abajo. Como de costumbre, el conductor es demasiado mayor, está demasiado cansado, es demasiado apático como para conducir con prudencia. El autóbús gira a la derecha con brusquedad por Eastern, gira a la derecha con brusquedad en Broadway y sale disparado hacia el norte, y pasa junto al cardíaco latir de las luces del camión de los bomberos y la mancha de sangre dejada por el fundido chocolate de la fábrica. La destrucción —lenguas de fuego que saltan y se extienden— por lo menos es una forma de vida, y Elisa se contorsiona para mirarla; durante un momento siente que no se encuentra ante el producto de la intervención de esquiroles en el mundo civilizado, sino que más bien está proyectándose a través de cierta selva vital y despiadada a la vez.

Una selva que se encoge al enfilar el largo camino de entrada iluminado por las farolas de gas al centro de investigación aeroespacial Occam. Elisa aprieta el frío rostro contra la ventana aún más fría para distinguir el reloj iluminado en el letrero: las 11:55. Sus pies únicamente se apoyan en un solo escalón al bajar del autóbús a toda prisa. El cambio del nutrido turno de tarde al minúsculo turno de noche es caótico y facilita que Elisa se mueva con rapidez; se aleja del autobús como una gacela y avanza por la acera para los empleados. Bajo los implacables focos del exterior —en Occam, todas las luces son implacables—, sus zapatos son unos manchones azulados.

Solo tiene que bajar un piso en el ascensor, pero algunos de los laboratorios tienen el tamaño de hangares, por lo que el recorrido lleva medio minuto. La cabina se abre a una zona de punto de encuentro en dos pisos, donde unos indicadores dirigen al personal por un camino cada vez más estrecho. Dos metros y medio por encima del suelo, en una garita de observación con un panel de plexiglás, se encuentra David Fleming. Nacido con una tablilla en lugar de mano izquierda, la baja para examinar a sus súbditos. Fleming fue quien la entrevistó para el trabajo hace ya más de una década, y aquí sigue, pues su mirada escrutadora, propia de una hiena, le ha permitido trepar por la cadena de mando un año tras otro. Ahora está al cargo del edificio entero, y sin embargo no puede resistirse a amargarles la existencia a los empleados del nivel más inferior. Durante ese mismo período de tiempo, Elisa ha llegado adonde llegan todos los empleados de limpieza: a ninguna parte.

Elisa maldice los zapatos de tacón. Llaman la atención, y de eso se trata, pero son un arma de dos filos. Sus compañeros del turno de noche están arriba: Antonio, Duane, Lucille, Yolanda y Zelda, y los tres primeros desaparecen por el corredor mientras Zelda rebusca su tarjeta de fichar tomándose su tiempo, como quien trata de elegir un plato en la carta de un restaurante. Las tarjetas se insertan en las mismas ranuras todos los días, y Zelda está haciéndose la remolona para ayudar a Elisa, porque Yolanda viene por detrás de Zelda, y si Yolanda tiene la oportunidad perderá un poco el tiempo a la hora de fichar, para que Elisa inserte la tarjeta un minuto tarde: un decisivo minuto tarde.

No tendría que haber tanta rivalidad. Zelda es negra y gorda. Yolanda es mexicana y feúcha. Antonio es un dominicano bizco. Duane es de razas mezcladas y desdentado. Lucille es albina. Elisa es muda. Para Fleming, todos son lo mismo: incapacitados para realizar otro trabajo y, en consecuencia, dignos de confianza. A Elisa la humilla la idea de que posiblemente está en lo cierto. Ojalá pudiera hablar; se subiría a la banqueta del vestuario e inspiraría a sus compañeros de trabajo con un discurso sobre la necesidad de entenderse mejor entre ellos, de cuidar los unos de los otros en mayor medida. Pero no es así como funciona Occam. Por lo que Elisa entiende, no es así como funciona Estados Unidos.

Hay una salvedad: Zelda, quien siempre hace lo posible por proteger a Elisa. Zelda rebusca en el bolso unas gafas que todo el mundo sabe que no lleva, ignorando con un gesto las protestas de Yolanda sobre el reloj que sigue corriendo. Elisa se dice que hay que corresponder al descaro de Zelda. Se acuerda de Bojangles, el bailarín, y se dirige hacia ella con rapidez, esbozando unos pasos de mambo entre los que bostezan, de fox-trot entre los que se desabotonan los abrigos. Fleming se fijará en sus zapatos azules y tomará buena nota de su comportamiento; en Occam, todo cuanto no sea una expresión de fatiga es merecedor de sospecha. Sin embargo, en los segundos que Elisa emplea en llegar junto a Zelda, el baile le libera de todas esas cosas. Elisa se eleva sobre la superficie y flota como si nunca hubiera salido del baño tan cálido y maravilloso.

9

Se quedan sin comida al suroeste de Santarém. Los hombres están débiles, famélicos, aturdidos. Por todas partes hay monos felices y locuaces, que no paran de burlarse de ellos. Así que Strickland comienza a disparar. Los monos caen de los árboles como frutos de aguaje, mientras los hombres resuellan con horror. Cosa que irrita a Strickland. Empuñando el machete se dirige hacia un mono herido en las tripas.

El aterciopelado animal se encoge en un bulto patético, apretándose el rostro sollozante con las manos. Es como un niño. Como Timmy o Tammy. Esto es como masacrar a niños. Su mente vuelve a Corea. Los niños, las mujeres. ¿En esto se ha convertido? Los monos que sobreviven aúllan de pena, y el ruido se le mete en el cráneo. Se gira y ataca un árbol con el machete, hasta que escupe blanca madera.

Algunos de los hombres recogen los cuerpos y los meten en agua hirviendo. ¿Es que no oyen los aullidos de los monos? Strickland coge un puñado de musgo y se tapa los oídos con él. No funciona. Los gritos, los gritos. La cena consiste en gomosas, grasientas bolas de cartílago de mono. No merece comer, pero sin embargo come. Los gritos, los gritos...

La estación húmeda, o como coño la llamen, termina por atraparlos. El estallido de las nubes es ardiente, y parece que estén cayendo salpicaduras de casquería. Henríquez ya ni trata de limpiarse el vapor que empaña sus gafas. Anda a ciegas. *Está* ciego, piensa Strickland. Porque era ceguera pensar que podía dirigir esta expedición. Henríquez, quien nunca ha combatido en una guerra. Henríquez, quien no puede oír los alaridos de los monos. Los gritos, advierte Strickland, son idénticos a los de los aldeanos en Corea. Por terribles que resulten tales sonidos, dicen a Strickland qué es lo que tiene que hacer.

No hace falta un golpe de autoridad. Un proceso de eliminación se encarga de todo. Un candirú —un pez vampiro—, agitado por la lluvia incesante, se infiltra por la uretra del segundo de a bordo cuando este mea sobre las aguas del río. Tres hombres lo llevan al pueblo más cercano, y ya no vuelven a verlos. Al día siguiente, el maquinista peruano se despierta con violáceas mordeduras de colmillos de murciélago. Un vampiro. Él y sus amigos son supersticiosos. Se largan. Unas semanas después, el desgarro en una red antimosquitos provoca que uno de los indios bravos sea mordido hasta morir, cubierto por un mantón de hormigas tracuá. Finalmente, el contramaestre mexicano, el amigo del alma de Henríquez, es picado por una avispa papagalho verde reluciente en la garganta. Unos segundos más tarde, la sangre brota por todos los poros de su cuerpo. No tiene salvación. El general Hoyt enseñó a Strickland dónde poner el cañón de la Beretta, en la misma base del cráneo del contramaestre, y la muerte llega rápida.

Ya solo son cinco. Con los guías, siete. Henríquez se esconde en su camarote, ocupado en escribir en su cuaderno de bitácora toda suerte de pesadillas diurnas. El sombrero de paja, antaño tan nuevo y flexible, ahora desempeña el lastimero papel de orinal. Strickland le visita; se le escapa la risa al oír las erráticas murmuraciones del capitán.

—¿Está motivado? —pregunta Strickland—. ¿Está motivado?

Nadie pregunta a Richard Strickland por *su* propia motivación. Hasta ahora no tenía respuesta. El Deus Brânquia nunca le importó una mierda, y eso está más que claro. Ahora no hay cosa en el mundo que ansíe más. El Dêus Branquia le ha hecho algo, lo ha cambiado de unas formas que, según sospecha, no tienen marcha atrás. Lo capturará con lo que queda de la tripulación de la *Josefina*. Ellos ahora, también, son unos vestigios, ¿no? Y entonces se irá a casa, finalmente, para lo que siga valiendo la pena. Se masturba bajo una lluvia tórrida, sobre un nido de serpientes recién nacidas, visualizando una escena de mudo, pulcro sexo con Lainie. Dos cuerpos secos que se mueven y desplazan el uno sobre el otro como planchas de madera sobre una infinita pradera de sábanas blancas. Se las arreglará para volver. Seguro. Hará lo que dicen los monos, y todo se habrá acabado de una vez.

10

Elisa antes se quitaba los zapatos de fantasía y se ponía unas zapatillas deportivas en el vestuario. Pero sentía como si estuviera mutilándose al hacerlo, empuñando el hacha con su propia mano. No se puede limpiar con zapatos de tacón: fue una de las máximas que Fleming pronunció el día en que la contrataron. No podemos permitirnos resbalones y caídas. Tampoco son de recibo los tacones negros, porque en algunos suelos de los laboratorios hay *marcas científicas*, y no podemos permitir que resulten dañadas. Fleming siempre tenía un millar de prohibiciones por el estilo. Estos días, sin embargo, suele estar atento a otras cosas, y la incomodidad de los tacones de Elisa se ha convertido en comodidad, porque la mantienen despierta, viva ante la sensación, aunque por poco.

Donde antes había unas duchas hoy están los armarios de las limpiadoras. Zelda saca su carro, y Elisa el suyo; los llenan con productos de los estantes, que se supone han de mantener atiborrados con existencias para tres meses. A continuación, las ocho ruedas de los carros, más las ocho de los cubos con las fregonas, reverberan por los largos pasillos blancos de Occam como un lento ferrocarril con destino a ninguna parte.

Tienen que mostrarse profesionales en todo momento; algunos de los hombres con batas blancas se quedan en los laboratorios hasta las dos o las tres de la madrugada. Los científicos de Occam forman una extraña subespecie de varones cuyo trabajo les lleva a abstraerse por completo de todo lo demás. Fleming inculca a los limpiadores la necesidad de salir inmediatamente de cualquier laboratorio que encuentren ocupado, lo que sucede con regularidad. Cuando dos de los científicos se marchan juntos, miran con incredulidad la hora que marcan sus relojes; ríen sobre las broncas que les van a pegar sus esposas, suspiran diciéndose que preferirían hacer noche en los apartamentos de sus amiguitas.

No se privan de hacer comentarios de este tipo cuando pasan junto a Elisa y Zelda. Del mismo modo que el personal de limpieza, únicamente, ha sido formado para ver la suciedad y la basura que hay en Occam, los científicos únicamente han sido formados para ver cuán brillantes son. Largo tiempo atrás, Elisa se permitía fantasías sobre un posible amorío en el lugar de trabajo, sobre el encuentro con aquel hombre que bailaba en las sombras de sus sueños. Era una idea propia de una chica joven y tonta. Porque así es la vida cuando eres limpiadora o doncella o perteneces al servicio en general. Te deslizas sin ser vista, como un pez bajo el agua.

11

El buitre ya no sobrevuela en círculos. Strickland hizo que uno de los dos restantes indios bravos lo capturara con vida. No tiene idea de cómo se las arregló. Tampoco le importa demasiado. Ata al pájaro con una correa a un gran clavo que ha clavado en la popa de la *Josefina* y come su cena de piraña desecada delante del animal. La piraña tiene muchas espinas. Strickland las escupe, aunque lo bastante lejos del buitre como para que este no pueda picotearlas. El bicho tiene la cara amoratada, el pico rojo y el cuello alargado como un fagot. Tiene las plumas abiertas al máximo, pero apenas si puede dar dos torpes pasos.

—Voy a mirar cómo te mueres de hambre —dice Strickland—. A ver si te gusta.

Vuelven a la selva, dejando que Henríquez se ocupe del barco. Ahora es Strickland quien está al mando. Se acabaron los regalitos. Ahora van a hablar las armas. Strickland persigue a los nativos como si el mismísimo general Hoyt se encontrara a su lado impartiendo las órdenes. Enseña señales de mano militares a sus hombres. Aprenden rápido. Rodean una aldea, con excelente sincronicidad. Strickland dispara al primer aldeano que ve, para dejar las cosas claras. Los vestigios se dejan caer en la tierra embarrada, murmuran secretos con voces apagadas. La última vez que vieron al Deus Brânquia, su trayectoria precisa.

El traductor dice a Strickland que los aldeanos le tienen por la encarnación de un gringo mítico: un cortador de cabezas. A Strickland le gusta. No están hablando de un expoliador llegado de fuera como Pizarro o De Soto, sino de algo nacido de la propia jungla. Su blanca piel es de piraña. Su pelo es como el del grasiento roedor conocido como paca. Sus dientes son colmillos de la serpiente terciopelo.

Sus extremidades son anacondas. Anda a la caza de una deidad dotada de branquias, y él mismo es una deidad de la selva. Ni siquiera puede oír la orden final cuando la da, pues no oye una mierda por culpa de los chillidos de los monos. Pero los de la tripulación sí que la oyen. Les cortan la cabeza a todos los miembros de la aldea.

Puede oler al Deus Brânquia. Huele al limo lechoso del fondo del río. A la fruta del maracuyá. A salmuera. Si él no tuviera que dormir... ¿Cómo es que los indios bravos nunca se fatigan? Llegada la medianoche, los espía en silencio y es testigo de un ritual. Machacan unas virutas de corteza en una hoja de palma, hasta convertirlas en un engrudo blancuzco y grumoso. Uno de ellos se arrodilla y mantiene bien abiertos los párpados con las manos. El otro enrolla la hoja de palma y deja caer una gota del líquido en cada globo ocular. El que está de rodillas aporrea el fango con los puños. Strickland se siente atraído por tanto sufrimiento. Sale al claro, se arrodilla ante el hombre de pie y abre con los dedos sus propios párpados. El otro vacila. Dice que esto se llama *buchité*; hace unos gestos de precaución. Strickland no se mueve. El hombre finalmente aprieta la hoja de palma. Un foco de blanco *buchité* invade el mundo.

El dolor es indescriptible. Strickland se retuerce, patea, aúlla. Pero sobrevive. Disminuye la quemazón. Se sienta. Se enjuga las lágrimas. Levanta la cabeza y entrevé los rostros inexpresivos de los guías. Los ve. No solo eso, sino que ve en su *interior*. Por entre los tortuosos canales de sus arrugas. En lo más profundo del bosque de sus pelambreras. El sol se eleva, y Strickland descubre un Amazonas de infinita profundidad y color. Su cuerpo canta con vitalidad. Sus piernas son árboles cashapona, dotados del vigor que proporcionan cincuenta raíces que son como cincuenta pies adicionales. Se despoja de la ropa. No le hace falta. La lluvia rebota contra su piel desnuda como si esta fuera roca.

La deidad dotada de branquias sabe que no puede contener al dios de la selva, no ahora que este último acelera el motor de la *Jose-*

fina hasta tal punto que de su casco se desprenden planchas que caen al río. El Deus Brânquia se retira a un brazo pantanoso. Donde el barco se avería. La bomba de achique no funciona, y el camarote del capitán está llenándose de agua, si bien Henríquez sigue sin querer moverse. El boliviano echa mano a las herramientas. El brasileño carga con el fusil de pesca submarina, la bombona de oxígeno Aqua Lung y la red. El ecuatoriano saca rodando un barril con rotenona, un pesticida usado en pesca furtiva y extraído de la liana de jicama que, según asegura, obligará al Deus Brânquia a salir a la superficie.

—Bien —dice Strickland.

Está en la proa, desnudo, con los brazos tendidos, electrificado por la lluvia, y da la orden de pasar a la acción. A saber cuánto tiempo les llevará. Unos días, quizá. Posiblemente semanas.

El Deus Brânquia, finalmente, emerge de las aguas poco profundas, cual el sol de sangre que recorta el Serengueti, el antiguo ojo del eclipse, el océano que abre el nuevo mundo de un tirón, el glaciar insaciable, el escupitajo de la espuma del mar, la mordedura de una bacteria, el furioso retorcerse de una célula solitaria, el esputo de la especie, los ríos que son los vasos de un corazón, la pétrea erección de la montaña, los muslos juguetones del girasol, la mortificación con pelaje gris, la supuración de la carne rosada, la liana umbilical que nos ata de vuelta al origen. Es todo esto y más.

Los indios bravos se postran de rodillas, imploran el perdón, se degüellan con sus machetes. La salvaje, incontrolable belleza de este ser... Strickland también se siente destrozado. Le fallan la vejiga, los intestinos, el estómago. Los versículos de la Biblia entonados por el pastor predilecto de Lainie resuenan monótonos, procedentes de un purgatorio olvidado y limpio como una patena. Lo que ya ha acontecido volverá a acontecer. Y no hay nada nuevo bajo el sol. Este siglo es un parpadeo. Todos están muertos. Solo viven la deidad dotada de branquias y la deidad de la selva.

El bloqueo de Strickland es breve; no vuelve a suceder. Tratará de olvidar que todo esto ha tenido lugar. Una semana más tarde llega a la ciudad de Belém en la *Josefina*, cuya escora es de cuarenta grados y está medio hundida. Viste las ropas del traductor. El hombre sabía demasiado; tenía que morir. Henríquez a estas alturas se ha recuperado, otra vez se siente el rey de su embarcación, mientras guiña los ojos para eludir las vaporosas rociadas. La nuez de Adán le sube y baja cuando se esfuerza en tragarse el cuento chino que Strickland le ha contado. Henríquez ha sido un buen capitán. Henríquez fue quien capturó a la criatura. Todo fue según lo esperado. Henríquez consulta su cuaderno de bitácora en busca de corroboración, pero no lo encuentra. Strickland se lo dio al buitre para que se lo comiera, vio cómo se atragantaba, vio sus convulsiones y lo vio morir.

Confirma todo esto por medio de una llamada telefónica al general Hoyt. Strickland solo sobrevive a la llamada gracias a la distracción proporcionada por los verdes caramelos duros de menta. De una marca genérica, con sabor sintético, pero el aroma está concentrado de forma casi dolorosa, voltaica. Ha comprado todos los que ha encontrado en las tiendas de Belém, hasta reunir casi un centenar de bolsas antes de hacer la llamada. Los caramelos crujen sonoramente entre sus muelas. A pesar de los miles de kilómetros de cableado, la voz de Hoyt es todavía más sonora. Como si en todo momento se hubiera encontrado allí mismo, en la selva, observando a Strickland tras pegajosas hojas de palma y cortinas de mosquitos.

A Strickland no se le ocurre algo más angustioso que mentirle al general Hoyt, pero los verdaderos detalles de la captura del Deus Brânquia, cuando trata de rememorarlos, no tienen el menor sentido. Según cree, en un momento dado llegaron a verter la rotenona en el agua. Se acuerda de la efervescencia crepitante. Se acuerda del M63, cuya culata era un bloque de hielo contra su hombro enfebrecido. Todo lo demás es un sueño. El grácil deslizamiento de aquella criatura entre las profundidades. Su cueva escondida. Cómo estuvo esperando a Strickland allí. Cómo no opuso resistencia. Cómo los chillidos de los monos resonaban entre las rocas. Cómo, antes de que Strickland apuntara con el fusil de pesca submarina, aquella criatura trató de abrazarlo. Deidad dotada de branquias, deidad de la selva... Podían ser lo mismo. Podían ser libres.

Se obliga a cerrar los ojos, mata el recuerdo. O bien Hoyt se cree su versión de la captura o bien le da igual. La esperanza tiembla a través de las manos de Strickland, haciendo que el auricular se estremezca. Envíeme a casa, reza. Por mucho que «casa» sea un lugar que ya no es capaz de visualizar. Pero el general Hoyt no es un hombre que responda a los rezos ajenos. Exige que Strickland siga involucrado en la misión hasta el final. Transportará a la criatura al centro de investigación aeroespacial Occam. Velará por su seguridad y la mantendrá en secreto mientras los científicos del lugar hacen su trabajo. Strickland traga unas astillas de caramelo, nota un sabor a sangre, se oye acatar la orden. Una última etapa del viaje. Eso es todo, y nada más. Tendrá que trasladarse a vivir a Baltimore. Igual no resulta tan malo: hacer que la familia se marche a residir al norte, estar sentado tras un ordenado escritorio, en un despacho tranquilo y limpio. Es una oportunidad —Strickland lo sabe— para empezar de cero otra vez, si es que consigue encontrar el camino de vuelta.

MUJERES SIN EDUCACIÓN

1

—Voy a estrangularlo. La semana pasada me juró que iba a reparar el retrete para que deje de hacer gluglú y así pueda pegar ojo por las noches, pero cuando llegué a casa me dijo que yo soy la mujer de la limpieza, que por qué no lo arreglo yo. Esa no es la cuestión. No es la cuestión. ¿Te parece que quiero volver a casa, muerta de cansancio, con los dedos de los pies hinchados como chicles, y meter la mano en el agua helada de la cisterna del retrete? ¡Lo que voy a hacer es meterle a él la *cabeza* en la cisterna!

Zelda sigue quejándose de Brewster. Brewster es el marido de Zelda. Brewster es un inútil. Elisa ya ni se acuerda de los trabajos temporales que ha tenido Brewster, de la multitud de formas sorprendentes en que ha sido despedido, de las borracheras depresivas a las que se ha dado, sentado en su sillón Barcalounger, durante semanas seguidas más de una vez. Los detalles no importan. Sin embargo, Elisa los agradece y responde con el lenguaje de las manos. Zelda comenzó a aprender el lenguaje de las manos el día en que Elisa llegó, haciendo un esfuerzo al que Elisa no cree que vaya a poder corresponder.

—Y como digo, en el fregadero de la cocina también hay filtraciones. Brewster dice que es la tuerca de unión. Lo que tú digas, señor Einstein. Y ahora que has descubierto la teoría de la relatividad, ¿qué tal si te acercas a la ferretería? ¿Y sabes qué me dice? ¡Que lo que tengo que hacer es afanar una tuerca del trabajo! ¿Acaso *sabe* dónde trabajo? ¿Sabe que en este lugar hay cámaras de seguridad por todas partes? Querida, voy a ser sincera contigo sobre mis planes de futuro, Voy a estrangular a ese hombre, rebanarlo en pedacitos y tirarlos por el retrete. Así, cuando el retrete no me deje dormir, por lo menos podré pensar en todos esos cachos de Brewster yendo a parar a la cloaca, justo donde tienen que estar.

Elisa bosteza al tiempo que sonríe, dando a entender que este es uno de los mejores planes de asesinato ideados por Zelda hasta la fecha.

—Así que esta noche me levanto para ir a trabajar, porque alguien de la familia tiene que comprar artículos de lujo como tuercas de unión, y la cocina está hecha la bahía de Chesapeak. Voy derecha al dormitorio y, como aún no he comprado la soga para estrangularlo, despierto a Brewster y le digo que pronto vamos a necesitar un arca como la de Noé. Y él me dice que muy bien, que hacía mucho que no llovía en Baltimore. El hombre cree que estoy hablando de la lluvia.

Elisa estudia su ejemplar de las Normas de Control de Calidad. Fleming no les avisa cada vez que introduce cambios; es su manera de mantener bien despiertos a sus empleados. Los tres folios mecanografiados al carbón enumeran los laboratorios, los accesos, los cuartos de baño, los vestíbulos, los pasillos y las escaleras asignadas a cada limpiador, y cada lugar viene con su listado de tareas correspondientes. Grifería, cableados, interruptores y enchufes; surtidores de agua, zócalos. Elisa bosteza de nuevo. Rellanos, tabiques, pasamanos. Los ojos siguen entrecerrándosele.

—Así que ló arrastro a la cocina, y los calcetines se le mojan, ¿y adivinas lo que me dice? Se pone a hablar de Australia. Ha oído en las noticias que Australia se desplaza cinco centímetros al año, y que quizás esa sea la razón por la que las cañerías de todo el mundo están desajustándose. Me explica que los continentes en el pasado estaban unidos. Y que si el mundo entero sigue desplazándose de esa forma, entonces *todas* las cañerías del planeta van a terminar por reventar, de modo que no tiene sentido preocuparse por el asunto.

Elisa se da cuenta de que a Zelda le tiembla la voz; sabe adónde quiere ir a parar.

—Voy a contarte la verdad, cielo. Podría haber agarrado a ese hombre por la cabeza y haberlo ahogado en medio palmo de agua, y me habría presentado al trabajo a medianoche, que te lo digo yo. Pero ¿alguna vez has conocido a un fulano que se despierte en mitad de la noche y se ponga a hablar de cosas así? A veces creo que me volveré loca; ya no sé qué pensar. Hay semanas en las que no tenemos ni para comprar comida. Y este hombre mío de repente me viene con Australia... Y yo, que me emociono. Este Brewster Fuller acabará por matarme, pero es un hecho que tiene poderes, que ve cosas... Y hace que yo también las vea, aunque sea un momento. Y entonces me olvido de Occam. Y del viejo barrio de West Baltimore. ¿Y qué más da que mi cocina esté hecha una bahía de Chesapeake? También esto pasará.

Del laboratorio situado a la izquierda llegan unos ruidos estrepitosos. Detienen los carros; los estropajos para los retretes se menean colgados de los ganchos. Llevan semanas oyendo ruidos de construcción tras esta puerta, pero eso no tiene nada de especial. Si una habitación no aparece en tu listado, lo que tienes que hacer es ignorarla. Pero, esta noche, la puerta —hasta ahora lisa y desnuda— cuenta con una reluciente placa nueva: F-1. Es la primera vez que Elisa y Zelda se encuentran con una F. Siempre limpian juntas durante la primera mitad de la noche. Ambas fruncen el ceño; consultan sus copias respectivas de las Normas de Control de Calidad. Ahí está, un F-1, escondido en los listados como una mina explosiva.

Acercan los oídos a la puerta. Voces, pisadas, una especie de chasquidos. Zelda mira a Elisa con inquietud. A Elisa le duele ver que su amiga de pronto ya no se siente tan parlanchina. Se dice que ahora es su turno de mostrarse animosa y descarada. Esboza una falsa sonrisa confianzuda y con un gesto indica «adelante». Zelda suspira, echa mano a su tarjeta de abertura, la inserta en la ranura de la puerta. El mecanismo la muerde, y Zelda abre la puerta. Llega un soplo de viento helado y, sin saber por qué, Elisa tiene la inmediata intuición de que acaba de cometer un error desastroso.

2

Lainie Strickland sonríe mientras contempla su nueva plancha de vapor Westinghouse Spray 'N Steam. Westinghouse construyó el primer motor atómico propulsor del primer submarino Polaris. Lo que tiene su qué, ¿verdad? No estamos hablando de un producto, ojo, sino de una *compañía*. Hace poco que Lainie estaba sentada en la peluquería de Freddie, con el alto cardado metido en el plástico rojo de la secadora de asiento con gorro. Se detuvo en mitad de un interesante, se dijo que *importante,* reportaje sobre un lugar llamado el delta del río Mekong, donde un grupo llamado el Vietcong había derribado cinco helicópteros estadounidenses, matando a treinta americanos, soldados lo mismo que su Richard, y su mirada se concentró en el adyacente anuncio a toda página. En él aparecía la imagen de un submarino que penetraba el blanco océano al sumergir la proa bajo las aguas. Esos valientes muchachos de la Marina... Las aguas siempre peligrosas... ¿También iban a morir? Sus vidas dependían de Westinghouse.

La imagen la impresionó lo bastante para decidirse a preguntar a Richard qué tipo de marca era esa de los submarinos «Polaris». Militar desde los diecinueve años de edad, Richard tiene el reflejo de contestar cerrando el pico a toda pregunta relacionada con su trabajo, por lo que Lainie esperó a que estuviera distraído mirando los tiroteos —de sonido similar al de las palomitas de maíz en la sartén— de la serie *El hombre del rifle* antes de preguntarle. Sin apartar la mirada de especialista con que estudiaba a Chuck Connors manejar el arma con ambas manos, Richard se encogió de hombros.

—Polaris no es una marca comercial. No estamos hablando de uno de esos cereales que compras para el desayuno.

La palabra *cereales* arrancó a Timmy del estupor televisivo. La electricidad estática chisporroteó entre la tupida alfombra sintética y sus pantalones de pana cuando el pequeño volvió el rostro para retomar una conversación de dos días atrás.

—Mamá, quiero comer unos Sugar Pops, por favor.

—¡Yo quiero unos Froot Loops! —se sumó Tammy—. ¡Por favor, mamá!

Richard siempre ha sido hosco; sencillamente, es su forma de ser. Sin embargo, antes de su misión en el Amazonas no hubiera dejado que Lainie se quedara así colgada del precipicio de su propia ignorancia, mirándola patalear en el aire sin ofrecerle una mano. Lainie seguía sin dar con la reacción más adecuada, por lo que escogió reírse de sí misma. A esas alturas, a Chuck Connors le había sucedido una aspiradora Hoover Dial-a-Matic con control variable de extracción y una actriz que se parecía un poco a Lainie. Richard se mordisqueó el labio y se miró el regazo, en posible muestra de remordimiento.

—El Polaris es un misil —dijo—. Un misil balístico con carga nuclear.

—¡Oh! —Lainie trató de congraciarse con él—. Eso parece peligroso.

—Tiene mayor alcance, supongo. También es más preciso, dicen.

—Lo vi en una revista y pensé: seguro que Richard sabe perfectamente lo que es. No me equivocaba.

—Tampoco sé tanto. Estas mierdas son cuestión de la Marina. Y prefiero no tener nada que ver con esos capullos.

—Es verdad que los evitas. Me lo has dicho muchas veces.

—Submarinos... Voy a decirte una cosa: no me metería ni loco en una de esas trampas mortales.

La miró y le sonrió, sin que Richard, el pobrecito a la vez que tan poderoso Richard, tuviera la menor idea del dolor que su sonrisa comunicaba. Lainie intuye que ha visto demasiadas cosas en Corea, en la Amazonia. Hay cosas que él nunca le contará. Es una especie de detalle piadoso que tiene con ella, se dice, por mucho que Lainie en estos momentos se sienta sola por completo, alejándose flotando como un globo lleno de helio.

No hay hombre que haya pasado diecisiete meses en las selvas de Sudamérica y pueda reaclimatarse a la vida civil así como así. Lainie lo sabe y trata de ser paciente. Pero resulta complicado. Ella también ha cambiado durante esos diecisiete meses. De la noche a la mañana, su Richard le fue arrebatado por ese abominable general Hoyt y enviado a un mundo carente de teléfonos y buzones de correos. Se vio obligada a tomar las decisiones en el hogar, en todo momento, lo que era tan impactante como una rociada de perdigones. Dónde llevar el coche cuando se averiaba. Qué hacer con esa mofeta muerta que había en el jardín trasero. Cómo plantar cara a los fontaneros, a los empleados del banco, a todos los demás hombres que se decían que a una mujer sola es fácil desplumarla. Y teniendo que ocuparse de dos niños pequeños anonadados y dolidos por la abrupta desaparición de su padre.

Y Lainie se las arregló para salir adelante. Es verdad que los dos primeros meses lo vio todo empañado por las lágrimas: una mujer candidata a ser viuda, madre de dos pequeños monstruos que pronto serían proclives a arrancar las cortinas y pintarrajear las paredes con rotuladores mientras ella bebía de tapadillo de la botella de jerez para cocinar. No obstante, al poco tiempo, el colapso de última hora de la tarde empezó a cobrar forma de cansancio satisfecho. Poco a poco, de modo vacilante, en los recovecos más privados de su mente, Lainie comenzó a trazar un plan para cuando Richard fuera oficialmente declarado desaparecido en el curso de su misión y el ejército dejase de enviar los cheques a casa. Fue anotando cifras en librillos de cerillas, en los informes escolares sobre Timmy, en el dorso de la mano, calculando la relación entre unos salarios estimados y los gastos fijos. Tenía claro que era muy capaz de ponerse a trabajar. La idea de hecho sonaba interesante. A la vez, la circunstancia de que encontrara un poquito ilusionante la eventual desaparición de su marido la llevaba a sentirse como la peor esposa del mundo. Pero ¿no era verdad que, sin Richard, disfrutaría de un poco de paz? Él siempre había sido un poco duro, ¿no? Un poco frío, ¿no?

De nada sirve volver a todas estas cosas. Al fin y al cabo, Richard sí que ha vuelto a casa, ¿verdad? Llevan una semana entera juntos otra vez, y él se merece contar con la misma mujer que dejó atrás, ¿no es así? Lainie se las arregla para esbozar una sonrisa, hasta creer en ella. Si los tripulantes de esos submarinos confían en los artefactos nucleares de Westinghouse, ella también tendría que sentirse orgullosa de encontrarse en la sala de estar, utilizando su magnífica plancha de vapor, lo primero que ha comprado desde que viven en Baltimore. Y es que Richard tiene que estar bien arreglado en el nuevo trabajo, en ese lugar llamado Occam, por lo que el planchado de sus ropas ahora resulta prioritario. Con tantas prendas todavía en las cajas de la mudanza, también es preciso planchar la ropa de los niños. Timmy anda hecho un salvaje, y el suéter predilecto de Tammy está tan raído como un trapo de cocina. Un ama de casa, se repite a sí misma, tiene muchas labores interesantes, importantes, de las que ocuparse.

3

Los peluquines están hechos de cabellos humanos. A Giles Gunderson le fastidia que el suyo no termine de encajar con los mechones que brotan sobre sus orejas. Su pelo de verdad es castaño, pero si uno se acerca encuentra vetas rubias y anaranjadas. Tampoco es que alguien se haya acercado en los últimos años. De haber sabido que a los treinta años de edad sería un calvorota, Giles se habría puesto a almacenar cabello largo tiempo atrás. Es lo que tendría que hacer todo hombre joven; así tendrían que enseñarlo en las clases del colegio. Se imagina almacenando grandes bolsas con su pelo en el armario de su cuarto en el hogar familiar, llevándoselas consigo cuando se fue a vivir solo por primera vez, etcétera. Suelta una risita. No, señor, nada de todo esto tendría por qué resultar extraño.

Giles guarda en el bolsillo un par de gafas, se pone otras, cierra el cuello de su chaqueta de ante y baja de la furgoneta Bedford color crema que el señor Arzounian, el propietario del Arcade, le deja aparcar detrás del cine, el vehículo con la oxidada puerta corredera y la tapicería con manchas de agua, la que Elisa llama «la Perrita» en razón de sus faros que hacen guiños y su morro liso. Hace meses que en Baltimore no ha caído una gota de agua, pero el viento es un azote constante. Giles nota que el peluquín comienza a levantársele del cuero cabelludo. Aplasta el cráneo con las manos para volver a pegar la cinta adhesiva por las dos caras y rodea la Perrita, bajando el rostro para protegerlo del viento.

La suya es la postura de un matón que busca pelea, pero Giles se siente lo contrario: vulnerable, mimado en exceso. Lucha con la puerta lateral de la furgoneta y saca el portafolios de cuero rojo con las hebillas doradas. Se siente importante cuando lo lleva consigo. Cuando tenía treinta y tantos años estuvo un año ahorrando para comprarlo, y el portafolios sigue siendo el único objeto profesional que sin duda no tiene nada que envidiar a lo utilizado por los artistas que cortan el bacalao en Manhattan. Sube por la acera, y el vendaval hace que sus pasos sean rápidos y decididos. No resulta sencillo abrir una puerta con un portafolios en la mano; cuando finalmente la cruza, todos los que están en el interior tendrían que sentir curiosidad por el distinguido caballero pertrechado con la enorme cartera de cuero.

A Giles le entran las dudas tan habituales. La necesidad de proteger su ego es patética, y más en un lugar como este. Mira a su alrededor. Ni un alma se ha fijado en su llegada. Giles hace lo posible por justificarlo ante sí mismo. ¿Los comensales tienen la culpa de no estar atentos? La Casa de los Pasteles de Dixie Doug es un carrusel de luces de colores y superficies reflectantes, desde los pedestales en cuyas cimas giran unas tartas de plástico hasta los expositores refrigerados, cromados y con iluminación posterior al estilo de las sinfonolas automáticas.

Giles se adentra en el pequeño laberinto y se pone a la cola. Es primera hora de la tarde de un laborable, momento raro para comer una tarta, por lo que solo hay una persona delante de él. Le gusta estar aquí, se dice. El local es agradable, cálido, y huele a canela y azúcar. No mira al dependiente, todavía no; tiene demasiados años para sentirse así de nervioso. En su lugar contempla con detenimiento una torre de casi metro y medio de altura; en cada uno de sus niveles hay un postre diferente. Tartas de dos pisos como cajas para sombreros de los grandes almacenes. Pasteles esculpidos como la caja de un violoncelo. Pastas de hojaldre como el pecho de una mujer. Hay espacio para personas de todo tipo.

4

El F-1 es seis veces más grande que el apartamento de Elisa, lo que resulta modesto para un laboratorio de Occam. Las paredes son blancas y resplandecen sobre los limpios suelos de hormigón. Contra las paredes hay hileras de mesas plateadas, y las sillas con ruedecillas envueltas en plástico de embalar están agrupadas como vagabundos en torno a un fuego en un solar. Del techo penden cables trenzados, mientras las lámparas de hospital con flexo miran a la nada. En el lado oriental hay un conjunto de aparatos color beis. Elisa ha oído que los llaman «computadoras». Los limpiadores tienen prohibido tocar estas imponentes aglomeraciones de interruptores, mandos y esferas, aunque se supone que tienen que usar rociadores de aire comprimido para sacarles el polvo el último viernes de cada mes.

Lo que resulta único en el F-1, lo que induce a Elisa a adelantarse a la indecisa Zelda, es la piscina. Los chasquidos que oían eran los del agua que sale de una manguera que vierte en lo que parece ser un gigantesco fregadero de acero inoxidable construido en el suelo y cercado por una repisa situada a la altura de la rodilla, en la que tres operarios han plantado las botas. Son tres trabajadores de Baltimore, visiblemente incómodos por la confidencialidad de su labor; están mirando a su capataz, quien tiende un bolígrafo y una tablilla con sujetapapeles a un hombre con gafas y entradas en el cabello castaño: un científico de Occam, sin duda, pero al que Elisa no había visto hasta ahora. Tendrá casi cincuenta años, pero está acuclillado en la repisa como un niño hiperactivo, ignorando al capataz, concentrado en comparar sus notas con las mediciones de tres instrumentos de calibración que monitorean la piscina.

—¡Demasiado caliente! —grita—. ¡Pero que demasiado caliente! ¿Es que quieren que hierva?

El hombre tiene cierto acento extranjero. Elisa no lo reconoce, circunstancia que termina por despertarla: no reconoce a ninguna de estas personas. Seis operarios, cinco científicos; nunca había visto a tanta gente en Occam a estas horas de la noche. Zelda agarra por el codo a Elisa, quien se deja arrastrar hacia la puerta antes de que una voz que ambas conocen a la perfección intervenga:

—¡Atención todo el mundo, por favor! El objeto ha sido entregado en el muelle de descarga. Repito: el objeto ha sido entregado en el muelle de descarga y está en camino. Por favor, es preciso que los operarios de construcción dejen lo que estén haciendo y salgan del laboratorio por la puerta situada a su derecha.

La camisa blanca y los pantalones con raya pero sin color definido de David Fleming han estado camuflándolo contra la computadora. Elisa ahora lo ve, con el brazo señalando la misma puerta ante la que

Zelda y ella están como niñas sorprendidas haciendo una travesura. Todas las caras se vuelven en su dirección. Todos los hombres están contemplándolas, a las dos mujeres que están donde no tendrían que estar. A Elisa le arden las mejillas; nota cada centímetro del feo guardapolvos gris proporcionado por Occam y manchado de porquería.

—Mis disculpas a todos. Se supone que estas señoritas no tienen que estar aquí. —Fleming baja la voz, y esta suena como la de un marido regañón—. Zelda. Elisa. ¿Cuántas veces voy a tener que decírselo? Cuando hay hombres trabajando dentro de...

Zelda se encoge de hombros, acostumbrada como está a encajar golpes, y Elisa da un paso y se sitúa por delante, para protegerla de forma instintiva; atónita, descubre que se encuentra en el camino de un hombre que avanza hacia ella a paso rápido. Elisa respira hondo, cuadra los hombros. Los castigos corporales eran habituales durante su niñez y adolescencia, y aunque han pasado quince años desde entonces, en Occam también le han puesto la mano encima. Fleming cierta vez la agarró y le hizo bajar por la fuerza de una inestable silla de oficina, a la que se había subido para limpiar unas telarañas; un biólogo apartó con un manotazo su mano de un vaso de papel con cierta muestra en el interior, que no con restos de café; uno de los guardias de seguridad le palmeó las nalgas con fuerza cuando ella se dirigía al ascensor.

—No se marchen. —Es el hombre con el acento extranjero. El borde de su blanca bata de laboratorio está empapado en gris por el agua de la piscina, y sus zapatones mal atados escupen charquitos al andar. Tiene la mano en alto empapada. Se gira hacia Fleming y dice—: Estas chicas tienen autorización, ¿sí?

—Son de la limpieza. Tienen autorización, efectivamente, para efectuar labores de limpieza.

—Si tienen autorización, ¿no sería mejor que escucharan?

—Con todos los respetos, doctor. Usted es nuevo aquí. En Occam existen unos protocolos.

—¿Es que no van a limpiar este laboratorio de vez en cuando?

—Sí, pero solo bajo mi petición expresa.

Los ojos de Fleming se alejan del científico y se posan en Elisa, quien adivina que Fleming está pensando que agregó el F-1 a las Normas de Control de Calidad de forma prematura. Elisa baja la cabeza y clava la mirada en el carro, en las tan familiares botellas y frascos cubiertos de mugre, pero es demasiado tarde para que la ofensa sea olvidada: Fleming se siente herido en su dignidad, y el castigo será trabajo adicional para ella y para Zelda. El científico con acento extranjero no se percata de nada de todo esto; sigue sonriendo, convencido de su benevolencia. Como la mayoría de los privilegiados bienintencionados que Elisa ha conocido, no tiene idea de cuáles son las prioridades de los siervos, no entiende que lo único que estos quieren es llegar al final del turno sin haberse metido en problemas.

—Muy bien —dice el científico—. Todo el mundo tiene que entender la importancia del objeto de investigación, para que no se produzcan errores.

Fleming frunce los labios con fuerza y espera a que se marchen los operarios de construcción. El científico, ciego ante la incomodidad de Elisa, tiende la mano para saludarla. Boquiabierta, Elisa contempla horrorizada las uñas bien manicuradas, la limpia palma de la mano y el puño almidonado de la camisa del hombre. ¿Qué pensará Fleming de esta contravención de la etiqueta? Y peor que darle la mano es no dársela, por lo que tiende la suya con toda la desgana posible. La palma del otro está húmeda, pero el apretón es sincero.

—Soy el doctor Bob Hoffstetler. —Sonríe—. ¿Cómo es que lleva esos zapatos para trabajar?

Elisa retrocede con torpeza, lo suficiente para que el carro se interponga entre sus zapatos y la mirada de Fleming. Fleming no puede evitarlo y se fija en los zapatos por segunda vez. Elisa no soportaría que este desconocido le privara de su pequeño gesto de rebelión. A Hoffstetler no se le escapa nada; se fija en la pequeña retirada de Elisa e inclina la cabeza con curiosidad. Da la impresión de estar esperando una respuesta, por lo que Elisa pinta una sonrisa de pega en la cara enrojecida y toca con el dedo la chapa con su nombre. Las cejas de Hoffstetler se estabilizan y denotan comprensión y empatía.

—Los seres más inteligentes —apunta con suavidad— muchas veces son los que menos ruido hacen.

Sonríe otra vez y da un paso a la derecha, para asimismo presentarse ante Zelda, y si bien Elisa se siente mortificada por tanta atención ajena y encorva los hombros para hacerse más pequeña, se dice con acento sombrío que la sonrisa del doctor Hoffstetler es la más cálida que le han dedicado durante todos sus años en Occam.

5

Es una plancha estupenda, qué duda cabe. Ya puede una olvidarse de los engorrosos filtros desmineralizadores; el agua la pillas directamente del grifo, y el dial con todos los ajustes resulta muy práctico. Y viene con un pequeño estante para pared, lo que estará bien una vez que la tabla de planchar tenga un lugar permanente. Por el momento está en la sala de estar, delante de la tele. En Orlando, así era como hacían las labores de casa sus amigas casadas con otros militares. Lainie siempre se había resistido. Una vez, cuando Richard estaba de misión en el Amazonas, trató de escuchar *El joven doctor Malone* y *Perry Mason* en la radio mientras planchaba, pero la distracción fue excesiva. Hizo toda una cesta de ropa y luego no se acordaba de haberla hecho, cosa que le desazonó. Así de facilonas son tus labores de todos los días, Lainie. Así de repetitivas.

Pero la noche pasada, en la cama, el insomnio le brindó una idea tan obvia como refrescante. El mando de canales de la tele. Es posible cambiar de canal. No tiene por qué mirar *Te quiero, Lucy* y demás seriales y concursos, como las demás esposas. Puede mirar *Today* y otros programas informativos de los canales NBC o ABC. Se trata de una idea novedosa, y le produce ilusión. Hasta el momento, la vida en Baltimore le resulta de lo más ilusionante.

Al vestirse esta mañana... ¡Pero si se diría que estaba vistiéndose para asistir a un cóctel de intelectuales! Había esculpido el cardado antes de desplegar la tabla de planchar, y el intenso dolor en las sienes le dice que el peinado está sustentándose. Lo que no aguanta mucho, sin embargo, es su concentración, diez minutos después de que empiece el primero de los noticiarios. Kruschev está visitando el muro de Berlín. El simple nombre *Kruschev* hace que enrojezca; lo pronunció de forma equivocada hace tres años en el curso de un evento lleno de peces gordos de Washington, y Richard se sintió tan avergonzado que le entró visible dentera. Y el muro de Berlín... ¿Cómo se explica que Lainie sepa el nombre de todos y cada uno de los personajes de *Captain Kangaroo* pero no tenga la menor idea sobre ese muro en Berlín?

Lainie conmuta el mando de la plancha, insegura sobre qué nivel de la escala es el mejor para erradicar las arrugas. ¿Es posible que Westinghouse les haya proporcionado, a ella y a todas las demás mujeres del país, demasiado que elegir? Examina la cara de la plancha, cuenta diecisiete respiraderos, uno por cada mes que Richard ha pasado en el Amazonas. Deja que el vapor salga, lleva el rostro a la corriente de aire e imagina que es el calor de la selva.

Así tuvo que sentirse Richard cuando le llamó desde Brasil. Aquello fue como escuchar a un fantasma. Estaba ocupada en cortar las cortezas del pan de los emparedados de mantequilla de cacahuete cuando sonó el teléfono. Lo cogió distraídamente, y al momento se le cayó el cuchillo al suelo, mientras se le escapaba un grito. Rompió a sollozar y repitió a Richard que se trataba de un milagro. Pero tuvo que obligarse a llorar, ¿o no? Y bien, ¿quién podría reprochárselo? Se encontraba en estado de *shock*. Richard respondió que él también la echaba de menos, pero su voz apagada era persistente; sus palabras resonaban lentas y pastosas, como si se hubiera olvidado de hablar inglés. También se oían unos crujidos de algún tipo, como si estuviera mordiendo algo. ¿Cómo es que estaba comiendo al hablar con su mujer por primera vez en diecisiete meses?

Fue fácil excusarlo. Quizás había estado muriéndose de hambre en esas junglas. Richard le dijo que iban a irse a vivir a Baltimore; antes de que ella pudiera hacer preguntas, le dio el número de su vuelo a Orlando y cortó la comunicación, todavía mordiendo aquello que fuera. Lainie se sentó; contempló el hogar que año y medio atrás le había parecido tan acogedor y funcional. Ahora llevaba a pensar en un desastre habitado por un solterón. Todo aparecía muerto y sin brillo, sin que lo hubieran frotado o limpiado en largo tiempo. Lainie ni se había molestado en sustituir la plancha averiada ocho meses antes. ¡Los dos días siguientes no paró de frotar y de limpiar, hasta que los guantes para fregar los platos se rompieron! Le salieron ampollas en las manos, de tanto pasar la mopa por el suelo. Los nudillos le sangraron de tanto repasar las juntas entre las baldosas. Una llamada telefónica procedente de Washington vino al rescate de Lainie y hasta, posiblemente, de su matrimonio: finalmente iban a trasladar a Richard directamente a Baltimore, por vía marítima. Se encontraría con ella en dicha ciudad dentro de dos semanas, en una casa designada por el Gobierno.

Lainie vuelve a ver, casi a cada hora, la imagen de Richard al cruzar por primera vez la puerta de la casa en Baltimore. La camisa nueva y formal que llevaba abotonada hasta arriba flotaba sobre tu torso como la capa de un druida. Había perdido peso y era puro músculo nudoso. Su estampa era ladina, denotaba recelo. Recién afeitado, sus mejillas parecían ser de un lechoso caucho brillante, de resultas de la barba crecida en la selva mientras el rostro se cocía hasta parecer de bronce. Durante un largo momento, se miraron el uno al otro. Él guiñó los ojos como si no la reconociera; Lainie llevó las puntas de los dedos al cardado, a sus labios pintados, a las uñas lacadas. ¿Era demasiado? ¿Un exceso deslumbrante después de que él hubiera pasado tan largo tiempo sin ver más que hombres bastos y cubiertos de cochambre?

Richard entonces dejó la bolsa en el suelo con cuidado y un solitario terremoto se expandió por sus hombros. Dos pequeñas lágrimas, una por cada ojo, rodaron por las suaves mejillas. Lainie nunca había visto llorar a su marido, incluso tenía la sospecha de que era incapaz, y, para su sorpresa, las lágrimas le asustaron. Sabía, eso sí, que dejaban una cosa clara, que ella era importante para él, que los dos *eran* importantes, y corrió hacia Richard, lo estrechó entre sus brazos, apretó sus propios ojos llorosos contra los acartonados pliegues de su camisa. Bastantes segundos después, notó las manos de él en su espalda, pero cautas, como si su instinto ahora fuera el de apartarse con brusquedad de cualquier ser que se pegara a él.

—Yo... lo siento —dijo Richard.

Lainie todavía se hace preguntas al respecto. ¿Lo sentía por haber estado ausente? ¿Lo sentía por haber llorado? ¿Lo sentía por su incapacidad para abrazarla como un hombre normal?

—No te disculpes... —dijo ella—. Estás aquí. Estás aquí. Todo irá bien.

—Se te ve..., te noto tan...

Lainie también se hace preguntas a este respecto. ¿Richard la encontraba tan extraña como la fauna sudamericana diecisiete meses atrás? ¿Lo mullido de su presencia le llevaba a pensar en el fango movedizo, en los cadáveres de jabalíes en descomposición, en otros tipos de podredumbre selvática que ella ni por asomo podía imaginar? Así que lo hizo callar con un susurro, le instó a no hablar, le dijo que solo la abrazara. Es algo de lo que se arrepiente. El escondido manantial de emoción indicado por sus dos lágrimas parecía haberse desecado por entero un día después, sin que las delicadas intentonas de Lainie pudieran hacerlo aflorar otra vez. Quizá se trataba del instinto de protección de Richard, activado para protegerse de los desconcertantes estímulos de la ciudad.

Lainie solo se separó de Richard cuando Timmy y Tammy descendieron corriendo las escaleras para saludar a su padre; se dio media vuelta y contempló la casa vacía de muebles a sus espaldas. Las rodillas le fallaron por causa de una terrible sospecha. ¿Y si las lágrimas de Richard en realidad nada tuvieran que ver con ella? ¿Y si, sencillamente, hubieran aflorado por las habitaciones perfectamente limpias y virtualmente silenciosas a sus espaldas?

Dispone en la tabla de planchar la misma camisa formal que Richard llevara puesta ese día. Es mejor no pensar estas cosas. Es mejor concentrarse en lo que puede hacer para ser una esposa mejor. Quizá no vaya a salir en los informativos de la televisión, pero el trabajo de Richard en Occam es importante. Hay que imaginar lo que podría pasar si ella dejara una mancha de quemazón en la camisa. Sería indicio de problemas en el hogar. Y no los hay. Su labor es la de ayudar a Richard liberándolo del detritus de las guerras y los combates, el que le afecta de una u otra forma, y la de fregar y limpiar la suciedad, la grasa, el aceite, la pólvora, el sudor, el lápiz de labios —si las cosas llegan a ese punto—, y plancharlo y arreglarlo todo de nuevo, por su marido y por su familia, naturalmente, pero también por su país.

6

El nombre que hay en su chapa es BRAD, pero Giles a veces le ha visto llevar el de JOHN y, en cierta ocasión, hasta el de LORETTA. Giles supone que el segundo fue por error y que el tercero fue un chiste, pero tanto cambio de nombre hace que Giles se sienta indeciso y no sepa cual utilizar. El chico desde luego responde a la imagen de un nombre como Brad: un metro ochenta y cinco, casi uno noventa si no andara un tanto encorvado. Cara simétrica, dientes rectos casi caballunos, pelo rubio. Los ojos, de color marrón fundido que recuerda el chocolate de la fábrica incendiada, se iluminan al verlo. Giles está seguro de ello.

—¡Hola, amigo! ¿Dónde ha estado?

Brad tiene cierto impreciso acento sureño, y Giles se siente atrapado. De pronto le preocupan sus pelos: la inclinación de su peluquín, lo rectilíneo del bigote, posibles elementos descuidados en orejas y cejas. Giles hincha el pecho y responde:

—Muy buenas tardes. —Demasiado formal; Giles trata de restar pomposidad—: Hola, amigo. —Una frase propia de un escolar—. Es un placer volver a verlo. —Tres saludos redundantes. Lo está haciendo de maravilla.

Brad lleva la mano al mostrador y se apoya en él.

—¿Qué le apetece, si se puede saber?

—No sabría bien qué decirle —responde Giles atropelladamente—. Si no le importa que pregunte, ¿cuál sería su recomendación personal?

Brad tamborilea con los dedos. Tiene los nudillos un poco despellejados. Giles se lo imagina en el arbolado patio trasero de una casa apilando leños, cuyas ascuas en una hoguera se convertirán en doradas mariposas.

—¿Qué le parece una porción de tarta de lima? Hacemos una tarta de lima que es la bomba. Es esa de ahí, la que está encima de las demás.

—¡Vaya! Tiene un color verde de lo más vívido.

—¿Verdad? Si quiere, le pongo una ración gorda y bien jugosa.

—¿Cómo podría rechazar tan tentadora tonalidad?

Brad anota la comanda y suelta una risita.

—Siempre tiene usted las palabras justas.

Giles siente que el rubor le sube del cuello. Lo combate con lo primero que se le ocurre.

—Hay quien asegura que la palabra *tentador* tiene que ver con Tántalo, uno de los hijos de Zeus, el dios griego. Un chico con problemas, desde luego. Es conocido que Zeus sacrificó a su hijo y lo sirvió a los otros dioses. Lo que no es tan distinto a cortar un pastel. Pero lo que recordamos es su castigo. Tántalo fue condenado a permanecer en un lago con el agua hasta la barbilla, bajo las ramas de un árbol frutal. Cada vez que trataba de coger una fruta o sorber algo de agua, la fruta o el agua al momento se situaban fuera de su alcance.

—¿Dice usted que ese tal Zeus hizo pedacitos a su hijo?

—Sí, aunque diría que lo principal es que a Tántalo no le fue permitida la salvación de la muerte. Su destino fue sufrir, sabedor de que cuanto ansiaba estaba al alcance de su mano, si bien no podía hacerse con ello.

Brad rumia todo esto, y Giles nota que el rubor tiñe lentamente su cara. A menudo le maravilla que una pintura determinada pueda decir tanto a tantas personas y que, sin embargo, cuantas más palabras uno emplea, mayor es la probabilidad de que se vuelvan contra quien las pronuncia y lo deje al descubierto. Brad —se alegra de verlo— decide obviar el análisis clásico.

—Veo que lleva su cartera de pintor —dice—. ¿Está trabajando en algo bueno?

Giles sabe que es necedad de viejo atribuir significados ocultos a esta u otra pregunta de cortesía. Él tiene sesenta y cuatro años. Brad no puede tener más de treinta y cinco. Bueno, ¿y qué? ¿Es que Giles tampoco puede disfrutar de una simple conversación agradable? ¿No puede sentirse contento consigo mismo, cosa que no sucede con frecuencia en su vida? Levanta el portafolios como si solo ahora hubiera reparado en él.

—¡Ah, esto! Tampoco es gran cosa. El lanzamiento de un nuevo producto de alimentación, y ya está. Parece que van a poner una campaña publicitaria en mis manos. De hecho, me pilla en camino a una agencia de publicidad.

—¡No me diga! ¿Cual es ese producto de alimentación?

Giles se dispone a contestar, pero la palabra *gelatina* le suena a muy poca cosa.

—Me temo que no puedo decírselo. He firmado uno de esos contratos de confidencialidad, ya sabe.

—¿En serio? ¡Por Dios, qué interesante! Proyectos artísticos en secreto... Está claro que suena bastante mejor que servir porciones de pastel.

—¡Pero la comida es el arte primigenio, el primer arte de todos! Siempre he querido preguntarle una cosa: ¿usted es el famoso Dixie Doug?

La risotada de Brad es tan explosiva que despeina el flequillo del peluquín de Giles.

—Ojalá lo fuera. Porque entonces estaría forrado de dinero. Déjeme que le explique. Este establecimiento no es el único Dixie Doug que hay. En realidad hay doce. Es lo que llaman «una franquicia». Empiezan por enviarte este folleto a casa. Mire, mire. En el folleto te lo explican todo en detalle. El color del que hay que pintar las paredes, la decoración... El Perro Dixie, nuestra mascota. La carta entera, incluso. Hacen estudios al respecto. Y descubren qué es lo que la gente quiere, de forma científica. Lo transportan todo en camiones, por todo el país, y nosotros lo servimos.

—Qué curioso —dice Giles.

Brad mira en derredor, acerca un poco la cara.

—¿Quiere saber un secreto?

No hay cosa que Giles ansíe más. Ha hecho acopio de muchísimos secretos, y tiene claro que la comunicación de un secreto aligera de forma mágica el bagaje personal de quienes lo comparten.

—Se ha fijado en que hablo con acento del sur, ¿verdad? Pero el acento es de pega. En realidad soy de Ottawa. En la vida he oído un acento sureño, como no sea en las películas.

Los sentimientos se aposentan en el interior de Giles, como los cubitos de hielo en un vaso. Es un hecho que no ha averiguado cómo se llama Brad en realidad, pero hoy se llevará un premio superior. Un día —está seguro—, Brad terminará por decirle su verdadero nombre, con cierto exótico acento canadiense, y entonces... Bueno, pues algo es algo, ¿no? A la espera de que llegue la tarta verde brillante, Giles hace orgullosa ostentación de su portafolios. Se siente más partícipe del mundo de lo que se ha sentido en muy largo tiempo.

7

—No necesito reiterar a la mayoría de ustedes lo mucho que trabajaron algunos de nuestros mejores hombres para que todo esto sea posible, y se da la circunstancia de que no todos esos hombres salieron indemnes, por lo que hoy no están con nosotros para compartir este logro —dice Fleming—. Lo que es mi responsabilidad abordar (y, la verdad sea dicha, me alegro de que mis chicas de la limpieza estén aquí presentes) es que este es, sin ninguna duda, el objeto de investigación más importante traído al centro aerospacial Occam y que es preciso tratarlo como tal. Ya sé que todos ustedes han firmado los formularios indicados, pero permítanme volver a decírselo. No hay que compartir la información altamente secreta con sus mujeres. Ni con sus hijos. Ni con su mejor amigo del alma, aunque se conozcan desde el colegio. Es una cuestión de seguridad nacional. Del destino del mundo libre. El mismísimo presidente sabe cómo se llaman todos ustedes, y espero con sinceridad que ello resulte suficiente para que ustedes no...

Con el cuerpo en tensión, Elisa advierte que alguien ha insertado una tarjeta en una cerradura, y eso que ni siquiera se trata de la cerradura que hay detrás de ella. Se abren las puertas de dos metros y medio de altura enclavadas en el otro extremo del F-1, las que dan al corredor que conduce al muelle de carga y descarga. Entran dos hombres con casco y uniforme militar de faena y se sitúan a uno y otro lado de las puertas, para vigilarlas. Están armados, como todos los guardias que hay en Occan, pero no con pistolas en fundas discretas. De sus espaldas penden grandes fusiles negros con bayonetas.

Entran dos soldados más, empujando un palé con ruedecillas del tamaño de un automóvil. Elisa inicialmente cree que es un pulmón de acero. En el orfanato, la polio era lo que más miedo metía en el cuerpo; los niños obligados a permanecer sentados durante los sermones interminables y las áridas charlas podían imaginar el horror de estar atrapados para siempre en un ataúd que llegaba hasta el cuello. Este objeto también es una especie de receptáculo, pero de mucho mayor tamaño, de acero con remaches, juntas de compresión, articulaciones recubiertas en caucho y manómetros. Elisa se dice que quien esté dentro tiene que encontrarse gravemente enfermo, pues por algo le habrán cubierto hasta la propia cabeza. Fleming se acerca al palé e indica que lo transporten a un espacio recién despejado junto a la piscina. Elisa se da cuenta de su propia ingenuidad: los niños pequeños enfermos no requieren de cuatro escoltas armadas.

El último hombre que entra por las puertas lleva el pelo cortado al cepillo, tiene brazos de gorila y hace gala de unos andares torpes y pesados, propios de quien no se fía de los recintos cerrados. Viste un chaquetón de tela vaquera sobre unos ajados pantalones de sarga gris, y las mismas prendas de ropa parecen incomodarlo y aprisionarlo. Da la vuelta al receptáculo, murmurando órdenes e indicando que traben las ruedecillas, que ajusten ciertos mandos. No los señala con el dedo. En torno a la muñeca lleva la correa de cuero de un gastado bastón anaranjado que termina en dos puntas metálicas. Elisa no está segura, pero cree que se trata de una picana eléctrica para el ganado.

Fleming y el doctor Bob Hoffstetler avanzan hacia el hombre con las manos tendidas, pero este los ignora y los ojos fruncidos del recién llegado se clavan en el otro extremo del laboratorio, en Elisa y en Zelda. Las voluminosas venas de su frente son como unos cuernos subcutáneos.

—¿Qué hacen aquí estas dos?

En respuesta directa, el tanque de acero se estremece con violencia sobre el palé y un agudo rugido se extiende desde el interior, agitando la superficie del agua y asustando a los soldados, que pronuncian obscenidades y empuñan los fusiles. Lo que parece una mano, pero no lo es, pues resulta muchísimo mayor, palmea uno de los redondos ventanucos del tanque; a Elisa le cuesta creer que el cristal aguante, pero aguanta, y el tanque de pronto está meciéndose a la vez que los soldados se despliegan en formación, y Fleming llega corriendo hacia ellas, gritando, mientras Hoffstetler hace una mueca de disgusto ante su incapacidad de protegerlas. Zelda agarra el uniforme de Elisa con las dos manos y la arrastra hacia el pasillo, junto con los dos carros, mientras el hombre con la picana sigue mirándolas furioso un segundo más, antes de volverse a mirar esa cosa que han capturado y no cesa de gritar.

8

Las cajas procedentes de Florida son un problema. Lainie lo sabe y se promete desempaquetarlo todo, a la primera oportunidad, ¡y cuanto antes! A su mente vuelve un bonito recuerdo de hace años, cuando, en compañía de Richard y espoleada por el orgasmo de este, se atrevió a hacer un chiste de tipo sexual, una alusión al «¡presenten armas!» En los años posteriores, a Richard semejantes muestras de salacidad le produjeron repulsa. Pero esa vez soltó una pequeña risa y le ilustró sobre la estampa que hay que ofrecer en un desfile militar. Los tacones juntos. El estómago hacia dentro. Los brazos siguiendo las costuras laterales de los pantalones. Nada de sonrisas. Es la eficiencia que Lainie tiene que emular. Cuenta con una navaja multiusos para abrir las cajas. Tiene estropajos marca Brillo con jabón incorporado, limpiador instantáneo Ajax con lejía y cloro, cera limpiadora Bruce, detergente para la colada Tide y limpiador Comet con clorinol, todo ello almacenado y presto para ser usado.

Lainie podría desembalarlo todo en dos días, si se decidiera. Pero no consigue decidirse. Cada vez que corta la cinta adhesiva de una caja se siente como si estuviera destripando a un cervatillo. En el interior de estas cajas hay diecisiete meses de una vida diferente. Una vida que le ha apartado del camino consabido, el seguido desde que era una chiquilla: noviazgo, matrimonio, hijos, labores del hogar. Sacar las cosas de las cajas..., eso sería como arrancar las entrañas a esa otra versión de sí misma, a la mujer con ambición y energía, con un futuro por delante. Todo esto en realidad es una tontería, y lo sabe. Eventualmente se pondrá a hacerlo. Pues claro.

Aunque no resulta fácil aquí en Baltimore, *aquí en este lugar*, con la gran ciudad al otro lado de la ventana. Una vez que deja a los niños en la escuela, le resulta imposible resistirse. Siempre sucede lo mismo. Se pone los zapatos de tacón para Richard, a quien le irrita verla andar descalza. Lainie también lo atribuye a su etapa en el Amazonas; es posible que lo fastidiaran algunos indios descalzos. Cuando Richard se marcha a Occam, lo primero que ella hace es liberarse de los zapatos y hundir los dedos de los pies en la gruesa alfombra. Ni una mota de polvo, o casi. Apenas una migaja de comida, y nada más que eso. Es evidente que de momento está más que limpia. Lainie se viste, sale, sube a un autobús.

Al principio fingía estar buscando una iglesia. Lo que tampoco era mentira, no del todo. Una familia necesita un lugar en el que rendir culto. La iglesia a la que asistía en Orlando fue un verdadero regalo de Dios esos meses sin Richard, antes de que encontrara un asidero. Un asidero. Necesita encontrarlo, otra vez. El problema es que en Baltimore hay una iglesia en cada esquina. A ver, ¿ella es baptista? Cuando estaban en Virginia, iban a una iglesia baptista. ¿O quizás episcopaliana? No está muy segura del significado de la palabra. Luterana, metodista, presbiteriana... Todos estos nombres suenan reconfortantes, carentes de teatralidad. Se sienta en el autobús, con el torso erguido y las manos unidas sobre el bolso; sus labios pintados de rojo musitan nombres de iglesias específicas. Todos los Santos, Santísima Trinidad, Nueva Vida. Se le escapa una risa, que empaña la ventana del autobús, y Lainie durante un momento pierde la ciudad de vista. Nueva Vida... ¿Cómo podría escoger algo con otro nombre?

9

Las mujeres que trabajan no se marchan corriendo a casa para hundir el rostro entre las almohadas porque alguien les ha gritado. Lo que haces es refrenar el temblor en tus manos, agarrar los utensilios y continuar trabajando. Elisa tenía ganas de hablar de lo que había visto y oído: la mano gigantesca que palmeó el cristal en el tanque, el rugido de bestia. Pero al hacer nerviosas señas a Zelda, Elisa comprendió que su compañera no había visto la manaza y había dado por sentado que el rugido tenía origen en otro de esos desagradables experimentos con animales que más vale no considerar en detalle, si no quieres sentirte enferma. De modo que Elisa guarda sus pensamientos para sí, preguntándose si Zelda tiene razón y ella en realidad lo ha interpretado todo mal.

Lo mejor que se puede hacer esta noche es refregar y borrar las imágenes que tiene en mente, y Elisa es una experta a la hora de refregar. Se encuentra en los servicios masculinos del ala noreste, restregando las tazas de los retretes. Tras pasar la mopa por el suelo, Zelda humedece la piedra pómez en el lavabo y frunce el ceño al ver cubierto de meados el tabique que hay entre los dos urinarios, algo a lo que lleva años haciendo frente, siempre tratando de dar con una nueva queja burlona que brinde un poco de ánimo a las dos. Elisa cree en Zelda más que en casi ninguna otra persona del mundo: Zelda sin duda dará con el comentario sardónico preciso, el que le hará reír y les ayudará a sobrellevar el fregoteo de esta pegajosa película de asquerosidad dejado por todos esos hombres con juicios y opiniones tan tajantes.

—Nos han dicho que en Occam trabajan las mejores mentes del país, ¡pero yo veo salpicaduras de meados hasta en el *techo*! Es posible que Brewster no sea el pollo más listo del corral, pero incluso él acierta en la taza el setenta y cinco por ciento de las veces. No sé si sentirme deprimida al ver estas guarrerías o llamar a los del libro Guinness de los records y comunicarles lo que estoy viendo con mis propios ojos. Igual me pagan un dinerito por la información.

Elisa asiente con la cabeza y con las manos le indica:

«Comunícalo por teléfono.»

Esboza un modelo de teléfono al viejo estilo, de los de dos piezas, para evocar la imagen de curtidos periodistas neoyorquinos con las credenciales de PRENSA encajadas en las bandas de los sombreros. Zelda pilla la referencia y sonríe —el solo hecho de verlo ya es un alivio—, y Elisa sigue con el chiste, moviendo los dedos para denotar un «teletipo» y, a continuación, el envío de un mensaje por medio de paloma mensajera. Zelda ríe y señala el techo.

—No quiero ni pensar en el ángulo con que apuntan con..., me entiendes, ¿no? No quiero decir vulgaridades, pero basta con pensar en las leyes de la física. El ángulo de una manguera en el jardín, la dirección del chorro...

Elisa ríe en silencio, escandalizada y agradecida a más no poder.

—Lo único que se me ocurre es que aquí han estado montando una competición. Como en los juegos olímpicos. Con premio a la altura y la distancia. Con premio al mejor estilo, si la bamboleas con cierta gracia. ¡Y nosotras que pensábamos que estos científicos eran unos flojitos!

Elisa sigue carcajeándose en silencio, echando la espalda hacia atrás hasta rozar la separación entre los urinarios, mientras las ácidas bromas de Zelda van borrando los acontecimientos de la noche.

—Y una cosa más: aquí hay dos urinarios —sigue bromeando Zelda—. No hay que descartar un concurso de meadas sincronizadas.

Entra un hombre. Elisa aparta la vista del inodoro, y Zelda del urinario. Un hombre aparecido de repente y sin avisar. Es tan increíble que las mujeres no saben cómo reaccionar. Un cartel de plástico con la leyenda CERRADO POR LIMPIEZA es lo único que protege a las mujeres de la limpieza de la amenaza de incursiones masculinas, pero siempre ha resultado suficiente. Zelda hace amago de señalar el letrero, pero no termina de señalar con el dedo; a una limpiadora no le corresponde notificar la existencia de objetos físicos a un hombre de rango superior. Y, además, los ecos de sus pullas sobre el uso de los servicios masculinos sigue reverberando por cada cañería, contratuerca y placa situada bajo el lavamanos. Elisa tiene vergüenza y, a continuación, se avergüenza de tener vergüenza. Zelda y ella han limpiado estos servicios miles de veces, pero basta un solo hombre para que *ellas* sean las que se sientan indecentes.

El hombre camina tranquilamente hasta situarse en el centro.

En la mano derecha lleva una picana anaranjada de las que se utilizan para el ganado.

10

La puerta giratoria de Klein & Saunders libra el paso a los visitantes como en un acto de prestidigitación. En la acera, entre los hombres encorbatados y con carteras de mano que se dirigen a la próxima reunión, Giles está a la deriva, se siente antiguo e inútil. La metamorfosis tiene lugar en la cabina rotatoria, cuyos paneles acristalados reflejan una infinidad de yoes posibles, mejores. Cuando está en el vestíbulo con suelo de mármol ajedrezado, Giles es un hombre nuevo. Con la obra de arte en la mano, y con un lugar al que llevarla, ahora es alguien importante.

Siempre ha sido así, desde que tiene uso de razón: la producción de la obra de arte es un simple prólogo a la delicia de *tenerla*, en forma de objeto concreto creado por su voluntad. Si uno lo piensa bien, todo lo demás que tiene es como su apartamento ruinoso: de alquiler, y punto. El primer objeto artístico de su vida fue una calavera humana que su padre había ganado en una timba de poker, bautizada como Andrzej en honor al polaco al que se la había ganado. Fue el primer estudio de Giles: la dibujó centenares de veces, en los lados de sobres de correos, en hojas de periódicos, en el dorso de su mano.

A duras penas se acuerda de cómo los dibujos de calaveras dieron paso a un trabajo para Klein & Saunders veinte años después. Su primer empleo fue en la misma fábrica de hilaturas de algodón de la empresa Hampden-Woodberry en la que trabajaba su padre, lugar en el que se acostumbró al cosquilleo de las fibras de algodón en las narices, a los callos en las manos fuertes de tanto cargar con pacas, a la segunda suave piel de barro rojizo cada vez que les había llegado algodón de Misisipí. Por la noche, a veces durante toda la noche, pintaba en papel desechado y hurtado del trabajo unos retratos desaforados que le alimentaban más que la comida (y eso que pasaba hambre de verdad, ojo). El lodo del Misisipí pegado a sus brazos lo utilizaba para que los tonos naranjas restallaran. Décadas después, iba a seguir siendo su secreto.

Al cabo de dos años había dejado la fábrica y a su desconcertado padre para trabajar en el departamento de bellas artes de los almacenes Hutzler's. Unos años después entró en Klein & Saunders, donde transcurrió el grueso de su carrera profesional. En la agencia se sentía orgulloso, pero no satisfecho. Su sordo descontento tenía algo que ver con el arte. Con el arte de verdad. Hubo una época en que se definía a sí mismo con tales palabras, ¿o no? Todos aquellos dibujos abstractos de Andrzej, todos aquellos desnudos masculinos hechos con el trazo grueso de unas manos encallecidas, con los tonos anaranjados y sangre del barro llegado desde Biloxi. Giles poco a poco llegó a tener la sensación de que cada falsa sonrisa de alegría que pintaba para Klein & Saunders vampirizaba la alegría genuina de quienes calibraban su propia felicidad tomando como referencia los imposibles estándares de la publicidad. Conocía esa sensación. La sentía a diario.

Klein & Saunders es una agencia que trabaja con clientes prestigiosos. De ahí la sala de espera equipada con sillones color escarlata de moderno diseño alemán y el carrito con las bebidas del que se encarga Hazel, la recepcionista tan temible, quien entró en la empresa antes que el propio Giles. Hoy, sin embargo, Hazel está ausente, y la grácil secretaria de uno de los publicitarios tiene que ocuparse de servir a una decena de ejecutivos impacientes, con una sonrisa atornillada a su rostro temeroso. Giles le ha visto colgar inadvertidamente una llamada telefónica mientras se manejaba nerviosa con una bandeja con cócteles a medio mezclar. El recién llegado evalúa el ánimo imperante en la sala basándose en la nube de humo de cigarrillos; lejos de descansar con placidez cual el Adán de Miguel Ángel, la nube es una agrupación de bocanadas dotadas de movimiento.

Pasa por alto que la secretaria necesita un minuto entero para reparar en él.

—Soy Giles Gunderson, artista —se presenta—. Tengo cita a las dos y quince con el señor Bernard Clay.

La joven pulsa una tecla y murmura al auricular algo parecido a su nombre. Giles no está seguro de que haya transmitido bien el mensaje, pero no tiene ningunas ganas de decirle a la pobrecita que vuelva a intentarlo. Echa una mirada al gentío. Es increíble, piensa: después de veinte años, hay una parte de su ser que sigue disfrutando cuando se mezcla con semejante jauría malhumorada y a la espera.

Mira a la secretaria, mira el carrito con las bebidas. Suspira, anda unos pasos y se sitúa detrás del carro, da una palmada.

—Queridos amigos —dice a los reunidos—. ¿Qué les parece si hoy nos ocupamos de mezclar nuestros propios combinados?

Los otros echan chispas ante esta interferencia en su tan justificado humor canino; cada uno de los hombres enarca una ceja hasta media frente. Giles conoce esta sensación, la de la irritación que se transforma en sospecha. Ha pasado largo tiempo, pero sigue sin saber cómo se las arregla la gente para detectar que él es diferente a los demás. Cree notar que el peluquín está soltándose del cráneo. Si las cosas se ponen feas, el peluquín será el menor de sus problemas.

—Si lo hacemos, tendremos una ventaja —prosigue Giles—: podremos prepararnos unos copazos todo lo cargados que nos gusten. ¿A quién le apetece un martini?

El truco funciona. Llegada la primera hora de la tarde, los hombres de negocios en el fondo son unos niños pequeños deshidratados y picajosos.

Uno de ellos dice:

—¡Buena idea, amigo!

Otro secunda:

—¡Yo me apunto!

Al cabo de un segundo, Giles está ocupado en la preparación de combinados, sirviendo del gollete con generosidad y cortando rodajas de limón entre los entusiásticos hurras de la pequeña multitud. En mitad de la juerga, con un gesto indica que se aparten. Prepara un solitario Alexander del que hace entrega a la secretaria como si fuera un Oscar de la academia. Todos aplauden, la chica se ruboriza, la luz del sol se refleja en la espumosa superficie del cóctel como un horizonte hawaiano. Durante un momento, Giles tiene la sensación de que su mundo vuelve a estar cargado de potencial.

11

Zelda sabe qué conviene hacer. Es una variación de lo que ya ha hecho miles de veces, en el trabajo, sí, pero también en los demás órdenes de la vida al sentirse presionada por los hombres. Perderse de vista, y rápido. Adopta la sonrisa distante de una sirviente, agarra el carrito y hace que ruede. Pero el suelo está enjabonado, y el carro se desliza en demasía, golpeando la papelera y volcándola con un ruido metálico que resuena en los servicios. Justo recién vaciada, y gracias a Dios, pero se agacha para levantarla. Al ponerse de rodillas, su corpulencia queda en evidencia e invita al ridículo. Trata de levantarla con rapidez. Sigue de rodillas cuando oye el ruido de algo que se arruga. Levanta la vista. El hombre tiene en la mano lo último que Zenda esperaba ver, lo más opuesto a su picana eléctrica: una bolsa de plástico con caramelos de un color verde brillante.

—No, no. No se marchen. Me ha parecido que estaban ustedes disfrutando de su conversación. Cosas de chicas. Lo que no tiene nada de malo. Así que sigan a lo suyo, que yo no tardo ni un segundo.

No es que tenga acento sureño, pero sus palabras restallan como la cola de un caimán. Da un paso adelante, y Zelda durante un segundo cree que se dirige al urinario donde está Elisa. ¿Es que Elisa ha visto algo en el F-1 que ella no ha llegado a ver? Elisa siempre se muestra afectada cuando le gritan, pero su comportamiento desde que han salido del F-1 parece ser otro; parece encontrarse casi traumatizada. ¿Es que este recién llegado tiene intención de llevarse a Elisa a rastras? Zelda se levanta como puede —en otro movimiento sin ninguna gracia—y palpa el borde del carro en busca de un arma: la escobilla para los retretes, la espátula para los cristales. Zelda también sabe pelear. Brewster tiene más cicatrices de guerra que ella, y ella tiene las suyas. Si este hombre trata de hacerle daño a Elisa, Zelda hará lo que tenga que hacer. Su vida entera se irá al garete, pero no tendrá otra elección.

Pero el hombre desvía sus pasos, deja la picana y la bolsa con caramelos en el lavamanos, se planta ante el urinario y empieza a abrir la cremallera del pantalón.

Ahora es Zelda la que pide ayuda a Elisa con la mirada. Si los aterrados ojos de Zelda se perdieron algo en el F-1, es posible que tampoco pueda confiar en ellos. ¿Es posible que un hombre justo haya sacado el instrumento a relucir, ante las narices de las dos? Por su parte, Elisa ladea la cabeza a izquierda y a derecha, preguntándose cómo tiene que reaccionar. Una cosa está clara: Zelda es incapaz de mirar a este hombre. Mirarlo en este lugar, mientras él hace lo que está haciendo… La mujer se dice que sin duda es una falta susceptible de ser castigada con el despido. Todo cuanto el hombre tiene que hacer es denunciarlas, decir a Fleming que estas dos limpiadoras se han estado comportando de forma lasciva, y las pondrán de patitas en la calle. Zelda clava la mirada en el suelo con tanta intensidad que se dice que sus ojos van a agrietar el embaldosado.

La orina sisea en el urinario recién limpiado.

—Me llamo Strickland. —La voz rebota en las paredes—. Estoy a cargo de la seguridad.

Zelda traga saliva.

—Ajá —replica como única respuesta.

Ordena a sus ojos que no se muevan, pero le desobedecen y ve que un chorrito de orines salpica el suelo fregado. Strickland suelta una pequeña risa.

—Vaya… Menos mal que tienen ustedes las fregonas a mano.

12

Richard sin duda censuraría como una pérdida de tiempo esta especie de secretos recorridos turísticos que ella hace por la ciudad, y tendría razón. Los rascacielos colosales, los carteles publicitarios enormes como montañas, las gasolineras de formas robóticas, los tranvías de color blanco tiza… Lainie siente que en su interior se está deshilachando un nudo, como por obra del cuchillo para abrir las cajas de la mudanza. El autobús avanza con rapidez junto a rótulos que permanecen iluminados durante la entera, penosa jornada: INSTALACIÓN DE SI-

LENCIADORES; TODO A 1 DÓLAR EN EL INTERIOR; ARTÍCULOS DEPORTIVOS; ÚNETE A LA FUERZA AÉREA. Lainie pulsa el timbre y se baja en un barrio comercial en la calle Treinta y seis Oeste, que los de la ciudad llaman «la Avenida». Deja que las tiendas tienten a su monedero.

Saluda con un pequeño «hola» animoso a casi todas las personas con quienes se cruza, a las mujeres sobre todo. Sería magnífico explorar la ciudad en compañía de una amiga que conociera sus secretos. Una amiga con la que compartir sarcasmos sobre los precios escandalosos, sobre lo que el viento de la bahía hace con tu pelo, ese tipo de cosas. Una amiga con la que se llevara bien y que apreciara la vitalidad secreta, especial, de que estuvo disfrutando durante esos diecisiete meses por su cuenta. Pero las mujeres de Baltimore se sobresaltan al oír su saludo y apenas se las arreglan para sonreír. Al cabo de una hora, Lainie se siente sola, condenada a seguir siendo una recién llegada. Sube al autobús de nuevo. Un hombre anda por el pasillo, la toma por una turista y trata de venderle una guía de la ciudad. Lainie vuelve a sentir un nudo en el pecho. ¿Quizá se trata de su peinado? En Florida, los cardados eran lo más, pero no es eso lo que aquí sucede. De súbito se siente profundamente infeliz. Seguramente le vendría bien contar con una guía de la ciudad. Compra una.

La guía le vocifera que Baltimore tiene todo cuanto hace falta para satisfacer a una familia americana. Si es así, ¿qué problema exacto tiene Lainie? A Tammy le encantaría el Museo de Arte de la ciudad. Timmy estaría fascinado por la Sociedad de Historia. Al oeste de la ciudad se encuentra el Bosque Encantado, una especie de conglomerado de parques de atracciones inspirado por los cuentos infantiles. Las fotos muestran castillos y bosques, princesas y brujas. Llegado el verano, podrían celebrar los cumpleaños de los niños en ese lugar. Resulta perfecto, con la salvedad del parque llamado Tierra de la Jungla. La sola mención de la palabra *jungla* induce a Richard a dejar de leer el periódico o a cambiar de canal. Sencillamente, habrán de tener cuidado de no entrar en ese lugar, y punto.

En uno de sus anteriores paseos, Lainie llegó hasta los muelles de Fells Point. Ha tratado de olvidar dicho paseo, pero la plancha de vapor todas las mañanas le extrae la verdad a chorros de calor: se pregunta si el Amazonas hirvió a Richard hasta el tuétano. Esa tarde era gris como la pizarra; le acompañaba el sordo golpeteo de los barcos contra los muelles. Fue resiguiendo la orilla del río Patapsco, con el cuello del abrigo subido hasta el mentón. Llegó allí tras bajarse en una parada de autobús que un astroso vagabundo había hecho suya; anduvo por el barrio más feo que había visto en la vida. Había un cine y todo, y a punto estuvo de entrar para evadirse de las insistentes miradas ajenas. Pero en el rótulo luminoso faltaban demasiadas bombillas para su gusto, y la película tampoco parecía ser precisamente agradable: el circo de las almas, se llamaba, o algo por el estilo.

El lugar era solitario. Nadie la escucharía si hablaba, por lo que estuvo contando mentiras a las frías aguas que lamían el embarcadero hasta que ya no tuvo más mentiras que contar: estaba contenta de que su marido hubiera regresado. Se sentía realizada. Miraba el futuro con optimismo. Se creía todas las estadísticas impresas en el folleto del Ayuntamiento de Baltimore que Richard le había dado. Según se afirmaba con orgullo, solo el veinte por ciento de las familias de Baltimore tenían coche, pero Richard le juró que ellos pronto iban a tener dos. Estaba harto de las continuas averías del Ford Thunderbird, o eso dijo, y no iba a permitir que su mujer fuera en transporte público mientras él estaba ocupado en salvar el mundo.

Mientras volvía a la parada del autobús, en la barriada que tan poco le gustaba, rodeó a un empleado municipal ocupado en regar la acera con una manguera. Era estupendo, se dijo: un municipio que hacía lo posible para que las calles estuvieran limpias. Fingió no darse cuenta de que el chorro de la manguera sacaba a relucir los olores a orines de perro, pescado podrido, hojas putrefactas, aguas residuales en solidificación, charcas saladas, aceite requemado, excrementos humanos. Una última mentira antes del regreso al hogar, otra arruga más que eliminar a golpes de plancha.

13

Giles espera que Bernie esté conduciéndolo a una sala para reuniones, pero finalmente llegan a un simple despacho vacío en el que han metido una mesa y dos sillas. Bernie no se sienta, así que Giles tampoco lo hace. No resulta particularmente amigable, después de las sonrisas y los apretones de mano en la sala de espera, pero Giles se repite que Bernie Clay es el único amigo de verdad que tiene en este lugar. Bernie Clay, y no esos viejos adinerados que están trasegando combinados en el vestíbulo. Bernie fue de los que votó a favor del despido de Giles de la firma hace ya veinte años, sí, pero lo hizo contra su voluntad, y Giles vuelve a decirse que ser mártir resulta fútil. Bernie estaba obligado a alimentar a su familia, ¿no es así?

Giles se siente abatido al recordar el acontecimiento que provocó su despido, en parte porque fue de carácter prosaico y predecible, y es sabido que los clichés son anatema para el artista. Aquel bar tan particular en Mount Vernon, los policías que entraron por sorpresa con las placas en las manos... Durante la noche transcurrida en el calabozo, solo pensó en una cosa: en que su padre siempre empezaba a leer el periódico por la sección de sucesos. Giles esperaba que, al igual que él mismo, su padre hubiera perdido tanta vista que fuera incapaz de leer el tipo pequeño de letra en la sección de sucesos; cuando no volvió a oír de su padre nunca más, comprendió que no era el caso. Una semana después del despido, Giles adoptó al primero de sus gatos.

Las artimañas para conseguir reunirse con Bernie se han convertido en parte importante del trabajo de Giles. Y bueno, no puede quejarse. Ningún otro en la firma, incluyendo al señor Klein y al señor Saunders, está de acuerdo en que Giles siga trabajando para ella como colaborador externo. Giles dibuja una ancha sonrisa postiza, idéntica a la que el padre exhibe en su último cuadro. Más publicidad, se dice, solo que el producto a vender esta vez soy yo mismo.

—¿Qué demonios ha sido de Hazel? Es la primera vez que no la veo en el trabajo.

Bernie se afloja el nudo de la corbata.

—No vas a creértelo, Gilesy. La vieja chiflada se lió con un embotellador de refrescos y ¡bum! Se fueron a vivir a Los Ángeles. Y, ya de paso, se llevaron la cuenta de cliente con ellos.

—¡No me digas! En fin. Mejor para ella, supongo.

—Pero malo para nosotros. Por eso está todo patas arriba, y por eso tenemos que hablar en este cuartucho. Mis disculpas, pero estamos desbordados. Si te enteras de una chica que trabaje bien, me lo dices, ¿entendido?

Giles de hecho conoce a una chica que trabaja bien, quien lleva años en un empleo sin futuro ninguno en cierto totalitario centro de investigación. Es una pena que el punto fuerte de Elisa no sea responder a las llamadas telefónicas. Absorto en sus pensamientos, Giles guarda silencio unos segundos; Bernie denota algo de nerviosismo, y Giles siente que el mundo se le cae encima. Bernie está a solas en una habitación cerrada con un conocido maricón. Por muchas ganas que tenga de parlotear sobre los viejos tiempos en el negocio de la publicidad, Giles no quiere que el otro se sienta incomodado por su culpa.

—Y bien, mira, aquí tengo el trabajo...

—La verdad es que solo tengo unos pocos...

Ambos agradecen la distracción que supone liberar la hebilla metálica del portafolios, el latigazo del cuero al abrirse. Giles deja el lienzo sobre la tela y lo señala con orgullo. Pero de repente le entra el pánico. ¿Es posible que las luces del techo estén haciendo cosas raras? La estructura ósea de la familia que ha dibujado es demasiado pronunciada, como si la piel estuviera pegada a unos cráneos como el de Andrzej. ¿Y cómo se le ha ocurrido dibujar cuatro cabezas incorpóreas? ¿Cómo no se detuvo a pensar en lo fantasmal de la imagen? Los mismos colores no son los adecuados, salvo en el caso de la gelatina, que, gracias a las mezclas de pigmentos que estuvo haciendo toda la noche, es de un rojo apoteósico, volcánico.

—El rojo —suspira Bernie.

—Un rojo excesivo —dice Giles—. No puedo estar más de acuerdo.

—No es eso. Aunque es verdad que los labios del padre son un poco... del color de la sangre. Pero me refiero al color en general. El rojo ha sido descartado. Ya no usamos el rojo en los anuncios importantes. El rojo ha pasado a mejor vida. ¿Acaso no te lo dije? Igual no. Como decía, andamos desbordados de trabajo. El rojo ahora no quieren ni verlo. Lo último es..., ¡prepárate a oír una buena! Lo último es el *verde*.

—¿El verde?

—Bicicletas verdes. Guitarras eléctricas verdes. Cereales verdes para el desayuno. Sombra verde de ojos. El verde ahora representa el futuro. Los mismos nuevos sabores que están inventando son verdes a más no poder. Manzana, melón, uva, pesto, pistacho, menta...

Giles hace lo posible por ignorar el cuarteto de calaveras que están riéndose de él y mira detenidamente la gelatina que tanto parecía complacerles. Se siente estúpido, ciego por completo. Bernie quizá le habló antes de todo esto, o quizá no lo hizo, pero eso da lo mismo. Si tuviera medio gramo de cerebro, él mismo tendría que haberse dado cuenta. ¿Qué clase de apetito de ogro iba a verse estimulado por una gelatina tan roja que parece haber sido lonchada de un corazón palpitante?

—No es por culpa mía, Gilesy —dice Bernie—. La culpa la tiene la *fotografía*. Todos los clientes que entran por la puerta quieren sesiones de fotografía, con chicas guapas para anunciar sus hamburguesas, enciclopedias a plazos o lo que sea. Y quieren que los invitemos a las sesiones de *casting*, para mirar el muslamen de cerca. Soy el único que queda en esta firma que defiende el dibujo ante los jefes. El dibujo, la pintura…, ¡eso es arte de verdad! No hago más que decírselo, una y otra vez. Y tú, Gilesy, eres un gran artista. Y bueno, me pregunto si estos días tienes el tiempo suficiente para concentrarte en tus propias obras…

El lienzo hace pensar en los restos de una tarta de lima del Dixie Doug vistos lejos de las luces brillantes: no muy atrayente. Giles vuelve a meterlo en el portafolios. El peso del portafolios en el camino de vuelta a casa no será tan reconfortante como durante el trayecto de ida. ¿Mis propias obras? No, Bernie. Hace años que no. No cuando está más que ocupado pintando y repintando una gelatina que nadie querrá, sea cual sea el color del futuro.

14

Strickland siente que una vergüenza pegajosa se adueña de su ser. Los orines que se extienden por el suelo en ligera pendiente…, es demasiado. Sí que quería dar un susto a las limpiadoras. Tiene previsto amedrentar a todos los que han estado mirando el objeto esta noche. Es un truco que aprendió del general Hoyt, cuando estuvieron estacionados en Tokio. La primera vez que se encuentre con un inferior, déjele claro que no es nadie para usted. Tan pronto como vio a la limpiadora negra, la espalda encorvada de la limpiadora de raza blanca, el urinario, supo lo que convenía hacer. Pero es asqueroso. Eso de mear en el suelo… es lo que hacía en la Amazonia. Lo que ahora ansía es higiene y limpieza, por mucho que en este preciso momento esté meándose —literalmente— en una y otra cosa.

Mira por encima del hombro y contempla detenidamente a la más bajita. Lleva la cara sin maquillar. Sin ningunos de esos potingues que Lainie se aplica a brochazos. Siente todavía mayores remordimientos. Hace lo posible por vaciar la vejiga de una vez. Mira en derredor, sin saber qué decir. Se fija en la picana. Las dos mujeres sin duda están contemplándola. Se la compró a un ganadero por cuatro chavos antes de salir de Brasil. Un campesino que casi ni hablaba inglés pero se refería a la picana como al «látigo de Alabama». El artefacto le fue muy bien para hacer que el objeto se metiera o saliera de la piscina cuando era necesario ser persuasivo con él. De una de las dos puntas de latón pende una gorda gota de sangre oscura. Está a punto de cernirse sobre la blanca loza del inodoro. Más asquerosidad dentro de un momento.

Está disgustado consigo mismo, y adopta un tono jovial para disimular.

—Eso que están viendo es un modelo Farm-Master 30 de 1954 para uso intensivo. Nada que ver con esas birrias que hoy fabrican con fibra de vidrio. Cañón de acero, mango de madera de roble. Con regulador de quinientos a diez mil voltios. Adelante, chicas, pueden mirarlo bien, pero sin tocar.

La sangre se le agolpa en la cara. Se diría que está hablando de su propia verga. Repugnante, eso es lo que es. ¿Qué le parecería si Timmy le oyera decir estas cosas? ¿Y si fuera Tammy quien le oyera? Richard ama a sus hijos, por mucho que tenga miedo de tocarlos, porque tiene miedo de hacerles daño. Los pequeños solo pueden formarse una opinión sobre él a partir de sus palabras. De pronto se siente furioso con estas mujeres que son testigos de su vulgaridad. No tienen la culpa de encontrarse en estos servicios, claro. Pero sí que son culpables de tener estos trabajos, ¿o no? Culpables de encontrarse obligadas a trabajar en esto, ¿o no? Cae la última gota de orina. Piensa en el rollizo bulbo de sangre que cuelga del látigo de Alabama.

Strickland sube la pelvis, se remete el instrumento bajo el calzoncillo, cierra la cremallera del pantalón y emite un grito que sobresalta. Las mujeres apartan la vista. ¿Tiene manchas de orines en el pantalón?, se pregunta. Ahora ya no está en la selva. Ahora está obligado a pensar en cosas de este tipo, constantemente. Tiene ganas de salir corriendo de estos baños donde la luz es cegadora, de dejar atrás las asquerosidades recién cometidas. Vamos a poner punto final a este asunto, se dice.

—Ambas han oído bien lo que ese hombre ha dicho en el laboratorio. Espero no tener que repetirlo.

—Las dos tenemos autorización —responde la negra.

—Sé que la tienen. Lo he comprobado.

—Sí, señor.

—Mi trabajo es comprobarlo.

—Lo siento, señor.

¿Por qué esta mujer está dificultando las cosas? ¿Por qué la otra mujer, mucho más guapa, de aspecto mucho más amable, no dice ni palabra? Estos servicios huelen a pantano. Tiene que ser cosa de su imaginación. El corazón le late con fuerza. Su mano busca un machete que no está en el cinto. Le queda el látigo de Alabama, eso sí. Siempre es un buen sustituto. Le entran ganas de cerrar los largos dedos en torno a su mango. Se obliga a soltar una risa entre las mandíbulas apretadas.

—Vamos a ver. Yo no soy uno de esos racistas que votan a George Wallace. Yo creo que los negros tienen su lugar en la sociedad, y hablo en serio. En el trabajo, en las escuelas, con los mismos derechos que los blancos. Pero ustedes por su parte tienen que trabajarse el vocabulario. Siempre están repitiendo las mismas palabras. En Corea tenía un compañero de combate negro al que terminaron formando consejo de guerra por algo que no había hecho. Y todo porque cuando el juez le preguntó por su versión de los hechos, el hombre no hacía más que repetir *sí, señor* y *no, señor*. Es la razón por la que hemos metido a tantos de su raza en la cárcel. Y no se lo tome en plan personal. He oído que el mes que viene van a cerrar la cárcel de Alcatraz, en la que casi no hay negros. En Alcatraz están los peores criminales de este país, así que eso habla muy bien de su raza. Tendrían que sentirse orgullosos.

Y ahora, ¿de qué demonios está hablando? ¿De Alcatraz? Estas limpiadoras deben estar diciéndose que es tonto de remate. Cuando se marche por la puerta, van a morirse de risa en estos baños. El sudor corre por su cara. Las paredes parecen estar cerrándose a su alrededor, y el calor es asfixiante. Asiente con la cabeza, ve la bolsa con los caramelos duros, lleva la mano al interior. Sin haberse lavado las manos antes. Unas limpiadoras precisamente son las que se más se fijan en estos detalles. Qué asco, por favor. Se lleva una bola verde a la boca. Su vista se posa por última vez en las dos mujeres que le observan.

—¿Les apetece un caramelo, señoritas?

Pero la bola verde es como el bocado entre los dientes de un caballo. Ni él mismo consigue descifrar lo que acaba de decir. Está claro que van a reírse a carcajadas. Las jodidas limpiadoras. Jodidos todos. Tendrá que ser más duro con los científicos, sin meter la pata como acaba de meterla con estas dos. Occam no es distinto a la *Josefina*. Se asegurará de que a todos les quede claro que Strickland es quien está al mando. No David Fleming, el payaso al servicio del Pentágono. No el doctor Bob Hoffstetler, el biólogo bonachón. Da media vuelta sobre el tacón del zapato. El piso resbala. Espera que sea agua enjabonada, y no orines. Muerde el caramelo con fuerza, para no oír sus propias pisadas húmedas, y agarra el látigo de Alabama al pasar junto al lavamanos. El bulbo de sangre seguramente va a caerse. Y las limpiadoras van a fregarlo. Pero no van a olvidarse. No van a olvidarse de Strickland. Qué asco, por favor.

15

El ofrecimiento de caramelos por parte de Strickland solo aporta empalago a la escena repelente. A Elisa dejaron de gustarle los caramelos a una edad en que la mayoría de los niños matarían por comerlos.

Hasta tiene problemas para engullir las azucaradas tartas que Giles le obliga a comer en el Dixie Doug. Recuerda que los orígenes de su rechazo se remontan a los tiempos en que miraba embobada a las gorgonas adultas, tan inescrutables como el propio Strickland. A ojos de estas primeras cuidadoras, Elisa no era una discapacitada; sencillamente, era estúpida y terca. El orfanato tenía el bonito nombre de Hogar para los Pequeños Trotamundos de Baltimore, si bien quienes vivían en él lo reducían a simple «Hogar», circunstancia irónica si tenemos en cuenta los atributos que los cuentos infantiles asociaban al hogar. Seguridad. Protección. Comodidad. Alegría. Jardines con columpios y cajones con arena. Abrazos.

Los chavales de mayor edad conocían los edificios adyacentes, en los que podías encontrar material que llevaba rotulado en plantilla la anterior denominación del Hogar: Escuela Fenzler para Imbéciles y Subnormales. Cuando Elisa fue acogida en la institución, los niños antaño calificados como *mongólicos*, *lunáticos* o *inútiles* ahora recibían la clasificación de *retrasados*, *lentos* o *negligentes*. A diferencia de lo que pasaba en los orfanatos judío y católico emplazados calle abajo, la misión del Hogar se reducía a mantenerte con vida, aunque fuera por poco, para que cuando te dejaran en la calle a los dieciocho años pudieras encontrar un empleo como sirviente a las órdenes de tus superiores.

Los niños del Hogar hubieran podido unirse y plantar cara, del mismo modo que los trabajadores de Occam hubieran podido hacerlo. Sin embargo, la escasez de comida y de afecto llevaba a que la crueldad se extendiera como un resfriado, y cada niño sabía bien cuáles eran los puntos débiles de sus rivales. ¿Te habían condenado al Hogar porque tus padres habían ido a parar al hospicio? En tal caso te daban el nombre de Betty «La Sin Pan». ¿Tus padres habían muerto? Entonces eras Gilbert «El Ataúdes». ¿Habías nacido en otro país? Entonces eras Rosa «La Roja», Harold «El Huno» y demás. Elisa no llegó a saber los verdaderos nombres de algunos de los chavales hasta que los pusieron en la calle.

El apodo de la propia Elisa era «Mamá», si bien las encargadas solían conocerla como «22». Los números simplificaban las cosas en el poco sencillo mundo de los niños no queridos, y cada niño tenía sus propios dígitos. Cada objeto que te asignaban llevaba tu propio número, lo que facilitaba la asignación de culpabilidades cuando algo que era tuyo aparecía en un lugar inadecuado. Los pequeños condenados al ostracismo, como Mamá, lo pasaban mal. Sus adversarios no tenían más que birlarle la manta, sacarla escondida bajo el abrigo y tirarla al suelo embarrado. Una vez comprobado que el número en la etiqueta era el «22», Mamá recibía el castigo correspondiente.

Cualquier encargada podía ocuparse de impartir el castigo, pero la propia Matrona era la que solía encargarse del asunto, porque le gustaba. No era que la Matrona fuese la dueña del Hogar, pero el Hogar era todo cuanto tenía en la vida. Con apenas tres años de edad, Elisa ya intuía que la Matrona consideraba que la revoltosa chiquillería del Hogar era el reflejo de su mente inestable, por lo que era necesario imponer el orden a los niños para conservar el juicio. No funcionaba. La Matrona soltaba unas risotadas tan estruendosas que los más pequeños rompían a llorar, y luego le entraban unos sollozos rabiosos que solo incrementaban sus miedos. Siempre llevaba consigo una vara de árbol joven para la azotar las pantorrillas y los brazos, una regla de medir para los nudillos y una botella de aceite de ricino para administrarlo por la fuerza.

De forma retorcida, la Matrona también llevaba caramelos consigo. Como dependía en tan gran medida del placer proporcionado por las súplicas y los ruegos ajenos, reservaba la mayor de sus ojerizas para la Mamá, siempre callada. Un monstruito incorregible, la llamaba. Siempre con sus secretos, siempre planeando maldades de algún tipo. Todavía peores resultaban los episodios contrarios, cuando la Matrona, con el pelo gris recogido en unas grotescas colas de caballo, arrinconaba a Elisa y le preguntaba si quería jugar a las muñecas. Elisa se ponía a jugar con ella de forma mecánica, muerta de miedo cada vez que la Matrona le preguntaba si alguna niña mala se hacía pipí en la cama por las noches. Era el momento en que los caramelos salían a relucir. Que no tuviera miedo; podía contarle todos sus secretos, insistía la Matrona. Tú dime qué niñas son, que yo me ocuparé de ellas. Elisa intuía que se trataba de una trampa. *Era* una trampa. Del mismo tipo que la empleada por el señor Strickland al hacer sonar la bolsa de celofán. En uno u otro caso, estaba claro que el ofrecimiento de caramelos era un gesto envenenado.

Elisa fue creciendo. Doce años, trece, catorce... Se sentaba a solas en las heladerías, alejada de las demás niñas, a quienes escuchaba hablar y comentar que a veces bebían alcohol; el agua de su vaso tenía sabor a jabón. Las oía hablar sobre lecciones de baile; cerraba las manos con fuerza en torno al cuenco con el helado, para no ponerse a aporrear el mostrador. Las oía hablar sobre los besos con los muchachos. Una de ellas cierta vez comentó:

«Mi chico hace que me sienta alguien de verdad.»

Elisa estuvo dándole vueltas a esta frase durante meses seguidos. ¿Cómo sería eso de sentirse alguien de verdad? ¿Eso de sentirse como una persona que no solo existía en su propio mundo, sino que también residía en el del otro?

Una tarde siguió a las chicas al Arcade Cinema Marquee. Nunca había estado en el interior de un cine. Compró una entrada y se preparó para que le dijeran que se marchase. Le llevó cinco minutos decidirse por un asiento preciso, como si se tratara de una elección determinante en la vida. Quizá lo era. La película que proyectaron fue *El despertar*. Giles y ella iban a reírse de su cursilería cuando la vieron por televisión años después, pero en aquel momento supuso el tipo de experiencia religiosa que Elisa nunca había experimentado en el interior de una iglesia. Este era un lugar en el que la fantasía se imponía de forma contundente a la realidad, en el que estaba demasiado oscuro para que una viera las cicatrices, en el que el silencio no ya solo resultaba aceptable, sino que estaba impuesto por unos acomodadores armados con linternas. Durante dos horas y ocho minutos se sintió bien consigo misma.

La segunda película se llamaba *El cartero siempre llama dos veces* y era una combinación de sexo y violencia, de un nihilismo para el que ningún libro en la biblioteca del Hogar le había preparado, del que nada le habían dicho los adultos, sobre el que nada le habían comunicado los chismes que las otras chicas intercambiaban. El final de la Segunda Guerra Mundial era reciente, y en las calles de Baltimore proliferaban los soldados bien rasurados y uniformados; empezó a verlos de modo distinto al volver al Hogar, y ellos a su vez la miraron de manera diferente, o eso le pareció. La interacción con ellos, sin embargo, se saldó con una serie de fracasos. Por lo visto, aquellos hombres jóvenes no tenían paciencia para el flirteo mediante el lenguaje de las manos.

Según sus propias estimaciones, se coló en el Arcade de tapadillo algo así como ciento cincuenta veces durante sus últimos tres años en el Hogar. Antes de que la sala entrara en declive; antes de que el yeso empezara a caerse del techo a pegotes; antes de que el señor Arzounian, desesperado, comenzara a programar películas veinticuatro horas al día siete días por semana. Fue su educación, su verdadera educación. Ingrid Bergman y Cary Grant, respirando de forma entrecortada el uno dentro del otro en *Encadenados*. Olivia de Havilland, debatiéndose para escapar de las enloquecidas mujeres de *Nido de víboras*. Montgomery Clift, vagabundeando entre cortinas de polvo en *Río Rojo*. Uno de los acomodadores finalmente pilló a la menor de edad en mitad de la proyección de *Voces de muerte*, pero a esas alturas ya no importaba. Un par de semanas después iba a cumplir los dieciocho años, o tal habían decidido en el Hogar. La pondrían en la calle y se vería obligada a encontrar un lugar en el que vivir, así como una forma de ganarse la vida. Lo que resultaba aterrador, pero también sensacional. Podría comprar entradas por su cuenta, buscar a personas con las que respirar de forma entrecortada, de las que escapar presa de amargura o con las que vaga-bundear sin más.

La Matrona se ocupó de la entrevista previa a la salida de Elisa, que realizó sin dejar de fumar y de pasearse por el despacho, rabiosa por que Elisa hubiera salido con vida. Un grupo de mujeres de la ciudad proporcionaba a los recién salidos del Hogar una suma de dinero para pagar un mes de alquiler, así como una maleta llena de prendas compradas de segunda mano. Elisa ese día llevaba puesto su modelo predilecto, un vestido de lana color verde botella con una falda con bolsillito. Todo cuanto le hacía falta era un pañuelo para esconder las cicatrices en el cuello. Tomó buena nota de ello en su mente aturdida por los nuevos proyectos: *Comprar un pañuelo*.

—Antes de Navidad estarás trabajando como puta —juró la Ma-trona.

Elisa se estremeció, contenta de que la amenaza no le asustara. ¿Por qué iba a asustarla? Había visto suficientes películas de Hollywood para saber que todas las putas tenían el corazón de oro y que, más tarde o más temprano, Clark Gable, Clive Brook o Leslie Howard terminaban por reparar en su tan áureo brillo. Esta idea posiblemente fuera la que esa tarde la llevó, no a una casa de acogida para señoritas, sino a su lugar preferido en el mundo, el Arcade Cinema Marquee. No tenía el dinero suficiente para ver *Juana de Arco* con Ingrid Bergman, pero se moría de ganas de meter la cabeza en lo que el cartel anunciaba como «un elenco formado por miles de actores», tan nutrido de gente como la propia Baltimore en su conjunto, de la que ahora formaba parte, solo que convenientemente restringido a la pantalla.

Se sintió tan irresponsable al rebuscar los cuarenta centavos en el bolso que pagó con la cabeza gacha, y justamente por eso se fijó en el aviso mal pegado junto a la ventanilla: SE ALQUILA HABITACIÓN. PREGUNTEN EN EL INTERIOR. No lo dudó un segundo. Unas semanas después, cuando estaba agotándosele el dinero y corría serio riesgo de ser desahuciada, vio un anuncio en el que solicitaban una mujer de la limpieza para el centro de investigación aeroespacial Occam. Redactó y envió una carta, concertaron una cita con ella y pasó la mañana previa a la entrevista planchando el vestido verde botella y estudiando el horario del autobús. El desastre se produjo una hora antes de la hora en que tenía previsto salir; empezaron a caer chuzos de punta, y no tenía paraguas. Le entró el pánico; hizo lo posible por no llorar. Se fijó en que llegaban ruidos del otro apartamento situado sobre el Arcade. No conocía al hombre que vivía en él, quien sin embargo siempre parecía encontrarse en el piso, encerrado a cal y canto por alguna razón u otra. No había tiempo para andarse con cautelas. Llamó a la puerta del vecino.

Adivinaba que iba a encontrarse con un sujeto achaparrado, hirsuto, sin afeitar y con la sonrisa lasciva, pero el hombre que respondió hacía gala de un aire aristocrático e iba vestido a conciencia, con chaqueta, suéter, chaleco y camisa, de cincuenta años o algo menos pero con los ojos brillantes tras las gafas. Parpadeó y la mano se le fue al cráneo despoblado, como si hubiera olvidado cubrirse con el sombrero. Pero al momento advirtió la inquietud de Elisa y sonrió con amabilidad.

—Hola, ¿cómo está usted? ¿A quién tengo el placer de saludar?

Elisa se tocó el cuello a modo de disculpa e hizo un signo del tipo intuitivo para designar: «paraguas». La sorpresa del hombre al reparar en que era muda no duró más allá de unos segundos.

—¡Un paraguas! ¡Por supuesto! Pase usted, mi querida señorita, que voy a encontrarlo ahora mismo tal como Arturo encontró su Excalibur.

El hombre se dispuso a buscar un paraguas en el apartamento. Elisa titubeó. Nunca había estado en un hogar que no fuese el Hogar. Asomó la cabeza por la derecha y vio unas sombrías formas barrocas sobre las que merodeaban algunos felinos.

—Es usted la nueva inquilina, claro está. Le ruego me disculpe por no haber ido a visitarla antes con el plato con galletas indicado para estas ocasiones. Me temo que la única excusa de que dispongo es un plazo de entrega que me tiene encadenado al escritorio.

El escritorio de marras no tenía aspecto de ser un escritorio de verdad. Se trataba de un simple tablero dispuesto en un ángulo ajustable. Este hombre era un artista de algún tipo, y Elisa sintió un repentino, inesperado hormigueo. En el centro del tablero se encontraba la imagen a medio pintar de una mujer vista desde un punto situado sobre su hombro, de tal modo que los rizos de su pelo estaban en primer término. Bajo su faz estaba pintada una leyenda: *SE ACABARON LOS CABELLOS SIN VIDA.*

—Vuelvo a disculparme por mi descuido, y por favor, hágame saber si necesita alguna otra cosa más. El paraguas le vendrá bien, eso parece claro. Veo que lleva el horario del autobús en la mano, y la parada está un poco más lejos de lo que sería ideal. En los apartamentos Arcade hay unas cuantas cosas que distan de resultar ideales, y estoy seguro de que ya se ha fijado. Pero bueno, *carpe diem*, y todas esas cosas que suelen decirse. Y bien, espero que se encuentre a gusto en su nueva residencia, porque supongo que se encuentra a gusto, ¿verdad?

Dejó de rebuscar entre los lienzos y miró a Elisa en espera de una respuesta. Ella ya se lo esperaba: una vez que los demás se ponían a hablar, era frecuente que se olvidaran de la discapacidad sobre la que habían escogido explayarse. Este hombre, sin embargo, sonrió; su delgado bigote castaño se ensanchó como unos brazos abiertos.

—Voy a decirle una cosa. Siempre he tenido deseos de aprender el lenguaje de las manos. Así que ahora se me presenta una oportunidad maravillosa.

Elisa llevaba semanas reprimiendo lágrimas de angustia, y la gratitud estuvo a punto de hacerle llorar como una magdalena, pero logró reprimirlas una vez más; no iba a tener tiempo para retocar el maquillaje. Le costó lo suyo seguir sofocándolas durante los minutos posteriores, pues el hombre, Giles Gunderson, según se presentó con prosopopeya, finalmente dio con el paraguas y decidió llevarla con su coche, ignorando sus mudos gestos de protesta. Por el camino, Giles la distrajo remontándose a la concepción que del trabajo de limpiador se tenía en la mitología griega clásica. Solo interrumpió su lección cuando uno de los guardias de seguridad de Occam estableció que el apellido Gunderson no constaba en ninguno de sus listados. Con un gesto, el guardia indicó a Elisa que se bajara de la furgoneta y afrontara la lluvia incesante.

—«Que allí donde vayas, la fortuna / te acompañe con su viejo zapato» —dijo Giles a sus espaldas—. ¡No olvides estos versos de Tennyson!

Zapatos, se dijo ella, con los ojos fijos en los feos, heredados zapatones de tacón que surcaban la acera cubierta de agua de lluvia. *Si consigo este empleo, voy a comprarme un bonito par de zapatos.*

16

La misteriosa aparición de Strickland se ha convertido en el tema favorito de conversación, en detrimento de las historias protagonizadas por Brewster. Elisa no consigue dejar de pensar en lo que vio en el tanque, si bien no se lo dice a Zelda, pues el recuerdo le parece más ridículo a cada día que pasa. Por su parte, Zelda ha quitado hierro a los últimos acontecimientos —cosa que Elisa agradece— riéndose de todo y de todos. Por poner un ejemplo, se ha dado cuenta de que Fleming llama a los guardias armados de Strickland «peemes», por «policía militar», en lugar de «cabezas huecas», el nombre que ella les da y que resulta más apropiado, porque los soldados siempre severos y callados no se muestran proclives a la acción independiente. Algo es algo, y por el momento es fácil eludir a los cabezas huecas, pues siempre se mueven en fila india haciendo resonar las hebillas en el armamento y los correajes, dejando atrás a los desgarbados científicos a los que acompañan. Elisa y Zelda en este preciso momento oyen que unos cuantos se acercan, y los evitan torciendo por un pasillo cuya limpieza normalmente dejan para más tarde.

—Siempre sé por dónde circulan los cabezas huecas, incluso cuando andan en son de guerra —asegura Zelda—. Porque respiran todos al unísono, ¿no te has fijado? Es como si de golpe saliera aire por todos los respiraderos a la vez. *¡Ush!* Es curioso que hayan venido todos estos hombres y que las cosas sigan estando tan tranquilas como antes. Aquí hay algo que me escama.

Antes de que Elisa puede responder con un gesto, la mencionada tranquilidad, no perturbada a lo largo de una década, de pronto salta por los aires. En el barrio donde vive Elisa, este sonido podría ser atribuido al petardeo de un tubo de escape pero también podría inducir a ponerse a cubierto, pues en el vecindario corren rumores sobre el crimen organizado. En el interior de Occam, el *bang* resulta tan asombroso que bien podría responder al accidente de una nave espacial. Zelda se esconde tras su carro, como si el plástico barato y los líquidos corrosivos pudieran ser su salvación.

Suena otro *bang*, y otro más después. No son ruidos informes, acaso producidos por objetos al caer. Tienen origen mecánico; son el producto de un gatillo. Elisa se rinde a la evidencia: son disparos de bala. Les siguen unos gritos, así como el acompasado ruido conejil de unos pies que corren, y ambos sonidos llegan apagados porque proceden de detrás de la puerta más cercana: la del F-1, por supuesto.

—¡Al suelo! —suplica Zelda.

Predica con el ejemplo al decirlo, y Elisa siente un repentino afecto invencible hacia su compañera. Advierte que, de hecho, sigue en pie. La puerta se abre, golpeando la pared de forma tan retumbante como un cuarto disparo. Zelda retrocede, como si hubiera encajado el disparo, cayendo sobre su cadera y cubriéndose la cara con las manos. El cuerpo entero de Elisa es víctima de una sacudida, y la limpiadora se queda helada por el tamaño, la velocidad y la fuerza de la humanidad que sale corriendo por la puerta.

Fleming es el primero en aparecer. Su expresión resulta familiar para todos quienes le han visto montar un escándalo exagerado porque un retrete está obturado o porque hay un pequeño charco en el corredor; la diferencia la suponen las manchas que unas manos ensangrentadas han dejado a lo largo de las mangas de su camisa. El tercero en salir es Bob Hoffstetler, quien está más alterado que nadie, con las gafas torcidas y el pelo fino y poco poblado erguido en puntas que se proyectan hacia el techo. Lleva consigo un bulto de tela roja y mojada que puede ser cualquier cosa: una toalla, una guerrera, una camiseta. Sus ojos, habitualmente tan amables, se disparan en dirección a Elisa como dardos.

—¡Llamen a una ambulancia! —Su voz con acento extranjero, por lo general tan delicada, suena ronca debido al apuro.

Entre estos seres humanos de dimensiones normales se encuentra Strickland, con un fulgor insano en los ojos hundidos como valles, los labios despellejados y la mano cerrada como un torniquete sobre la muñeca de su brazo izquierdo, que no termina en la otra mano consabida sino en una agrupación de dedos situados en ángulos inauditos, por completo empapados en sangre y envueltos en jirones de piel que cuelgan. La sangre cae al suelo de forma tan sonora como lo harían unos cojinetes de acero. Elisa se queda boquiabierta al ver la sucesión de cuentas color rubí que va manchando el suelo. A ella le tocará limpiarla.

Varios cabezas huecas salen a continuación, pisoteando la sangre. Los guardias se sitúan a uno y otro lado de Strickland y echan a andar hacia Elisa y Zelda con el cañón de los fusiles proyectándose hacia delante, como si fueran los bastones de unos bailarines. Es lo que llaman «control de multitudes». Es lo que llaman «desalojo del lugar de los hechos». Elisa agarra el carrito, lo empuja, y el bandazo del carro le indica que las ruedas posteriores están empapadas de sangre.

17

Antonio es el primero que llega a la cafetería y pregunta si todo está bien. Sus ojos bizcos formulan la cuestión a Elisa y a Zelda a la vez, pero Zelda tiene más que claro que a ella le corresponde contestar. Ha pasado largo tiempo, pero los compañeros ni se han molestado en aprender el alfabeto de la lengua por señas. Zelda está harta. No quiere ser la que siempre lleva la voz cantante en este lugar, en su casa o en cualquier otro lugar. Es demasiado difícil. Basta verle las manos; están temblando. Las esconde volviéndose hacia la máquina expendedora y recorriendo con la mirada los geométricos emparedados y las piezas de fruta medio pasadas, como si esta fuera otra de tantas comidas normales a las tres de la mañana.

El siguiente en llegar es Duane, desdentado como un tritón e igual de nervioso. Yolanda compensa los silencios ajenos, entrando a toda prisa y pegando una parrafada sobre los disparos que ha creído oír hace poco, agregando que así no hay quien trabaje, que cualquier día se busca otro empleo, que si patatín, que si patatán. Zelda sigue con la mirada concentrada en la máquina expendedora hasta que los compartimentos operados con monedas de cinco centavos se convierten en borrones similares a diminutas entradas a otros mundos, como en *Alicia en el País de las Maravillas*. Si pudiera empequeñecerse, se arrastraría por una de ellas y se largaría de aquí sin pensarlo dos veces.

Pero está atrapada en este lugar, y su mente una y otra vez revive la sangrienta erupción acontecida en el F-1. Hace lo posible por ponerse en el lugar del señor Strickland. La próxima vez que vaya a los servicios para hombres, a saber si podrá bajarse la cremallera solito. Este intento de simpatizar con él es como tratar de partir hielo con el canto de una mano. Porque está clarísimo que ese hombre sabía lo que una mujer negra sentiría al verse arrinconada por un hombre blanco armado con una picana para el ganado. Levanta la vista y advierte que ha llegado Lucille; su estampa albina se camufla contra la pared de la cafetería.

—Mirad, incluso Lucille está angustiada —dice Yolanda—. *¿Qué pasa?*

Zelda mira en otra dirección. Ha estado evitándolo. No quiere mirar a Elisa en este momento. Le tiene demasiado afecto a esta chica tan flacucha, pero a la vez está segura de que toda la culpa es de ella. Porque Elisa fue la que insistió en seguir las cuestionables instrucciones de las Normas del Control de Calidad y entrar en el F-1, lo que hizo que se ganaran las antipatías de Strickland. No puede evitarlo, y asimismo se dice que Elisa también fue la que esta noche hizo que remolonearan frente a la puerta del F-1, situándolas en el peor lugar posible una vez que empezaron los tiros.

Elisa está sentada cabizbaja, como si Zelda le hubiera pegado una patada en el pecho. Zelda se siente terriblemente mal, pero al momento se dice que *deje* de sentirse terriblemente mal. Elisa es buena persona, pero nunca entenderá según qué cosas. Si hay problemas en Occam, las culpas no van a recaer en una mujer blanca. Qué demonios, Elisa incluso se queda con las monedas sueltas que encuentra en los laboratorios, como si la cosa no tuviera mayor importancia. ¿Y si se tratara de una trampa? Elisa es incapaz de suponer que puedan estar tendiéndole una trampa. Pero si un científico deja las monedas aposta para poner a las limpiadoras de noche a prueba, si el dinero desaparece, y si Fleming se entera, ¿quién de las dos será la que se encuentre metida en un lío muy gordo?

Elisa vive en un mundo propio. Eso es obvio, y basta con verle los zapatos. Zelda considera que Elisa percibe las cosas como si estuviera ante uno de esos dioramas que cierta vez vio en un museo: un pequeño mundo perfecto, en el que nada se romperá si una se anda con cuidado. El mundo de Zelda es otro. Cada vez que enciende el televisor ve manifestaciones de negros que levantan los puños al aire preñados de indignación. Cuando emiten imágenes de este tipo, Brewster se limita a cambiar de canal, cosa que Zelda en el fondo le agradece, aunque resulte una muestra de cobardía. Cada vez que en la tele hablan de tensiones raciales, la gente la mira con algo peor que frialdad cuando ficha la salida a la mañana siguiente. Por todo el país, los hombres como David Fleming andan en busca de motivos para despedir a personas como Zelda Fuller.

¿Qué otro trabajo podría hacer? Lleva viviendo en el barrio de Old West de Baltimore desde niña, y las casitas idénticas no han mejorado demasiado con los años. El barrio hoy está más lleno de gente, y también más segregado por razas. Zelda está al corriente de fenómenos como la integración racial dificultosa en según qué barrios y el éxodo de familias blancas a las urbanizaciones de las afueras, pero le da lo mismo. Sueña con vivir en una de tales urbanizaciones residenciales. Puede oler el aire fresco, los aromas a pino y a mermelada, sentir que expulsa de su cuerpo las toxinas procedentes de Occam. No seguirá trabajando en Occam cuando viva en las afueras; la distancia es excesiva. Tendrá su propia y pequeña empresa de limpieza. Se lo ha dicho a Elisa un montón de veces, le ha explicado que la contratará, que también contratará a otras mujeres que sepan lo que hacen, que les pagará un salario justo, el que ningún hombre está dispuesto a pagarles. Sigue a la espera de que Elisa se tome sus palabras en serio. Pero Elisa no le hace caso, y hay que entenderla. Brewster trabaja cuando le apetece, y entonces, ¿cómo reunirá el dinero necesario para montar una empresa? ¿Qué banco le hará un préstamo a una mujer negra?

Zelda da por sentado que la cafetería es un paraíso de bromas y jovialidad para los hombres blancos que la visitan durante el día, pero por la noche es tan desnuda como una cueva. Todo ruido se multiplica. Suenan pisadas cada vez más próximas en el corredor. Es

Fleming, cuyos sucesivos ascensos profesionales encuentran su eco en cada nuevo paso decidido. Zelda mira a Elisa, su mejor amiga, la potencial causante de su ruina, y siente que sus sueños de dejar atrás Occam y Old West empiezan a desecarse como las gotas de sangre dejadas por la picana eléctrica de Strickland.

18

—Estamos metidos en un lío, chicas. En un buen lío.

En la escena del crimen sigue resonando el horror de lo sucedido. Sin que nadie se lo haya pedido, Elisa hunde la fregona en el agua jabonosa, la escurre en el escurridor y frota la sangre. A todo esto, Fleming está impartiendo sus órdenes a Zelda. Es lo que siempre hace. Por lo menos, Zelda puede expresar verbalmente que ha entendido a la perfección lo que le ha dicho.

—Necesito que las dos entren en el F-1 ahora mismo —prosigue Fleming—. Un trabajo de emergencia. No hagan preguntas, por favor. Límitense a hacer su trabajo. Háganlo bien, y con rapidez. No tenemos mucho tiempo.

—¿Qué es lo que quiere que hagamos? —pregunta Zelda.

—Zelda, iremos más rápidos si se limita a escuchar. Hay... restos biológicos. En el suelo. Es posible que en las mesas. Miren bien. No tengo que explicarles. Saben cómo tienen que hacer su trabajo. Sencillamente, límpienlo todo bien.

Elisa echa una mirada a la puerta. En el pomo hay sangre.

—Pero... ¿y si nos pasa algo...?

—Zelda, ¿qué acabo de decirle? No las enviaría ahí dentro si fueran a correr algún peligro. Sencillamente, no se acerquen al tanque. A ese gran objeto metálico, el que trajo el señor Strickland. No se acerquen al tanque. No hay razón por la que ninguna de las dos tenga que acercarse al tanque. ¿Ha quedado claro? ¿Zelda? ¿Elisa?

—Sí, señor —responde Zelda, y Elisa asiente con la cabeza.

Parece que Fleming dira algo más, pero lo que hace es consultar el reloj. Sus escuetas palabras de despedida dejan clara una preocupante pérdida de capacidad oratoria.

—Quince minutos. Como los chorros del oro. Discreción absoluta.

En el laboratorio ya no imperan ni el orden ni la sobriedad. En el suelo de hormigón están clavados unas postes metálicos con argollas de hierro a las que se puede amarrar un objeto, o un ser vivo. Unos carritos con lo que parecen ser artefactos médicos están conectados a la gran computadora beis como una serie de tumores tecnológicos. En el centro de la estancia hay una mesa, cuyas ruedecillas apuntan en cuatro direcciones distintas. Por el suelo están esparcidos unos utensilios quirúrgicos que llevan a pensar en dientes escupidos por obra de un puñetazo. Hay cajones abiertos, los fregaderos rebosan de agua, hay cigarrillos que siguen consumiéndose y echando humo. Uno de ellos está terminando de quemarse en el suelo. Como de costumbre, el trabajo duro de verdad tiene que ver con el suelo.

Hay sangre por todas partes. Elisa la contempla erguida y piensa en las fotografías de los informativos de la televisión tomadas desde el aire de inundaciones en tierras bajas. Bajo las luces relucientes, un lago de sangre del tamaño de un tapacubos empieza a solidificarse. Charcos de menor tamaño son el rastro dejado por el señor Strickland en su carrera hacia la puerta. Zelda empuja el carro por encima de un charco y tuerce la expresión al ver el reguero de sangre dejado por las ruedecillas de plástico. Elisa no tiene más opción que empujar el otro carro a su vez, pues está demasiado atónita para idear otra cosa más complicada.

Quince minutos. Elisa vierte agua en el suelo. El agua culebrea, se mezcla con pegotes de sangre y crea unos molinetes rosados. Es como le enseñaron a hacer las cosas en el Hogar, en todos los órdenes de la vida. Hay que aclarar y diluir el misterio de la vida, la fascinación, la lujuria, el horror, hasta que ya dejes de hacerte preguntas. Planta el mocho en el centro de la porquería y lo arrastra por aquí y por allá, hasta que sus flecos se hinchan y oscurecen. Es lo normal. El sonido, a la vez, es el normal: el sorbetón mojado, el húmedo trueque. Elisa se concentra en él. Esa mancha de hollín en el hormigón puede haber sido provocada por un cabeza hueca al disparar su arma de fuego; pasa el mocho por encima. Ahí está la picana eléctrica para el ganado, más amenazadora imposible; pasa el mocho en derredor.

Elisa se obliga a no mirar el tanque. No mires el tanque, Elisa. Elisa mira el tanque. Incluso a ocho metros de distancia, junto a la piscina de buen tamaño, es demasiado voluminoso para el laboratorio, un dinosaurio agazapado a la espera. Está atornillado a cuatro pedestales, y una escalera de madera brinda acceso a la trampilla en lo alto. Fleming tenía razón en una cosa: no hay el menor rastro de sangre en su vecindad. No hay razón para acercarse a él. Elisa se dice que es mejor apartar la mirada. Mira a otro lado, Elisa. No consigue mirar a otro lado.

Las empleadas se encuentran en el vértice del área ensangrentada. Zelda consulta su reloj, se seca el sudor de la nariz y se dispone a verter agua del cubo por última vez. Con una señal de la cabeza, indica a Elisa que coja los artefactos del suelo para que el agua no los barra. Elisa se arrodilla y los coge. Un fórceps. Un bisturí con la hoja rota. Una jeringa con la aguja torcida. Los utensilios del doctor Hoffstetler, sin duda, aunque a ella le cuesta creer que el buen doctor sea capaz de hacer daño a alguien o a algo. Parecía anonadado cuando salió corriendo del laboratorio. Elisa se levanta y dispone los objetos ordenadamente y en paralelo sobre la mesa, como una doncella de hotel. Oye que el agua se balancea en el cubo de Zelda y ve sus zarcillos por el rabillo del ojo. Zelda suelta un cloqueo.

—¿Has visto? Los limpiadores tienen que escabullirse al muelle de carga para echar un pitillo. Y sin embargo, aquí dentro fuman incluso cigarros puros y...

Zelda no es una persona que suela morderse la lengua. Elisa se da media vuelta y ve que la fregona de su compañera se desplaza sola sobre el suelo. Zelda tiene las palmas de las manos ahuecadas ante sus ojos, y en ellas hay dos pequeños objetos cilíndricos que el agua de la fregona ha sacado de debajo de la mesa, unos objetos que ha tomado por cigarros puros. Las manos le tiemblan y se separan; caen las dos cosas. Una de ellas va a parar al suelo en silencio. La otra produce un pequeño ruido metálico, y de ella se desliga un anillo de matrimonio de plata.

19

Zelda ha ido a por ayuda. Elisa la oye apresurarse por el corredor con sus zapatos bajos de enfermera. Se queda mirando los dedos de Strickland. El meñique y el anular. Con las uñas mal cortadas y unos anonadantes matojos de pelos en los nudillos. La piel del anular es blanquecina en uno de los extremos, pues el anillo de bodas hizo que el sol no la tocara durante años. La mente de Elisa vuelve a registrar la imagen de Strickland saliendo por la puerta del laboratorio de estampida. Estaba agarrándose la mano izquierda con la derecha. Estos son dos de los dedos que fueron a parar al interior de la crujiente bolsa de celofán con caramelos duros.

No puede dejarlos aquí. Hoy es posible reimplantar unos dedos. Quizás el doctor Hoffstetler tenga los conocimientos necesarios para hacerlo él mismo. Hace una mueca y mira en derredor. El F-1 es un laboratorio. En él tiene que haber recipientes, probetas, vasos de precipitación. Sin embargo, los laboratorios que hay en Occam son un misterio para las personas como Elisa; resultan imposibles de descodificar, y en ellos hay unos instrumentos con funciones esotéricas. Elisa baja la vista con desespero y al momento ve, junto a una papelera, algo que tiene más que ver con su propia labor: una bolsa, enrollada, de papel marrón. La coge, la abre y mete la mano dentro del papel grasiento para moverlo como si fuese una marioneta. Esos dos pequeños bultos en el suelo no son unos dedos humanos. Son simples desperdicios que hay que recoger.

Elisa se arrodilla y trata de cogerlos. Son como un par de trozos de carne de pollo, demasiado blandos y pequeños como para apresarlos. Se le caen una, dos veces, salpicando de sangre alrededor, como cuando a Giles se le cae un pincel y este salpica de pintura. Contiene el aliento, aprieta los dientes y recoje los dedos con la mano desnuda. Son tan tibios como un apretón de manos hecho de mala gana. Los mete en la bolsa y dobla la parte superior del papel para cerrarla. Está limpiándose la mano contra el uniforme cuando su mirada repara en el anillo de casado. No puede dejarlo ahí, claro, pero tampoco tiene la menor intención de volver a abrir la bolsa. Frota el anillo con la palma de la mano y lo guarda en el bolsillo del delantal. Se endereza, hace lo posible por respirar con normalidad. La bolsa da la impresión de estar vacía, como si los dos dedos se hubieran escabullido cual sendos gusanos.

A solas, Elisa se sume en el silencio que la rodea. Pero ¿de veras es silencio? Se da cuenta de que suena un ligero resuello, de aire exhalado por un respiradero. Su vista atraviesa el laboratorio y vuelve a posarse en el tanque. Se le ocurre una segunda pregunta, más inquietante. ¿Seguro que está a solas? Fleming les ha advertido, a las dos, que no se acerquen al tanque. Un sabio consejo. *No se acerquen al tanque.* Elisa toma su propia decisión. Baja los ojos. Sus vistosos zapatos empiezan a moverse sobre el suelo recién fregado. Está acercándose al tanque.

Aunque está rodeada de tecnología avanzada, Elisa se siente como un troglodita de los dibujos animados que estuviera avanzando por una espesura pródiga en rugidos amenazantes. Lo que hace dos millones de años era una insensatez hoy sigue siendo una insensatez. Y sin embargo, los latidos no se le aceleran como en el momento de hacer frente a los inofensivos dedos de Strickland. Quizá porque Fleming le prometió que estaba fuera de peligro. O porque la propia Elisa cada noche sueña con el agua más oscura, y ahí la tiene, al otro lado de los respiraderos del tanque cilíndrico: oscuridad, agua.

El F-1 está demasiado iluminado como para que sus ojos se acostumbren a la negrura en el interior del tanque, por lo que deja la bolsa de papel a un lado y sitúa las manos a modo de visera sobre el respiradero. La refracción de la luz hace que se sienta sumida en una espiral, hasta que comprende que el ventanuco se encuentra bajo el nivel del agua. Aplasta la nariz contra el cristal para mirar arriba. En este momento, los latidos finalmente se le desbocan, al tiempo que vuelven a su mente las viejas pesadillas sobre el pulmón de acero.

En el agua oscura hay remolinos de débil luminosidad. Elisa contiene el aliento; se diría que son unas luciérnagas lejanas. Aprieta la palma de la mano contra el ventanuco, pues quiere acercarse más, siente la necesidad física de hacerlo. La sustancia se gira, se retuerce, baila como bailan los arabescos de un velo. Entre los puntos de luz, algo empieza a cobrar forma. Detritos flotantes, trata de decirse Elisa, no es más que eso, pero un rayo de luz entonces choca contra un par de ojos fotorreceptores. Relucen centelleantes, como oro en las aguas negras.

El cristal estalla. Es lo que el ruido denota, cuando menos. El estrépito lo produce la puerta del laboratorio al abrirse de golpe contra la pared, seguida por el ruido de muchas pisadas que entran, así como por el que sus propias manos hacen al recoger y estrujar la bolsa de papel. Elisa es como un troglodita que, amilanado por la amenaza de una bestia feroz, se bate en retirada y corre hacia el centro de la civilización —representado por Fleming, los cabezas huecas, el doctor Hoffstetler—, mientras levanta la bolsa con los dedos como si fuera un trofeo, el trofeo por haber mirado a los ojos a la más fascinadora de las aniquilaciones, por haber sobrevivido para contarlo. El hecho de continuar con vida resulta mareante; Elisa jadea al respirar, casi llorando, casi riendo.

20

A Strickland le ofrecieron varios despachos. Amplias estancias en el primer piso con vistas panorámicas de las laderas cubiertas de césped. Se divirtió al desdeñar los generosos ofrecimientos de Fleming e insistir en que quería el cuarto de las cámaras de seguridad, carente de ventanas. Hizo que Fleming instalara un escritorio, un armario, una papelera y dos teléfonos. Uno blanco, rojo el otro. La habitación es pequeña, está limpia y ordenada, es tranquila, resulta perfecta. Sus ojos recorren la retícula de monitores en blanco y negro dispuesta en cuatro por cuatro. Los pasillos iguales los unos a los otros. El ocasional parpadeo de un empleado del turno de noche que va o viene. Tras las vistas obstruidas del bosque tropical, es un alivio observarlo todo a la vez.

Escudriña las pantallas. La última vez que vio a las dos limpiadoras que ahora están sentadas a sus espaldas fue en los servicios masculinos, cuando se sintió reconcomido de vergüenza por habérsele escapado la orina, mientras ellas esperaban a que se fuera para romper a reír. La dinámica ahora es otra, ¿a que sí? Ha llegado la oportunidad de restablecer el tipo de relación adecuado. Deja que su mano izquierda cuelgue inerte. Para que las limpiadoras puedan ver los vendajes, las formas de sus dedos recién reimplantados. Para que se imaginen el aspecto que tienen bajo las vendas. Podría decírselo directamente. Un puto asco, ese es el aspecto que tienen. Los dedos no encajan con la mano. Tienen el color de la masilla, están tan rígidos como el plástico, unidos por hilo negro de sutura tan grueso como las patas de una tarántula.

Lo único que preocupa a Strickland es que distingan sus dedos bajo la luz apagada. Nada más llegar quitó las bombillas del techo, pues prefería que las dieciséis pantallas dotaran al despacho de una fantasmal tonalidad grisácea. Después del obsceno resplandor selvático, las luces brillantes resultan tan malas como los sonidos estridentes. El F-1 es intolerable. Hoffstetler había empezado a atenuar las luces por las noches en atención a esa maldita criatura, lo cual es aún más insoportable. Le da rabia pensar que él y el objeto puedan compartir una misma hipersensibilidad a la luz. Él no es un animal. Su faceta de animal la dejó en el Amazonas. Se vio obligado a hacerlo, si quería conservar la esperanza de ser un buen marido, un buen padre.

Para asegurarse de que las dos lo ven bien, mueve los dedos recién cosidos. La sangre grita en su interior, los monitores se tornan borrosos. Strickland parpadea, trata de no desmayarse. Este dolor es cosa de otro mundo. Los médicos le han dado unas pastillas para manejarse con él. El frasco está ahí mismo, en el escritorio. ¿Es que los médicos no saben que el sufrimiento tiene su finalidad? El sufrimiento te endurece y te afila. Así que gracias, doctor, pero no. Me las arreglaré con mis caramelos duros.

Finalmente se da media vuelta al pensar en el fuerte sabor peculiar, un tanto picante en la garganta. Ya que Lainie se niega a desembalar las cajas de la mudanza, se ha visto obligado a recurrir a los caramelos brasileños. Ha valido la pena. Cuando la coge, la bolsa cruje riendo como un limpio arroyo de montaña. La vidriosa bola verde carambolea entre sus dientes. Así está mejor. Mucho mejor. Expulsa aire por encima de la lengua acariciada por el azúcar y se deja caer en la silla.

Se supone que tiene que dar las gracias a estas dos limpiadoras. Por haber encontrado sus dedos. Es lo que Fleming le ha pedido.

Tendría que haberle dicho a Fleming que se fuera a tomar por saco, pero se siente aburrido. Todo el día sentado en una silla... ¿Cómo es que la gente lo aguanta? Hacen falta cincuenta formularios firmados para que se pueda sonar las narices. Y cien para que le dejen limpiarse el culo con papel. Es una pena que ni uno solo de esos «peemes» medio imbéciles acertara a pegarle un tiro al objeto en el momento del ataque. Le entran ganas de empuñar el látigo de Alabama, presentarse en el F-1 y hacer que al objeto le quede menos vida que ser estudiada por los científicos. Una vez que el Deus Brânquia haya desaparecido para siempre, habrá dejado de estar a las órdenes del general Hoyt. Y podrá volver a formar parte de la vida de su mujer y sus hijos. Es lo que quiere. ¿O no? Strickland cree que sí.

Y otra cosa: no puede dormir. No con un dolor como este. Así que bueno, vale. Será cuestión de mostrar un poco de gratitud a esas dos tontitas de la limpieza. Pero lo hará a su manera, para asegurarse de que no le toman por una especie de niño grande incapaz de no mearse en el suelo del cuarto de baño. Por lo demás, tampoco tiene prisa por volver a casa. Lainie últimamente le mira de un modo que no le gusta un pelo. Como si lo de los dedos no fuera una minucia en comparación con lo que la selva le arrancó, lo que él ha estado tratando de volver a coser como puede. Porque lo está intentando. ¿No se da cuenta Lainie de que está intentándolo?

Echa mano a la primera de las dos carpetas que le han traído.

—Zelda D. Fuller.

—Sí, señor —responde ella.

—Aquí pone que está usted casada. Pero ¿cómo se explica que su esposo tenga un apellido diferente? Se supone que aquí también ha de poner si está usted divorciada o separada.

—Su nombre de pila es Brewster, señor.

—Pues eso a mí me suena a apellido.

—Sí, señor. Pero no, señor.

—Sí, pero no. Sí, pero no. —Strickland atornilla el pulgar derecho a la frente aquejada por el dolor que asciende lentamente por el brazo izquierdo—. Las respuestas de este tipo solo van a servir para que esto dure la noche entera. Son las doce y media de la noche. Podría haber dicho que las hicieran venir en mitad del día, hora más conveniente para mí, pero no lo he hecho. Lo mejor que pueden hacer es devolverme el favor, para que me pueda ir de este lugar y desayunar con mis hijos. ¿Está de acuerdo, señora Brewster? Seguro que usted también tiene hijos.

—No tengo, señor.

—¿No? Vaya, ¿y cómo es eso?

—No lo sé, señor. Simplemente…, no terminó de funcionar.

—Lo siento, señora Brewster.

—Señora Fuller, señor. Brewster es mi marido.

—Brewster. Si eso no es un apellido, yo soy bombero. Pero bueno, supongo que tiene hermanos y hermanas. Ya sabe cómo son los niños.

—No tengo ni hermanos ni hermanas, señor, lo siento.

—Esto sí que me sorprende. Un poco raro, ¿no? Tratándose de su gente.

—Mi madre murió durante el parto.

—Ah. —Strickland pasa una página—. Sí, aquí está, en la página dos. Una pena. Aunque, si murió durante el parto, supongo que no la echa de menos.

—No lo sé, señor.

—Siempre hay que mirar el lado bueno de las cosas, eso es lo que quiero decir.

—Es posible, señor.

Es posible. Strickland siente que dos globos llenos de ácido están hinchándose bajo sus sienes. *Es posible* que vayan a estallar. Es posible que la piel de su cara empiece a crepitar y que estas dos chicas terminen por ver su aullante calavera. Aprieta un dedo contra la página y hace que sus ojos titubeantes converjan en él. La madre muerta. Una serie de abortos, o eso parece. Un matrimonio que huele raro. Todo eso no importa una mierda. Las palabras son inútiles. Basta pensar en el informe del general Hoyt sobre el Deus Brânquia. Sí, claro, el informe describía la misión a realizar. Pero ¿decía algo sobre el hecho de que la selva se mete en tu interior? ¿De que las lianas se infiltran a través de la red antimosquitos mientras duermes, se cuelan culebreando por entre tus labios, te taladran el esófago y estrangulan tu corazón?

Seguro que en algún lugar también hay un informe gubernamental sobre la cosa que está en el F-1, y seguro que también es una puta sucesión de mentiras. Eso que está dentro del tanque... no es posible describirlo con palabras. Necesitas todos tus sentidos. Los suyos estuvieron electrificados en la Amazonia, propulsados por la rabia y el *buchité*. El regreso a Estados Unidos lo ha atontado. Baltimore lo ha dejado sumido en un coma. Es posible que el hecho de que le hayan arrancado dos dedos pueda volver a despertarlo. Porque basta mirarle. Aquí sentado, en mitad de la noche, escuchando a dos limpiadoras nocturnas que cobran el salario mínimo, en su momento contratadas precisamente porque son dos mujeres sin muchas luces, dos mujeres sin educación..., quienes ahora están diciéndole a la cara que quizá, que *es posible*.

21

—¿Qué significa la D? —pregunta Strickland.

Zelda lleva toda la vida lidiando con las amenazas masculinas. El obrero metalúrgico que la siguió hasta el parque infantil de juegos y le dijo que su padre se había quedado con el empleo de un hombre blanco en la acería Bethlehem y que iba a pagarlo con la horca. Los maestros en el instituto Douglas, convencidos de que educar a las niñas negras solo servía para que ambicionaran cosas que estaban fuera de su alcance. El guía turístico en Fort McHenry, quien hizo mención al número de soldados de la Unión muertos durante la guerra de Secesión y a continuación preguntó a Zelda qué esperaba para darles las gracias a sus compañeros de clase blancos. En Occam, no obstante, las únicas amenazas han sido las de Fleming, con las que ha aprendido a manejarse. El truco está en saberse de pe a pa las Normas de Control de Calidad. En saber cuándo hay que adoptar una expresión desolada. En saber cuándo conviene recurrir al halago.

El señor Strickland es distinto. Zelda no lo conoce e intuye que de nada serviría conocerlo. Tiene una mirada de león, como la que una vez vio en el zoo, imposible de descifrar con la intención de juzgar el nivel de agresividad. De nada sirve tratar de adivinar por qué ha hecho que Elisa y ella vinieran y se sentaran frente a esta pared de monitores de seguridad, aunque seguro que no se trata de algo bueno.

—¿La D, señor?

—Zelda D. Fuller.

A esta pregunta sí que puede responder. Lo hace al momento, sin pensárselo dos veces.

—Dalila. Como la Dalila de la Biblia, ya sabe usted.

—¿Dalila? ¿Su madre muerta le puso ese nombre?

Zelda sabe cómo encajar un puñetazo.

—Es lo que me dijo mi padre, señor. Se le había ocurrido, por si tenía una hija.

Strickland muerde el caramelo. Ensanchando las mandíbulas, como también haría un león. Zelda está más que acostumbrada a los caramelos baratos, que prácticamente fueron su sustento en la niñez, pero no puede haber unos más baratos que estos. Se rompen de mala manera; ve que sus astillas van a clavarse en la mejilla y las encías del otro. Ve la sangre, diluida por la saliva, y casi puede saborearla, fría y avanzando en su dirección, tan en las antípodas de los caramelos duros como el color rojo lo está del verde.

—Esto de la madre muerta es interesante —dice Strickland—. Sabe lo que hizo Dalila, ¿no?

Zelda se somete a las sesiones de reproches orquestadas por Fleming preparada para negar las imputaciones de que las limpiadoras roban cosas que, en realidad, los despistados científicos no saben dónde han puesto. Es la primera vez que le instan a debatir sobre un personaje bíblico.

—Yo... En la iglesia nos dijeron...

—Mi mujer frecuenta la iglesia, por lo que me sé la mayoría de las historias. Si recuerdo bien, Dios dotó a Sansón de fuerza extraordinaria. Y Sansón destruyó a un ejército entero con la quijada de un burro, etcétera. Pero esa Dalila era una calientabraguetas. Y se las arregló para que Sansón le contara su secreto. Y Dalila ordenó a un sirviente que le cortara el pelo a Sansón y llamó a sus amigos los filisteos, quienes arrancaron los ojos al pobre Sansón y lo mutilaron hasta que ya casi no era un hombre. Ya solo era una cosa a la que se estaban entreteniendo en torturar. Así era la tal Dalila. Un ejemplo para las mujercitas del mundo entero. Es raro que le pusieran ese nombre, es lo que quiero decir.

La conversación no tendría que ir por estos derroteros; no resulta justo. Zelda conoce las mismas historias de la Biblia, pero su cuerpo le traiciona, la convierte en un títere, justo lo que Strickland está esperando. Zelda nota que los ojos se le abren y que los labios le tiemblan. Strickland revisa el expediente con la mirada, y Zelda puede oír su muda desaprobación. Se siente avergonzada cuando la mirada de Strickland se traslada a Zelda. Pero Zelda sigue escuchando lo que pasa por la cabeza del otro. Este problema de la holgazanería no se reduce a los negros, nada de eso. Los inferiores son inferiores porque no saben hacer la O con un canuto. Basta ver a esta mujer de raza blanca. No está mal de cara, y tiene su tipito. Si tuviera un mínimo de iniciativa, estaría entretenida en limpiar su casita y en cuidar de sus hijitos; no se encontraría trabajando en el turno de noche como una especie de ser vampírico que no soporta la luz, Strickland masca el caramelo, coge el segundo expediente.

—Elisa Esposito —dice—. Vaya un apellido. ¿Es usted medio mexicana?

Zelda mira a Elisa. El rostro de su amiga está tenso, presa de la particular angustia que siente cuando alguien le habla sin saber que es muda. Se aclara la garganta y dice:

—Es un apellido italiano, señor. Un apellido que dan a los huérfanos. La encontraron en la orilla del río cuando era un bebé, y por eso le dieron el apellido.

Strickland la mira y frunce el ceño. Zelda entiende lo que esa mirada quiere decir. Strickland está harto de oírle hablar. Sin duda está diciéndose que la creación de leyendas para darse aires es otro defecto de las clases bajas. A esta chica la encontraron junto al río. Este otro niño nació enmantillado. Unos patéticos cuentos chinos sobre los orígenes personales, repetidos con intención de sugerir una procedencia divina.

—¿Cuánto tiempo hace que ustedes dos se conocen? —gruñe.

—Desde que Elisa entró a trabajar aquí, señor. Hace unos catorce años.

—Eso está bien. Porque significa que las dos saben cómo funciona este lugar. Cómo tiene que seguir funcionando. Por lo que entiendo, ustedes dos son las que han encontrado mis dedos, ¿no es así? —Se frota la cabeza. Está sudando. Su aspecto es el de alguien que está sufriendo a mares—. Les he hecho una pregunta. Pueden responder.

—Sí, señor.

—Miren, voy a darles las gracias por eso que han hecho. Pensábamos que habían ido a parar a..., bueno, dejémoslo. Eso sí, lo de la bolsa de papel no me ha gustado mucho. Porque seguro que había alguna cosa mejor que una bolsa de ese tipo. El doctor dice que un paño mojado hubiera servido igual de bien que el hielo. Dice que tuvieron que perder mucho tiempo esterilizando los dedos antes de poder re-implantármelos. No estoy echándoles las culpas de nada. Pero tengo que decírselo. Ahora mismo no se sabe si funcionará. Es como lo que usted, Dalila, me ha contado sobre tener hijos. Me estoy refiriendo a mis dedos. Igual funciona el remiendo, pero igual no. Es lo que quiero hacerles saber. Y bueno, pues ya lo saben.

—Lo siento, señor —dice Zelda—. Hicimos lo que pudimos.

Una solemne disculpa, efectuada con rapidez, antes de que puedas arrepentirte: es el método de Zelda. Strickland asiente con la cabeza, pero hay problemas. Mira a Elisa, esperando lo mismo, y la impaciencia oscurece su cara fatigada y dolorida. Interpreta el silencio de Elisa como una muestra de grosería. A grandes males, grandes remedios. Zelda se encomienda al Señor y vuelve a entrar en la jaula del león.

—Elisa no puede hablar, señor.

22

La profesión militar hace que veas las cosas de determinada forma. Una persona que no habla resulta sospechosa. Porque está mostrándose beligerante. O está escondiendo algo. Estas dos mujeres no parecen ser lo bastante listas para andarse con subterfugios, pero nunca se sabe. Al fin y al cabo, en las clases bajas es donde te encuentras con comunistas, con sindicalistas, con gente que no tiene nada que perder en la vida.

—¿No puede hablar? —dice Strickland—. ¿O no quiere hablar?

—No puede, señor.

Las punzadas en sus brazos pasan a un segundo plano. Esto es interesante. Explica por qué esta tal Elisa Esposito sigue con este trabajo de mierda. No por cuestión de obstinación, sino de limitación. Lo más probable es que aparezca mencionado en la página dos. Cierra la carpeta, sin embargo, y la mira largamente. La chica sí que oye, perfectamente, y eso está claro. Tiene cierta expresión de ensimismamiento, una expresión más que sorprendente. Tiene los ojos clavados en los labios de Strickland de un modo que la mayoría de las mujeres considerarían indiscreto. La contempla con mayor detenimiento, diciéndose que le gustaría tener una visión de las proporcionadas por el *buchité*, y ve el relieve de tejido cutáneo cicatrizado bajo la sombra del cuello de su camisa.

—¿Una operación de algún tipo?

—No se sabe —responde Zelda—. O bien se lo hicieron sus padres, o bien fue alguien en el orfanato.

—¿Y quién podría hacerle una cosa así a un bebé?

—Los bebés lloran. A veces es suficiente.

Strickland se acuerda de la niñez de Timmy y de la de Tammy. De que cada vez que volvía de Washington a Florida se quedaba anonadado al ver en qué estado se encontraba Lainie. Exhausta, con las extremidades inertes, con la piel de los dedos arrugada por tanto baño y tanto pañal. Y bien, supón que trabajas en un orfanato. Que tienes que manejarte, no con un niño pequeño o dos, sino con decenas de ellos. Strickland ha leído estudios militares sobre la privación del sueño. Sabe que, llegados a cierto punto, algunas ideas peligrosas comienzan a parecer razonables.

Tiene ganas de decirle a Elisa que alargue el cuello, para que la luz grisácea de los monitores se deslice por la satinada protuberancia de las cicatrices. La ferocidad en los ojos hace que Elisa parezca una salvaje; las cicatrices indican que ha sido domada. Se trata de una combinación atrayente. Bajo la mirada del otro, se agita nerviosa en la silla y cruza las piernas. Y bien, tampoco hay tanto misterio. Al final resulta ser una chica de la limpieza como todas las demás, y punto. Con la salvedad de que hay otra cosa inesperada. No lleva los zapatones con suela de goma que calzan todas las demás limpiadoras que ha visto. Estos zapatos son de color coral. En Japón se hartó de ver zapatos de este tipo. Pintados en los fuselajes de los bombarderos de la fuerza aérea. En los pies de las tías buenas que decoraban los aviones. Pero en la vida real casi no ha visto ningunos.

Elisa Esposito tiene la mirada baja, fija en las manos unidas sobre el regazo. Es la postura que todas adoptan, Pero de pronto parece acordarse de algo. Rebusca en el bolsillo de su uniforme y saca un objeto minúsculo y brillante. Se lo tiende. Tiene la cara sombría, lo que convierte en todavía más raro el simiesco movimiento que hace con la otra mano. Con el pulgar en alto, está girando el puño sobre las tetas. Esta chavala está loca de atar, piensa él, hasta que la negra interviene y le recuerda que la otra se expresa con lenguaje por señas.

—Está diciéndole que lo siente —explica Zelda.

Elisa está tendiéndole el anillo de bodas. Strickland daba por sentado que el objeto lo había engullido. Lainie se alegrará al verlo. Él, sin embargo, no siente emoción alguna al respecto. Rebusca en el rostro de Elisa, pero no puede encontrar algo deshonesto en su oferta. Ella no robó el anillo, ni nada parecido. Su expresión es sincera. El movimiento circular de la mano sobre su pecho parecer ser menos simiesco, más sensual. De pronto, Strickland comprende algo que resulta extraño. Relacionado con su nueva aversión a la luz y los ruidos fuertes... Se encuentra ante una mujer que sería idónea para él. Una mujer que trabaja en la oscuridad de la noche. Una mujer que no puede decir ni pío.

Ahueca la palma de la mano izquierda y deja que la chica ponga el anillo en ella. Se diría que es una especie de ceremonial, de una boda invertida.

—Por el momento no voy a poder ponérmelo —dice—. Pero gracias.

La chica se encoge de hombros y asiente con la cabeza. Sus ojos no lo abandonan. Maldita sea, casi resultan inquietantes. A Strickland no le gusta nada. Sí que le gusta, un poco. Aparta su propia mirada —lo que es raro— y los ojos se le van a los zapatos de tonalidad rosada que se columpian en el aire. El dolor avanza brazo arriba, con brusquedad y sin razón aparente. Aprieta los dientes y lleva la mano a la bolsa con los caramelos, pero lo que hace es abrir el cajón del escritorio. El frasco de los analgésicos está ahí mismo, de un blanco reluciente entre los lápices que lo rodean. El sudor brota de los poros en la frente; hace lo posible por no secárselo con la mano. El gesto de secarse el sudor con la mano nada tiene de dominante.

—Esto ha sido lo primero —dice—. Lo segundo tiene que ver con el F-1.

La negra está a punto de decir algo. Strickland la acalla con un gesto terminante de la mano.

—Ya lo sé. Firmaron ustedes los papeles. Soy consciente de todas esas mierdas. No me importa. Mi trabajo consiste en asegurarme de que las dos comprenden lo *muy serio* de esas firmas suyas. Llevan aquí catorce años, ¿no? Muy bien. Es posible que el año que viene las homenajeen con un pastel. Pero cuando oigo que llevan aquí catorce años, ¿saben qué pienso? Que, después de catorce años, las personas se vuelven perezosas. Y bien, el señor Fleming les indicó que no limpiaran el F-1 más que cuando él se lo dijera. Pero les tengo reservada una sorpresa. Van a desobedecerle; van a dejar de estar a las órdenes del señor Fleming. Van a estar a mis órdenes. Porque ¿saben a quién represento? Al Gobierno de Estados Unidos. De forma que, en caso de desobediencia, no nos encontraríamos con un problema local. Nos encontraríamos con un problema con el Gobierno. ¿Queda claro lo que estoy diciendo?

La pierna superior de Elisa se desliza sobre la inferior. Es una señal positiva, un gesto de sumisión, si bien Strickland preferiría seguir viendo el zapato. En este momento preciso, uno de los teléfonos empieza a sonar. El globo de ácido bajo su sien estalla, pinchado por el sonido, y recorre el brazo izquierdo en descenso, yendo a parar bajo el anillo de bodas en la palma de la mano. ¿Una llamada a esta hora de la noche? Flexiona la mano mala, con la esperanza de combatir el dolor.

—Déjenme terminar. Es posible que hayan visto algunas cosas. Y qué le vamos a hacer.

Él está viendo cosas también, unos trazos de roja sangre sucia que bombean y se insertan en sus mismos globos oculares. Rojos... como el teléfono rojo que suena en este momento. Llaman de Washington. Quizá sea el general Hoyt. Estas dos chicas han de salir del despacho ahora mismo. Tan intensa como siempre, su rivalidad con el Deus Brânquia asciende del pantano, del lodo movedizo, de las negras profundidades del sufrimiento. El teléfono rojo, la sangre roja, la roja luna amazónica.

—Escúchenme bien, porque voy a terminar. Escuchen con atención. No hay que ser un genio para saber que aquí estamos trabajando con un espécimen vivo. Eso no importa. Eso no importa en absoluto. Todo cuanto han de tener presente es lo siguiente. En el F-1 se encuentra esa cosa, sí. Es posible que tenga dos patas, pero nosotros somos los que hemos sido hechos a semejanza de Dios. Nosotros. No es así, ¿Dalila?

La insignificante mujer apenas logra expresarse con un susurro.

—Yo no sé qué aspecto tiene Dios, señor.

El dolor ahora es absoluto. Strickland nota cada terminación nerviosa en particular. Se diría que alguien ha conectado unas luces en el interior de su cuerpo. Muy bien. Tomará los analgésicos. Su mano acaba de coger el frasco. Responderá al teléfono con los carrillos hinchados por las pastillas a medio mascar. Al fin y al cabo, estas drogas manufacturadas, estos medicamentos industriales, son la prerrogativa de los hombres civilizados. Y él es civilizado. O lo será. Muy pronto. Incluso es posible que esta llamada telefónica así lo anuncie. Otros están tomando ciertas decisiones en lo referente al objeto. Y él necesita tener el control sobre sí mismo para hacer las oportunas sugerencias. Con el pulgar abre la tapa del frasco con los analgésicos.

—Dios tiene aspecto *humano*, Dalila. Se parece a mí. O a usted. —Con un gesto de la cabeza, indica a las mujeres que ya pueden marcharse—. Aunque, para ser sincero, en realidad se parece un poco más a mí.

23

Los sueños de Elisa empiezan a ser menos fangosos. Está recostada en el fondo de un río. Todo es de color esmeralda. Apoya los dedos de los pies en unas rocas cubiertas de musgo y se proyecta hacia arriba. Se desliza entre acariciantes tallos de hierba, apartando con los brazos las ramas aterciopeladas de los árboles hundidos. De forma gradual, hacen aparición algunos objetos que reconoce. El temporizador para hervir huevos da una voltereta al ralentí. Surgen los huevos duros, cual pequeñas lunas en rotación. Unos zapatos pasan rodando a su lado como una bandada de peces torpes, y las portadas de unos discos descienden como mantas raya.

Dos dedos humanos aparecen flotando ante sus ojos, y Elisa se despierta.

Richard Strickland tiene muchas cosas que inquietan a Elisa, pero sus dedos son los que la obsesionan. Después de bastantes sueños parecidos a este, Elisa una noche se despierta de golpe, se sienta en la cama y comprende. La explicación: ella se vale de sus propios dedos para interactuar con el mundo. Por consiguiente, tiene cierto sentido que le tenga miedo a un hombre que corre el riesgo de quedarse sin dedos. Se imagina un caso equivalente, protagonizado por alguien que pudiera hablar, y es horroroso: los dientes de Strickland asomándose y cayendo al exterior por entre los labios abiertos, un hombre que ya no es capaz de explicar lo que hace antes de hacerlo, o que no tiene dicha inclinación.

Elisa también prefiere no abordar según qué temas. Segunda mitad de la noche, cuando Zelda y ella trabajan por separado. Elisa pega la oreja a la puerta del F-1, que está fría como el hielo. Contiene el aliento y escucha. Las voces acostumbran a atravesar las paredes de los laboratorios, pero esta noche no se oye ninguna. Vuelve a mirar el carrito, aparcado delante de otro laboratorio situado a mitad del pasillo, con la idea de despistar a Zelda si esta vuelve antes de lo previsto. Se siente vulnerable con tan poca cosa en las manos: una simple bolsa de papel marrón con un tentempié y su tarjeta-llave maestra. Inserta la tarjeta en la cerradura y se dice que ojalá esta no hiciera tanto ruido al ser liberada.

En Occam se da una constante: la iluminación siempre brillante. Nadie apaga nunca las luces. Elisa no recuerda haber visto un solo interruptor. En consecuencia, la penumbra en el F-1 resulta tan escandalosa como un incendio. Una vez en el interior, aprieta la espalda contra la puerta recién cerrada y le entra el pánico, pues se dice que algo marcha mal. Pero queda claro que la penumbra ha sido planificada. Un perímetro de luces, instaladas a lo largo de las paredes con esta finalidad, irradian un crepúsculo meloso al rebotar contra el techo.

Hay la suficiente luz para ver algo, pero también suenan ruidos, por lo que Elisa sigue sin moverse de la puerta. Ric-ric-, chaca-cac, za-za-za, zunc, ji-ji-ji, zrob-zrob, curu-curu, ci-ji-ji, hic-ric-hic-ric, lag-a-lag-a-lag, fiuuu. Elisa nunca ha salido de la gran ciudad, pero reconoce que estos ruidos son de origen animal, en principio ajenos a este búnker de hormigón. Se imponen a la rutinaria imagen del F-1 desierto a estas horas, impregnando cada mesa, silla y armario de amenaza de depredador. En este laboratorio hay unos monstruos sueltos.

La razón termina por vencer los miedos de Elisa. Las arias de aves y lúgubres canturreos de ranas proceden de una misma fuente, situada a la derecha. Son unas grabaciones, y todo esto no resulta tan distinto de una película en el Arcade: las luces atenuadas, la banda sonora por los altavoces. Alguno de los científicos de Occam ha diseñado lo que Giles llamaría una puesta en escena, una atmósfera interior que va desplegando la fantasía que la envuelve. Se dice que seguramente ha sido Bob Hoffstetler. Si hay una persona en este lugar que tiene la empatía necesaria para poner en marcha semejante producción artística, esta persona es él.

Se encamina al lugar donde recogió los dedos de Strickland del suelo. Sus pasos hacen ruido, y se maldice por ser tan olvidadiza. Tenía previsto calzar unas zapatillas con suela de caucho. ¿Será que sigue llevando puestos los zapatos morados de tacón porque el subconsciente la ha empujado a hacerlo? Oye un siseo a su derecha. ¿Una anaconda, atraída por los hechizos de la selva? No, es la cinta de un magnetofón en funcionamiento. La superficie de acero inoxidable centellea como un río iluminado por la luna. Elisa se acerca lo suficiente para ver los saltarines vúmetros indicadores del volumen. En derredor hay montones de bobinas en sus cajas. SONIDO DE CAMPO EN EL MARAÑÓN (#5). SONIDO DE CAMPO EN TOCANTINS (#3). SONIDO DE CAMPO EN EL XINGÚ/DESCONOCIDO (#1). También hay una agrupación con otros dispositivos de sonido, en la que solo reconoce un tocadiscos normal y corriente.

Elisa da un paso atrás, rodea el tanque. Otra señal premonitoria: la escotilla superior está abierta. Espera que el vello en su cuello y sus brazos vaya a erizarse de horror, pero no es eso lo que sucede. Sigue encaminándose a la piscina. Al fin y al cabo, la piscina es lo que ha estado monopolizando sus pensamientos. Cada vez que se baña, se baña en esta piscina, o tal finge. Es una fantasía que persiste a lo largo de todo el pequeño ritual: los huevos que sumerge en el agua, el metálico crujido del temporizador, la ilusión de los zapatos, la decepción de los elepés, las buenas noches que Giles le da haciendo una pausa en la pintura, sin tener idea de los extraños pensamientos que recorren la mente de su vecina.

En el suelo está pintada una línea roja, a palmo y medio de la piscina. Es peligroso acercarse más. Entonces, ¿cómo es que ella está pensando en hacerlo? Porque no consigue quitársela de la cabeza, esta cosa que el señor Strickland ha arrastrado hasta aquí, la que los cabezas huecas vigilan armados, la que el doctor Hoffstetler se empeña en estudiar. Elisa tiene claro que ella también ha sido antes esa cosa que está en el agua. Un ser sin voz del que los hombres se han servido sin molestarse en preguntar qué era lo que ella quería. Ella puede mostrarse más compasiva y generosa. Puede equilibrar las balanzas de la existencia. Puede hacer lo que ningún hombre intenta hacer con ella: comunicarse.

Continúa andando hasta que el reborde de medio metro de anchura pellizca sus muslos. El agua está tranquila en la superficie. Pero no tranquila del todo. Basta con mirar, con poner un poco de atención al hacerlo, para ver que el agua está respirando. Elisa respira hondo, suelta el aire y deja la bolsa de papel con el tentempié sobre el reborde de la piscina. El envoltorio emite un crujido, que resuena tan fuerte como una pala al hundirse en la grava. Contempla la superficie del agua a la espera de una reacción. Nada. Mete la mano en la bolsa, y su rostro se crispa cuando el papel vuelve a crujir. Encuentra lo que busca, lo saca; brilla bajo la luz tenue. Un solitario huevo cocido.

Lleva unos cuantos días atreviéndose a agregar este cuarto huevo a los tres que cada noche prepara para Giles. Comienza a descascarillarlo. Los dedos le tiemblan. En la vida ha descascarillado un huevo de tan mala manera. Fragmentos blancos de cáscara van a parar al reborde. El huevo por fin es visible..., ¿y qué resulta más coherente y más elemental que un huevo? Elisa lo sostiene en la palma de la mano, pues se trata de un objeto mágico.

Y el agua responde.

24

Se produce una oscura sacudida subacuática, comparable al movimiento convulso de la pata de un perro dormido, y una pizca de agua se alza un palmo por encima del centro de la piscina. Cae en la superficie y se proyecta al exterior en unos delicados círculos concéntricos... y a continuación suena un ruido metálico, como de sierra mecánica, que se impone a los apagados balbuceos selváticos. El agua se desgarra en forma de X cuando unas cadenas de cuatro metros y medio de longitud, cada una de ellas atornillada a una esquina de la piscina, se tensan y emergen a la superficie como si fueran unas aletas de tiburón, levantando espuma y babeando agua, una espuma y un agua unidas a una solitaria forma que está enderezándose.

El agua que acuchilla, las refracciones multicolores, las sombras como alas de murciélago: Elisa es incapaz de comprender qué es lo que está viendo. Ahí está: los reflejos de una especie de ojos como monedas de oro que anteriormente vio en el tanque, el sol y la luna. El ángulo se modifica, y el brillo de los ojos hace un guiño. Elisa ve los ojos de verdad. Azules. No: verdes, marrones. No: grises, rojos, amarillos, son tantas las tonalidades imposibles... La cosa está acercándose. El agua está a sus órdenes; apenas forma ondas. El ruido que produce es ligero, reptiliano. Está acercándose. El hocico es reptiliano. Tiene la mandíbula inferior multiarticulada, pero dibuja una línea recta y noble. Está acercándose. Erguido, como si ya no estuviera nadando, sino andando. Es la imagen de Dios a la que Strickland se refería: se mueve como un hombre. Entonces, ¿cómo se explica que Elisa tenga la impresión de que es todos y cada uno de los animales que han existido? Está acercándose. Las branquias a uno y otro lado del cuello tremolan como mariposas. El cuello está aherrojado por un collar de metal en el que las cuatro cadenas convergen. Está acercándose. Tiene el físico de un nadador, con hombros como puños cerrados, pero el torso de un bailarín. Cubierto por unas escamas diminutas, que titilan como diamantes, tan lucientes como la seda. Por su cuerpo entero discurren unos remolinos elaborados y simétricos. Ya no está acercándose. Está a dos metros de distancia. Ahora no se oye ni el agua que cae de su cuerpo a chorros.

Mira el huevo duro; a continuación mira a Elisa. Sus ojos centellean.

Elisa vuelve a la realidad de sopetón; el corazón se le desboca. Deja el huevo descascarillado en el reborde, agarra la bolsa de papel con el tentempié y, de un salto, se sitúa tras la línea roja. Ha adoptado una postura a la defensiva y la criatura responde inclinando la cabeza hasta que solo la coronilla lisa resulta visible. Sus ojos se clavan en ella durante un momento angustioso antes de volver a centrarse en el huevo; desde este ángulo, sus ojos se tornan azules. Se mueve ligeramente hacia la izquierda, como si esperase que el huevo fuera a hacer otro tanto.

No se fía de nada, piensa Elisa, quien a continuación advierte, con sorpresa, que esta criatura es masculina. Está segura de ello, sin saber bien por qué. Así se lo indica su presencia contundente, su mirada tan directa. A Elisa le pasa por la mente una idea mareante: si ella sabe que es un macho, él tiene que saber que ella es hembra. Se obliga a mantenerse firme y erguida. Es posible que por primera vez se encuentre ante una criatura masculina que de hecho es más impotente que ella. Con un gesto de la cabeza, le insta a no pensárselo más, a coger el huevo.

Él avanza todo lo que las cadenas le permiten avanzar, hasta situarse a medio metro del reborde. Elisa se dice que la línea roja ha sido pintada a una distancia seguramente cauta en exceso, pero la criatura en este momento baja la mandíbula inferior, y una segunda mandíbula se proyecta al exterior como un puño de hueso. Una fracción de segundo después, el huevo cocido se ha volatilizado, la mandíbula faríngea termina de replegarse, y las aguas están tan en calma como si nada de todo esto hubiera tenido lugar. Elisa no ha tenido tiempo ni para quedarse boquiabierta; sus ojos ven cómo fueron a parar al suelo los dedos de Strickland.

La superficie de la piscina se estremece, como mil millones de alfilerazos que Elisa interpreta como muestras de placer. La criatura la mira con unos ojos tan brillantes que se dirían de color blanco. Elisa respira hondo y se obliga a seguir adelante. Vuelve a meter la mano temblorosa en la bolsa de papel, Los eslabones de la cadena resuenan con estrépito cuando él levanta el hombro para protegerse de lo que cree que puede ser un arma. Elisa comprende que es lo que ha terminado por esperar en este lugar, en Occam.

Pero ella, sencillamente, saca otro huevo, el último que le queda. Lo levanta para que él pueda verlo bien y a continuación lo casca contra los nudillos opuestos y lo descascarilla un poco. Con cuidado, con sumo cuidado, tiende el brazo, con el huevo apuntando hacia arriba en la palma de la mano, y su postura de ofrecimiento induce a pensar en una mítica diosa de la antigüedad. La criatura no se fía. La parte superior de su cuerpo emerge de las aguas, como si fuera un delfín, y emite un bufido. Ahueca las branquias, cuyo color rojo sangre es una advertencia terminante. Elisa baja el rostro para mostrar sumisión, y el gesto resulta sincero. Se mantiene a la espera. La criatura rechina las mandíbulas, pero repliega las branquias. Elisa aprieta los labios y vuelve a tender el brazo. Mueve el huevo hasta que este queda sobre las puntas de los dedos, como una pelota de golf en el *tee*.

Elisa está fuera del alcance de las mandíbulas de la criatura y —eso espera— de su brazo también. Levanta la otra mano para señalar el huevo. No puede hacer el signo «huevo» por señas sin que el huevo se pierda de vista, por lo que traza las letras en el aire: H-U-E-V-O. Él no reacciona. Vuelve a dibujar las letras, la inacabada retícula de la H, la curvatura de la U, la proyección hacia delante de la E, y se pregunta qué estará pensando él al ver tales signos. ¿Una jaula? ¿Una garra? ¿Las puntas de una picana eléctrica? Elisa vuelve a mostrar bien el huevo; vuelve a trazar las letras con cuidado. Quiere, con desespero, que él la entienda. Hasta que no lo haga, esta criatura que parece haberse materializado enteramente a partir de sus sueños no podrá terminar de existir en la realidad que circunda a Elisa. El huevo, explicado por señas. Huevo, señas. Huevo, señas.

La mano está comenzando a dormírsele cuando la criatura por fin reacciona. Una vez decidido a pasar a la acción, no titubea en absoluto; se desliza hacia el reborde todo cuanto las cadenas le permiten y levanta el brazo del agua sin chapotear ni hacer sonido alguno. De su brazo salen unas púas similares a aletas dorsales; sus dedos, unidos por unas membranas translúcidas, culminan en unas garras curvas. Todo ello provoca que su manaza parezca ser enorme, y cuando flexiona los dedos es difícil no pensar que está haciéndolo porque se propone aplastar con ellos a una presa.

Los dedos se doblan a la altura de los segundos nudillos. El pulgar dibuja algo sobre las blanquecinas escamas de la mano. La membrana se dobla como un cuero diáfano. Se trata de una H, hecha con torpeza, pero Elisa se dice que esta criatura seguramente está acostumbrada a gestos de mucha mayor envergadura: a los giros de su cuerpo entero en mares agitados; a los ataques tan súbitos como directos; a desplegarse en toda su altura bajo el sol de los trópicos. Elisa se siente como si ella fuera la que está bajo las aguas. La criatura hunde sus branquias en la piscina como si tratara de recordarle la necesidad de respirar.

La palma de la mano deja de esbozar la H y comienza a trazar una curvatura vacilante. Elisa asiente con la cabeza, diciéndole que sí, y dibuja una U, señala a su izquierda. La dibuja con nitidez, pero este ser es un principiante. Los tres dedos menores descienden hasta tocar el pulpejo de la mano, y con el índice señala directamente a Elisa. Esta, de pronto, lo ve borroso. Su pecho palpita con alegría, de forma casi dolorosa. El otro está *mirándola*. No está viéndola sin reparar en ella, como hacen los hombres empleados en Occam, ni apartando la vista, como hacen las mujeres de Baltimore. Este ser hermoso, tan capaz de hacer daño a quienes antes le hicieron daño, está señalándola a ella, a ella y a nadie más.

Elisa deja caer la mano con que ha estado haciendo señas y da unos pasos adelante; sus zapatos morados, audazmente, desobedecen el límite impuesto por la línea roja. La criatura chapotea, a la espera; sus ojos, que ahora son azules, contemplan el cuerpo de ella tan atentamente que Elisa de, pronto, se siente desnuda. Le tiende el huevo sobre el reborde, adentrando la mano en la zona de peligro, pues lo sucedido a Strickland ya no le produce miedo. La criatura se endereza. Ha dejado atrás toda precaución y ahueca las branquias e hincha el pecho, mientras el agua resbala por el esplendor de sus escamas como piedras preciosas. Es lo que las grabaciones efectuadas en la selva solo sugerían: una cosa enteramente pura.

Elisa siente lástima al ver la voluminosa argolla de acero que aprisiona su cuello y al momento repara en una segunda maldad en el costado izquierdo. Cuatro suturas de metal cierran un tajo que va desde las costillas inferiores hasta el músculo oblicuo mayor del abdomen. La sangre brota de la herida como claveles hundidos. Frunce el ceño al ver la herida atroz, y la criatura en este momento se abalanza con velocidad de víbora. El huevo se esfuma de la mano de Elisa, quien solo nota la brisa creada por los dedos con membrana y la frialdad de las escamas, y él de pronto se sumerge y nada boca arriba hasta alcanzar el centro de la piscina. Elisa cierra la mano vacía. Le tiembla. La criatura vuelve a la superficie, a cien solitarias millas marinas de distancia, y su morro resigue la cáscara del huevo. Clava una de sus garras en él, acaso preguntándose cómo ha conseguido cascarlo este ser humano.

Finalmente, ataca el huevo con zarpas y dientes. Algunos trozos de cáscara recogen la débil luz como las astillas de un espejo roto.

Elisa no puede evitarlo, y de sus pulmones brota una risa silenciosa. La criatura engulle el huevo, sin apenas masticarlo, y la mira, con los ojos como monedas revoloteando de admiración, pues ha comprendido que esta mujer es capaz de obrar maravillas. A Elisa nunca la han mirado de esta manera. Siente como si flotara, por mucho que sus morados zapatos de tacón estén firmemente asentados en el suelo.

El clamor selvático se corta en seco. Un ¡pop! ensordecedor abofetea el laboratorio como un estampido sónico, y la criatura se sumerge y desaparece sin que en la superficie se forme una sola onda. Elisa se queda helada, pues cree que le han descubierto, hasta que un ligero sonido, unos pequeños aletazos le indican que la cinta ha llegado a su final en el magnetofón y que una de las bobinas está girando en el vacío. Lo que no puede ser bueno para el aparato, y de seguro que alguien vendrá a apagarlo o a reiniciarlo. Elisa tiene que salir del F-1 y sentirse feliz con lo que ha conseguido, hasta tal punto que mañana tendrá el pecho magullado por el feroz martillear de su corazón.

25

Los huevos ya presentan bastantes complicaciones de por sí. Y una tortilla aún es peor. Una tortilla requiere de cuchillo y tenedor. Lainie tendría que haberlo tenido en cuenta. ¿Qué tipo de esposa se olvida de semejante pequeño detalle? Strickland coge el tenedor con la mano derecha. El cuchillo no resulta tan fácil, no con estos dedos. Levanta la vista y mira a su mujer. Lainie no está prestándole la menor atención. No hay otra forma de expresarlo. ¿A qué estuvo dedicándose durante el año y medio que él estuvo luchando en el Amazonas? ¿A pasar la bayeta por la mesa cada vez que caían unas gotas de zumo de naranja? Se supone que una mujer tiene que adelantarse a las necesidades de su marido. Y hacer que todo vaya sobre ruedas, en todos los aspectos de la vida.

Basta con mirar este lugar. Han pasado semanas desde que llegaron a Baltimore y la casa sigue estando hecha un asco, como una de las chozas en la ribera del Tapajós. De la mampara de la ducha cuelgan las medias y los sujetadores, como lianas de ratán. La calefacción resulta tan sofocante como un *verão* amazónico. La televisión zumba como una bandada de insectos mientras Timmy y Tammy se pelean como dos pecaríes dotados de colmillos. Y esas putas cajas por desembalar. Cuando finalmente se las arregla para relajarse un poco, las cajas aparecen apuntando a lo alto como las cimas de los Andes, y Strickland vuelve a sentirse allí, con los pies atrapados en el cieno pegajoso (la tupida alfombra de pelos), sin aliento entre la neblina viscosa (la del ambientador para el hogar), paralizado al ser sorprendido por el jaguar al acecho (la aspiradora eléctrica).

A ningún hombre le gusta sentirse como una presa en su propio hogar. Está acostumbrándose a quedarse en Occam hasta tarde, aunque no tenga nada que hacer. ¿Cómo va a compararse un televisor de andar por casa con dieciséis monitores de seguridad?

—Siempre estás fuera... —se enfurruña ella.

Strickland está empezando a perder la amabilidad. Lainie encuentra que los trastornos provocados por la reciente mudanza son estimulantes, y él está comenzando a detestar esta faceta de su esposa. Porque él es por completo incapaz de relajarse y compartir semejante curiosidad por lo nuevo. No podrá hasta que termine de una vez con el objeto y deje de ser el puto juguete de Hoyt. Si ella se decidiera a limpiar este lugar de una maldita vez, quizás él, entonces, dejaría de andar siempre acelerado y por fin se encontraría a gusto.

El desayuno en familia es la única razón por la que se ha levantado después de solo cuatro horas de sueño. ¿Y cómo se explica que sea el único sentado a la mesa? Lainie está llamando a los niños, quienes no hacen ni caso. Su mujer ríe, como si estos comportamientos fueran aceptables. Lainie está persiguiéndolos por la casa. Otra vez anda descalza. ¿Es que se trata de una de estas tontas modas al estilo bohemio? Los que andan descalzos son los pobres. Y ellos no lo son. Se acuerda de los zapatos color coral de Elisa Esposito, de los dedos de sus pies, pintados en un tono rosado más intenso. Así es como tendrían que ir todas. De hecho, Elisa para él representa la evolución natural de la especie femenina: limpia, original, callada. Disgustado, Strickland aparta la vista de los pies de su mujer y vuelve a fijarla en el plato, en la tortilla incomible.

La última vez que se cambió los vendajes volvió a empujar el anillo de bodas hasta encajarlo en torno al dedo hinchado y descolorido. En su momento se dijo que a Lainie seguramente le gustaría. Pero ha sido un error. Ahora no puede sacarse el anillo. Intenta que los dedos se cierren sobre el mango del cuchillo. El dolor es tan intenso que parece que por sus arterias circule hilo de bramante. Tiene la cara empapada en sudor. En esta casa hace un calor de mil demonios. Busca algo frío. La botella de leche. La coge, bebe de ella y jadea al terminar. Advierte que Lainie está en la cocina, mirándole con el ceño fruncido. ¿Porque ha estado bebiendo de la botella? El año pasado comió carne cruda de un puma troceado a machetazos en la selva. De repente le entran remordimientos. Deja la botella en la mesa; se siente perdido, como un extraño. Strickland es un dedo medio putrefacto, y Baltimore es el cuerpo que se niega a admitir su reimplantación.

Agarra el tenedor, se las arregla para sujetar el cuchillo con la palma izquierda.

El cuchillo se hunde un poco en el queso, y el mango roza el anillo de bodas. Estalla el dolor. Strickland maldice y de da cuenta de que Tammy está sentada delante de él, mirándolo fijamente. La pequeña está acostumbrándose a ver a su padre sufrir. Lo que hace a Strickland sentirse débil, y no puede permitírselo, no mientras el general Hoyt reciba informes de Occam a diario. No puede permitirse una sola muestra de fragilidad, si es que quiere convencer a Hoyt de que su forma de proceder, rápida y despiada, es la oportuna a la hora de manejarse con el objeto, en lugar de los métodos de Hoffstetler, más indirectos y benevolentes. Cuando Hoyt le llamó al teléfono rojo del despacho en mitad de la noche, no había oído la voz del general desde que se encontraba en Belém. Y su voz le desasosegó. Hasta entonces gustaba de pensar que Hoyt era cosa del pasado, como la averiada *Josefina*.

En el cuenco, los cereales de Tammy, que no ha probado bocado, están hinchándose.

—Come —dice él.

La pequeña obedece.

La voz de Hoyt ejerció el efecto de siempre sobre Strickland. Como si fuera uno de esos antiguos soldaditos de juguete, al que Hoyt acabara de dar cuerda. Strickland siempre se cuadra, no falla. Y ahora redoblará sus esfuerzos para que en Occam impere la doctrina militar. Siente una vaga melancolía. Los pocos progresos que ha hecho en el hogar van a seguir siendo de poca envergadura. Los tortuosos, no siempre efectivos, intentos de ganarse a los niños. El interés que se ha obligado a poner en las crónicas que Lainie hace de las compras y el cuidado de los pequeños. Se le ocurre que Hoyt en realidad no es tan distinto del objeto. Ambos son inescrutables, de un modo u otro mayores que sus respectivas formas físicas. Strickland no pasa de ser la mandíbula secundaria que brota del cráneo de Hoyt, y tendrá que continuar mordiendo, durante unas cuantas semanas más.

El cuchillo se engancha en algo, y el mango resbala entre sus dedos vendados y choca contra la mesa. Siente como si le hubieran retorcido los dedos por las articulaciones. Descarga un golpe en la mesa con el puño derecho. Los cubiertos saltan por los aires. Tammy deja caer la cuchara en el cuenco. Strickland nota que las lágrimas, esa inaceptable muestra de vulnerabilidad, asoman a sus ojos con rapidez. No, no delante de su hija. Rebusca en el bolsillo hasta encontrar el frasco con los analgésicos. Arranca la tapa de un mordisco, golpea el frasco con fuerza excesiva. Los blancos perdigones bailan sobre la mesa hasta que terminan por pegarse a ella. ¡Así de pegajosa y mugrienta está la superficie de la mesa! ¿Qué clase de hogar familiar es este? Echa mano a dos, tres después, cuatro por fin, ¿qué demonios?, y se los mete en la boca. Agarra la botella de leche y bebe a gollete. ¡A la puta mierda con los gérmenes! Las pastillas y la leche forman una especie de pasta. Se la traga de golpe. Amarga a más no poder. Esta casa, esta barriada, esta ciudad, esta vida...

26

Lainie sabe con qué clase de hombre se casó. Una vez, después de hacerse un corte en la mano mientras estaba construyendo la cuna para Tammy, envolvió la palma en gruesa cinta americana y siguió como si nada. En otra ocasión volvió de unas maniobras militares en Virginia con un tajo en la frente, cerrado y sellado con cola rápida extrafuerte. La reimplantación de unos dedos es algo más grave, y Lainie lo sabe, pero siente náuseas de horror cada vez que le ve engullir esos analgésicos a puñados.

Incluso antes de su marcha al Amazonas, Richard le daba un poquito de miedo. Se decía que tampoco era tan inusual; más de una vez vio que sus amigas de Orlando tenían un moratón en el brazo. Pero el temor ahora es de otro tipo. Porque ahora tiene que lidiar con la impredecibilidad, lo que más miedo produce. Tampoco es cuestión de dejarse llevar por el pánico. Lo que pasa es que la idea de que Richard esté tomando esa fuerte medicación, de que esas drogas puedan alterar su relación con la realidad normal y corriente de todos los días. Y sí, es una cuestión que le tiene *preocupada*. Cuando se mete unas cuantas pastillas por el buche, Richard empieza a cobrar el aspecto de un cazador implacable, con el corazón de piedra, dispuesto a destruir cuanto haga falta. Hasta la muñeca llorona de Tammy solloza acongojada por la sospecha. No es de extrañar que Lainie comprara en la ferretería acabado para paredes en color beis: el verde Stratford era demasiado selvático, mientras que el rosado Cameo se parecía demasiado al rojo sangre.

Lainie sube las escaleras al trote. No con intención de escapar a la impenetrable, amenazadora mirada de Richard. Sino para encontrar a Timmy, la única persona en la casa que no muestra el previsible miedo —*respeto*, se corrije ella— al cabeza de familia. Lo que es preocupante, aunque no tanto como el hecho de que Richard lo permite sin mayor problema. Richard a veces parece estar animando a su hijo varón a denigrar a su hermana y a desafiar a su madre, como si Timmy, quien tiene ocho años de edad, fuera naturalmente superior a las féminas del hogar.

—Timmy —canturrea—. Es la hora del desayuno, cariño.

Una buena esposa no piensa cosas de este tipo, ni sobre su hijo ni sobre su marido. Ella sabe lo que es tomar medicamentos. Seis semanas después de que Richard desapareciera en el Amazonas se encontró hundida por completo, con la cara hinchada por la falta de sueño y la garganta áspera de tanto llorar. Por insistencia de una secretaria de Washington obligada a escuchar sus sollozos al teléfono, fue a la consulta del médico de familia y, con la vista en el regazo, preguntó si era verdad eso de que había un fármaco capaz de hacer que las esposas solas dejaran de llorar. Algo nervioso ante tanto resoplido y tantos mocos sorbidos, el médico dejó en el cenicero el cigarrillo recién encendido y se apresuró a recetarle Miltown en pastillas, «la pequeña ayuda para las mamás», según lo describió, una especie de penicilina para los pensamientos. Le dio una palmadita en la mano y se mostró apaciguador. La mente femenina siempre era más frágil.

Las pastillas funcionaron. ¡Y tanto que funcionaron! El pánico incontenible de todos aquellos días funestos se redujo a una vaga desazón adormilada, incluso cercana a la calma después de uno o dos cócteles vespertinos. A veces pensaba que quizás estaba pasándose de la raya, pero entonces veía a las demás mujeres casadas con militares cuando salían a recoger el correo del buzón o estaban de compras en el supermercado, y reparaba en que ellas también tartamudeaban y que sus movimientos eran torpes. En todo caso, Lainie finalmente tomó una determinación y tiró los tranquilizantes por el inodoro. En camino al cuarto de Timmy, ahora ve los carnavalescos reflejos de su persona en los pomos de las puertas, jarrones y marcos de los cuadros. ¿Es que la Lainie independiente de los días en Orlando ha desaparecido para siempre?

Le complace ver que Timmy está sentado a su mesa —una réplica del lugar de trabajo de su padre— de espaldas a la puerta. Se detiene en el umbral y se reprocha que pueda sentir algunas reservas sobre su querubín. Es el hijo de su padre, pero también es el pequeñín de su madre, un niño despierto y dotado de una vitalidad voraz. Es una suerte tenerlo.

—¿Se puede...? —dice ella.

Timmy no le oye, y a Lainie se le escapa una sonrisa. El hijo pone tanta concentración en las cosas como su propio padre. Se acerca, sin que sus pies descalzos hagan ruido al andar sobre la moqueta, y se siente como un ángel determinado a comprobar cómo se encuentra uno de lo santos de este mundo, hasta que mira por encima de su hombro y ve la lagartija. Tiene las cuatro patas clavadas a la mesa con alfileres y sigue debatiéndose mientras Timmy explora sus entrañas abiertas con la punta del cuchillo.

27

El tajo en el costado de la criatura está cicatrizando. Cada vez que Elisa la visita, a la hora más intempestiva de todas, ve que el rastro de sangre que su cuerpo deja al deslizarse por la piscina es cada vez menor. Solo sus ojos resultan visibles, como las luces de un faro cuyos haces se proyectaran sobre un mar negruzco. Está nadando justo delante de ella, lo que es un progreso; ya no se esconde bajo la superficie. A Elisa se le acelera el pulso. Esto era lo que necesitaba. Necesitaba que este ser la recordara, se fiara de ella. Lleva de una mano a la otra la pesada bolsa de basura con la que carga. No es de sorprender que una limpiadora ande cargada con una bolsa de este tipo, si bien en su interior no hay precisamente basura.

¡Morir por Chemosh es vivir para siempre! El grito llegado del cine con sordina se ha convertido en una segunda alarma de despertador, que ella no necesita oír. Porque se despierta mucho antes de lo necesario, pensando en él, en la magnificencia que las gruesas cadenas no consiguen reducir. Lo único que hoy le distrae es el par de zapatos plateados que hay en la tienda de Julia. Estos días, Elisa nunca llega tarde a la parada del autobús y tiene tiempo sobrado para cruzar la calle y llevar las palmas de las manos al cristal del escaparate. Antes tenía la impresión de que había otros paneles de cristal que rodeaban su cuerpo, las invisibles paredes del laberinto en el que estaba atrapada. Ya no. Elisa cree estar viendo una salida del laberinto, una salida que pasa por el F-1.

Esta noche no suenan las grabaciones hechas en la selva, y Elisa ha efectuado las suficientes comprobaciones de la actividad en el laboratorio —por medio de pequeñas marcas hechas en la parte inferior de las Normas de Control de Calidad— para saber lo que esto significa: que ninguno de los científicos se ha quedado lo bastante tarde como para volver a poner las cintas en marcha. Occam está vacío, Zelda está ocupada en la otra punta del edificio, y Elisa cruza la línea roja y levanta el primero de los huevos de esta noche.

La criatura en la piscina elonga su arco para acercarse, y Elisa se ve obligada a reprimir una sonrisa, pues eso sería darle lo que quiere antes de que se lo haya ganado. Se mantiene firme, con el huevo en la mano y apuntando al techo. La criatura se acerca flotando de una forma casi mágica; Elisa no ve que la parte inferior de su cuerpo se mueva para atravesar el agua. Con lentitud, su mano descomunal se alza de la piscina, y regueros de agua corren por las púas de su antebrazo y los dibujos en relieve del pecho. Ligeramente flexionados, sus cinco dedos son como cinco brazos que envuelven a Elisa en un estrecho abrazo: H-U-E-V-O.

Elisa está sin aliento, pero se las arregla para sonreír un poco. Deja el huevo en el reborde y mira cómo él lo coge, no con el salvaje manotazo de la semana previa, sino haciendo gala de un discernimiento propio de un tendero de colmado. A Elisa le gustaría ver cómo lo descascarilla, ver si ha mejorado al hacerlo, pero el peso de la bolsa de basura termina por impacientarla. Mantiene todo el contacto ocular que puede y retrocede, hasta que su cadera pega contra la mesa con el equipo de sonido. Vuelve a ajustar las bobinas del magnetofón, lleva la radio a un lado y abre la tapa del tocadiscos.

Elisa tiene claro que la presencia del tocadiscos es poco menos que accidental. Lo más seguro es que el equipo de sonido al completo proceda del mueble de uno de los científicos, y que todos los elementos estuvieran unidos por un lío de cables. Saca de la bolsa los polvorientos vestigios de una juventud olvidada que han estado almacenados en su taquilla unos días: discos de larga duración, los que dejó de escuchar cuando dejó de creer que le quedaba alguna razón para escucharlos. Ha traído demasiados, quince o dieciséis, pero no podía saber de antemano la clase de música que este momento iba a requerir.

Uno de los álbumes es *Songs in a Mellow Mood*, de Ella Fitzgerald..., ¿es posible que la criatura se inquiete al oír estos sordos murmullos? *Chet Baker Sings*..., ¿el ritmo quizás es demasiado semejante al avance de un tiburón? *The Chordettes Sing Your Requests*..., ¿acaso puede pensar que en la estancia han entrado otras mujeres más? Escoge el primer álbum instrumental que encuentra, *Lover's Serenade*, de Glenn Miller, lo saca de la funda y lo pone en el plato del tocadiscos. Pulsa la tecla de encendido del aparato, lleva la aguja al vinilo y se da cuenta de que el tocadiscos está desenchufado. Encuentra el cable, da con el enchufe en la pared, lo enchufa y...

... y la banda cobra vida en forma de síncopa de metales estrepitosos, cuyo *swing* tumultuoso hace que Elisa dé un respingo. El piano, la batería, las cuerdas y los saxofones se proyectan en picado y remontan el vuelo de forma vertiginosa, apresando el ritmo antes de que una trompeta se encarame a lo más alto, tan atolondrada como una paloma recién liberada de su jaula. Elisa contempla la piscina y se dice que la criatura pensará que lo ha traicionado con una emboscada de algún tipo. Pero lo que sucede es que la propia agua se ha helado, o tal parece. Los trozos de cáscara del huevo a medio descascarillar flotan en la superficie, en expresión física del creciente asombro del ocupante de la piscina.

Elisa se encorva sobre la mesa, aparta la aguja del círculo en movimiento giratorio. La trompeta se desliga con un sonido como de chapoteo. Elisa se las arregla para esbozar una sonrisa de verdad, con intención de convencer a la criatura de que todo va sobre ruedas. Y todo *va* sobre ruedas, efectivamente. Mejor que eso, de hecho: los surcos en su escamada piel están reluciendo. Elisa recuerda cierto artículo de prensa sobre la bioluminiscencia, una luz química emitida por determinados peces, que ella había supuesto similar a la de las luciérnagas, a la de unas pequeñas bombillas en una noche lejana, y no como esta dulce ebullición que parece brotar del centro de la criatura y transformar la piscina entera de un negro como la tinta a un radiante azul celeste veraniego. Está escuchando la música, sí, pero también está sintiéndola, reflejándola, y este reflejo le permite a Elisa escuchar y sentir la música como nunca antes en la vida. Glenn Miller tiene colores, formas, texturas..., ¿cómo es que no había reparado hasta ahora?

Pero las luces de la criatura en la piscina ahora están apagándose, y Elisa ya no puede imaginar el agua sin ellas. Lleva los dedos al brazo del tocadiscos, deja caer la aguja y un solo de saxofón deambula accidentado sobre el vigoroso traquetear de la orquesta. Elisa esta vez no aparta los ojos de la criatura, cuya luz no solo hace que el agua reluzca, sino que hasta la electrifica, imbuyéndola de un resplandor turquesa que rebota en las paredes del laboratorio como fuego líquido. Elisa deja de prestar atención a los objetos físicos como la mesa y los discos mientras camina fascinada hacia la piscina, con la piel azulada por el reflejo, con la sangre asimismo azul, y está segura de ello. No sabe de dónde proviene esta criatura, pero está claro que nunca ha oído una música parecida, una multitud de canciones separadas e imbricadas en un unísono jubiloso. El agua en derredor de su corpachón comienza a cambiar de tonalidad: amarilla, rosada, verde, granate. Su mirada recorre el aire, pues está habituado a que los sonidos tengan una fuente, levanta una mano como si quisiera acunar uno de los invisibles instrumentos en ella para inspeccionarlo, para olisquear su magia, para probar a saborear sus milagros antes de tirarlo otra vez al cielo, para que de nuevo vuele.

28

El niño se sienta a la mesa. Él no es como su hermana. Él no se presenta por detrás con timidez. Se deja caer en la silla ruidosamente, tose sin taparse la boca con la mano, hace ruido al manejar los cubiertos con despreocupación. Entre un espasmo de dolor y el siguiente, Strickland se siente orgulloso. El cuidado de los niños, eso es cosa de las madres. Pero convertirse en un modelo de conducta, ojo, eso sí que está en su mano. Sonríe a Timmy. El movimiento muscular es minúsculo, pero tensa su cara, que tensa su cuello, que tensa su brazo, que tensa sus dedos. La sonrisa comienza a irse a pique.

—¿Te duele, papá? —pregunta el niño.

Tiene restos de jabón en las manos. No se las lava a no ser que Lainie le obligue. Lo que indica que Timmy estaba haciendo algo que su madre ha encontrado repugnante. Lo que es bueno. Resulta importante poner a prueba los límites a los que puedes llegar. A estas alturas ha renunciado al intento de explicárselo a Lainie. Su esposa nunca entenderá que los gérmenes son lo mismo que las heridas. Unos y otras sirven para que los tejidos terminen por cicatrizar.

—Un poco —responde. Las pastillas están comenzando a mellar las afiladas hojas del dolor.

Lainie se sienta a la mesa con ellos. En lugar de comer, enciende un cigarrillo. Strickland hace una rápida revisión visual. Siempre le había gustado su peinado. Un cardado, lo llama ella, un bloque de pelos plegados y remetidos que desafía la gravedad y sin duda es difícil de mantener. Pero en los últimos tiempos, cuando vuelve tarde de Occam, cansado o medio drogado, al ver la cabeza de Lainie sobre la almohada en lo que piensa es en algo de la selva. La bolsa con los huevos de una araña, por ejemplo, hinchada y pronta a expeler una espiral de arañitas furiosas. En el Amazonas tenía una solución. Gasolina y una cerilla, si es que querías evitar una infestación. La imagen es horrenda. Él quiere a su mujer. Sencillamente, está pasando por un momento difícil. Estas visiones terminarán por no darse más.

Strickland empuña el cuchillo y el tenedor, pero no aparta los ojos de Lainie, quien sigue mirando pensativa a su hijo tan revoltoso. ¿Su mujer dejará entrever el miedo que siente al ver en qué se está convirtiendo su pequeño? ¿O tratará de ejercer el control sobre él? Strickland encuentra interesante esta lucha, del mismo modo que encuentra interesante la supervivencia del objeto en un ambiente de laboratorio. En otras palabras, las dos son fútiles. En el caso del chaval enfrentado a su madre, el chaval terminará por salir ganador. Los hijos varones siempre se salen con la suya.

Lainie sopla el humo por la comisura de la boca y se decanta por una táctica que Strickland reconoce de los procedimientos para interrogatorio. Es la llamada «vía indirecta».

—¿Por qué no le dices a tu padre lo que me has dicho?

—Ah, bueno —responde Timmy—. ¿A que no sabes una cosa? ¡Estamos haciendo una cápsula del tiempo! La señorita Waters nos ha dicho que pongamos dentro nuestras ideas sobre cómo será el futuro.

—Una cápsula del tiempo —repite Strickland—. Es una especie de caja, ¿no? Vais a enterrarla, para que alguien la encuentre más tarde, ¿es eso?

—Timmy —insiste Lainie—. Pregúntale a tu padre lo que me has preguntado a mí.

—Mamá dice que tu trabajo tiene que ver con el futuro y que te pregunte qué puedo escribir para meter en la cápsula. PJ dice que dentro de unos años tendremos mochilas con cohetes propulsores. Yo le digo que lo que vamos a tener son barcos-pulpo. Pero no quiero que PJ sea el que tenga la razón y yo no. ¿Tú qué crees, papá? ¿Crees que habrá mochilas con cohetes propulsores o barcos-pulpo?

Strickland nota que tres pares de ojos se clavan en él. Es una sensación que todo militar experimentado conoce de sobras. Suspende la Operación Tortilla, suspira por las fosas nasales y contempla, por orden sucesivo, la ansiosa expectación de Timmy, la laxa cara de pan de Tammy, la nerviosidad de Lainie al morderse los labios. Hace amago de entrelazar las manos, piensa en el dolor que ello le causaría y se contenta con poner las palmas sobre la mesa.

—Sí que habrá mochilas con motores a reacción. Sí que vamos a tenerlas. Es una simple cuestión de ingeniería. De cómo maximizar la propulsión. De reducción del calor. Yo calculo diez años, quince a lo sumo. Cuando seas de mi edad, tendrás una. Una mochila mejor que la de PJ, seguro. Ya me encargaré yo de ello. En cuanto al barco-pulpo, no termino de entender la idea. Si te refieres a un sumergible con el que explorar el fondo de los mares, entonces también te digo que sí. Estamos haciendo grandes avances en la resistencia a la presión y la movilidad en el agua. De hecho, ahora mismo, en el trabajo, estamos haciendo experimentos sobre la cuestión de la supervivencia anfibia.

—¿En serio, papá? PJ se quedará turulato cuando se lo diga.

Tienen que ser estos analgésicos tan fuertes, estas drogas. Unas cálidas extensiones se enroscan en torno a sus músculos, acabando con el dolor a estrujones tal como hacen las serpientes con los ratones de campo. Es estupendo ver esta expresión de veneración en el rostro del chaval. Esta ciega admiración en el rostro de la pequeña. La propia Lainie de repente resulta agradable de ver. Sigue teniendo un tipito fantástico. Envuelta en este ceñido delantal, tan perfectamente planchado con la costosa plancha Westinghouse. Casi puede ver los tirantes de la prenda, anudados en una bola dura y prieta en la parte inferior de la espalda de su mujer. Lainie descifra su mirada, y a Strickland le inquieta la posibilidad de que sus labios se frunzan en una mueca de repulsión, la misma con la que estuvo mirando a Timmy. Pero no es eso lo que sucede. Lainie entrecierra los ojos, tal como acostumbraba a hacer cuando se sentía sexualmente atractiva. Strickland respira hondo, satisfecho, y por una vez en la vida no es víctima de una vengativa punzada de dolor.

—Puedes estar seguro de lo que te digo, hijo. Tú no vives en uno de esos infectos agujeros gobernados por el comunismo. Vives en Estados Unidos, y los estadounidenses hacemos este tipo de cosas. Hacemos todo lo que resulta necesario para que nuestro país siga siendo grande. Es lo que tu padre hace en ese despacho. Es lo que tú también harás un día. Hay que creer en el futuro, hijo, para que se convierta en realidad. Espera y lo verás.

29

Lainie prefiere no llevar el recuento de las veces que ha vuelto a los muelles de Fells Point. Los visita cuando la existencia se vuelve demasiado onerosa para sobrellevarla y piensa en tirarse por el embarcadero, pero el nivel del agua es bajo por la falta de lluvia, y lo más probable es que no pasara de romperse el cuello. ¿Y qué sucedería entonces? Que se encontraría en una silla de ruedas, delante del televisor, manipulando la ultramoderna plancha de vapor hasta que ya no pudiera más, hasta fundir la camisa de Richard, la tabla de planchar, hasta que ella misma se derritiera, hasta que no quedara más que una charca color pastel que Richard tendría que dejar en manos de un profesional de la limpieza industrial con maquinaria de vapor.

Según cree, la lagartija que Timmy estaba torturando es un escinco. Si ella viera un escinco en el porche, barrería al bicho asqueroso con la escoba hasta devolverlo a los arbustos. Si viera uno dentro de casa, pues bueno, lo mataría de un pisotón. Hace lo posible por convencerse de que lo que Timmy hizo es lo mismo. Pero no es lo mismo. La mayoría de los chavales sienten curiosidad por la muerte, pero casi todos sienten una vergüenza instintiva cuando los adultos los sorprenden hurgando en el cadáver de un animal. Timmy, sin embargo, la miró con irritación, como hace Richard cuando ella le pregunta por su trabajo. Tuvo que hacer acopio de valor, y con rapidez, para indicarle que tirase esa cosa por el inodoro, se lavara las manos y bajara a desayunar.

Una vez que Timmy terminó, entró en el cuarto de baño para cerciorarse de que el escinco no estaba trepando por la taza. A continuación estuvo mirándose al espejo un minuto. Aplanó con la mano los cabellos rebeldes que asomaban del peinado. Frunció y chasqueó los labios pintados. Se acomodó el collar de perlas un poco, para que las de mayor tamaño descansaran en el hueco de la garganta. Estos días Richard no la mira con atención, pero si lo hiciera, ¿repararía en el secreto de Lainie? El propio Timmy estuvo a punto de hacerlo, o eso piensa ella.

Sucedió después de uno de esos trances en el borde del muelle. Fue andando a paso lento por el fondeadero antes de dirigirse al norte por Patterson Park y al este por Baltimore Street. Se sintió empequeñecida por los altos edificios, que fue costeando como si se encontrara en una canoa. Se detuvo ante una de las mayores edificaciones, un edificio negro y dorado proyectado al estilo de los años veinte. La puerta giratoria no hacía más que dar vueltas, expeliendo una corriente de aire olorosa a cuero y a tinta.

Lainie considera que sus nuevos recorridos matinales son una gimnasia intelectual, y esta fue la razón precisa que le llevó a entrar por la puerta giratoria. Salió escupida al suelo ajedrezado de un vestíbulo esculpido en obsidiana pura, o tal se diría. Las vistas en escorzo de los pisos superiores ofrecían viñetas de lo que parecía ser una ciudad autónoma. Quienes trabajaban en este lugar contaban con su propia oficina de correos, sus propios restaurantes, carritos con el café, pequeñas tiendas, kioscos de prensa, relojerías, departamento de seguridad. Las mujeres modernas y vestidas con elegancia y los hombres pertrechados con carteras de mano se entrecruzaban por el vestíbulo, con las espaldas erguidas y aires de importancia.

En este mundo aparte no había ningún Richard Strickland. Ningún Timmy o Tammy Strickland. Tampoco ninguna Lainie Strickland. Ahora más bien se había convertido en la mujer que fue en Orlando. Con ganas de exprimir la sensación al máximo, subió en ascensor y fue a una pequeña pastelería, donde se puso a examinar la vitrina. Decidió pedir algo que le gustara de verdad, por una vez en la vida. Cuando el dependiente la miró, dijo:

—Una porción de pastel de limón.

Pero el dependiente en realidad no estaba mirándola. Un hombre, un habitual del edificio a juzgar por el hecho de que iba en mangas de camisa, dijo al mismo tiempo:

—Ponme un pastel de limón, Jerry.

Lainie se disculpó. El otro soltó una alegre risa y le dijo que adelante. Ella respondió que en realidad iba a hacer mal al comerse una porción entera, y él repuso que nada de eso, que Jerry hacía los mejores pasteles de limón en la ciudad.

El hombre estaba flirteando, pero no de forma desagradable, y, además, Lainie era capaz de todo en esta tierra media. Cuando el otro le dijo que tenía una voz muy bonita, fingió estar vacunada contra los halagos de este tipo, que descartó con una risa.

—Hablo en serio —dijo él—. Tiene una voz fuerte y acariciante. Es una mujer que rezuma paciencia.

Bajo su disfraz de impavidez, a Lainie se le aceleró el corazón.

—Eso de «rezumar» ha estado bien —dijo ella—. No hay palabra que nos guste más a las mujeres.

El desconocido volvió a reír con desenfado.

—Y bien, ¿en qué lugar de este emporio trabaja?

—Ah, pues en ninguno.

—Ah, entonces es su marido. ¿En qué lugar está?

—No, no, tampoco.

El otro chasqueó los dedos.

—Ya lo tengo. Ha venido a la tienda de Mary Kay. Las chicas del piso de arriba no hablan de otra cosa.

—Lo siento, solo he entrado a…, bueno, sencillamente, he entrado.

—¿Habla en serio? Bueno, quizás estoy precipitándome, pero ¿es posible que esté buscando empleo? Trabajo en una pequeña firma publicitaria en el piso de arriba, y estamos buscando nueva recepcionista. Por cierto, me llamo Bernie. Bernie Clay.

Bernie le tendió la mano. Antes incluso de llevar la porción de pastel de limón a su otra mano para estrechársela, Lainie comprendió que todo había cambiado. En el curso de la hora siguiente dijo que su nombre era Elaine, y no Lainie, subió con Bernie por unas escaleras mecánicas centelleantes, le siguió a través de una sala de espera llena de sillones rojos a la última moda y estuvo sentada en su despacho, a la vista de decenas de joviales hombres y secretarias que no cesaban de mirarla con atención. No de forma hostil, pero tampoco amigable, como si estuvieran preguntándose si la mujer con el cardado iba a estar a la altura.

Lainie sabe que hizo todas estas cosas, pero solo las recuerda de modo fragmentario. Lo que sí recuerda por entero son los rápidos cálculos que hizo sobre las horas dedicadas a sus hijos y su marido, que se vio obligada a comprimir al responder a la oferta de trabajo formulada por Bernie. Respondió en un tono de «lo toma usted o lo deja» que de hecho la dejó asombrada, en referencia a su propia propuesta de empleo a tiempo parcial. Era todo a lo que podía comprometerse, dijo.

Oye el ruido sordo que Timmy produce al taconear el asiento de su silla, oye el apocado sonido metálico que la cuchara de Tammy hace contra su cuenco. Lainie gira la cabeza y ve su reflejo en el cristal de la vitrina donde guarda los platos de porcelana, mientras se pregunta a quién se le ocurrió esa tonta moda de los cardados. En Klein & Saunders, las secretarias llevan peinados alisados. Lainie solo lleva un par de días trabajando en la oficina, pero empieza a imaginar cómo se sentiría con un peinado del mismo tipo.

30

Elisa sospecha que nunca más en la vida experimentará unas noches tan preñadas de delicia y maravilla. Los encuentros en el F-1 resultan demasiado espléndidos para rememorarlos de forma aislada. Trata de revivirlos del mejor modo posible, en forma de momentos asombrosos, como escenas de películas merecedoras de ser vistas en la pantalla de quince metros del Arcade, y no atisbadas en el diminuto televisor de Giles. Cómo la piscina entera arde en un color azul eléctrico en el momento preciso en que ella entra en el laboratorio. La corriente en forma de V creada por la criatura que se desliza bajo el agua para encontrarse con ella. Los huevos, tan lisos y cálidos como la piel de un bebé. La cabeza de la criatura al emerger de las aguas, con los ojos hoy ya no tan dorados, sino de tonos más suaves y humanos, centelleantes, pero ya no dos fogonazos. El acogedor brillo anaranjado de las lámparas de seguridad, como la luz de la mañana en un pesebre. El arma colosal y afilada que es la mano de la criatura, al hacer el signo de «huevo» con movimientos lo bastante delicados como para acariciar una cría de ganso. Las expresiones faciales que Elisa había olvidado que podía hacer: morderse los labios con excitación, reflejadas en las mesas metálicas de cirugía; los ojos muy abiertos por la expectativa ilusionante, reflejados en el agua de la piscina; las sonrisas despreocupadas, reflejadas en los ojos brillantes de la criatura. Las mismas acciones rutinarias de todos los días, los frustrantes preliminares a la visita al laboratorio, están bañadas por el resplandor de esta criatura. Por las mañanas, los huevos ya no caen y flotan de cualquier manera en el cazo sobre el hornillo, sino que hacen cabriolas. Elisa ya no arrastra los pies de una habitación a otra tras despertar: en la cocina ahora es Bill Bojangles, y James Cagney en el dormitorio. Los zapatos que escoge son cada día más vistosos y dotan de notas relumbrantes a la escalera de incendios del Arcade como si las barandillas tuvieran incrustaciones de oropel. Baila por los suelos recién fregados de Occam para ver cómo los colores de sus zapatos tornasolean como un sol naciente sobre un lago. Zelda suelta risitas al ver su ánimo vivaz y comenta que Elisa está comportándose tal como ella misma se comportaba durante sus primeros tiempos con Brewster, aseveración que Elisa preferiría no oír mientras se pregunta, medio enloquecida, si no se tratará de la pura verdad. El cartón rasguñado de las fundas de los discos de larga duración, los cuadrados de treinta centímetros que han demostrado ser las dimensiones exactas del alborozo. La criatura, cuando hace el signo de «disco» mientras ella se dirige a la piscina, de pie cerca del reborde, con el torso a la vista y las escamas del pecho brillantes como joyas en un estuche. El pellizco con el que Elisa limpia de polvo la aguja del tocadiscos, como quien se enjuga una lágrima del ojo. Miles o Frank, Hank o Billie, Patsy o Nina, Nat o Fats, Elvis or Roy, Ray o Buddy o Jerry Lee... Todos se han convertido en parte de un mismo coro de ángeles, cuyas palabras cantadas —todas y cada una de ellas— están preñadas de una historia que la criatura ansía comprender. Las luces de su cuerpo, sus luces sensacionales, una réplica sinfónica al apagado brillo escarlata de los cantantes melódicos, al ritmo azulado del rock and roll, al amarillo oscuro del country, al naranja parpadeante del jazz. El roce de la mano de esta criatura, raro pero electrizante, cuando coge uno de los huevos de la palma de su mano. La vez en que ella se atreve a no tener nada en la mano en absoluto y él no por ello deja de acercarse. Sus garras recorren la muñeca de Elisa con suavidad y su mano se curva sobre la palma vacía, como si le divirtiera jugar a este juego del huevo inexistente, dejando que los dedos de la mujer se cierren sobre los de él, lo que en ese instante hace que los dos ya no sean presente y pasado, un ser humano y una bestia, sino una mujer y un hombre.

31

En el bosque pluvial, las llamadas al sexo eran más que evidentes. Ululares atormentados, plumas en abanico, genitales hinchados, colores refulgentes. Las señales que Lainie emite son igual de obvias. La caída de los ojos, los labios besucones, su forma de andar con el busto por delante. Es un milagro que los niños no se desmayen ante tanto olor a feromona cada vez que ella se pone el abrigo sobre el delantal y los conduce hasta la parada del autobús. Cuando vuelve, deja caer el abrigo a la alfombra como lo haría una estrella de cine. Toca la balaustrada de las escaleras con un solo dedo arqueado y pregunta:

—¿Tienes un momento para mí?

Strickland tiene la cabeza nublada por el analgésico, tan rugiente como un tornado percibido desde un sótano, y las palabras le resultan inaccesibles. Lainie pivota sobre el dedo en la balaustrada y sube por las escaleras, contoneando las caderas como la cola emplumada de un despreocupado guacamayo.

Strickland lleva su plato al fregadero y tira la tortilla, que resbala desagüe abajo. Conecta el aparato triturador de basuras. Es el primero que tienen. Sus hojas metálicas zumban como pirañas que estuvieran pegándose un festín. Pellas de huevo salpican el acero inoxidable. Desconecta el artilugio y oye que el suelo de madera cruje en el piso de arriba y que los muelles del somier rechinan. Acaban de darle de comer, y ahora están ofreciéndole sexo, el cálido sol de la mañana lo ilumina todo..., ¿qué más se podría pedir? Y sin embargo, a Strickland no le gusta el descaro de su esposa. Él tampoco se gusta, por la erección que tiene. Los jueguecitos de seducción son cosas de la Amazonia, que no tienen lugar en este vecindario estadounidense tan milimétricamente planificado. ¿Por qué no puede controlar su propio cuerpo un poco? ¿Por qué todo ahora le resulta incontrolable?

Se encuentra en el piso de arriba. No sabría decir cómo ha llegado. Lainie está sentada en el borde la cama. A Strickland le disgusta ver que el delantal tosco pero pragmático ha dejado paso a un camisón con transparencias. Está sentada con los hombros proyectándose hacia delante, con las rodillas juntas, con una pierna ladeada. Es una postura que también ha aprendido de las películas. Pero ¿las estrellas del cine alguna vez muestran la planta del pie sucia? Strickland sigue andando en su dirección, sin cesar de hacerse reproches a cada nueva pisada. Aceptar la tentación brindada por una mujer es como caer en una emboscada del enemigo. Lainie es astuta: se mantiene a la espera, encoje un hombro con decisión para que se suelte la tirilla del camisón. De pie frente a ella, Strickland se siente débil, inútil.

—Me gusta estar aquí —dice la mujer.

Los bultos de las prendas de ropa tiradas por el suelo llevan a pensar en alimañas. Los frasquitos con perfume están desordenados en un caos propio de insectos. Las persianas están torcidas, como de resultas de un terremoto. El hecho es que a Strickland no le gusta estar aquí, que no se fía de este lugar. Todo en esta ciudad es una elaborada añagaza en pro de la supuesta civilización, un engaño destinado a perpetuar la supuesta segura superioridad de la especie.

—Me refiero a Baltimore —aclara ella—. La gente de por aquí es simpática y agradable. Nada que ver con esos falsos del sur del país. Los niños están encantados con este gran jardín trasero de la casa. Y están contentos con la escuela. Las tiendas son estupendas. Y a ti te gusta tu trabajo. Sé que no piensas sobre tu trabajo en estos términos. Pero una mujer se da cuenta. Te quedas trabajando hasta tarde por la noche. Pones dedicación. Te irá muy bien en este lugar. Todo saldrá de maravilla.

En su mano tiene la mano vendada de él. Strickland tampoco sabe cómo ha sido. Espera que sea cosa de las pastillas. De lo contrario, se trata de su cuerpo traicionero, crecientemente inundado por la marea de estupefacientes creada por la perspectiva de la cópula inminente. Lainie aposenta los dedos de su marido en la ladera del pecho y respira hondo para expandirlo, alargando el cuello al hacerlo. Él examina la piel inmaculada y en ella cree ver las dos hinchadas cicatrices de Elisa Esposito. Elisa, Elaine. Los nombres son muy parecidos. Strickland recorre unas cicatrices imaginarias con los dedos. Lainie acomoda el cuello en su mano. Strickland siente una punzada de lástima por su esposa. No tiene idea de lo que en este momento pasa por su cabeza. Lo que ahora mismo está pensando, por ejemplo, es que en realidad le gustaría es morderla y hacerla pedazos a dentelladas, como las pirañas escondidas en el fregadero de la cocina.

—¿Te hace daño? —pregunta ella, mientras hunde sus dedos fríos y remendados en el pecho cálido, justo por encima del corazón—. ¿Sientes alguna cosa?

32

Lainie detecta una faceta salvaje en él, y se alegra. Durante demasiado tiempo, las mejores energías de su marido han seguido estando prisioneras de la selva. Pero en Baltimore están en juego muchas cosas, bastantes más que una misión militar precisa. Tendrá que recordárselo tantas veces como pueda. La pregunta de Timmy sobre la cápsula del tiempo pilló desprevenido a Richard, quien respondió de forma excelente, brindando los consejos que se supone que un padre tiene que brindar. Lainie tiene claro que, sencillamente, tiene que darle más tiempo. Richard pronto estará en disposición de hablar con su hijo sobre lo que este hizo con el escinco y sobre la necesidad de ser una buena persona. Porque Richard es —a pesar de su trabajo, a pesar de su lealtad al general Hoyt, a pesar de todo lo demás— *bueno*. Lainie está casi segura.

En las revistas femeninas del tipo progresista dicen que no hay que ofrecer el cuerpo como recompensa, pero ¿y ellas qué saben? ¿Es que alguna de esas periodistas y editoras tiene un marido que haya pasado por dos infiernos diferentes y haya vuelto con vida? *Las cosas podrían ser así*, es el mensaje que Lainie aspira a comunicar a Richard por medio del sexo. Podríamos ser felices, normales. Y, ya puestos, quizás hasta podría convencerse a sí misma a este respecto. Es posible que no tenga que seguir manteniendo en secreto su empleo en Klein & Saunders durante mucho más tiempo. Quizá, si todo esto sale bien y él después la abraza con fuerza, vaciado y con la mente aturdida, ella entonces se lo dirá de una vez. Es incluso posible que él se sienta orgulloso de ella.

Sin embargo, la faceta salvaje de su marido no dura mucho. Richard es propenso a avergonzarse cuando tiene la impresión de que su cuerpo resulta torpe y desgarbado, y entre que se quita las ropas con dificultad y que se sitúa encima de ella de una forma algo rara, no tarda en volver a convertirse en el ogro con el ceño fruncido que ha sido desde su regreso del Amazonas. Ella hace lo posible por excitarlo, de un modo alborotado, con el camisón entreabierto, con una mano hundida en el cabello revuelto, con la otra agarrada a la colcha, pero Richard no pasa de ser una máquina de carne humana, una herramienta para llevar a cabo un trabajo, y entra en ella con tan pocas contemplaciones como lo haría una jeringa. Arremete sin ir *in crescendo*; ha empezado a velocidad media y no varía.

Pero algo es algo, desde luego que sí, y Lainie cruza los tobillos tras la espalda de él y hunde los dedos en sus bíceps, y funde su torso con el de Richard, no porque esto último sea particularmente placentero, sino para que el conjunto de sus partes respectivas siga en movimiento, pues mientras ella no se limite a yacer inmóvil, continúa dándose la posibilidad de ver cada momento desde nuevas perspectivas, de creer que este acto, al igual que el acto más amplio de su matrimonio, tiene aún que resolverse.

Lo que implica energía y dedicación, y Lainie se distrae hasta que nota la calidez de la mano de Richard en el cuello. Se obliga a abrir los ojos con lentitud, para no sobresaltarlo. Su hombre tiene la cara húmeda y enrojecida, al igual que sus ojos, que están clavados en el cuello de Lainie. El dedo pulgar de Richard traza una diagonal a uno y otro lado de la garganta. Ella no termina de interpretar qué significa esto, pero quiere animarlo.

—Me gusta... —musita—. Continúa.

La mano de Richard se desliza hacia arriba y se sitúa sobre su barbilla, hasta cubrir su boca con una tranquila facilidad que ella no entiende hasta que nota que algo líquido corre por su cuello. Contra su labio, tan duro como un nudillo, siente el anillo de bodas escondido bajo las vendas. Lainie se dice que hay que mantener la calma. Richard no trata de hacerle daño. No trata de asfixiarla. Entre sus labios corre un líquido. Ella reconoce el sabor. Se niega a creerlo. Lo saborea de nuevo y ladea la cabeza con fuerza para apartarse de la palma de la mano.

—Cariño... —jadea—. Te está sangrando la mano...

Pero la mano empapada vuelve a cerrar su boca. Es lo que él quiere: la quiere muda. Richard ahora está moviéndose más rápido; los muelles chirrían y en el cabezal resuenan unos golpes sordos de ritmo inesperado, y Lainie aprieta los labios para que la sangre no entre en su boca y respira por la nariz, y piensa que no aguantará hasta que él termine, porque aquí está dándose esa faceta salvaje que ella ansiaba, y multiplicada al cubo. A ciertas mujeres les gustan estas cosas. Ha visto incontables portadas de revistas con narraciones de aventuras, y en ellas siempre aparecen unas mujercitas indefensas con las ropas hechas jirones a merced de unos hombres tarzanescos. Quizás ella también pueda aprender a disfrutar de estas cosas.

Él ya no aprieta tanto con la mano, y su cuerpo empieza a ascender, y Lainie por fin se las arregla para levantar la vista y mirar de frente. Richard ya no está mirando las dos líneas que ha estado dibujando con sangre a través de la garganta de su mujer. Tiene la cabeza erguida con violencia sobre los hombros, con los músculos del cuello en tensión mientras se esfuerza en ver lo que hay dentro del armario. Lainie nota que sus muslos se estremecen contra los de ella y deja caer la cabeza sobre la almohada otra vez, mientras siente que la sangre se desliza hacia abajo por los dos lados de su cuello. Todo esto es demasiado desconcertante; no sabe qué pensar en absoluto. En el armario no hay nada que valga la pena, nada de nada. Dentro no hay más que unos cuantos viejos zapatos de tacón alto.

33

Elisa no consigue entrar en el laboratorio todas las noches, y las noches en que lo logra, sin que falten los huevos duros, y encuentra que la criatura está aprisionada en el tanque, y no en la piscina, se le rompe el corazón. En estas ocasiones sale de su júbilo egoísta y se acuerda de que en el F-1 no existe la alegría, no de verdad. Sí, la piscina es preferible al tanque, pero ¿qué podría ser mejor que la piscina? Todo, cualquier cosa. El mundo está lleno de charcas y lagos, de arroyos y de ríos, de mares y de océanos. Estas noches se queda de pie ante el tanque,

preguntándose si ella en el fondo es mejor que los soldados que captu-
raron a esta criatura o los científicos que la mantienen en cautiverio.

Lo que sabe con seguridad es que esta criatura puede entender su
estado mental, por mucho cristal y metal que los separe. Sus luces
corporales llenan el tanque con unos colores tan intensos que llevan
a creer que está nadando en lava, en acero fundido o en un fuego
amarillo. A Elisa le angustia la intensidad de estas emociones. ¿Es
posible que ella, sencillamente, le haya complicado la vida más todavía? Antes de pegar la cara al cristal de un ojo de buey, reprime las
gruesas lágrimas y camufla sus labios temblorosos dotando a su sonrisa de la mayor serenidad posible.

Está esperándola, dando círculos pegado a los ojos de buey. Se contorsiona y rueda al verla, y su mano produce unas burbujas al trazar las
palabras que más le gustan de todas: «hola», «E-L-I-S-A», «disco». Ella
no cree que pueda oír nada desde el interior del tanque cerrado, lo que
termina de romperle el corazón y hacérselo trizas. Le entran ganas de
poner un disco que él no podrá oír, porque así *ella* se sentirá feliz, lo que
a su vez hará que *él* se sienta contento.

Elisa se dirige a la mesa con el equipo de sonido, aliviada de estar
fuera del campo visual de la criatura, quien ahora no puede ver los
estremecimientos de sus sollozos o cómo se enjuga las lágrimas con el
antebrazo. Pone un disco y respira hondo antes de volver al ventanuco
del tanque, donde él parpadea de forma significativa, examinándola
bien para asegurarse de su autenticidad antes de ir de un lado del tanque al otro, una y otra vez, girando sobre sí mismo y haciendo cabriolas, como si quisiera impresionarla con un despliegue de destrezas.

Elisa ríe y le corresponde con el espectáculo que él quiere ver. Se
lleva una mano a un hombro y la otra a la cintura, y baila unos pasos
de vals al son de la música para que el otro se olvide del huevo cocido,
eludiendo los pilares de hormigón con argollas de acero atornilladas a
sus bases, las mesas con los instrumentos afilados, como si ni los unos
ni los otros fueran peores que un patoso compañero de baile. El placer

de la criatura en el tanque es evidente; así lo denota el color lavanda que irradia del receptáculo. Al cabo de un rato, Elisa conoce la pista de baile lo bastante bien para cerrar los ojos e imaginar que lo que en realidad está abrazando es su manaza fría y dotada de garras, su cintura fuerte y escamada.

34

Hay muchas razones por las que Elisa no repara en que un hombre entra en el laboratorio. «Star Dust» es una canción de ritmo embrujador, y tras llevarse el disgusto de verlo en el tanque subió el volumen más de lo normal. Pero lo principal es que sus oídos se han acostumbrado a detectar unos tipos de amenaza nocturna muy específicos: el del científico que llega a la puerta pisando fuerte con los zapatones y rebusca torpemente la tarjeta-llave en los bolsillos, los chasquidos de los cabezas huecas al avanzar en formación por el pasillo. No está preparada para este otro sonido preciso, el de un hombre sabedor de que el espécimen en el tanque tiene los sentidos de la vista y el oído muy aguzados. Elisa da un paso de baile, se comba y sigue con el vals, mientras la luminiscencia de la criatura se reduce a un negro mate de inquietud, aviso que Elisa, con los ojos cerrados a cal y canto por la felicidad, no tiene ocasión de advertir.

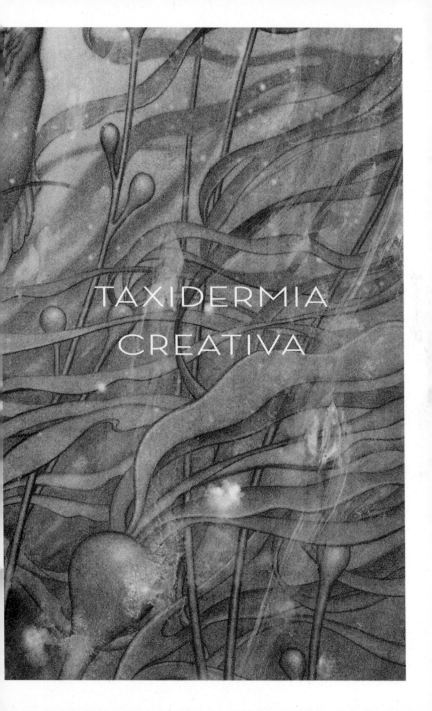

TAXIDERMIA
CREATIVA

1

El hombre solo se da cuenta del frío que hace porque las lágrimas corren cálidas por su rostro: la cerrada puerta del F-1 a sus espaldas; la corriente que llega por este corredor de catacumba; la gelidez mortal de sus dedos apretados contra la boca. Se reiría si no estuviera llorando. Por supuesto..., el medio para llegar a esta epifanía tenía que ser un huevo. El hombre ha dedicado una enorme parte de su vida a la investigación de lo que algunos llaman *evolución* pero que él prefiere llamar *emergencia*: las replicaciones asexuales del gusano y la medusa; la morfogénesis embrionaria del óvulo fertilizado; los demás, infinitos, caminos teóricos para la progresión de la vida que no terminaron con la humanidad borrando de la faz de la Tierra todo cuanto era puro y bueno.

Es lo que acostumbraba a decir a sus alumnos. El universo se pliega sobre sí mismo sobre unas romas líneas axiales generación tras generación, pero lo que de verdad da nueva forma a la vida son los pliegues más débiles, los que de hecho están rasgados en formas de lágrimas. Los cambios desencadenados por las emergencias pueden durar milenios enteros y afectarnos a todos por igual. Acostumbraba a halagar sus jóvenes mentes diciéndoles que, a diferencia de él, el único inmigrante de primera generación en todo el aula, cada uno de ellos en realidad era muy exótico, el hijo de unos fantásticos mutantes.

Sí, es verdad que este hombre se siente la mar de seguro cuando está en tierra firme, muy cómodo delante de una pizarra, embriagado por el polvo de la tiza. Pero ahora se halla en el terreno, en el mundo de verdad. ¿Cómo se explica, entonces, que todo tenga mayor apariencia de fantasía, un día después del otro? Su madre acostumbraba llamar a estas ensoñaciones diurnas de *leniviy mozg*. Traducción: «cerebro perezoso». Es al revés, por supuesto. Su mente hiperactiva es lo que le ha llevado a convertirse en un científico célebre. Pero ya no está seguro del valor que todos esos diplomas, premios y distinciones tienen aquí, en el mundo real. Bien hubiera podido apartar a la limpiadora del tanque, apartarla del peligro, y sin embargo él, el cobarde apostado en su torre de marfil, se ha limitado a salir corriendo de la sala.

Es frecuente que vuelva a Occam bien entrada la noche, incapaz de dormir sin haber comprobado, por cuarta o quinta vez, los niveles en la piscina y el tanque. A estas alturas está convencido de que el objeto no vivirá mucho más tiempo bajo unas condiciones tan artificiales. Una mañana lo encontrarán flotando panza arriba, tan muerto como un pez de colores, y el señor Strickland se sentirá muy contento y no cesará de hacer chistes y palmearles las espaldas a todos, pero él, por su parte, se las verá y se las deseará para contener las lágrimas a chorro. Solo aquí, esta noche, por fin, ha comprendido la respuesta al enigma que es la supervivencia continuada del objeto. Esta mujer —esta *mujer de la limpieza*— ha estado manteniéndolo con vida, no por medio de sueros o soluciones, sino a través de la fuerza del espíritu. Tal como están las cosas, sacarla del laboratorio por la fuerza seguramente equivaldría a clavar una daga en el sufrido corazón de este ser.

Otras dagas están cortando la suave, rosada, patética palma de su tan humana mano. Tienen la forma de una carpeta de cartón color manila, de importancia descomunal solo unos momentos atrás, pero que ahora no pasa de ser una cosa arrugada y con los bordes afilados.

Relaja el puño crispado y alisa la carpeta. Esta noche no había venido al F-1 para revisar los niveles. Y menos todavía para ver cómo una limpiadora amiga del baile socavaba sus convicciones más profundas. La visita de esta noche tenía por objeto verificar los datos recogidos hasta el momento. En la carpeta color manila hay un informe de inteligencia que ha redactado con grave riesgo personal, un informe que ha de estar acabado antes de la cita de mañana.

En su cráneo, todavía pegado a la puerta del laboratorio, resuenan débiles compases de «Star Dust». Se aparta de la puerta con brusquedad y, todavía pasmado, echa a andar trastabillando por el pasillo. Agarra la carpeta con fuerza, y da igual que los bordes se hinquen en la carne, para recordarse quién es él, por qué está aquí. Es el doctor Bob Hoffstetler, nacido Dmitri Hoffstetler en Minsk, Rusia, y aunque su currículum profesional proclama que es un científico de pies a cabeza, el currículum miente: su verdadera ocupación, la única ocupación de verdad que ha tenido en la vida, es muy otra. Hoffstetler es un topo, un enviado, un agente, un informante, un saboteador, un espía.

2

Quien mirase el interior de la casa que Hoffstetler alquila en Lexington Street le tomaría por la suerte de fanático que se recorta los dedos de las uñas y luego dispone los recortes atendiendo a su longitud. No es que la decoración sea escueta. Es que resulta espartana. Las vitrinas y los armarios tienen las puertas abiertas y están vacíos. Los alimentos no perecederos siempre están metidos en sus bolsas de la compra, sobre una mesa plegable en el centro de la cocina. Los perecederos también están metidos en bolsas, dentro de la nevera. El dormitorio carece de cómoda; su tan escaso guardarropa está doblado encima de otra mesa. Hoffstetler duerme en un camastro, un armazón de acero y lonas. En el botiquín no hay casi nada, y los pocos medicamentos están dispuestos en hileras militares sobre la cisterna del inodoro. Solo tiene un cubo para la basura, que vacía cada noche y refriega una vez por semana. Las luces de la casa no pasan de ser bombillas desnudas; en su momento metió las pantallas de lámpara en una caja, que luego dejó en el sótano. En consecuencia, la luz es cruda y, aunque han pasado meses desde su llegada, sigue sobresaltándose ante sus propias sombras, pues siempre cree que son las de algún agente del KGB llegado con sigilo para poner fin definitivo a la tan larga misión asignada a Hoffstetler.

Una tan ordenada existencia complica la posibilidad de situar escuchas telefónicas, micrófonos ocultos y demás artilugios de espía. No tiene razón para pensar que la CIA anda tras su pista, pero cada sábado, cuando los demás hombres abren latas de cerveza y miran los deportes, se dedica a inspeccionar con una espátula los cajones, las ventanas, los conductos de la calefacción, los quicios de las puertas y rendijas en general; otros hombres optan por cenas en familia, pero su particular fin de fiesta consiste en desmontar y volver a montar el teléfono. Los televisores y las radios son unas cargas que él no necesita; destripa el teléfono en silencio, y su otra única distracción es la de leer los libros que cada domingo devuelve a la biblioteca, los haya terminado o no. La discordante imagen de una mujer de la limpieza —identificada como «Elisa Esposito» tras revisar los registros de entrada— bailando ante un objeto de pronto absolutamente radiante ha hecho que Hoffstetler sienta la profunda tristeza derivada de sus tan solitarias costumbres.

Hoy, la rutinaria extracción de uno de los tablones en el suelo del recibidor le resulta peor que peligrosa. Encuentra que es mala. Se trata de una sensación detestable. Una palabra como *mala* es prerrogativa de padres, institutrices, clérigos. Nada tiene que ver con los científicos. Y, sin embargo, tiene la certidumbre, atragantada en la garganta como una espina de pescado, de que lo que anoche vio lo cambia todo. Si el objeto puede sentir esa clase de alegría, afecto y empatía —y él vislumbró tales emociones en su flujo cromático—, ninguna nación en el mundo tiene derecho a manipularlo y jugar con él, como un bichejo en un quemador Bunsen. Ahora que lo piensa, incluso sus propios experimentos, hechos con cuidado doctoral, dan la impresión de ser funestos. Hoffstetler se hace una pregunta. De entre todas las emociones que el objeto, por su parte, ha despertado en Washington, en Occam y en su propio corazón, ¿cómo es que ninguna de tales emociones es la vergüenza?

En el hueco bajo el madero hay un pasaporte, un sobre con dinero y la arrugada carpeta color manila. Hoffstetler recoge la carpeta, oye la bocina de un taxi y devuelve el tablón a su sitio. El procedimiento siempre es el mismo. Recibe una brusca llamada telefónica y le dan una hora y una frase en código específicas; deja cuanto tenga entre manos; llama a David Fleming y alega un pretexto para llegar tarde. A continuación, la ansiedad le corroe por dentro hasta que llega la hora, llama un taxi, sube y anota el nombre del taxista en un cuaderno para asegurarse de que ningún conductor le lleva al punto de encuentro más de una vez. El taxista de hoy se llama Robert Nathaniel De Castro. Hoffstetler está seguro de que sus amigos le llaman «Bob». ¿Qué nombre americano puede ser más inofensivo o fácil de olvidar?

Tras dejar atrás el aeropuerto, al otro lado del puente sobre el Bear Creek, junto a los astilleros enclavados a la sombra de la acería Bethlehem, hay un polígono industrial, un lugar al que nadie suele trasladar a hombres vestidos con traje y corbata. El guardarropa de Hoffstetler está formado por trajes y corbatas; la insulsez es su único disfraz. Se zafa de su aire profesoral y aburre a Robert Nathaniel De Castro con una charla no menos sosa y una propina ni demasiado corta ni demasiado espléndida. Anda hacia un almacén hasta que el coche desaparece y a continuación vira entre los contenedores de los barcos, deja atrás una garita de tráfico y sigue por unos raíles, tras de lo cual vuelve sobre sus pasos tras rodear unos montones de arena de diez metros de altura, para asegurarse de que nadie ha estado siguiéndolo.

Le gusta sentarse en un bloque de hormigón determinado a la hora de esperar. Sentado sobre el bloque, taconea con los zapatos contra el hormigón, como si otra vez fuera un niño aburrido en Minsk. Pronto, un dragón chino de polvo se eleva en el cielo mientras unos neumáticos hacen crujir la gravilla como si estuvieran royendo huesos. Un Chrisler colosal se hace visible, negro como una fisura en el suelo dotada de cromados que son como mercurio líquido, cuyas aletas posteriores rebanan hogazas del polvo en suspensión. Hoffstetler se levanta del bloque de hormigón y espera la llegada de la bestia ronroneante que su padre tan querido llamaría *gryaz*. Se abre la puerta del conductor y el hombre de siempre se baja, al mismo tiempo que el paño de su traje a medida se tensa sobre su diámetro corporal, propio de un bisonte.

—El gorrión anida en la repisa de la ventana —dice Hoffstetler.

—Y el águila... —responde el otro con marcado acento ruso—. El águila...

Hoffstetler lleva la mano al plateado tirador de la portezuela.

—Y el águila se hace con su presa —corta de una vez—. ¿Qué sentido tiene usar una frase en clave si no es usted capaz de recordarla?

3

El Chrysler estigio le transporta de nuevo a la ciudad. El Bisonte, como Hoffstetler ha bautizado mentalmente al conductor, nunca toma el camino más corto. Hoy tuerce al oeste de Camp Holabird, rodea los hospitales municipales y asciende, como por una escalera, hasta llegar a los cementerios de North Street, tras de lo cual se desploma sobre East

Baltimore como un yunque. El *leniviy mozg* de Hoffstetler encuentra que la astrosa, grisácea retícula urbana de Baltimore es otra prueba de la organización cosmológica presente en toda la materia, desde los menores corpúsculos hasta las agrupaciones galácticas más inconmensurables. Por consiguiente, su propio papel en la historia no pasa de ser un alfilerazo minúsculo e insignificante. Eso quiere creer, cuando menos.

Aparcan justo enfrente del restaurante ruso Black Sea. Hofsttetler nunca termina de explicárselo. ¿Qué sentido tienen las crípticas llamadas telefónicas, las frases en código y demás procedimientos retorcidos si al final siempre se encuentran en este tan conocido, vistoso restaurante decorado con espejos y dorados, con sillas con bandas rojas, en cuyas mesas con tableros de malaquita descansan las muñecas rusas filigranadas? El Bisonte le abre la portezuela del coche y le sigue al interior.

Aún es pronto. El Black Sea todavía no está abierto. De la cocina llegan ruidos metálicos, pero no demasiadas voces. Algunos de los camareros están sentados a una mesa, fumando y memorizando los platos del día. Tres violinistas afinan las cuerdas de sus instrumentos al son de «Ochi Chernye». El punzante olor del vinagre de vino tinto se mezcla con la dulzura de las galletas de jengibre recién horneadas. Hoffstetler pasa junto a los servicios, en los que hay un cartel cortesía de J. Edgar Hoover para que los inmigrantes se decidan a informar sobre «actividades subversivas, de espionaje o sabotaje». Se trata de un pequeño chiste: en el último reservado situado en la otra punta del establecimiento, iluminado a contraluz por el reflejo lunar de una pecera gigantesca en la que hay un ejército de bogavantes, Leo Mihalkov está a la espera.

—Bob —saluda.

Mihalkov prefiere dirigirse a Hoffstetler en inglés, a fin de practicar la conversación, pero al oír su nombre americanizado en labios del agente, Hoffstetler se siente más vulnerable que nunca. Entre otras cosas porque Mihalkov lo pronuncia como *boob*[1] Hoffstetler se pregunta si esto, al igual que el cartel del FBI, es una especie de recordatorio malicioso. Al momento, los músicos irrumpen en el reservado como una horda de esbirros, con gestos de la cabeza se ponen de acuerdo en un ritmo y arrancan a tocar. Un punto a favor del Black Sea: en este restaurante no hay micrófonos ocultos que valgan. Las cuerdas ensordecedoras así terminan de confirmarlo. Hoffstetler se ve obligado a levantar la voz.

—Se lo pido una vez más, Leo: por favor, llámeme Dmitri.

Quizás es cuestión de cobardía, pero a Hoffstetler le resulta más fácil mantener sus dos identidades separadas. Mihalkov se lleva un *blini* cubierto de salmón ahumado, crema agria y caviar a la lengua saliente, la repliega y lo saborea. Hoffstetler advierte que está alisando nerviosamente la carpeta color manila que tiene en las manos. Es de notar lo rápidamente que este tosco bruto ruso ha logrado, por medio de una sílaba solitaria y empequeñecedora, imponer su poderío y rebajarlo a la situación de apocado solicitante.

Leo Mihalkov es el cuarto contacto de inteligencia con que le ha tocado trabajar. Hoffstetler se vio implicado en el espionaje, no de buena gana, el día después de ingresar en la universidad moscovita de Lomonosov, cuando los agentes del NKVD al servicio de Stalin de pronto se hicieron tan visibles como los restos de un naufragio en un lago que estuviera quedándose sin aguas. Le proporcionaron —a él, joven, estudiante, famélico— una cena de tomates encurtidos, *zakuski*, ternera a la stroganoff y vodka, seguida por un postre de secretos gubernamentales: los equipos ocupados en el envío de satélites al espacio, los ensayos de guerra química avanzada, la infiltración soviética en el programa nuclear estadounidense. La revelación de unos secretos que era tan mortal de necesidad como la administra-

---

1. La palabra inglesa *boob* tiene varias acepciones, entre ellas las de «bobo» o «estúpido». *(N. del T.)*

ción de un veneno. Hoffstetler era, seguro, hombre muerto a no ser que se hiciera con el antídoto, y dicho antídoto era, y siempre iba a serlo, la obediencia incondicional al Líder.

Los agentes lo dejaron claro: una vez que terminara la guerra mundial, los americanos cribarían Eurasia en busca de oro. ¿Y a quién iban a encontrar? Al propio Dmtri Hoffstetler. Su misión iba a ser la de desertar por propia voluntad, la de convertirse en un buen americano. No sería tan malo, le prometieron. La suya no iba a ser una existencia marcada por las pistolas con silenciador y las píldoras de cianuro preparadas para el rápido suicidio. Sería libre de seguir sus preferencias profesionales, siempre que estas se desarrollaran en campos idóneos para la recolección de secretos de Estado cada vez que unos agentes contactaran con él. Hoffstetler no se molestó en preguntar qué sucedería si se negaba. Los otros tuvieron buen cuidado de mencionar a su padre y su *mamochka* tan querida, con detalles específicos que no dejaban lugar a dudas sobre lo fácilmente que los hombres del NKVD podrían cerrar sus puños en torno a sus cuellos.

Mihalkov contesta a la petición de Hoffstetler encogiéndose de hombros. No es un hombre imponente en el plano físico; de hecho, se diría que le gusta empequeñecerse al máximo. Visto de esta manera, Mihalkov induce a pensar en una navaja automática: en principio pequeño y benigno, con el pelo gris y corto, siempre vestido con trajes ceñidos y con una rosa en el ojal, parece inofensivo hasta que le provocan y las partes afiladas salen a relucir. Engulle el caviar y tiende la mano en señal de demanda mientras los crustáceos por detrás parecen estar saliéndole de las orejas. Hoffstetler le entrega la carpeta, reprochándose que en el lomo haya tantas arrugas, como una madre disgustada por que su hijo fuera a la iglesia con las ropas sin planchar.

Mihalkov desata el nudo de la cinta, saca los documentos, los revuelve.

—¿Y esto qué es, Dmitri?

—Los planos. Todo aparece en ellos. Todas las puertas, ventanas y conductos de ventilación que hay en Occam.

—*Otlichno*. Ah, en inglés, en inglés... Buen trabajo. Esto interesará al directorio.

Coge otro *blini* con los dedos. Repara en la expresión tensa de Hoffstetler.

—Beba de este vodka, Dmitri. Cuatro veces destilado. Nos llega por correo diplomático desde Minsk. Su ciudad natal, ¿*da*?

Se trata de una nueva referencia, la enésima en una década, a los cuchillos hincados sobre las yugulares de sus padres. A no ser que Hofffstetler haya perdido el rumbo y navegue a la deriva en un mar de paranoia. A no ser que el trabajo encubierto le haya llevado a caer tan bajo que ya ni es capaz de distinguir los contornos de la superficie. Saca la servilleta del servilletero en forma de molinete, la despliega y se enjuga el sudor. Los violinistas no pueden oír más que las vibraciones que pasan directamente por sus barbillas, pero Hoffstetler no por ello deja de alargar el cuello y mantener baja la voz.

—He robado estos planos por una razón. Necesito que autorice una extracción. Tenemos que sacar a esta criatura de allí.

4

Los recuerdos de sus años como profesor en Wisconsin son como el entorno en dicho estado durante el invierno: la alegre sinceridad de la vida en el Medio Oeste, empañada por la fealdad y la negrura, como de nieve a medio derretir, de los informes que estuvo entregando a Leo Mihalkov, quien de pronto se materializaba entre las ventiscas vestido con un abrigo de marta cibelina y cubierto por un gorro *ushanka* como el de Ded Moroz, el Papá Noel ruso cuyas historias mamá le contaba por Navidad. Hoffstetler hacía lo posible por contentar a Mihalkov con robos materiales: electroscopios, cámaras de ionización, contadores Geiger-Müller. Nunca era bastante. Miha-lkov seguía apretando, y Hoffstetler, como una esponja, rezumaba letanías de atrocidades de máximo secreto. Un programa estadouni-dense de investigación en el que arrancaban los cueros cabelludos de niños retrasados mentales con tiña para estudiar los efectos subsi-guientes. La inoculación del dengue, el cólera y la fiebre amarilla en mosquitos que después soltaron sobre reclusos condenados por pacifistas como parte de un programa de armamento entomológico. En tiempos más recientes, la propuesta de exponer a soldados estadou-nidenses a una nueva dioxina herbicida conocida como «agente naranja». Cada resultado de investigación que Hoffstetler procuraba al agente soviético con diligencia era como un virus que pudría las entrañas de su existencia, por lo demás agradable.

Abrumado por el desaliento, se dio cuenta de que cualquier persona próxima a él automáticamente se convertía en blanco potencial para el chantaje soviético. No tenía elección, o eso se dijo. Rompió con la mujer maravillosa con la que había estado viéndose y dejó de asistir a los cócteles de profesores de la universidad en las que había estado intoxicándose con una intelectualidad amigable. La universidad le había proporcionado una casa, que renovó eliminando de ella la mayoría de los muebles y todas las lámparas, vaciando los cajones y los armarios; esa noche la pasó sentado a solas en el centro del suelo desnudo, repitiéndose *ya Russkiyi* —«soy ruso»—, hasta que la nieve húmeda cubrió las ventanas y, en la oscuridad, empezó a creer que era cierto.

El suicidio era la única salida. Sabía demasiado sobre los sedantes para confiar en que servirían para hacer el trabajo. En la ciudad de Madison no había un solo edificio alto desde el que tirarse. Con su acento ruso, la compra de un arma de fuego seguramente despertaría sospechas inmediatas. De forma que adquirió una cajita de hojas de afeitar Gillette Blue Blades y las dejó en el reborde de la bañera, pero, por muy caliente que pusiera el agua del baño, le resultó imposible evadirse a las advertencias maternas sobre la *nečistaja sila* —la «fuerza contaminada»—, la demoníaca legión a la que iban a parar todos los suicidas. Hoffstetler lloraba en la bañera, desnudo, de mediana edad, cada vez más calvorota, con la piel blancuzca, con el cuerpo flácido, estremeciéndose como un bebé. Qué bajo había caído. Imposible caer más bajo.

Lo que le salvó la vida fue la invitación a formar parte de un equipo que estaba analizando «una forma de vida recién descubierta» en el centro de investigación aeroespacial Occam. No se trata de una hipérbole. Las hojas de afeitar un día estaban a la espera a un lado de la bañera; al día siguiente se encontraban en la basura, fuera de la casa. Las noticias fueron cada vez mejores. Mihalkov le hizo saber por vía indirecta que esta iba a ser la última misión que le exigían. Una vez realizado el trabajo en Occam le devolverían a su país, volvería a Minsk; otra vez podría abrazarse con sus padres, a los que llevaba dieciocho años sin ver.

A Hoffstetler le faltaba tiempo para empezar con el nuevo trabajo. Firmó todo los impresos necesarios y comenzó a leer los despachos, parciales pero asombrosos en extremo, que iban llegándole de Washington. Dejó el cargo de profesor en la universidad recurriendo al viejo truco de las «cuestiones personales» y se procuró alojamiento en Baltimore. *Vida recién descubierta*: la expresión hacía que en su cuerpo frío y marchito de pronto bombeara la esperanza cálida y juvenil. En su interior también se daba una vida recién descubierta, que por una vez no iba a usar para perjudicar a otro ser, sino para comprenderlo.

Y entonces lo vio. La palabra no es la adecuada. Se *encontró* con él. Este ser miró a Hoffstetler por uno de los ventanucos del tanque y le reconoció de la forma característica que es prerrogativa de seres humanos y primates. En cuestión de segundos, Hoffstetler se vio despojado de la armadura científica que había estado elaborando durante más de veinte años; este no era una especie de pez mutante al que era posible hacerle algunas cosas, sino que se trataba de un ser con el que tenías que compartir pensamientos, sentimientos e impresiones. Dicha comprensión resultó liberadora del modo exacto que Hoffstetler, hasta hacía poco resignado a la muerte, necesitaba. Todo le había preparado para esto. Nada le había preparado para esto.

Esta criatura también era una contradicción, pues su biología coincidía con muestras históricas procedentes del período devónico. Hoffstetler comenzó a llamarlo «el Devónico», uno de cuyos aspectos más fascinantes era su profunda relación con el agua. Hoffstetler al principio esbozó la teoría de que el Devónico coaccionaba el agua que lo rodeaba, pero «coaccionar» resultaba demasiado despótico. Muy al contrario, el agua parecía trabajar al alimón con el Devónico, reflejando el ánimo de la criatura formando oleaje, o bien quedándose tan inmóvil como la arena. Los insectos típicamente se sienten atraídos por las aguas quietas, pero aquellos que lograban entrar en el F-1 asimismo se sometían a la voluntad del Devónico, zumbando mientras trazaban espectaculares patrones de vuelo en lo alto y arrojándose en picado contra Hoffstetler cada vez que este efectuaba un movimiento aparentemente agresivo.

Su mente era un torbellino de hipótesis inauditas, pero Hoffstetler las puso en cuarentena de forma egoísta: su primer informe hecho en Occam se limitaba a describir los hechos comprensibles. El Devónico, escribió, era un bípedo anfibio bilateralmente simétrico, con claras muestras vertebrales de una notocorda, un tubo neural hueco y un sistema sanguíneo cerrado y propulsado por un corazón. Quedaba por determinar si este corazón tenía cuatro compartimentos, como el del ser humano, o solo tres, como el de los anfibios. Las aberturas de las branquias eran visibles, pero también lo eran las dilataciones de un costillar situado sobre unos pulmones vascularizados. Lo que apuntaba a que el Devónico podía subsistir, hasta cierto punto, en dos geoesferas. Lo que la comunidad científica podía aprender sobre la respiración subacuática —tecleó con frenesí— era ilimitado.

El inconveniente de la *vida recién descubierta* por Hoffstetler fue una nueva ingenuidad. En Occam no tenían interés en resolver misterios primigenios. Querían lo mismo que Leo Mihalkov: aplicaciones militares y aeroespaciales. De la noche a la mañana, Hoffstetler se dedicó a remolonear: trucaba válvulas y mandos de control, afirmaba que los equipamientos no eran seguros o que determinados datos resultaban dudosos. Lo que hiciera falta a fin de ganar tiempo para estudiar al Devónico. Esto requería creatividad y audacia, así como un tercer atributo personal que había dejado que se atrofiara a las órdenes de Mihalkov: empatía. De ahí los focos especiales que había instalado para que iluminaran lo más parecido a la luz natural; de ahí las grabaciones de los sonidos amazónicos.

Este tipo de esfuerzos requerían tiempo, y para Richard Strickland el tiempo era una especie tan en peligro de extinción como el Devónico. Entre los estudiosos imperaba la rivalidad; Hoffstetler era ducho en percibir la daga escondida a espaldas de un sonriente insincero. Strickland era un rival de otro tipo. No escondía la antipatía que le suscitaban los científicos y maldecía en sus mismas narices, con una procacidad que los llevaba a ruborizarse y tartamudear. Strickland detectó los retrasos voluntariamente provocados por Hoffstetler y los denunció como las mierdas que eran. Si lo que queremos es aprender cosas de este objeto, repetía Strickland por activa y por pasiva, lo que hay que hacer no es cosquillearle el mentón. Hay que cortarle la piel y ver cómo sangra.

La reacción instintiva de Hoffstetler también era la de encogerse de miedo. Pero eso estaba excluido. No por esta vez. Había demasiado en juego, no solo para el Devónico, sino para él mismo. Hoffstetler se decía que el F-1 era la singularidad de un universo nuevo y no domesticado, y para sobrevivir en su interior iba a ser necesario crear una tercera persona. No Dmitri. No Bob. Un héroe. Un héroe que pudiera redimirse al no decir nada mientras los inocentes caían víctimas de los experimentos de dos países desalmados. Si quería tener éxito, iba a tener que llevar a la práctica la misma lección fundamental que había enseñado a sus alumnos: los universos se forman mediante colisiones cada vez más violentas, y cuando de pronto surge un nuevo hábitat, los seres que lo pueblan van a luchar por el control de los recursos, hasta la muerte muchas veces.

5

—Extracción —repite Mihalkov—. Es la palabra que los norteamericanos usan en relación con los dientes. Un procedimiento sucio y desagradable. Sangre y hueso por toda la pechera... No, la extracción no forma parte del plan.

El propio Hoffstetler encuentra que su idea seguramente no es muy racional. ¿Quién le asegura que en la Unión Soviética no van a infligir al Devónico unas torturas aún más viles que en Estados Unidos? Pero la incertidumbre ha madurado en la mejor de entre dos malas elecciones. Hoffstetler se dispone a hablar, pero los violinistas de pronto dejan de tocar entre dos canciones, por lo que contiene el aliento. Los codos de los músicos se alzan, y vuelven a la carga otra vez; los pelos de caballo de sus arcos se mecen como rotas telarañas. Shostakovich: lo bastante ampuloso para envolver cualquier conversación hasta que no constituya peligro alguno.

—Con ayuda de estos planos —insiste Hoffstetler—, podemos sacarlo de Occam en diez minutos. Todo cuanto pido son dos agentes bien adiestrados.

—Esta es su última misión, Dmitri. ¿Por qué quiere complicar las cosas? En casa está esperándole el mejor de los recibimientos. Escúcheme, camarada. Escuche el consejo que voy a darle. Usted no es un hombre de acción. Haga lo que sabe hacer bien. Bárralo todo después del paso de los norteamericanos, como una buena sirvienta, y entréguenos el recogedor con los restos.

Hoffstetler sabe que Mihailkov está insultándolo, pero el golpe no es doloroso. En los últimos tiempos ha terminado por pensar que las sirvientas, en especial las mujeres de la limpieza, conocen mayor número de secretos que cualquier otra persona en el mundo.

—Este ser puede comunicarse —dice—. Lo he visto.

—También los perros pueden comunicarse. Lo que no nos impidió enviar a la pequeña Laika al espacio.

—Este ser no solo siente el dolor, sino que también *entiende* el dolor, lo mismo que usted o yo.

—No me sorprende que a los norteamericanos les lleve su tiempo entenderlo. Al fin y al cabo, se pasaron años convencidos de que los negros no sienten el mismo dolor que los blancos.

—Este ser entiende las señales con las manos. Entiende la *música*.

Mihalkov bebe un trago de vodka y suspira.

—La vida ha de ser simple, Dmitri, tan simple como trinchar un venado. Lo desuellas. Cortas la carne a tiras. Simple, limpio. Siento nostalgia de los años treinta. Encuentros en un vagón de tren. Un microfilme escondido entre los cosméticos de una mujer. Transportábamos objetos que podíamos tocar y palpar, y sabíamos que los estábamos llevando a casa para beneficio de *nashi lyudi*. Concentrados de vitamina D. Disolventes industriales. Hoy, nuestro trabajo más bien es como arrancar unas entrañas haciendo un agujero en un vientre. Trabajamos con cosas que no podemos tocar. Ideas, filosofías. No es de extrañar que las confunda con la emoción.

Emoción: Hoffstetler visualiza la orquestación que Elisa hace de las luces del Devónico.

—¿Y la emoción que tiene de malo? —pregunta—. ¿Usted ha leído a Aldous Huxley?

—Primero me habla de música y ahora de literatura. Está hecho todo un hombre del Renacimiento, Dmitri. *Da,* he leído al señor Huxley, pero solo porque Stravinksy elogia tanto su obra. ¿Sabe que su última composición es un homenaje al señor Huxley? —Con un gesto de la cabeza señala a los violinistas—. Ojalá estos aprendices fueran capaces de aprendérsela.

—En tal caso habrá leído *Un mundo feliz*. La advertencia de Huxley sobre los cultivos humanos estériles, sobre el condicionamiento de las masas. ¿No le parece que es adonde estamos yendo a parar, una vez que hacemos caso omiso de lo que conocemos como bondad innata de la naturaleza humana?

—El camino que lleva desde el pez de Occam a esta distopía del futuro es tan largo como agotador. No tiene usted que ser tan blando. Si le gusta leer novelas populares, sugiero que pruebe con H. G. Wells. Fíjese en lo que dice el doctor Moreau, uno de los personajes de Wells: «el estudio de la naturaleza lleva a que el hombre se convierta en tan despiadado como la propia naturaleza».

—No puedo creer que esté defendiendo al doctor Moreau.

—A los hombres civilizados como yo nos gusta fingir que Moreau es un monstruo. Pero ahora estamos en el Black Sea, Dmitri. Estamos a solas. Podemos sincerarnos el uno con el otro. Moreau sabía que no hay que dar muchas vueltas a según qué asuntos. Si usted cree que el mundo natural es bueno, en tal caso también tiene que aceptar su brutalidad. Este ser que tanto admira… Este ser no siente nada por usted. Es despiadado. Y usted también tendría que serlo.

—El hombre tendría que ser mejor que los monstruos.

—Ya, pero, ¿quiénes son los monstruos? ¿Los nazis? ¿El Japón imperial? ¿Nosotros? ¿No es un hecho que todos nosotros hacemos cosas monstruosas para evitar el definitivo acto monstruoso? Tengo la costumbre de visualizar el mundo como un plato de porcelana sostenido por dos palos: en Estados Unidos el uno, el otro en la Unión Soviética. Si uno de los palos se alza un centímetro, el otro tiene que hacer lo mismo, o el plato se hace añicos. Cierta vez conocí a un hombre llamado Vandenberg. Este Vandenberg operaba infiltrado en Estados Unidos, lo mismo que usted. Tenía la manía de los ideales, lo mismo que usted. No le fue bien, Dmitri. Se ahogó en un océano cuyo nombre no estoy autorizado a mencionar.

Unas burbujas emergen de la pecera con langostas, como si el agua, el agua en su totalidad, hubiera tomado parte en la absorción de Vandenberg. Los violinistas se hacen a un lado para facilitar la llegada de un camarero, quien, con una tímida reverencia, deja un plato con bogavante y filete de ternera delante de Mihalkov. El agente sonríe, se remete la servilleta bajo el cuello de la camisa y se arma con los cubiertos. Hoffstetler se alegra de la distracción. Está nervioso, pero, en vista de lo que le sucedió a ese tal Vandenberg, prefiere que Mihalkov no se dé cuenta.

—Estoy al completo servicio del Líder —dice Hoffstetler—. Ando detrás del objeto con el único propósito de que seamos los únicos en conocer sus secretos.

Mikhael rompe la coraza del bogavante, empapa la blanca carne en mantequilla, mastica a grandes, lentas revoluciones.

—Por usted, quien ha sido leal durante tan largo tiempo —dice mientras come—, voy a hacerle este favor. Voy a consultar lo de la extracción. Veré qué se puede hacer. —Traga, señala con el cuchillo la silla reservada para Hoffstetler—. ¿Tiene tiempo para cenar conmigo? Los norteamericanos dan un nombre interesante a este plato que me han traído. Lo llaman *surf and turf*, «mar y montaña», podríamos decir. Mire detrás de mí. Escoja el bogavante que más le apetezca. Si quiere, podemos llevarlo a la cocina, y puede mirar cómo lo hierven. Sueltan unos pequeños chillidos, sí, pero su carne es de lo más tierno y sabroso.

6

Llega la primavera. El cielo deja de estar cubierto por un telón de gasa. Se desvanecen los mazacotes de nieve vieja, unos bultos en las sombras semejantes a conejos muertos de frío. Allí donde había silencio, los pájaros solitarios trinan, y los niños más impacientes batean pelotas de béisbol en los solares. El oleaje en los muelles pierde sus orlas de espuma. Los menús varían, y así lo delatan los olores que escapan de las ventanas abiertas por primera vez en algunos meses. Pero no todo está bien. La lluvia sigue sin hacer aparición. La hierba está tan castigada como el pelo de la cabeza por las mañanas y es tan amarilla como la orina. Las mangueras de jardín entran en acción para una labor que ya no puede esperar más. Las ramas de los árboles tienen brotes nudosos grandes como puños. Las rejillas de desagüe muestran al sol sus dentaduras manchadas y ávidas de agua.

Elisa se siente igual. En su interior hay un torrente refrenado. Lleva tres días sin entrar en el F-1, cinco días si contamos los del fin de semana, y ella los cuenta, minuto a minuto, sumándolos mentalmente sin cesar. Han ocupado el laboratorio. Hay más cabezas huecas que antes, y su patrullar es más vigoroso: no hay suelo recién fregado que llegue a secarse sin que en él aparezcan las huellas de sus botas. Cuando Elisa llega al trabajo, Fleming ya no es el único que controla todos los aspectos del cambio de turno. Ahora también está Strickland. Ella aparta la mirada al verlo, y es que le desazona esa sonrisa que él acaba de dedicarle.

Los ojos siguen escociendo cuando estás en la sala de la colada, y eso que hace cinco años que retiraron las lavadoras. Las retiraron después de que Elisa se encontrara a Lucille desmayada por efecto de las emanaciones de la lejía. Mientras comen junto a la máquina expendedora, a Zelda le gusta contar que Elisa esa vez se comportó de forma valerosa, subió a Lucille a uno de los carritos para la colada y la sacó de allí en dirección a la cafetería, donde no había emanaciones, y pudo llamar al hospital. A los de Occam no les gusta la publicidad negativa, por lo que subcontrataron todo el trabajo de colada a las lavanderías Milicent, y Elisa y Lucille tuvieron suerte de no ser despedidas.

Ahora solo se ocupan de clasificar las cosas. Separan las toallas, los guardapolvos y las batas de laboratorio sucias en unas mesas grandes mientras Zelda cuenta las últimas andanzas de Brewster. Zelda anoche quería ver *El maravilloso mundo de Walt Disney* a todo color, pero Brewster estaba empeñado en mirar *Los supersónicos*. La discusión fue subiendo de tono, hasta que Zelda sacó a su marido del sillón Barcalounger como quien saca los desperdicios de una papelera. Brewster se vengó cantando a voz en grito el tema musical de *Los supersónicos* durante toda la hora de duración del programa de Disney.

Elisa es consciente de que Zelda está contándoselo para animarla un poco, para que salga del abatimiento que no logra esconder y del que se niega a hablar. Elisa se muestra agradecida por el detalle, y mientras va dejando las prendas sucias en los carritos responde a los giros de la narración con interjecciones lo más vigorosas posible. Terminan y sacan los carros al pasillo. Elisa empuja el que chirría, y uno de sus fuertes maullidos provoca que un cabeza hueca asome el casco por la otra punta del corredor, a fin de evaluar el peligro. Las dos limpiadoras pasan junto a la puerta del F-1. Con disimulo, Elisa hace lo posible por detectar algún sonido revelador.

Tuercen a la izquierda y enfilan un pasillo sin ventanas, negro como la boca del lobo, en el que solo se ven las luces anaranjadas del aparcamiento, cuyo resplandor entra débilmente por las puertas dobles que alguien ha dejado abiertas con ayuda de un tocón de madera. Zelda abre una de las puertas de un empujón, tira del carrito y la mantiene abierta para que Elisa pueda cruzarla. Como suele suceder, se encuentran con otros trabajadores del turno de noche, quienes, erguidos como pájaros sobre un alambre, están fumando cigarrillos de forma apresurada. Los científicos no tienen empacho en desafiar la prohibición de fumar en el interior de Occam, pero los empleados de la limpieza no se atreven; a lo largo de la noche salen a fumar en el muelle de carga, donde posponen sus discusiones mientras echan un pitillito. Se arriesgan al hacerlo: está permitido tomarse un descanso en el vestíbulo principal, pero no aquí, no tan cerca de los laboratorios esterilizados.

—A ver cuándo vas a echarle aceite a las ruedas de tu carro —protesta Yolanda—. Te oigo venir a kilómetro y medio.

—No le hagas caso, Elisa —interviene Antonio—. Me gusta oír que vienes; así tengo tiempo de peinarme para que me veas más guapo.

—¿Eso que tienes en la cabeza es pelo? —se mofa Yolanda—. Pensaba que era algo que se te había pegado al limpiar la taza.

—Señorita Elisa, señorita Zelda… —tercia Duane—. ¿Cómo es que nunca salen a fumar con nosotros?

Elisa se encoge de hombros y señala las cicatrices que tiene en el cuello. En su momento probó a pegar una calada de cigarrillo en el pequeño cobertizo que había detrás del Hogar y tuvo suficiente para siempre: no paró de toser hasta que el suelo quedó salpicado de sangre. Empuja el carro chirriante rampa abajo, saluda con la mano a la imagen del conductor de las lavanderías Millicent en el retrovisor de su furgoneta y empieza a meter las prendas en las cestas que hay tras las abiertas portezuelas traseras. Zelda aparca su propio carrito junto al de Elisa, pero se gira hacia los otros.

—¡Qué demonios! —exclama—. La verdad es que me entran ganas de echar una caladita. Pasadme un cigarrillo, venga.

Los demás vitorean la llegada de Zelda a lo alto de la rampa. La limpiadora acepta el Lucky Strike que le ofrece Lucille, pega una chupada y acuna el codo del brazo del cigarrillo en la palma de la mano contraria. La postura induce a Elisa a imaginarse a su compañera más joven y delgada, en una sala de baile con orquesta de metales, del brazo de un pretendiente embutido en una americana con las hombreras enormes a la moda de por entonces, posiblemente Brewster. Elisa sigue con la mirada el humo exhalado por Zelda, que se eleva en el aire y atraviesa la luz de la farola antes de dispersarse frente a una de las cámaras de seguridad.

—No hay problema, guapa.

Sobresaltada, mira hacia abajo y ve a Antonio. Este guiña uno de sus ojos bizcos y echa mano a una inocua escoba apoyada contra la pared. La levanta, con el mango hacia arriba, hasta que la punta pega contra la parte inferior de la cámara. El diminuto círculo de polvo acumulado en el panel de abajo de la cámara descubre el truco empleado por los limpiadores para hacer que el artilugio apunte hacia arriba, de la misma manera todas las noches, antes de darle otra vez para volver a situarla en la posición correcta.

—Así nos las arreglamos para dejar un punto ciego durante unos minutos. No está mal el truquito, ¿eh?

A Elisa le lleva un minuto percatarse de que ha dejado de cargar la colada. Ni ha oído que el conductor de Milicent ha hecho sonar la bocina. Duane trata de sacarla de su letargo con una broma y pregunta cómo es que trae tantos huevos duros para su tentempié; no podrá comérselos todos. Elisa tampoco reacciona. Zelda finalmente apaga el cigarrillo contra la barandilla, con un gesto indica al conductor que no se ponga nervioso y baja por la rampa a paso rápido para cargar el contenido de su carrito.

—¿Estás bien, cariño? —pregunta a Elisa.

Elisa oye que los huesos de su nuca crujen ligeramente al asentir con la cabeza, pero es incapaz de apartar la vista de los fumadores que tiran al suelo las colillas humeantes en sometimiento al reloj y dejan que Antonio se ocupe de devolver la cámara de seguridad a su ángulo original. Casi ni oye que Zelda cierra las puertas de la furgoneta y las aporrea un par de veces para indicar al chófer que ya puede irse. *Un punto ciego.* Elisa está acariciando la expresión, explorándola hasta familiarizarse con ella, poco menos que reconfortante. Dejando a Giles y a Zelda a un lado, su vida entera transcurre en un punto ciego, olvidada por el mundo... Y se pregunta si quizá podría utilizar esta invisibilidad precisa para dejar a todos con la boca abierta.

7

Las empleadas del turno de mañana empiezan a llegar una a una al vestuario. Zelda establece contacto visual con aquellas a las que fue formando a lo largo de los años. Es curioso que con el tiempo las fueran ascendiendo a todas, pero a ella no. Ahora fingen estar ocupadas en mirar sus relojes de pulsera o en rebuscar dentro de sus bolsos. Pero bueno, Zelda nunca se olvida de una cara. Algunos de estos tan engreídos limpiadores de día en su momento eran los más chismosos y fantasiosos del turno de noche. Sandra cierta vez dijo que en el B-5 vio los documentos de un programa destinado a gasear a la población con sedantes. Albert otra vez juró que dentro de los armarios del A-12 había unos cerebros humanos metidos en un hirviente puré verdoso, seguramente los cerebros de antiguos presidentes del país, según aventuró. Rosemary aseguraba haber encontrado en una papelera un expediente sobre cierto joven cuyo nombre en clave era «Finch», que nunca envejecía.

Las fábricas de rumores nunca cesan en su actividad. Razón por la que Zelda no da demasiada importancia a las habladurías sobre el F-1. En ese tanque hay algo raro, ¿no? Pues claro, y si no, que se lo pregunten al señor Strickland: la criatura esa le arrancó dos dedos de una dentellada. Pero en Occam lo raro resulta normal. Todos los que llevan algún tiempo en este lugar no se sorprenden con facilidad.

Se supone que Elisa también es así. Zelda no se explica los últimos comportamientos de su amiga. Naturalmente, se ha fijado en ella al pasar con los carros de la colada junto a la puerta del F-1. El chirriar de esa rueda encontró eco en el gemido de la muchacha. Zelda cree que ya se le pasará; a todos alguna vez les han entrado angustias ante las conspiraciones y los tejemanejes del Gobierno. Pero, por mucho que se esfuerce, no consigue quitarle hierro al asunto. Elisa es la única persona en Occam que ve a Zelda tal como es: una buena persona, trabajadora hasta la médula. Si Elisa provoca su propio despido, Zelda no sabe si será capaz de encajar el golpe. Es un punto de vista seguramente egoísta, pero también es la verdad. Le duelen los nudillos, y no por agarrar las mopas, sino porque con Elisa se comunica con los dedos, y la idea de quedarse sin esas conversaciones de todos los días, esa diaria afirmación de que ella, Zelda Fuller, es una persona con un lugar en el mundo…, esa idea duele.

Una cosa está clara en lo tocante al F-1: los peces gordos del lugar son más exigentes que nunca con el personal en cuanto tenga que ver con este laboratorio. Si Elisa sigue merodeando cerca del F-1, se meterá en un lío de verdad. Zelda termina de vestirse, se sienta en la banqueta y suspira, disfrutando del punzante olor del Lucky Strike. Saca del bolsillo las Normas de Control de Calidad y las desdobla; vuelve a mirarlas. Fleming insiste en cambiar el orden de los detalles precisos, con la idea de pillarlas en falso; si ella fuera Elisa, sospecharía que Fleming lo hace a propósito para mantenerlas demasiado ocupadas para hacer conjeturas. Zelda se frota los ojos cansados y sigue comprobando cada hilera, cada columna, mientras las empleadas diurnas terminan de vestirse el uniforme y cierran las taquillas ruidosamente. El papel con las Normas de Control de Calidad está lleno de casillas vacías, en las que nada hay que poner, lo mismo que sucede con su propia vida. Cosas que nunca tendrá, lugares a los que nunca irá.

El vestuario se está llenando de mujeres. Zelda mira en derredor, más allá de las piernas que se levantan, de la mujer que está desenganchando un revoltijo de perchas, de la otra que se ajusta las tirillas del sujetador. Las Normas de Control de Calidad no son la única razón por la que se ha quedado remoloneando en este lugar. Ha estado esperando a Elisa, para esperar juntas la llegada del autobús: a la espera de esperar algo, es la historia de su vida. Se siente patética al reconocerlo. La última persona en la que Elisa piensa estos días es Zelda. Las Normas de Control de Calidad se tornan desvaídas ante sus ojos, hasta que se da cuenta de que Elisa es la principal casilla que esta noche queda por marcar. ¿Dónde está Elisa? No ha entrado a cambiarse el uniforme. Lo que significa que aún está en las instalaciones de Occam. Zelda se levanta, y las Normas de Control de Calidad caen al suelo planeando.

Por Dios. Esta chica se trae algo entre manos.

8

La voz de la Matrona reverbera en su cráneo. *Estúpida chiquilla.* Elisa refrena los pasos para que dos parlanchines empleados del turno de día terminen de desaparecer pasillo abajo. *Nunca haces lo que se te dice. No es de extrañar que todas las chicas te odien.* Y bien: por fin está a solas. Corre hacia la puerta del F-1 e inserta la tarjeta de abertura. *Un día voy a pillarte mintiendo o robando, y te pondré de patitas en la calle.* La cerradura cede, y Elisa abre la puerta, lo que a estas horas del día es una escandalosa contravención de las normas. *No tendrás más remedio que vender tu cuerpo para sobrevivir, niñita del demonio.* Elisa entra sin hacer ruido, cierra la puerta, aprieta la espalda contra ella y trata de oír el sonido de unas pisadas. Su mente temerosa revive la imagen de pesadilla de la Matrona tirando a la pequeña Mamá escaleras abajo; la alucinación termina con una salvedad: quien la recoge antes de que se estrelle contra el suelo no es otro que David Fleming.

Occam rebosa de empleados del turno de mañana. El momento que ha escogido para hacer esta visita resulta peligroso, pero Elisa no puede evitarlo, necesita verlo, tiene que asegurarse de que se encuentra bien. Pero es difícil ver cualquier cosa; el F-1 está iluminado por completo, tanto como la noche en la que metieron en su interior el tanque con la criatura. Elisa guiña los ojos y trastabilla, pero también sonríe, a pesar de todo. Es una simple visita rápida para hacerle saber que no se ha olvidado de él, para indicarle que lo echa de menos, para henchirse de calidez al verlo trazar el nombre de E-L-I-S-A, para animarlo con un huevo duro. Saca el huevo de uno de sus bolsillos y echa a andar con rapidez, mientras sus piernas comienzan a acordarse de cómo bailar.

Elisa le oye antes de verlo. Como el gemido de una ballena, el sonido de alta frecuencia rebasa sus oídos y se fija a su pecho con fuerza. Elisa se detiene en seco: su respiración y su corazón se detienen. El huevo se le cae de la mano, aterriza en su pie con suavidad y se bambolea en los charcos de agua producto de algún tipo de lucha. La criatura no se encuentra ni la piscina ni en el tanque, sino de rodillas en medio del laboratorio, con las ataduras de metal encadenadas a un pilar de hormigón. Una lámpara médica de muchos vatios con brazo ajustable lo ilumina con violencia, y Elisa puede oler su salada sequedad, como la de un pez abandonado en un malecón y a medio pudrir. Sus escamas brillantes ahora son de un gris apagado. La gracia de sus movimientos acuáticos ha sido reducida a la nada por la fea postura de rodillas impuesta por la fuerza. Su pecho traquetea como el de un anciano lleno de flemas, y sus branquias trabajan dificultosamente, como si estuvieran levantando pesas, mostrando un rojo crudo al abrirse.

La criatura vuelve la cabeza, y la saliva se desprende de su boca abierta; mira a Elisa. Sus ojos, al igual que sus escamas, están cubiertos por una pátina mate, lo que dificulta distinguir el color de las pupilas. Sin embargo, nada tiene de equívoco el gesto que hace con las manos, por mucho que las cadenas se lo dificulten. Dos dedos índices que señalan a la puerta con urgencia. Es una seña que Elisa entiende bien: «Vete».

A propósito o por casualidad, el gesto induce a Elisa a fijarse en un taburete situado junto al pilar de hormigón. Elisa no entiende cómo no ha podido fijarse antes en él. Su color es tan brillante en este laboratorio de tonalidades anodinas. En lo alto del taburete hay una bolsa abierta con caramelos de un verde llamativo.

9

Zelda lleva muchos años en Occam, pero es la primera vez que recorre sus pasillos vestida con ropas de calle. Y resulta que sus prendas de trabajo han estado siendo una suerte de capa mágica; ahora que no las lleva puestas, la gente *se fija* en ella. Los científicos que bostezan y los empleados recién llegados la ven de un modo que resulta inesperadamente agradable, hasta que siente una gélida aprensión. Su vestido con estampado de flores, que tan bonito resulta en cualquier otro lugar, es indecente en este reducto de las batas blancas y los uniformes grises. Utiliza el bolsito para cubrir el vestido todo lo que puede y sigue adelante. El caos inherente al cambio de turno se prolongará unos minutos más, los suficientes para encontrar a Elisa y hacerle entrar en razón de una vez.

Dobla por una esquina con rapidez y se encuentra con que Richard Strickland está saliendo del despacho de las cámaras de seguridad. Anda con paso vacilante, como si justo acabara de bajar de un barco. Zelda está familiarizada con este tipo de andar inseguro. Lo conoce de Brewster, antes de que dejara de beber. Lo conoce de su padre, cuando fue presa de la demencia senil. Lo conoce de su tío, el día que su casa estaba ardiendo a sus espaldas. Strickland se endereza y se frota los ojos medio cerrados por las legañas. ¿Habrá dormido aquí? Se aleja del despacho tambaleando, a paso lento, y Zelda da un respingo al oír un ruido metálico contra el suelo. Es la picana color naranja para el ganado. Strickland la lleva arrastrando, como un troglodita con su garrota.

Strickland no la ve. Zelda no cree que vea mucho. Se encamina pesadamente en dirección contraria, lo que resultaría un alivio si no fuera porque ella sabe adónde va, el lugar exacto al que Zelda también se dirige. La limpiadora hace rotar el mapa de Occam que tiene en la mente. El piso subterráneo es de planta cuadrada, por lo que hay otro camino al F-1, en paralelo. Pero es dos veces más largo; no lograría llegar antes que él. Strickland se bambolea, apoya la mano en la pared para recuperar el equilibrio, el dolor en los dedos hace que sisee. Su avance es muy lento. Quizá Zelda sí que puede llegar antes que él. Esto es, si se las arregla para escupir el miedo que bloquea sus pulmones y consigue echar a andar hacia...

Se pone en movimiento, braceando con decisión. Pasa por una de las cafeterías, cuyos súbitos olores no son los de los recalentados productos de la máquina automática, sino los de unos desayunos de verdad, preparados en la cocina. Golpea ligeramente a una mujer blanca que está poniéndose una redecilla para el pelo, y esta responde con un sonoro bufido de fastidio. Unas secretarias, alertadas por el cloc cloc de sus zapatos, asoman las cabezas por la puerta del cuarto de las fotocopiadoras. Y de pronto surge un problema: una aglomeración de gente obstaculiza el acceso al anfiteatro de Occam, una sala tan raras veces abierta por la noche que Zelda no la ha tenido en cuenta al hacer sus cálculos. Unos científicos entran por la puerta, acaso para presenciar una disección de alguna clase, aunque Zelda tiene la sensación de que posiblemente van a proyectar una simple película de terror, quizá la misma que ella está protagonizando en este instante, un aquelarre de monstruos en bata blanca que disfrutan al ver su cuerpo voluminoso y la película de sudor que cubre su frente.

Los científicos están complicándole las cosas. Como siempre, ¿no? Se ve obligada a abrirse paso con los hombros entre sus cuerpos repentinamente inertes, diciendo *Lo siento* y *Perdón*, hasta que logra salir por el otro lado y continuar adelante, esforzándose en ignorar las risotadas dirigidas a su trasero. Lo siente *de verdad* y *no* tiene perdón. Su corazón late desbocado. Le falta el aliento. Por inercia dobla en la segunda esquina, y en ese momento ve que por la otra punta, andando con dificultad, llega Strickland.

Ha visto a Zelda. Dar media vuelta en este momento supondría reconocer que estaba haciendo algo malo. ¿Cómo puede arreglárselas? Echa a caminar derechamente hacia él. Es lo más osado que ha hecho en la vida. El corazón se le agolpa contra la caja torácica como si fuera una pelota de tenis. Su respiración ahora es el extraño producto de unos músculos misteriosos. Strickland se la queda mirando como si fuera una aparición y levanta la picana, lo que es mala señal, aunque el artefacto ahora por lo menos deja de producir ese ruido horroroso contra las baldosas.

Ambos se detienen ante la misma puerta del F-1. Zelda respira hondo y se obliga a saludar.

—Ah... Hola, señor Strickland.

El otro está inspeccionándola con los ojos vidriosos. No parece reconocerla, y eso que ha hablado dos veces con ella. Tiene la cara demacrada y ojerosa. En su labio inferior hay un residuo de polvillo granulado. Con un gruñido desdeñoso, deja de estudiar el rostro de la mujer.

—¿Dónde está su uniforme?

Es un hombre que sabe cómo golpear: el primero, y con fuerza. Con la inspiración del desespero, Zelda levanta a la vista lo único que lleva consigo.

—Había olvidado el bolso.

Strickland entrecierra los ojos.

—La señora Brewster.

—Sí, señor. La señora Fuller, en realidad.

Strickland asiente con la cabeza, con aspecto de no estar muy convencido. De hecho, parece sentirse más bien perdido. Zelda ha observado este aspecto en las personas de raza blanca no acostumbradas a estar a solas con otras de raza negra; el hombre no sabe bien cómo mirarla, donde posar los ojos, cual si encontrara que la misma existencia de esta mujer resultara embarazosa. Strickland farfulla algo, en voz tan baja que no puede ser oída desde el interior del F-1. Si quiere poner a Elisa sobre aviso, Zelda tendrá que explotar la incomodidad de Strickland y mantenerlo ocupado cuanto más tiempo mejor. Y hará falta que haga el mayor ruido posible.

—Una cosa, señor Strickland. —Zelda carraspea para ocultar el temblor de la voz—. ¿Cómo están sus dedos?

Strickland frunce el ceño; mira el vendaje en la mano izquierda.

—No sé.

—¿Le han recetado medicamentos contra el dolor? Mi Brewster se rompió la muñeca cuando trabajaba en la acería Bethlehem, y el médico se lo arregló todo muy bien.

Strickland hace una mueca, y con razón: esta mujer está gritando. Zelda ni escucha la respuesta, si bien el modo sediento con que el otro pasa la lengua por el polvillo blanco en el labio se lo dice todo sobre los analgésicos. Strickland traga en seco y, ya sea por efecto real o por efecto placebo, de pronto endereza el porte y sus ojos velados y vidriados al momento ganan en concentración.

—Zelda D. Fuller —dice con voz ronca—. Con «D» de Dalila.

A Zelda le entra un escalofrío.

—¿Cómo está...? —De repente es incapaz de pensar—. ¿Cómo está su mujer, señor Strickland? —No tiene idea de lo que está diciendo—. ¿Está a gusto en Baltim...?

—¡Usted es del turno de noche! —ruge él, como si no pudiera haber cosa peor, como si esto fuera peor que todos los demás, evidentes, defectos de esta mujer—. Ya tiene su bolso. Váyase a casa.

Saca la tarjeta de abertura del bolsillo posterior, con rapidez, como si fuera un estilete, y la clava en la cerradura. Zelda se obliga a acabar su pregunta, a seguir con las corteses paparruchas sobre la esposa de Strickland, pero este se ha refugiado en su estado habitual y la mira como si fuera transparente, una mujer que apenas existe. Atraviesa el umbral del F-1, con la picana golpeando contra las baldosas. Zelda espera con desespero que el ruido por lo menos avise a Elisa, se encuentre donde se encuentre esta.

10

Joder, cuánta luz. Strickland siente alfilerazos en los globos oculares. Le gustaría volver corriendo a su despacho en penumbra, cerrar los ojos bajo el suave manto gris de los monitores de las cámaras. Un instinto de cobarde. Ha venido a este lugar por una razón. Ha llegado la hora de dar un paso al frente, mirar al Deus Brânquia a la cara, obligar a Hoffstetler a que termine sus experimentos de una vez. No, no el Deus Brânquia. El *objeto*, porque eso es lo que es. ¿Cómo es que otra vez le ha dado por pensar en él como en el Deus Brânquia? Tiene que poner fin a estas cosas. El buen, viejo látigo de Alabama, la picana Farm-Master 30 para uso en ganadería es tan largo como recto en su palma, un pasamanos que está sacándole de la neblina opiácea y devolviéndolo al mundo real.

Le bastó el concurso de dos guardias armados para sacar al bicho del tanque y encadenarlo al pilar, sin que nadie perdiera un solo dedo. Los guardias armados no van a contar una mierda. Por algo él es su jefe. Hizo que los dos se largaran al momento, pero entonces descubrió que había olvidado el látigo de Alabama en su despacho. Su despacho, allí donde guarda las pastillas en el cajón. Pura casualidad. No dejó la picana en el despacho a propósito. Nada de eso.

No sabe bien por qué, pero de pronto recuerda que Lainie le contó con angustia que había sorprendido a Timmy abriendo una lagartija en canal. Strickland no se preocupó en lo más mínimo. Qué carajo, de hecho se sintió orgulloso. Tendría que aprender de su propio hijo. ¿Cuándo fue la última vez que estuvo a solas con *este* lagarto? Tendría que remontarse a su estancia en la Amazonia, cuando entró armado con el fusil de pesca submarina en aquella negra gruta donde resonaban los chillidos de los macacos. Salpicado de rotenona, el Deus Brânquia —el objeto— vino a su encuentro con los brazos abiertos. Como si fueran dos iguales. Qué arrogancia. Qué insultante arrogancia.

Y míralo ahora. Strickland puede ver cómo sufre, con claridad y en detalle. Está hincado sobre las rodillas ensangrentadas, pues no han sido hechas para aguantar peso durante tanto tiempo. Sangrando por las suturas reventadas. Con partes enteras de su repulsiva anatomía palpitando y ansiosas de aire. Strickland levanta el látigo de Alabama y lo menea. Al Deus Brânquia se le erizan las espinas en el cuerpo.

—Vaya, vaya —dice Strickland—. Así que te acuerdas, ¿eh?

Disfruta con el preciso resonar de sus tacones mientras da vueltas en torno al pilar. Los momentos previos a la tortura siempre son de naturaleza sensual. La tumescencia del miedo. El anhelo de dos cuerpos en separación antes del impacto inevitable. En la imaginación de la víctima siempre florecen acciones de lo más creativo, para las que Strickland en realidad no tiene paciencia. Lainie nunca entendería este tipo de jueguecitos preliminares, que sí comprendería cualquier soldado que haya sentido que su sangre se agolpa de repente. A su mente de pronto acude el cuello de Lainie manchado de sangre. Una imagen estupenda, revigorizante. Strickland coge un caramelo verde de la bolsa, lo chupa, finge creer que su fuerte sabor es el de la sangre.

Cuando muerde, el crujido del caramelo le estremece los tímpanos. El de Elisa Esposito tiene que ser el único silencio que queda en este mundo. El suyo está siendo devorado por los macacos, que han vuelto. Y parlotean por detrás de los monitores de seguridad. Ululan bajo su escritorio. Y chillan. Pues claro que chillan. Cuando él está tratando de pensar. Cuando se esfuerza en pegar ojo. Cuando hace lo posible por asentir con la cabeza a las tediosas crónicas que su familia le cuenta a diario. Los macacos están empeñados en que vuelva a ocupar el trono de dios de la selva. Van a continuar chillando hasta que lo haga.

Razón por la que Strickland cede. Un poquito, nada más. Para ver si se calman, aunque sea por un momento. Este látigo de Alabama... En realidad no es una picana para las reses, nada de eso. Es uno de los machetes de los indios bravos. Los macacos ríen. Disfrutan de lo que están viendo. Strickland se da cuenta de que él también disfruta. Mueve el machete de un lado a otro, como si fuera un péndulo, y se imagina que está abriéndose paso a través de las raíces en arbotante de una ceiba. El Deus Brânquia reacciona con violencia, tratando de zafarse de sus cadenas, en el paroxismo de un pez erróneamente dado por muerto. Las branquias se le hinchan, de tal modo que su cabeza de pronto es dos veces más ancha. Un truco para animales estúpidos. Que no funciona con los seres humanos. Ni tampoco con los dioses.

Strickland conecta el encendido. El machete zumba en su mano.

11

Tiene las extremidades retorcidas dentro de la caja de sólido metal, el cabello enganchado en una bisagra, la rodilla despellejada y sangrado, y Elisa sin embargo no siente dolor. Solo miedo, esa poderosa tormenta de polvo que brota en torbellino de su interior, así como rabia, una rabia que le martillea el cráneo hasta darle una nueva forma: una frente gruesa y ancha, con unos cuernos largos y curvos. Elisa está dispuesta a salir de esta caja a cornada limpia y galopar sobre sus nuevas pezuñas animales para abalanzarse sobre este hombre horrible. Está dispuesta a matarlo, a hacer lo que sea para salvar a su criatura querida.

Elisa no logró identificar las voces inicialmente, pero en el F-1 cualquier timbre humano es sinónimo de problemas, por lo que se puso tensa como una alimaña y buscó un agujero en el que guarecerse. Cuando la puerta se abrió, inicialmente no vio a Strickland, sino a Zelda; se quedó de piedra al reconocer su vestido informal, tan asombroso en este entorno como un traje de novia color rojo brillante. Lo que Zelda estaba tratando de hacer era avisar a Elisa, quien se tomó la advertencia en serio. Se metió en un aparador para uso médico. Como todo cuanto hay en el F-1, el aparador tenía ruedas en las patas, por lo que comenzó a moverse. Elisa sacó la mano y apretó la palma contra el suelo a modo de freno.

Strickland ahora se halla a un par de metros de distancia, demasiado cerca como para que Elisa cierre la puerta que chirría. Encoge el cuerpo, solo oculto por las sombras, y estrangula la respiración jadeante. Tiene el pecho y la oreja izquierda aplastados contra el fondo del aparador, y en la delgada capa de hojalata resuena el golpear de su corazón. *No te muevas*, se dice. *Sal y atácalo*, se dice a la vez.

Strickland esgrime la picana eléctrica en un movimiento digno de un jugador de béisbol. La picana describe un arco y entra en contacto con la axila de la criatura. Centellean dos chispas doradas y el cuerpo de la criatura se contrae, de tal modo que sus escamas se ondulan sobre los músculos encogidos, mientras el torso se retuerce para alejarse lo más posible de Strickland. Un palmo o dos, a lo sumo. Elisa no grita por una única razón: porque no puede hacerlo. Todas las personas han sufrido una descarga eléctrica de algún tipo alguna vez en la vida, pero no cree que esta criatura haya pasado por tal experiencia. Seguramente considera que lo que está pasándole es el producto de magia negra, el rayo descargado por un dios vengativo.

Strickland tiene mal aspecto y la expresión desesperada. Se mueve pesadamente en torno al pilar de hormigón. Sale del campo visual de su víctima y se quita la americana. La dobla de mala manera, como si nunca antes hubiera doblado una prenda de ropa, y la deja junto a la bolsa con los caramelos. Es como si una serpiente acabara de mudar de piel, se dice Elisa con horror. La camisa blanca tiene varias manchas no recientes, posiblemente de comida, y lleva tiempo sin ser planchada.

—Te vas a enterar —murmura Strickland.

Ahora el arma apunta a la nuca de la criatura. Elisa se da cuenta de que sus propias manos están haciendos señas en la oscuridad: «Deténgase, deténgase». Strickland acciona de nuevo la picana; saltan chispas, y la cabeza de la criatura golpea contra el hormigón de la columna. La cabeza queda inerte un segundo. La criatura tiene las escamas de la frente aplastadas y brillantes de sangre. A Elisa le siguen pareciendo hermosas, como unas monedas de plata mojadas en tinta roja. La criatura respira entrecortadamente, debido al *shock*, y emite un gimoteo como de delfín. Strickland menea la cabeza con disgusto.

—¿Por qué te empeñaste en complicar las cosas? En obligarnos a viajar al mismo infierno. Sabías que estábamos ahí. Podías olernos, igual que nosotros podíamos olerte. *Diecisiete meses*, nada menos. Hoffstetler dice que eres muy viejo. Quizá para ti diecisiete meses sean como una gota en un cubo de agua. Pero voy a decirte una cosa. Esos diecisiete meses me jodieron la vida. Mi propia mujer me mira como si no supiera quién soy. Vuelvo a casa, y mi hijita pequeña sale corriendo al verme. Hago lo que puedo, joder, hago lo que puedo, pero...

Arrea un patadón a un aparador metálico, idéntico al otro en el que se encuentra Elisa, y abolla la puerta allí donde estaría el rostro de la limpiadora. Vuelca la mesa con violencia. El instrumental médico sale disparado por todo el laboratorio. Elisa se encoge todavía más hasta hacerse un ovillo. Strickland se frota la cara con su mano libre y el vendaje se suelta. Elisa ve que bajo las vendas hay unos círculos

concéntricos de sangre amarronada, así como una mancha amari-
llenta. También hay un anillo oscuro. El anillo de bodas que ella en su
momento le devolvió. Strickland se ha obligado a ponérselo otra vez,
en el dedo recién reimplantado. Elisa tiene náuseas desde hace rato,
pero ahora se siente más enferma que nunca.

—Te arranqué de la selva como quien se arranca una púa clavada
en el brazo. Ahora te dan bañitos calientes, tienes una piscina para ti
solo. ¿Y qué tengo yo? Una casa que no es mejor que la selva. Una familia que me es tan ajena como aquellos putos nativos en sus putas
aldeas. La culpa es tuya. Tú tienes toda la puta culpa.

Strickland lanza un tajo con la picana, como si esta fuera un flo-
rete de esgrima, y chamusca las suturas de la criatura; descarga un
nuevo golpe de revés. Elisa ve que una de las suturas se rompe y que la
carne cubierta de escamas se desgaja del músculo palpitante. En el laboratorio impera un olor a humo y carne chamuscada, y Elisa hunde
la boca en el codo mientras resiste las ganas de vomitar. Por lo que no
ve la patada propinada al segundo aparador, que vuelca estrepitosamente; solo oye el metálico estruendo, como el de un bombo y los
platillos de una batería arrojada por unas escaleras. De pronto comprende que el aparador en el que se oculta es el siguiente en el camino
de destrucción emprendido por Strickland.

Mira a hurtadillas y se encuentra, lo bastante cerca como para
oler el hedor a insomnio, con las pantorrillas de Strickland, los pantalones arrugados por dormir con ellos puestos, con salpicaduras de café
y, más recientes, de sangre. Enloquecida, se dice que si tuviera un
cuchillo podría cortarle el tendón de Aquiles o clavárselo una y otra
vez, hasta dar con una arteria de la pantorrilla. Nunca antes se le
había pasado por la cabeza hacer algo tan atroz. ¿Qué le está pasando?
Elisa cree saberlo, y resulta irónico en vista de las circunstancias. Lo
que le está pasando tiene un nombre: amor.

—Vas a pagar por lo que has hecho —masculla Strickland—. Por
todo.

El látigo de Alabama zumba, con el metal al rojo y maloliente, y la criatura se aparta y elude el golpe. Por lo que la picana se estrella contra el aparador donde se esconde Elisa de forma ensordecedora. Elisa aprieta los dientes, paralizada por el horror, y ve que Strickland blande la picana, como un duelista medieval blandería su lanza, y apunta directamente a los ojos de la criatura, antaño dorados y refulgentes, ahora tan apagados y lechosos como el agua encharcada. El aparador está vibrando, pero Elisa sabe lo que sucederá: la picana se clavará en uno de los ojos e inundará de electricidad el cerebro de la criatura y pondrá fin al milagro de su existencia mientras ella, tan lenta y tonta como la Matrona la acusara en su día, no hace nada para evitarlo.

El pie de Strickland roza un pequeño objeto, que sale despedido girando sobre sí mismo y trazando un arco caprichoso. Strickland da un traspiés, a punto está de perder el equilibrio, y se detiene para contemplar cómo el objeto termina de rodar poco a poco. Murmura algo, se agacha y lo recoge. Es el huevo duro que Elisa dejó caer cuando vio a la criatura encadenada, una cosa pequeña y frágil, pero cuyo potencial es atómico.

12

Fleming sugirió que fueran a buscar en el F-1 a Strickland. Hoffstetler se burló y dijo que el militar nada tenía que hacer en el laboratorio, pero unos segundos después acompañó a Fleming a la sala y, al ver que la forma de antropoide de Strickland está paseándose por el centro del laboratorio, se siente tan ingenuo como en el momento de su llegada a Baltimore, el epítome del profesor perdido en su propio mundo, burlado por un mundo real en el que las normas solo son de aplicación cuando conviene. El Devónico… yace en el suelo. A Hoffstetler no le han informado de que iban a sacar a la criatura del tanque; tonto de remate como es, convencido de que las reglas están para ser siempre aplicadas, en consecuencia no creía posible que alguien pudiera hacerlo.

Incluso Fleming, quien acaba de entrar en el laboratorio, es lo bastante listo para sospechar que aquí hay gato encerrado.

—Buenos días, Richard —saluda—. No recuerdo que esta visita estuviera programada...

Strickland deja caer algo al suelo. ¿Es que Fleming no lo ha visto? Se trata de la picana para el ganado, el arma predilecta de este rufián, y a Hoffstetler se le acelera el corazón. Anda de puntillas, como un niño, ansioso de asegurarse de que la criatura se encuentra bien. Strickland también tiene algo en la mano herida, lo bastante pequeño como para esconderlo en la palma. Hoffstetler hace un momento se sentía inquieto; ahora está angustiado. Nunca había conocido a un hombre como Strickland, tan impredecible.

—Un procedimiento reglamentario —dice Strickland—. Cuestión disciplinaria.

Hoffstetler aprieta el paso y adelanta a Fleming; sus mejillas enrojecen por efecto del ardiente haz proyectado por la sonrisa despectiva de Strickland. Cuestión disciplinaria, quizás: el hombre, al fin y al cabo, ha perdido dos dedos... pero, ¿un procedimiento reglamentario? Esto no tiene nada de reglamentario. El Devónico está en un estado lamentable, escandaloso. Los puntos que suturaban la herida producida por el arpón han saltado, y está sangrando por todas partes, por la axila, por el cuello, por la frente. De sus labios grisáceos penden unos viscosos hilos de saliva, lo bastante largos para tocar la charca de sangre, agua salada y escamas en la que está hincado de rodillas. Hoffstetler se acuclilla junto al Devónico sin miedo; está amarrado con cadenas y, lo principal, apenas tiene fuerzas para respirar; en absoluto está en disposición de liberar su mandíbula secundaria. Palpa las heridas del cautivo. La sangre fluye espesa y oscura entre sus dedos. Hoffstetler necesita gasas, esparadrapo... Lo que necesita es ayuda, mucha ayuda.

Fleming se aclara la garganta, y Hoffstetler piensa: *Sí, por favor, intervenga cuanto antes. Strickland no me escuchará.* Pero lo que Fleming dice no puede estar más lejos de una amonestación.

—No teníamos previsto interrumpir el desayuno.

La absurda frase hace que Hoffstetler aparte la mirada del Devónico mutilado. Strickland tiene la mirada gacha como un niño sorprendido robando chucherías; abre la mano y enseña un blanco huevo duro. Da la impresión de estudiarlo un momento, para desentrañar su significado, pero, en opinión de Hoffstetler, un huevo es una cosa demasiado frágil para que una bestia como Strickland pueda entenderla, demasiado preñada de propósito, demasiado simbólica de la delicada perpetuación de la vida. Strickland se encoge de hombros, deja caer el huevo en la papelera. Para él, el huevo no tiene la más mínima importancia.

Para Hoffstetler, el huevo es todo lo contrario. No ha olvidado, y nunca olvidará, que la tan callada limpiadora tenía un huevo igual en la mano mientras estaba bailando el vals frente al tanque del Devónico. Con lentitud, Hoffstetler gira la cabeza, como si estuviera efectuando un pequeño inventario visual del F-1. Las vértebras de su cuello crujen ligeramente, tratando de revelar su presencia. Sus ojos buscan todo escondite potencial. Bajo los escritorios. Detrás del tanque. Incluso dentro de la piscina. Le lleva diez segundos descubrir a Elisa Esposito, con los ojos muy abiertos y la barbilla en tensión, claramente visible por la puerta de un aparador atorada por su propio cuerpo.

Hoffstetler siente que la sangre se le agolpa a sacudidas en la garganta, asfixiándolo. Mantiene el contacto visual con Elisa un momento más y, a continuación, cierra los ojos una vez, en una señal que es universal, o tal espera: *mantenga la calma.* Y eso que sabe perfectamente que el pánico es la reacción natural a una situación como esta. A saber qué puede pasarle a esta mujer si la descubren. Aquí no estamos hablando del hurto de un rollo de papel higiénico de los servicios. Si un hombre como Richard Strickland descubre a esta mujer, una simple limpiadora del turno de noche, es muy posible que nadie vuelva a verla nunca más.

Elisa se ha convertido en fundamental para que el Devónico siga con vida. Quizá todavía más después de estas heridas. Hoffstetler tiene que distraer a Strickland. Se gira hacia el Devónico. A la mujer de la limpieza todavía no le han hecho daño, pero a este ser singular sí que se lo han hecho, de forma tan real como atroz. De modo letal, si Hoffstetler no se las arregla para que lo devuelvan ahora mismo a las sanadoras aguas de la piscina o del tanque.

—¡No puede hacer esto! —grita.

Strickland y Fleming han empezado a hablar, pero ambos callan, y en el laboratorio se hace un silencio únicamente roto por los jadeos del Devónico. Hoffstetler fulmina con la mirada a Strickland, quien da la impresión de disfrutar de la insurgencia de este mequetrefe.

—Es un animal, ¿no? —farfulla el militar—. A un animal hay que hacerle saber quién manda, y punto.

Hoffstetler sabe bien qué es el miedo de verdad, lo ha conocido cada vez que se ha apoderado de documentos secretos para su entrega a los agentes soviéticos. Pero nunca ha sentido una ira como la de ahora. Todo cuanto ha hecho, dicho y sentido en relación con el Devónico da la impresión de resultar superficial, frívolo incluso. Su discusión con Mihalkov sobre si la criatura era más lista que un perro, su debatir sobre Wells y Huxley. En cierto modo, se dice de repente, esta criatura del F-1 es un ángel que, tras haber dignificado el mundo con su presencia, ha sido derribado, clavado a un tablero de corcho y erróneamente etiquetado como un demonio. Y él, Hoffstetler, ha sido parte de todo esto. Es posible que su alma nunca vaya a recuperarse.

Se yergue cuan largo es y mira a Strickland a la cara, mientras las gafas se deslizan hacia abajo por el rostro súbitamente resbaladizo de sudor, incapaz de impedir que sus labios dibujen una O, como los de un petulante *mal'čik*, un mocoso que desafiara a su padre. Ni por asomo se impondrá a Strickland, pues nunca lo ha conseguido, pero Fleming tiene una noticia, y a Hoffstetler se le ocurre que quizá sea la herramienta que necesita para mantener a Strickland a raya. Reza por que Elisa sea capaz de aguantar unos pocos minutos más.

—Dígaselo, señor Fleming —indica Hoffstetler—. Dígale lo del general Hoyt.

Con el nombre es suficiente. Hoffstetler se lleva una pequeña satisfacción al ver lo que nunca ha visto hasta ahora, el desconcierto aparecido en el rostro del otro: la frente se le arruga, frunce el entrecejo. Strickland da un paso atrás. El tacón pisa un objeto en el suelo, y entonces mira hacia abajo y parece reparar por primera vez en las mesas volcadas y el instrumental desparramado por todas partes: el caos que él mismo ha creado y que, de hecho, no puede ocultar. Strickland se aclara la garganta, señala el desastre con un gesto impreciso y, al hablar, la voz se le rompe en un gallo de adolescente.

—Las... limpiadoras... tienen que... hacer mejor su trabajo.

Fleming también carraspea.

—No quiero extralimitarme, señor Strickland. Pero el doctor Hoffstetler tiene razón. El general Hoyt me ha llamado esta mañana. Directamente desde Washington. Me ha pedido que le escriba un informe. Para aclarar las cosas, ya me entiende, para clarificar las dos filosofías distintas que usted y el doctor Hoffstetler tienen en relación con el objeto.

—¿Cómo...? —La expresión de Strickland acaba de desplomarse—. ¿El general le ha llamado...? ¿A *usted*?

Hay incomodidad en la pequeña, tensa sonrisa de Fleming, pero también hay orgullo.

—Un observador imparcial —dice—. Es lo único que él quiere. Tengo que limitarme a recopilar la información y presentársela al general Hoyt, para que pueda tomar una decisión fundamentada.

Strickland parece presa de una indisposición. Ha empalidecido, sus labios han adquirido un color violeta enfermizo, y tiene la cabeza gacha, hasta que se queda mirando fijamente la tablilla de Fleming como si fuera una sierra circular a punto de empezar a cortar. Hoffstetler no entiende qué clase de influjo ejerce Hoyt sobre Strickland, y no le importa. Sencillamente, es una ventaja, para él, para el Devónico, para Elisa, y se dispone a explotarla.

—Para empezar, David, puede decirle al general que, en mi condición de científico, en mi condición de *humanista*, le suplico que prohíba de forma explícita los comportamientos de esta clase, las decisiones unilaterales de maltratar al objeto sin motivo alguno. ¡Nuestra investigación no ha hecho más que comenzar! Tenemos muchísimo que aprender de esta criatura, pero ahora nos la encontramos medio muerta, ahogándose ante nuestros ojos. Volvamos a meterla en el tanque.

Fleming levanta la tablilla. Garabatea en un papel con el bolígrafo y, en un santiamén, queda constancia de las objeciones hechas por Hoffstetler, y en tinta indeleble. El pecho de este último se hincha triunfal, hasta tal punto que sus ojos vuelven a posarse en Elisa y le indican que todo esto acabará bien. Pero, al mirar a Strickland otra vez, repara en que el militar está contemplando el garabato en la tablilla de Fleming, con la barbilla temblorosa, parpadeando con desconcierto y horror.

—Nn... —farfulla Strickland, expresando su disgusto sin llegar a verbalizarlo.

Hoffstetler se siente dotado de nuevas energías, propulsado por el mismo, eficiente combustible que lo empujaba cuando sus charlas en la universidad. Con rapidez, antes de que Strickland pueda arreglárselas para decir algo más inteligible, Hoffstetler se arrodilla junto a la criatura y señala las escamas tiritantes y el pecho estremecido.

—David, le invito a tomar nota. ¿Se ha fijado en que este ser alterna, de forma perfecta, impecable, entre dos mecanismos respiratorios por entero diferentes? Es exagerado esperar que podamos replicar, en el laboratorio, todas sus funciones anfibias: secreción de lípidos, absorción cutánea de agua. Pero ¿y las emulsiones respiratorias? Dígale al general Hoyt que tengo confianza en que, con el tiempo adecuado, podremos formular unos sustitutos oxigenados, fabricar algo parecido a una osmorregulación.

—Todo esto... —prorrumpe Strickland, pero Fleming está haciendo lo que hace mejor de todo, tomar notas, atento por completo a las palabras de Hoffstetler—. Todo esto es...

—David, imagínese que nosotros también pudiéramos respirar como respira este ser, en ambientes con increíble presión y densidad. Los viajes espaciales resultarían mucho menos complicados, ¿no le parece? Olvídese de las órbitas puntuales en las que están trabajando los rusos. Imagínese unas órbitas de varias semanas de duración. De meses. ¡De años! Y esto no es más que el comienzo. La datación por radiocarbono indica que esta criatura podría tener unos cuantos siglos de edad. Fascinante.

Hoffstetler saca pecho, pero a la vez siente una punzada de vergüenza. Está diciendo la verdad, pero esta verdad es como arsénico en su lengua. Durante dos mil millones de años, en el mundo reinó la paz. La invención del género —del género masculino en particular, del hombre tan amigo de menear la cola, de embestir con la cornamenta, de aporrearse el pecho— fue lo que llevó a que la Tierra empezara a deslizarse hacia la autoextinción. Quizás esto sea lo que explique el descubrimiento hecho por Edwin Hubble: todas las galaxias conocidas están alejándose de la Tierra, como si en conjunto fuéramos un *planeta* de arsénico. Hoffstetler se consuela diciéndose que el desprecio que siente hacia sí mismo esta mañana está justificado. Hasta que Mihalkov pueda autorizar la extracción, los perros de Occam van a seguir requiriendo huesos que morder.

—Todo esto es *una puta mierda.* —Strickland finalmente ha conseguido completar la frase—. Una puta *mierda.* Puede decirle al general Hoyt que el doctor Hoffstetler, que *Bob* Hoffstetler, está del lado de los salvajes de la Amazonia. Que trata a esta cosa como si fuera una especie de dios. Es posible que lo haga porque es ruso. Tome nota, Fleming, póngalo por escrito... Es posible que en Rusia tengan unos dioses distintos a los nuestros.

La alarma provoca que a Hoffstetler se le forme un nudo en la garganta. Es un bolo consistente; se lo traga. Strickland no es el primer colega que se mete con él por su país de origen, pero bien podría ser el primero con recursos a su disposición para averiguar toda la verdad. No conoce al general Hoyt —ni siquiera ha visto una foto de él—, pero Hoffstetler tiene la sensación de que puede ver cómo el general adquiere forma en el techo del F-1, cual marionetista gigantesco al que divierte enfrentar a dos muñecos para ver cuál de ellos es más merecedor de su aprecio. Disimula su incomodidad contemplando al ser que no cesa de resollar. En la carrera profesional de Hoffstetler se han dado episodios de fuerte protagonismo personal, pero esta es la clase de atención que nunca ha querido recibir.

Sin embargo, se trata de una pugna de la que no puede retirarse. No, si quiere que el Devónico siga con vida, si quiere que Elisa siga con vida, si quiere continuar con vida él mismo. Bajo la luz de la lámpara médica, acuclillado sobre la sangre a medio coagular de esta criatura casi muerta, Hoffstetler de pronto se dice que el Amazonas solo fue el punto de partida donde el Devónico se fusionó con el mundo natural, y que la muerte de este podría suponer el cese del progreso, el final de todos y cada uno de nosotros.

—Las llaves. —Con osadía, tiende la palma de la mano hacia Strickland—. Tenemos que volver a meterlo en el agua. Ahora mismo.

13

Últimamente no puede dormir. Hasta que el sueño finalmente llega, de mala manera. A las tres de la madrugada ya está boqueando y ahogándose, y Lainie le frota la espalda como si fuera un niño, pero él no es un niño y eso que corre por sus mejillas no puede ser una lágrima. Rechaza la mano de su mujer, pero ella sigue siseando quedamente y pregunta si los dedos siguen doliéndole, sería conveniente que fuese a ver al médico otra vez, pero no son los dedos, y ella entonces le viene con que seguramente se trata de la guerra, que ha leído en una revista que la guerra puede dejar traumatizado a un hombre, pero esta mujer qué sabrá de la guerra, de cómo te reconcome por dentro, de que, a la vez, tú también te nutres de ella, y ella qué sabrá de los recuerdos, pues no parece posible que en su vida marcada por la tabla de planchar y los platos sucios haya conseguido forjar un solo recuerdo como los grabados a fuego en el cerebro de Strickland.

En los sueños, Strickland vuelve a estar a bordo de la *Josefina*, patinando entre alfanjes de niebla, mientras la sangre de la tripulación rezuma por la borda; solo se oye el baboso chupar del fango desdentado. Pilota la embarcación hasta el interior de una gruta tan curva y estrecha como una caracola, una cortina de insectos se abre y la criatura se levanta ante sus ojos, con la salvedad de que no es el Deus Brânquia. Es el coronel Hoyt, con el cuerpo desnudo y rosado, brillante como la goma, tendiéndole el mismo cuchillo Ka-Bar que le tendiera en Corea, llegando al mismo acuerdo siniestro con él.

Puede ver bien a Hoyt. Le gustaba acariciar las medallas en la guerrera mientras se frotaba la barriga prominente con la otra. Solía tener los ojos entrecerrados, pero raras veces parpadeaba. Entre sus redondas mejillas alojaba una sonrisa maliciosa. Sin embargo, Strickland ahora no consigue oír al general. Sus recuerdos de Hoyt, todas sus órdenes, todos sus elogios, todas sus dudosas sugerencias, de pronto carecen de voz. No es que Hoyt sea mudo, como Elisa, sino que más bien está escondido, del mismo modo que, en el informe sobre el Deus Brânquia, las palabras escritas por Hoyt fueron escondidas con tachones negros. El sonido de estas palabras es el de un aullido largo y estremecedor, y su aspecto es el de unas anodinas tachaduras en el papel:

██████████████████.

Ahora mismo, en el laboratorio, Strickland continúa siendo incapaz de imaginar cómo se las ha arreglado Fleming para entender estos aullidos carentes de sentido que Hoyt emite. Se siente presa de una debilidad que no recordaba desde que sufriera el calor sofocante de Corea, el calor aún más sofocante en el Amazonas. Quizás Hoyt ha oído que tuvieron que reimplantarle los dedos. Quizás el general considera que Strickland ha perdido la capacidad para controlar la situación. Y si Hoyt le retira la confianza, en tal caso, ¿qué moneda de cambio tendrá Strickland para romper las amarras y ser libre? Pestañea de forma mecánica, mira en derredor, cree ver que por las rejillas de ventilación están colándose unas lianas de color verde, que de los enchufes de la pared salen unos brotes verdes. ¿Son los analgésicos? ¿O se trata de una realidad? Si no consigue poner punto final a este experimento, el Deus Brânquia saldrá vencedor, y es muy posible que la ciudad entera se convierta en otro Amazonas. Strickland, su familia, Baltimore entera…, todo será estrangulado en su interior.

Cierra el puño, a sabiendas de lo que sucederá. El dolor, como un sirope espeso y caliente, se extiende desde sus dedos infectados, brazo arriba, hasta llegar al corazón. La vista se le nubla un instante, hasta que de pronto ve con tanta claridad como bajo los efectos del *buchité*. Hoffstetler sigue con la palma tendida, a la espera de las llaves. También continúa hablando, sobre lo beneficiosas que son estas lámparas especiales, sobre las bobinas con grabaciones hechas en el terreno. Está prometiéndole a Fleming que le proporcionará gráficos y datos para que se los envíe al general Hoyt, tan pronto como devuelvan a esta pobre criatura a su cómodo tanque. Strickland reacciona. Tiene que ponerse duro, y hacerlo ahora mismo.

Ríe. Su risa es lo bastante áspera como para acallar a Hoffstetler.

—Datos —repite Strickland—. Eso quiere decir que ponen algo en un papelote y entonces se convierte en cierto, ¿no es así?

La garganta de Hoffstetler, esa cosa que tan fácil sería estrujar, sube y desciende a mitad de frase. El científico baja la palma de su mano, y Strickland se alegra. De hecho, siente renovada energía y esperanza. ¿Eso que está oyendo son las concienzudas tachaduras hechas por Hoyt? Parecen estar chillando de forma apagada por los conductos de ventilación de la computadora: ████████████████. Hofstettler sin duda las está oyendo también. El científico echa a correr hacia el tanque y señala uno de sus fastidiosos contadores de nivel.

—Veintiocho minutos. Este cronómetro registra el tiempo transcurrido desde la última salida del tanque. El objeto no puede estar fuera del agua más de treinta minutos. Si quiere, más tarde hablamos del informe del general Hoyt. Las llaves, señor Strickland. Que no tenga que suplicárselo.

Pero eso es justamente lo que quiere Strickland: que el otro suplique. Se agacha junto al objeto, en el mismo punto exacto ocupado por Hoffstetler hace un momento. Disfruta del momento, por mucho que el Deus Brânquia esté sufriendo unas convulsiones tan fuertes que algunas de sus escamas motean la camisa del militar. Se siente como un vaquero en el momento de examinar una res que recién se ha desplomado, echando espumarajos por la boca, necesitada de que alguien le pegue un escopetazo de gracia. Con el dedo resigue el contorno del pecho del Deus Brânquia, que se dilata y se contrae sin cesar.

—Y bien, señor Fleming: apunte lo que yo tengo para el general. Aquí no estamos hablando de esos datos de ustedes. Estamos hablando de algo que podemos tocar con las manos. A lo largo de estas costillas, ¿lo ve? Esto de aquí es cartílago articulado. Como los nudillos de un puño entrelazados los unos con los otros. La teoría provisional es que separa los dos conjuntos pulmonares, el primario y el secundario. —Levanta la voz—. Es así, ¿verdad, Bob?

—Veintinueve minutos —dice Hoffstetler—. Por favor.

—Pero resulta que este cartílago es tan grueso que no podemos radiografiarlo con claridad. Dios sabe que lo hemos intentado. Estoy seguro de que Bob puede decirle cuántas veces exactamente. Pero voy al grano, voy a decirle qué es lo que el general Hoyt tiene que saber. Si queremos saber cómo funciona este bicho, la solución está más que clara. Tenemos que abrirlo por la mitad.

—Por Dios… —La voz de Hoffstetler suena como tiene que sonar. Lejana, floja.

—Es muy posible que los soviéticos se encuentren en este momento en Sudamérica, capturando otra de estas cosas en el río.

—¿Otra? ¡No hay ningún otro ser igual en el mundo! ¡Eso se lo prometo!

—Bob, usted no estaba conmigo en el barco. No es lo mismo leer un par de libros sobre un río que verlo con tus propios ojos, que ver su enorme extensión. En ese río hay millones de *cosas*. Más de las que esa computadora suya puede registrar. Se lo garantizo.

La computadora emite unos chillidos de felicidad que suenan como tachaduras. ██████████████████████ A Strickland le sorprende que nadie más pueda oírlos. Pero no, en el fondo no es para sorprenderse. Porque ninguno de ellos ha recibido entrenamiento militar. Strickland no termina de entender bien este chillido, pero lo nota en sus entrañas, en su corazón. Hubo un tiempo en que era como un hijo para Hoyt, ¿no es así? Hoyt tiene que sentirse orgulloso al ver que su chaval se ha convertido en el hombre hecho y derecho que es en estos momentos. Strickland se ve obligado a refrenar la soberbia. Se pasa los dedos por los ojos, para asegurarse de que están secos. Quizá vaya a aceptar la ayuda de Hoyt en este momento, un poquito. Pero lo que no hará es caer bajo el influjo de Hoyt, otra vez no.

—Treinta minutos —dice Hoffstetler—. Se lo suplico. Se lo estoy suplicando.

Strickland gira sobre uno de los talones. No le basta con escuchar las súplicas de Hoffstetler. Lo que quiere es cruzar la mirada con él, largamente, obligarlo a que recuerde este momento para siempre. Sin embargo, Hoffstetler no está mirándole. Está mirando otro punto del laboratorio, mostrando los dientes y con la frente crispada, como si casi quisiera indicar que hay una cuarta persona en la sala. Strickland se acuerda del huevo. No sabe por qué, pero se acuerda. Había un huevo en el suelo, ¿no? Sus ojos acompañan a los de Hoffstetler hacia el otro extremo del laboratorio.

La criatura de repente suelta una tos gargajeante, estrepitosa. Strickland se olvida del huevo por completo y baja la mirada. El Deus Brânquia está sufriendo un acceso convulsivo. De su cuerpo se desprenden decenas de escamas. De su boca emerge una baba burbujeante y blancuzca. Su cuerpo se tensa por entero, como hostigado por el machete o por el látigo de Alabama, da igual el instrumento de tortura. A continuación pierde el conocimiento. Su corpachón entero se desploma sobre el arnés. Por debajo fluyen los orines, dotando al charco de baba blanquecina y roja sangre de una mate tonalidad anaranjada. Strickland se ve obligado a levantarse para dejar paso. Se percata de que Fleming está escribiendo y espera que no esté levantando acta de todo esto. Es asqueroso, asqueroso de verdad; Hoyt no se merece una cosa así. Pero tampoco es aconsejable dejar que el Deus Brânquia se muera antes de que Hoyt tome su decisión. Strickland rebusca en el bolsillo, saca las llaves y se las tira a Hoffstetler. Estos científicos no tienen la menor coordinación. A pesar de los chillidos, Strickland oye que las llaves se estrellan contra el suelo.

14

La neblina matinal, el humo del cigarrillo, sus propios ojos cansados... Por entre todos estos velos, Giles divisa que Elisa se encuentra a media manzana de distancia calle abajo. Nadie camina como ella. Sale a la escalera de incendios y apoya los brazos en la barandilla. Azotada por las ráfagas de viento, Elisa no transforma su cuerpo en una hoja, sino más bien en un puño: encoge el torso y se abre paso entre el enemigo invisible, con la barbilla gacha, los brazos cruzados sobre el pecho y las palmas de las manos bajo las axilas. Sus pies, sin embargo, operan en un plano distinto y avanzan a largos, gráciles pasos de bailarina, envueltos en unos zapatos lo bastante vistosos como para dotar de vida reluciente al fúnebre gris del barrio. Giles se da cuenta de que los zapatos para Elisa son lo que la cartera-portafolios es para él.

Apaga el cigarrillo, vuelve al interior. Se ha levantado pronto, se ha duchado y ha desayunado, y está preparado para la nueva, decisiva visita a las oficinas de Klein & Saunders. Ahuyenta a uno de los gatos de Andrzej, la calavera, y coge el peluquín. De pie ante el espejo del cuarto de baño, lo centra, lo ladea un poquito, lo peina. No resulta tan convincente como en otros tiempos. El peluquín no ha cambiado; él sí. A un hombre con sus años ya no le queda bien una mata de pelo tan espesa. Pero ¿cómo va a dejar de llevarlo a estas alturas? La gente pensaría que le han arrancado el cuero cabelludo. Por otra parte: ¿de qué gente estamos hablando? Contempla el demacrado fósil en el espejo y se pregunta cómo puede haber caído en semejante contradicción: un hombre al que nadie mira, preocupado por su aspecto.

Se sobresalta cuando un puño llama a la puerta. Atraviesa el apartamento con rapidez, mirando su reloj de pulsera. Ayer avisó a Elisa de que esta mañana tenía una cita de trabajo, pero ella no le respondió. Últimamente anda perdida en sus pensamientos. Repentinamente inquieto por esta idea, a Giles le entra miedo de que la muchacha esté escondiéndole algo horroroso, que tiene un cáncer incurable o algo por el estilo. El puño sigue llamando a la puerta, de forma frenética ahora.

Antes de que pueda llegar a la puerta, Elisa entra y se quita el pasamontañas, dejando al descubierto unos mechones erizados por la electricidad estática. Giles se relaja un poco. Llevan tiempo compartiendo la tradición de entrar en la casa del otro por narices y, a pesar de sus horarios nocturnos y de que se alimenta mal, pues su salario es muy bajo, tiene las mejillas tan enrojecidas que a Giles le entra cierta melancolía. Si él trabajara tan duro como ella, tendría la cara tan blanca como la sábana de un difunto.

—Veo que esta mañana tenemos mucha energía —comenta.

Ella ha pasado corriendo por su lado y casi rebota contra las paredes. Hace señas con las manos de forma tan atolondrada que casi derriba algunos de los viejos cuadros amontonados. Giles levanta un dedo en demanda de paciencia y cierra la puerta para que no se cuele el frío. Cuando se da media vuelta, Elisa sigue yendo de un lado a otro. Su mano derecha serpentea. «Pez», cree entender él. Ella entonces lleva las manos a los hombros y las baja. «Chimenea», piensa él. No. «Esqueleto.» No. «Criatura.» Elisa entonces hace un gesto parecido, pero más circular. «Una trampa», piensa él, o algo parecido, seguramente se equivoca, y es que Elisa intenta comunicarse demasiado rápido. Giles levanta las dos manos.

—Un momento de calma, te lo ruego.

Elisa encorva los hombros, le mira fijamente como una niña a quien acabaran de reprender y abre los dos puños temblorosos; no se trata de una seña específica, sino del gesto universal para la exasperación.

—Lo primero es lo primero —dice él—. ¿Tienes algún problema? ¿Te duele algo?

Ella responde con un gesto enfático, como si estuviera aplastando un bicho: «No».

—Excelente. ¿Puedo invitarte a unos copos de maíz? No he podido comer más que medio tazón. Los nervios, supongo.

Elisa tuerce el gesto. Con la expresión gélida, hace una seña: «pez».

—Mi querida amiga, ya te lo dije anoche. Tengo una reunión. Me pillas casi saliendo de casa. ¿A qué vienen estos repentinos antojos de pescado? No me digas que estás embarazada.

Elisa hunde el rostro en las manos, y a Giles se le tensa el pecho. ¿Es posible que su chiste haga llorar a esta pobre chica, a quien no ha visto con ningún hombre desde que la conoce? Elisa tiene un hipido de risa. Cuando levanta la cara, en su mirada persiste la inquietud, pero menea la cabeza como si no pudiera creer que Giles le ha dicho algo tan absurdo. Espira para calmarse un poco, menea las manos como si estuvieran en llamas y por primera vez mira a Giles con atención. Al cabo de un segundo, su boca se tuerce a la derecha. Giles suelta un gruñido.

—Tengo restos de comida en los dientes —adivina él—. No, es el peluquín, ¿verdad? Lo llevo torcido. Bueno, pues porque te has puesto a aporrear la puerta sin darme tiempo a...

Ella se acerca y le quita unas hojitas de haya pegadas al abrigo de ante y al suéter, restos de uno de los vendavales recientes. A continuación endereza ciento ochenta grados su corbata de pajarita. Por último le acaricia la sien, allí donde el pelo de verdad se encuentra con el peluquín, aunque este gesto tiene más de afecto que de correctivo. Da un paso atrás y dibuja «guapo» con las manos. Giles suspira. Salta a la vista que de esta mujer no puedes esperar la verdad desnuda.

—Me encantaría hacer el mono lo mismo que tú y corresponder quitándote los piojos, pero, como he mencionado, tengo una reunión. ¿Quieres contarme algo antes de que me vaya?

Elisa le mira con severidad y levanta las manos indicando que se dispone a hablar por señas. Giles endereza la espalda, como un alumno que fuera a someterse a un examen oral. Algo le dice que a Elisa en este momento no le hará mucha gracia una sonrisa, por lo que la esconde bajo el bigote. Su temor persistente, que se agranda conforme pasan los años, es el de que él, un indocumentado, un artista fracasado, quien solo cuenta con un batallón de gatos debilitados, de hecho esté refrenando el potencial de Elisa. Él podría mejorar la vida de su vecina mediante una simple mudanza, intengrándose en un tedioso grupo de vejestorios que lo aceptasen como compañero en sus partidas de naipes. Elisa a continuación se vería obligada a buscar a otros capaces de expandir su mundo, en lugar de restringirlo. Si solo pudiera soportar el dolor de perderla para siempre...

Los gestos de Elisa son lentos, deliberados, exentos de emoción. «Pez». «Hombre». «Jaula». O-C-C-A-M.

—Puedes expresarte con mayor rapidez —asegura Giles.

Lo que sigue es tan asombroso como un monólogo del tipo miltoniano ejecutado por una niñita pequeña y tímida. Elisa ya no está obsesionada por dar con las palabras perfectas. Sus manos adquieren la agilidad normalmente limitada a sus pies, y la narrativa fluye con una claridad sinfónica, si bien se dan algunos bandazos por cuestión de puntillosidad en la improvisación. Mecánicamente, resulta imponente y, como todo relato bien contado, su lectura es un placer, aunque cada escena de la trama lleva la narración a un género más oscuro que lo preferido por Giles. Llega a pensar que esta muchacha está desarrollando una ficción. Pero los detalles pronto se tornan demasiado crudos, demasiado mordaces. Elisa, por lo menos, cree en cada una de sus palabras.

Un pez-hombre, encerrado en Occam, torturado y agonizante, necesitado de que alguien lo rescate.

15

Planchar. Esta labor tan tediosa, húmeda y limitadora se ha convertido en la tapadera ideal para una doble vida. Richard en su vida ha planchado una camisa. No tiene la menor idea de la magnitud de este trabajo, si hace falta media hora o un día entero. Lainie se levanta antes del amanecer, hace todas las tareas rutinarias posibles, arrastra a los niños a la escuela y, a continuación, mira las noticias del día por entre una nube de vapor, prolongando el planchado de las prendas hasta que Richard se va. El horario convenido con Bernie Clay es de diez a tres, lo que le deja tiempo suficiente para desplazarse al trabajo y regresar. Cuando llega a casa, enmascara el exótico aroma del papel de oficina recién desempaquetado con los pedestres olores del perfume.

Richard se marcha al volante del viejo Thunderbird que traquetea, y Lainie pliega la tabla de planchar que ha fingido estar usando durante diez, veinte o treinta minutos. Tiene claro que mentirle al marido es un virus en el matrimonio, pero aún no sabe bien cómo decírselo. No se ha sentido tan animada e ilusionada desde…, ¿desde cuándo? Desde que Richard empezó a cortejarla, quizás, el soldado vestido impecablemente, recién llegado de la guerra de Corea. Los primeros días del cortejo, en todo caso. Cuando llevaban meses saliendo y el compromiso de boda se había convertido en inevitable, Lainie ya empezaba a no tenerlas todas consigo.

Lainie no se permite regodearse en el pasado. Mucho de cuanto tiene lugar estos días le anima, le interesa y le satisface, y lo que más le gusta es ponerse con rapidez el conjunto para el trabajo que tiene a punto en la parte posterior del armario. Esto de vestirse para el trabajo es un desafío de nuevo cuño. Ha tomado notas por escrito sobre los modelos que lucen las secretarias. Ha ido a los grandes almacenes Sears en tres ocasiones. Para comprar ropas formales, que no informales. Bonitas, pero no preciosas. Ropas que le sienten bien, pero sin frivolidades. Son unos objetivos contradictorios, pero en eso consiste ser una mujer. Se decanta por las faldas estilizadas y de franela, por los cuellos curvos o en forma de pétalo, por los corpiños recatados y con cinturón.

El trayecto en autobús hasta el trabajo resulta igual de gratificante. Es cuestión de dominar la etiqueta corporal en el transporte público, de hacerse con un asiento ella sola, de rodear el bolso con los brazos, con una eficiencia de movimientos propia de un paracaidista. Lo mejor de todo es el contacto visual, casual pero cómplice, que establece con otras mujeres que trabajan. Se sientan a solas, pero reman en el mismo barco.

Los hombres en Klein & Saunders... Bueno, son hombres. Durante la primera semana le pellizcaron el trasero exactamente una vez al día, y cada vez fue un hombre distinto, tan tranquilo y tan contento como quien escoge la gamba más gorda de la fuente en un bufé. La primera vez respondió con un pequeño chillido. La segunda vez no dijo ni pío. A la quinta ya había aprendido a esbozar la adecuada expresión de desagrado, aprendida de otras de las empleadas, lo bastante bien para que el baboso de turno se encogiera de hombros sintiéndose culpable. Se quedó mirando al último de ellos durante tan largo tiempo como para verlo retirarse y unirse a su grupo de regocijados amigotes. La semana entera estuvo marcada por las pruebas iniciáticas de este tipo.

Razón por la que se propuso hacerlo mejor que nadie, demostrar que ella era algo más que un culo que pellizcar. No cabe duda de que las mecanógrafas y las secretarias en la agencia se han marcado el mismo objetivo. Al igual que las otras mujeres en el autobús. O las que friegan los suelos en el laboratorio donde trabaja Richard. Fuera cual fuera su estado de ánimo, Lainie mantenía la cabeza bien alta. Aprovechó la hora del almuerzo para familiarizarse bien con los teléfonos. Dotó a su voz de una seguridad que, día a día, terminó por convencerle. Los pellizcos fueron haciéndose esporádicos. Los hombres se mostraban atentos con ella. Con el tiempo dejaron de mostrarse particularmente atentos, lo que era incluso mejor. Confiaban en ella; le regañaban si cometía un error; le compraban tarjetas y flores cuando les había salvado el pellejo.

Y Lainie se ha convertido en especialista en salvarles la piel. Su labor es una combinación de ciencia y de arte, la de mantener a raya a la tropa de egocéntricos sentados en la sala de espera: ejecutivos forrados de dinero, donjuanescos protagonistas de anuncios televisivos, modelos jovencitas y con la cabeza a pájaros. Ha aprendido a fingir que está haciendo unas llamadas en realidad inexistentes, a improvisar cuentos chinos destinados a impresionar a la clientela. «Hola, Larry, el anuncio de Pepsi-Cola finalmente se rueda el jueves.» El instinto le indicaba cuándo convenía hacer estas cosas. Le vino bien estar acostumbrada a evaluar el ánimo de Richard antes de pedirle dinero para gastos. Como es natural, estos días ya no se lo pedía, pues ganaba el dinero por su cuenta. Se sentía orgullosa al respecto y ansiaba compartir dicho orgullo con su esposo. Pero él no lo entendería. Se lo tomaría como una afrenta personal.

A Bernie le fueron llegando comentarios sobre su nuevo fichaje hecho por impulso: la chica trabajaba bien. La semana anterior invitó a Lainie a almorzar. Durante la primera media hora se comportó como todos los demás. Insistió en que tomara un combinado de los fuertes, ella se negó, pero él igualmente le pidió una ginebra con lima. Ella bebió un sorbito, para que no se enfadara, y él se lo tomó como una señal: rodeó la mesa, fue a sentarse a su lado y puso su mano sobre la de la nueva secretaria. Lainie notaba la presión de su anillo de bodas. Apartó la mano con discreción y mantuvo una sonrisa fría y pequeña.

Fue como si hubiera superado un examen del que ninguno de los dos había sido consciente. Bernie se echó un trago de Manhattan al coleto, y el alcohol hizo que su salacidad se trocara en un afecto natural, sin complicaciones. Lainie se preguntó cómo se las arreglaban los hombres para modificar sus intenciones tan despreocupadamente, sin miedo alguno a las consecuencias.

—Mire —dijo él—. Le he invitado a almorzar para ofrecerle trabajo.

—Pero si ya tengo un empleo.

—Sí que lo tiene, pero a tiempo parcial. Pero yo estoy hablando de una carrera profesional. De un empleo a tiempo completo. Ocho horas al día, cuarenta horas a la semana. Con pagas y gratificaciones. Con jubilación incluida. El paquete completo.

—Huy, Bernie, gracias. Pero ya le dije que...

—Sé lo que va a decir: que si los niños, que si la escuela. Pero no sé si ha hablado con Melinda, la de contabilidad. O con Barb, la chica que trabaja para Chuck. En la empresa habrá unas seis o siete chicas que se han apuntado al plan que les ofrecimos. En el edificio hay una guardería para estos casos. Usted trae a sus hijos por la mañana tempranito, y el autobús se encarga de repartirlos por las escuelas como si fueran paquetes postales. Y no le cuesta nada: Klein & Saunders lo paga todo.

—Pero ¿por qué...? —Lainie levantó la ginebra con lima para hacer algo con los dedos, incluso pensó en echar un trago para calmar los latidos de su corazón—. ¿Por qué quiere hacer todo esto para mí?

—Bueno, Elaine, qué demonios. En este negocio, si encuentras a alguien que funciona, te interesa amarrarlo. De lo contrario se lo llevará la competencia, y no me interesa que termine en una firma como Arnold, Carson y Adams, contándoles todos nuestros secretos comerciales. —Bernie se encogió de hombros—. Estamos en los años sesenta. Dentro de unos años, el mundo será de las mujeres. Tendrán exactamente las mismas oportunidades que los hombres. Mi consejo es que se vaya preparando, que se vaya situando. Que entre a trabajar en uno de los despachos. Ahora es una recepcionista, sí, pero ¿quién sabe? Mañana igual puede ser jefa de personal. Y pasado mañana, socia principal, ¿por qué no? Tiene cualidades, Elaine. Es más despierta que la mitad de los ceporros que ocupan el edificio.

¿Era posible que Lainie se hubiera acabado el cóctel sin advertirlo? Tenía la vista borrosa. Se obligó a mirar más allá del bastión conformado por el kétchup, la mostaza y la salsa barbacoa, por la ventana, y vio que una madre luchaba con una bolsa de la compra mientras empujaba un inestable carrito de bebé. Miró en dirección contraria, y en la lobreguez del restaurante vio a unos tiburones trajeados a la última que sonreían con muchos dientes a sus amantes desconsoladas, quienes rezaban por que las tan hambrientas expresiones varoniles significaran algo más que pronto fueran a ser devoradas.

Lainie está en condiciones de explicarles que tales expresiones no significan anda. Justo la noche pasada, Richard estuvo diciéndole que el objeto que tenía por misión vigilar estaba llegando al final de su utilidad y que, una vez desaparecido, quizá sería el momento de que los Strickland se marcharan de Baltimore. A él no le gusta esta ciudad; ella le ha visto con los volúmenes de la enciclopedia en el regazo, mirando Kansas City, Denver, Seattle. Pero a Lainie sí que le gusta este lugar. Se dice que es la mejor ciudad del mundo. La posibilidad de que la saquen del único lugar en el que se siente útil condensa el peligro de vincularte a un hombre en primera instancia. Te conviertes en un parásito, y cuando el organismo portador comienza a morir —supongamos que de una infección en los dedos—, tu flujo sanguíneo también está contaminado.

Lo que quería era decirle que sí a Bernie. Estuvo pensándolo cada día, cada minuto.

¿Pero eso supondría decirle que no a Richard?

—Mire, piénselo todo bien —dijo Bernie—. La oferta sigue en pie durante un mes, digamos. Si no le interesa, entonces contrataré a una segunda chica. Pero bueno, vamos a comer. Podría comerme un caballo. Dos caballos. Y el carro del que tiran los dos.

16

El miedo se aposenta en la espalda de Giles como un pterodáctilo caído del cielo. Occam es el triángulo de las Bermudas de Baltimore, y ha oído los asombrosos rumores, muchos de los cuales terminan con la sospechosa muerte o desaparición de un investigador valeroso. Siente náuseas. Lo que sugiere Elisa va mucho más allá de lo que pueden hacer un par de ceros a la izquierda sin un chavo que viven sobre un cine medio ruinoso. El hombre-pez de las fantasías de Elisa tiene que ser un pobre hombre nacido con deformidades físicas..., ¿y ella quiere sacarlo de allí?

Elisa es una buena persona, pero su experiencia vital es aterradoramente limitada; es incapaz de entender la profundidad de la histeria anticomunista en Estados Unidos. Los indeseables de cualquier clase todos los días arriesgan la vida y la posibilidad de ganársela, ¿y qué puede hacer un pintor homosexual? ¡Pero si no hay una cosa peor! No, él no tiene tiempo para estas tonterías. Tiene una cita con Bernie, en relación con un anuncio que le resulta imprescindible.

Se da media vuelta, a sabiendas de que Elisa se sentirá herida. También a él le cuesta, hasta el punto de que tiene problemas para deslizar el lienzo revisado en el interior del portafolios. Mira a la pared en el momento de hablar, lo que es una táctica cobarde, destinada a impedir que una persona muda pueda interrumpir.

—Cuando yo era niño —dice—, una feria ambulante se presentó e instaló sus tiendas junto al río Herring Run, en las afueras de la ciudad. Una de las atracciones era una tienda llena de fenómenos de la naturaleza. Y una de ellas era una sirena. Lo sé porque pagué cinco centavos por verla. Una pequeña fortuna para un chaval de por entonces, que te lo digo yo. ¿Y sabes qué tipo de sirena era aquella? Para empezar, estaba muerta. Aquella cosa vieja y momificada, metida en una vitrina de cristal, nada tenía que ver con los cuadros de bellezas con los pechos al aire que yo había visto. No pasaba de ser el pecho y la cabeza de un mono, cosidos a la cola de un pescado. Lo advertí nada más verlo. Todos se dieron cuenta. Pero pasaron los años y estuve diciéndome que había visto una sirena de verdad, porque al fin y al cabo había pagado dinero por verla, ¿no? Yo quería creer. Las personas como tú y yo necesitamos creer en las cosas más que otras personas, ¿no te parece? Y sin embargo, si lo miras fríamente, ¿qué era esa sirena en realidad? Una muestra de taxidermia creativa. Como lo son muchas cosas de la vida, Elisa. Cuatro remiendos unidos, sin sentido alguno, a los que nosotros, necesitados como estamos, consideramos como mitos, porque nos viene bien. ¿Entiendes lo que estoy diciéndote?

Cierra las hebillas del portafolios, y los pequeños clics metálicos resuenan como los sonidos de la sabiduría. Tiene que irse, de verdad; y quizás esta sea la primera de muchas veces que da la espalda a Elisa a modo de vacuna. Esboza una sonrisa apaciguadora y se dispone a salir. La sonrisa se le hiela en el rostro. La gélida mirada de Elisa provoca que en el apartamento de repente haga tanto frío como en la calle, y Giles encoge el cuerpo para protegerse de semejante bajón de temperatura. Elisa se dirige a él mediante señas, de forma tan contundente como rápida, en un tono que él no le había visto hasta ahora. Ciertos símbolos repetidos se graban en el aire como si fueran fuegos artificiales en la celebración del Cuatro de Julio. Hace lo posible por desviar la mirada, pero ella al instante se sitúa en su campo visual, y sus gestos ahora son como puñetazos, como si estuviera agarrándolo por las solapas.

—No —dice él—. Eso no vamos a hacerlo.

Gestos, gestos.

—¡Porque eso sería hacer algo ilegal! ¡Por eso!¡Es posible que estemos haciendo algo ilegal solo por hablar de este asunto!

Gestos, gestos.

—¿Y qué si está solo? ¡Todos estamos solos!

Es una verdad demasiado cruel para ser verbalizada. Giles da dos rápidos pasos hacia la izquierda. Elisa trata de bloquearle la salida. Sus hombros chocan. Giles nota el impacto en los dientes y trastabilla; tiene que apoyar la mano en la puerta con fuerza para no caer. Sin duda se trata del peor momento compartido por los dos, comparable a un bofetón. El corazón de Giles late desbocado. Tiene la cara enrojecida. Hay algo raro con su peluquín. Se palpa el cuero cabelludo para asegurarse de que está en su sitio, lo que provoca que enrojezca aún más. De pronto está a punto de llorar. ¿Cómo es posible que todo se haya torcido con tal rapidez? Oye los jadeos de Elisa y se da cuenta de que él mismo está jadeando. No quiere mirarla, pero lo hace.

Elisa está llorando y, no obstante, continúa comunicándose con él mediante gestos. Gestos y más gestos; a él no le queda otro remedio que interpretarlos.

—Nunca he visto una cosa tan solitaria en la vida —Gruñe èl, y agrega—: ¿Lo ves? Tú misma lo estás reconociendo. Se trata de una cosa. De un monstruo.

Los gestos siguen cortando y golpeando. Giles sangra y siente la tumefacción.

—¿Y qué soy yo entonces? ¿Otro monstruo? —interpreta—. ¡Pero, bueno! ¡Elisa, por favor! ¡Nadie está diciendo una cosa así! ¡Lo siento, querida, pero tengo que irme! ¡En serio!

Nuevos gestos.

«A él no le importan mis carencias. Las acepta», señala ella. Pero Giles esta vez se niega a repetir en voz alta. Su mano temblorosa encuentra el pomo y abre la puerta. El viento frío cristaliza la solitaria lágrima en la comisura de cada uno de los ojos. Echa a andar por el pasillo azotado por la fría corriente de aire y se percata de lo último que le ha comunicado Elisa: «O lo salvo o lo dejo morir». Al momento se dice que en esta ciudad hay unas oficinas, que en esas oficinas tienen una agenda con las citas del día y que en ese registro consta su nombre. No se trata de fantasía, sino de hechos. Da un paso más, se detiene y se ve obligado a levantar la voz para no soltar un gallo.

—Ni siquiera es un ser humano —insiste.

Son las palabras de un viejo asustadizo y que suplica que le dejen vivir sus últimos días en paz. Se ha hecho un lío con el portafolios, trata de situarlo bien, y se dispone a huir por la escalera de incendios. Se dispone a enfilar la salida y advierte que Elisa está respondiendo a sus palabras por señas; nota que tales gestos se clavan en su espalda como un hierro al rojo, atravesando el abrigo, el suéter, la camisa, el músculo, el hueso, lo bastante profundamente como para que su significado le duela como una herida recién abierta durante todo el trayecto hasta Klein & Saunders, donde empieza a escocer al transformarse en unas cicatrices que —no podrá evitarlo— tendrá que seguir leyendo durante el resto de la vida: TAMPOCO NOSOTROS LO SOMOS».

17

Se ha recibido una orden de Washingon: hay que liquidar al objeto, trocearlo como si fuese un filete y enviar los restos, como muestras, a diferentes laboratorios del país. Hoffstetler tiene una semana para terminar sus investigaciones. Strickland se arrellana en la silla del despacho y trata de sonreír. Misión casi cumplida. Y luego le espera una vida mejor. Tendría que aprovechar esta semana para relajarse un poco. Encontrar un pasatiempo. Volver a ser el que era antes del viaje al Amazonas. Incluso visitar a un médico, como Lainie se pasa el día insistiendo, para que le mire bien los dedos. Considera esta última posibilidad. Cada vez que ve sus dedos se acuerda de la podredumbre de la selva. Mejor dejarlos escondidos bajo los vendajes, un poquito más.

Así que hoy vuelve a casa antes de lo normal. Timmy y Tammy van a llevarse una sorpresa cuando regresen de la escuela y se lo encuentren en el hogar. Lo raro es que Lainie no esté. Se sienta frente al televisor y se pone a esperar. Es lo contrario de lo que tenía planeado. ¿Qué sentido tiene todo esto? Mejor que se hubiera quedado en el trabajo. Su mujer finalmente vuelve a media tarde. A esas alturas, Strickland ya no entiende nada de nada. Las pastillas emborronan los detalles hasta convertirlos en tan ininteligibles como las órdenes aulladas por el general Hoyt: ███████████████. No ve que Lainie lleve consigo una bolsa con la compra. Y ese vestido que lleva puesto no le suena de nada. Su esposa da un claro respingo al verle, pero al momento ríe y dice que mañana tendrá que volver a la tienda, pues se ha olvidado la cartera con el dinero.

Strickland es un excelente observador. Puede decirte qué científicos son zurdos, de qué color eran los calcetines que Fleming llevaba el miércoles. Lainie habla demasiado, y Strickland sabe que es el rasgo más significativo de un embustero. Se acuerda de Elisa Esposito, de su silencio tan reconfortante. Ella nunca le mentiría. No tiene el poder o la inclinación necesarios para hacerlo. Lainie está escondiéndole algo. ¿Una aventura amorosa? Espera que no. Por el bien de ella, y también por el de él, por lo que podría pasarle, hablando en términos legales, una vez que hubiera dado su merecido a los adúlteros.

Guarda con llave las emociones durante el resto de la velada. Por la mañana, una vez que los niños han tomado el autobús, se despide de Lainie con un beso estampado por encima de la caliente tabla de planchar y conduce el Thunderbird hasta la siguiente manzana. Aparca bajo un haya gigantesca. Hubiera preferido otro escondite. Las ramas están esqueléticas por la falta de lluvia. Pero bastará. Ha tomado las cuatro pastillas con el desayuno, pero no más. Le interesa mantener aguzada la capacidad de observación. Apaga el motor. En silencio, reza por que Lainie no salga a la calle. Se trata de su matrimonio. De su vida juntos. Por favor, quédate en casa, limpia la cocina, abre de una vez las malditas cajas de la mudanza, lo que sea.

Quince minutos después, Lainie aparece por el cruce; de repente ha terminado de planchar. Strickland siente una punzada de vergüenza. En su momento le prometió que la esposa de un hombre como él nunca en la vida tendría que usar el transporte público. Ejecuta una flexión mental y se libera del aguijonazo de vergüenza. Los dos hicieron promesas, ¿no? Él es quien se obligó a ponerse el anillo de bodas otra vez, con el resultado de que el dedo se le inflamó en torno al metal. Le lleva un minuto entero conseguir que el Thunderbird arranque de una vez, se pone en marcha y avanza a baja velocidad, manteniéndose a una manzana de distancia de su mujer. Se detiene cuando ella se pone a esperar el autobús, y cuando ella lo toma, lo sigue.

El autobús deja a algunos pasajeros delante de una tienda de alimentación. Lainie no está entre ellos. Strickland se recuerda que la buena vigilancia exige tener la mente abierta. Es posible que su mujer, sencillamente, encuentre que esa tienda es un poco cara. Cuando el autobús se aleja de todo un centro comercial de las afueras sin que ella se haya bajado, a Strickland se le cierra la mente de golpe. Si su mujer hoy tiene que hacer algún recado especial, ha dispuesto de toda la mañana para decírselo. Sea lo que sea lo que se trae entre manos, está haciéndolo a sus espaldas. Agarra el volante con tanta fuerza que nota una pequeña sacudida en uno de sus dedos heridos. Uno de los grandes puntos negros de sutura seguramente se ha soltado de la carne medio podrida.

Y entonces el motor del coche se para. Y no con dramáticas escenas en el lecho de muerte, no. El motor tose con debilidad, una última vez, y Strickland pone la palanca de cambios en punto muerto. Intenta que el motor arranque, pero no queda una sola chispa de vida. El autobús tuerce y vuelve a meterse en el tráfico con un ruido parecido al chillido de dolor que emite el objeto del laboratorio, sin que él pueda hacer nada en absoluto. Entre el humo del motor —mucho más espeso que el que suelta la plancha de vapor de Lainie—, se las arregla para empujar el Thunderbird hasta la cuneta. Solo hay espacio delante de una boca de riego. Mierda y más mierda. Pone la palanca de cambios en Park. Sale del coche. Mira calle abajo. Los vehículos zumban como avispas. La gente va y viene como un conjunto de cucarachas. La ciudad entera es un nido tóxico, venenoso.

Cierra la portezuela de un patadón. Abollándola. Los dedos de sus pies cantan de dolor y da saltos en círculo, mientras suelta obscenidades hasta crear una inigualada obra maestra de la grosería. De pronto se ha dado media vuelta y está mirando al otro lado de la calle. Se encuentra con que tiene una bola de fuego blanco delante de los ojos. Tras ella hay unas colosales láminas de fuego líquido y lisos regueros de lava. La cabeza le palpita por efecto de la luz excesiva, cegadora. Tiene que hacer visera con la mano para protegerse los ojos y encontrarle sentido a lo que está viendo. El sol arranca ardientes destellos al rótulo con una bola del mundo que gira, a los escaparates que van del suelo al techo, a los infinitos embellecedores cromados que hay en un concesionario Cadillac.

Strickland no recuerda haber cruzado la calle. Pero de repente está deambulando por entre los automóviles estacionados al aire libre. Bajo las guirnaldas de banderas restallantes. Junto a una palmera que es de verdad. Contemplando los faros delanteros como ojos, unos ojos iracundos por obra del emblema en forma de V enclavado sobre ellos. Resiguiendo con los dedos la sardónica sonrisa de gato de Cheshire de las rejillas delanteras, con sus centenares de colmillos resbaladizos. Se detiene ante uno de los coches. Pega la mano al capó ardiente. Se siente fuerte, tranquilo, despierto. Incluso sus dedos lastimados parecen haber cobrado nuevas fuerzas. Agacha la cabeza y aspira el olor que sube del capó. Le gusta el aroma del metal caliente, como el de una pistola recién disparada.

—El Cadillac Coupe De Ville. La máquina más perfecta en toda la historia de la humanidad.

Junto a Strickland se encuentra un vendedor. El militar registra: pelo escaso, piel enrojecida por el afeitado, con papada y grasa en el cuello. Los detalles adicionales se funden bajo el sol brillante en exceso. El hombre está perfectamente automatizado; es tan metálico como los vehículos que vende. Camina de lado junto al coche, como si él también se moviera sobre unas ruedas con tapacubos, con las rayas del traje y los pantalones tan afiladas como las aletas posteriores del vehículo. Acaricia el capó, y el reloj y los gemelos refulgen tanto como los cromados.

—Motor V-8 de cuatro tiempos con encendido por chispa. Caja de cambios con cuatro velocidades. De cero a noventa kilómetros en diez coma siete segundos. Capaz de alcanzar los ciento noventa kilómetros en recta. Conducción tan suave como la mejilla de un bebé. Autorradio con onda media, frecuencia modulada y altavoces estereofónicos. Disfrute de la Filarmónica de Londres en su lujoso interior. Tapizado en cuero blanco. Estamos hablando de un interior como el de una suite presidencial. No estamos hablando de asientos, sino de mullidos sillones. De sofás. De divanes. Aire acondicionado de primer nivel, suficiente para que la bebida en su mano esté siempre bien fría y la señorita a su lado bien calentita.

¿La señorita a su lado? Aquí solo hay una señorita: la que se ha largado calle abajo, quién sabe adónde. Dejándolo solo ahora que el trabajo en Occam está casi terminado. Ya se disponga a perseguir a Lainie o termine por marcharse solo de esta execrable ciudad de tres al cuarto, necesitará un auto con que sustituir esa chatarra aparcada en estacionamiento prohibido al otro lado de la calle. Este hombre de metal es más fuerte que él. ¿Tiene algún sentido luchar? Strickland se resiste, porque es lo que hay que hacer en un concesionario de coches, pero lo hace de forma penosa.

—Solo estoy mirando...

—Pues mire esto bien, amigo mío. Longitud total desde el morro hasta la cola, desde aquí hasta allí: cinco metros setecientos quince milímetros. Estamos hablando de dos veces la altura de un aro de baloncesto. No habrá quien pueda competir con usted, hágame caso. Y fíjese en la anchura. Suficiente para ocupar un carril entero, ¿verdad? Por no hablar de la estampa que ofrece: como un león en descanso. Su peso: dos toneladas. Si conduce esta preciosidad, se convierte en el rey de la autovía. Así de fácil. Elevalunas eléctricos. Frenos hidráulicos. Asientos operados eléctricamente. Poderío por los cuatro costados. El poderío más absoluto.

Lo que suena bien. Es lo que se merece un varón americano. El poderío significa respeto. El respeto de tu mujer, el respeto de tus hijos, el respeto de todos esos lameculos que siempre lo han tenido todo fácil, que lo más grave que han conocido es la avería de su coche en una carretera. Él es mejor. Todo cuanto necesita es un medio para decirles a todo que se aparten de su puto camino. Empieza a sentirse mejor. No ya mejor, sino la mar de bien, por primera vez en largo tiempo. Se las arregla para hacérselas de rogar otra vez, aunque cualquier vendedor se daría cuenta de su capitulación, y este es el mejor vendedor de todos los tiempos.

—No sé si me gusta mucho este color verde... —objeta.

Los Cadillacs aparcados en derredor confirman que vienen en tantos colores como los zapatos de Elisa Esposito. Gris polvo de estrellas. Rosa algodón de azúcar. Rojo frambuesa. Negro petróleo. Este que tiene delante es verde, pero no un verde reconfortante como el de sus caramelos duros. Es un tono más sedoso, como el de un ser que tendría que haber fallecido siglos atrás, atisbado por entre aguas tranquilas mientras rastrea el lecho de un río.

—¿Verde? —El vendedor está ofendido—. Oh, no, señor. Nada de eso. No me atrevería a venderle un coche verde. Este color, amigo mío, es *verdiazulado*.

Algo se mueve y cambia de lugar en el interior de Strickland. El vendedor acaba de enseñarle el camino. El poderío: lo que tenía en su fase de deidad de la selva. Lo que sigue teniendo. Se acuerda de un pastor evangélico particularmente locuaz, uno de tantos pastores amiguetes de Lainie. ¿Cual fue una de las primeras muestras del poderío de Dios? Dar nombres a las cosas. El dios de la selva también puede dar nombres a las cosas. Y estas se convierten en lo que él quiere. El verde se convierte en verdiazulado. El Deus Brânquia se convierte en el objeto. Lainie Strickland se convierte en nada, en la nada más absoluta.

Agacha la cabeza y escudriña el interior. Dentro de un momento estará sentado en su interior. Pero la espera aumenta el placer. El salpicadero tiene centenares de mandos y diales. Sentado al volante, uno tiene que sentirse como en la Fórmula 1. El volante es tan delgado como un látigo, como el tirante de un camisón. Se imagina que lo sujeta, lo fácil que resultará limpiar del cuero blanco la roja sangre de sus dedos desgarrados. El vendedor se ha situado a sus espaldas. Está susurrando como un amante. Edición limitada en este color preciso. Doce capas de pintura, con pulimentado a mano. Cuatro de cada cinco triunfadores estadounidenses conducen uno de estos Cadillacs. Olvídese de esos cohetes que están mandando al espacio. El De Ville le da mil vueltas al Sputnik.

—A esas cosas me dedico, precisamente. —Ya solo queda firmar el contrato, pero Strickland siente la necesidad de impresionar al otro.

—¿En serio? No me diga. Pero, por favor, entre y acomódese.

—Pues sí. Defensa nacional. Nuevas iniciativas. Aplicaciones para el espacio.

—Increíble. Puede ajustar el asiento por ahí. Eso es, justamente.

—Proyectos espaciales. Proyectos con cohetes. Proyectos para el futuro.

—El futuro. Excelente, excelente. Tiene usted aspecto de ser un hombre con futuro.

Strickland respira hondo por la nariz. No solo es un hombre con futuro. Él *es* el futuro. O lo será, una vez que haya terminado su trabajo como deidad selvática, que el objeto haya desaparecido, que se hayan resuelto las cuestiones familiares, que ya no le hagan falta las pastillas. Él y su coche van a soldarse, a fundirse en uno, hasta crear un hombre de metal, lo mismo que este vendedor. Dos entes fundidos en uno, en la línea de montaje del futuro. Un futuro en el que las selvas del mundo, y todos los seres que las habitan, serán modernizados con hormigón y con acero. Un lugar en el que las locuras de la naturaleza no tendrán cabida. Un lugar con líneas punteadas, con farolas, con señales de giro. Un lugar que los Cadillacs como este, lo mismo que él, recorrerán en libertad, para siempre.

18

En Klein & Saunders, todos visten a la última. Adelantarse a las tendencias forma parte de su trabajo. Pero este señor mayor no viste un traje de corte moderno. Ni siquiera viste un traje. Lleva una americana y unos pantalones desaparejados. Quizá porque es corto de vista, como indican las torcidas gafas con gruesos cristales y motas de pintura. También lleva pintura en el bigote. La corbata de pajarita por lo menos está limpia; eso sí, es la primera vez que ve a alguien con pajarita en estas oficinas. La pajarita tiene su encanto, sin embargo, al igual que el peluquín, aunque Lainie pone en duda que sea un tipo de encanto proyectado por el recién llegado. A Lainie le entran ganas de protegerlo, a esta especie de abuelito, la manada de lobos situada al otro lado del cristal esmerilado de la puerta.

Al momento se acuerda de su nombre: Giles Gunderson.

—Usted tiene que ser la señorita Strickland —dice sonriendo, mientras da un paso al frente.

En el curso de sus más bien numerosas llamadas telefónicas, siempre se ha dirigido a ella como «señorita Strickland», nada de «preciosa» o «bombón». Su educada insistencia en conseguir una reunión con Bernie a solas ha convertido a este señor en el colaborador externo preferido por Lainie... a la vez que en el menos preferido de todos. El preferido, porque hablar con él es como hablar con el atento abuelo que ella nunca conoció. El menos preferido, porque su trabajo consiste en transmitirle las desvergonzadas excusas de Bernie y tiene que contenerse para no pedirle perdón cuando oye por el auricular que el señor Gunderson otra vez se siente herido en su orgullo.

Este se acerca y le tiende la mano, gesto poco habitual por estos lares.

—¡Vaya! Está usted casada. Tendría que haberme estado dirigiendo a usted como «señora Strickland». Discúlpeme por la grosería.

—Nada de eso. —Lo cierto es que a ella le gusta que la traten de señorita, como le gusta que todos en este lugar le llamen Elaine—. Y usted tiene que ser el señor Gunderson.

—Llámeme Giles, por favor. Supongo que mi cortejo real le habrá avisado de mi llegada. Tanto despliegue heráldico y tantos *tableaux vivants* nunca pasan desapercibidos.

El trabajo en la oficina ha enseñado a Lainie que conviene mantener la sonrisa incluso en momentos de confusión o embarazo. El señor Gunderson —Giles, un nombre de lo más indicado— al momento repara en ello y emite una risita de disculpa.

—Perdóneme mi torpeza. Estos días ya no sé lo me que digo. No hay quien me entienda, y no es de extrañar.

Giles sonríe, de forma tan sincera, paciente y carente de propósitos encubiertos que Lainie entrelaza los dedos para refrenar el impulso de darle la mano otra vez. De pronto se siente como una tonta; consulta el calendario de citas para esconder el rubor en su rostro.

—Un momento... Veo que tiene cita concertada con el señor Clay a las nueve cuarenta y cinco.

—Sí, y llego con quince minutos de adelanto. Mejor llegar con tiempo de sobra; es mi lema personal.

—¿Puedo invitarle a un café mientras aguarda?

—No le diré que no a una tacita de té, si tiene.

—¡Vaya! No creo que tengamos té. Aquí todos beben café.

—Lástima. Antes tenían té. Quizá solo para mí. El café me resulta un brebaje bárbaro. Esos pobres granos torturados... Fermentados, vaciados, tostados, molidos. ¿Qué es el té, en cambio? Nada más que unas hojas secas, rehidratadas. Basta con añadir agua, señora Strickland. Todos los seres vivos precisan de agua.

—Nunca se me había ocurrido verlo de esta manera. —Un comentario travieso le pasa por la cabeza; por lo general se lo callaría, pero con este hombre se siente segura—. Me parece que a partir de ahora solo voy a servir té, y a ver si esos gorilas de manos largas se convierten en unos caballeros.

Gilles palmea las manos.

—¡Una idea formidable! Y bien, la próxima vez que venga, espero encontrarme a sus publicistas con traje y corbata y discutiendo jugadas de críquet. Y solo *vamos* a servirles té, señora Strickland. Sugiero que se vaya acostumbrando a usar el plural mayestático.

El teléfono suena, vuelve a sonar. Son dos líneas a la vez, y Giles hace una pequeña reverencia y se sienta, dejando el portafolios de cuero junto a sus pies, como si fuera un perro de compañía. Cuando Lainie justo acaba de informar a la secretaria de Bernie sobre la llegada de Giles y está ocupada estableciendo otras conexiones telefónicas, un trío de directivos de una compañía de detergentes termina de llegar al mostrador; los tres están aclarándose la garganta, y tras ellos viene un dúo formado por dos calvos que, según entiende, llevan tiempo dando la lata a Klein & Saunders en relación con una campaña publicitaria de arena para gatos. Lainie se ve obligada a aplacarlos durante media hora. Cuando por fin tiene un respiro, advierte que Giles Gunderson sigue sentado a la espera.

En esta sala no hay reloj, de forma premeditada, pero Lainie tiene uno en el escritorio. Observa a Giles de forma subrepticia y decide que su sonrisa inmutable es su forma de prepararse para la afrenta inevitable. Lainie contempla averiguar si alguna de las secretarias tiene té, el maná que posiblemente pudiera conseguir que Giles se sienta cómodo. Pero no lo hace y se queda a la espera, durante largo rato, hasta que el insulto de la tardanza de Bernie flota por la sala como la humareda de un autobús cuyo tubo de escape petardea. La bruma se va espesando, y los treinta minutos se convierten en cuarenta, y los cuarenta van acercándose, en progresión similar a la de una cuerda que se deshilacha, a una hora entera.

Cada segundo que transcurre confiere nobleza al perfil de Giles. Hay algo familiar en su porte. Lainie contiene el aliento al reconocerlo. Es el mismo porte que vio reflejada una y otra vez en el espejo de los servicios femeninos durante su primera semana en Klein & Sanders, cuando se ajustaba el peinado, se retocaba el maquillaje y practicaba sus defensas contra los pellizcos en el culo. Todo formaba parte de la Elaine Strickland que había desarrollado alejada de su marido, de la Elaine Strickland que *sigue* desarrollando. Se acostumbró a levantar tanto la barbilla que casi miraba a los otros desde las alturas, y eso es justamente lo que Giles está haciendo ahora, construir, con toda la grandiosidad necesaria, una fantasía sobre su importancia personal.

No tienen nada en común —ella es una joven esposa y él un caballero que anda con dificultad—, y sin embargo a Lainie por un instante le parece que no hay dos personas más parecidas en el mundo. Es demasiado, y ya no aguanta más. Deja en el mostrador el cartelito que utiliza cuando ha de ir al baño (Tome asiento donde quiera, ¡vuelvo en un momento!) y, sin pensárselo más, abre la puerta de cristal esmerilado y entra en las oficinas.

19

—Todas las esperanzas se desvanecen…

—Cuando la primavera…, en primavera…

—Mientras la primavera se retira. *Mientras la primavera se retira.* ¿Es de Chéjov? ¿De Dostoyevski? *Nyet.* Ni del uno ni del otro. Es una frase lo bastante simple para que la pronuncie un *glupyy rebenok.* ¡Toda esta empresa es como unas garras de oso que se clavan en mis carnes!

Hoffstetler nunca está tranquilo cuando tiene que ir a ver a Mihalkov. Pero ahora se siente frenético, incapaz de contener el cuerpo o la lengua. El taxista de hoy se ha quejado de que estaba pateando la parte posterior del asiento, y mientras esperaba en el polígono industrial por poco perfora con sus tacones dos agujeros en el bloque de hormigón donde estaba sentado a la espera. Su humor no mejora con el Bisonte, un zoquete lo bastante inteligente para conducir un Chrysler por toda Baltimore, pero incapaz de memorizar unas sencillas instrucciones en clave. El resultado es que han perdido horas enteras, cuando no hay un segundo que perder.

Los violinistas, llamados al Black Sea el día en que el restaurante está cerrado, están legañosos y llevan los trajes arrugados. Levantan los instrumentos sin afinar al ver que llega Hoffstetler, pero este se abre paso a codazos antes de que puedan atacar la primera nota del consabido tema ruso de turno. El azul resplandeciente de la pecera con los bogavantes hace que en los reservados más alejados impere una oscuridad amarronada; la más lóbrega de las formas es la del propio Mihalkov, quien ocupa su asiento habitual. Hoffstetler se dirige hacía donde él está sin perder el tiempo y, sin querer, su cadera choca contra una cocina de dos fuegos. El golpetazo duele, y a su mente acuden las suturas rotas de la criatura en el laboratorio.

—¡Ya basta de estas tonterías! ¡Cuando no me paso horas esperando en el polígono, su chófer, ese animal a su servicio, me hace dar vueltas por toda la ciudad!

—*Dobroye utro* —contesta Mihalkov—. Se muestra usted tan pletórico de energía para ser tan temprano.

—¿Temprano? ¿Es que no lo entiende? —Hoffstetler apresura el paso bajo un arco de triunfo y se planta ante Mihalkov. Cierra los puños y le reprocha—: ¡Cada minuto que paso fuera de Occam es un minuto que esos salvajes pueden aprovechar para matarlo!

—No hace falta hablar tan alto, *pozhalujsta*. —Mihalkov se frota los ojos—. Tengo dolor de cabeza. Anoche me pasé de la raya, Bob.

—¡Dmitri! —Las salivillas de Hoffstetler van a parar al negro té de Mihalkov—. ¡Llámeme Dmitri, *mudak*!

Más tarde pensará que sin duda ha sido un informante bastante bueno, pues hasta entonces nunca tuvo que hacer frente a la airada reacción fulminante de un hombre adiestrado por el KGB. Con los ojos entrecerrados por efecto de la resaca, Mihalkov agarra a Hoffstetler por la muñeca y tira hacia abajo con fuerza, como quien cierra una persiana. Hoffstetler cae de rodillas al suelo. Su barbilla aterriza sobre el borde de la mesa, y se clava los dientes en la lengua. El otro le retuerce el brazo por la espalda y tira hacia arriba. El mentón de Hoffstetler golpea contra la mesa otra vez. Los músicos tensan las mandíbulas, se ponen de acuerdo sobre una pieza y empiezan a tocar.

—Mire esos bogavantes. —Mihalkov se limpia los labios con una servilleta—. Mírelos, Dmitri.

Apoyarse en el mentón le resulta doloroso. La sangre procedente de su barbilla o de la lengua humedece la mesa. Levanta la vista. La pecera sugiere un tsunami entre cristales. A pesar del estado en que se encuentra, Hoffstetler alcanza a comprender lo que quiere decir Mihalkov. Los crustáceos normalmente están sumidos en una especie de letargo, encogidos como percebes en su devenir por el fondo de la pecera. Hoy se muestran agitados, con las antenas oscilantes y las pinzas pellizcando el cristal mientras flexionan patas y caparazones en su intento de ascender arañando las paredes.

—Están igual que usted, ¿no le parece? —pregunta Mihalkov—. Harían mejor en tomárselo con calma. En aceptar su destino. Si los dejas por su cuenta, les entran unas ideas demenciales. Subir a la superficie, escapar. Pura pérdida de energías. No tienen idea de las dimensiones del mundo que está más allá de su pecera.

Mihalkov coge un tenedor. Los ojos de Hoffstetler van hacia él. Está limpio, plateado, lustroso en la luz tenue. Mihalkov hinca sus puntas en el hombro de Hoffstetler.

—Basta un poco de presión para hacer saltar los bracitos de esos bogavantes. Como si fueran de mantequilla. —Arrastra el tenedor hasta el cogote de su presa—. Lo mismo pasa con la cola. Nada más fácil. Presionas, tiras, y sale sola. —El tenedor vuelve a moverse, y sus dientes resiguen la tela de la camisa hasta descansar contra su bíceps—. Las patas son muy fáciles. Tan fáciles como abrir una botella de vino o usar un molinillo para la pimienta. Basta con presionar, y la carne sale por sí sola. —Chasquea los labios, como si estuviera saboreando la mantequilla fundida—. Puedo enseñarle cómo hacerlo, Dmitri. Nunca viene mal saber cómo despedazar a un animal.

Mihalkov deja de sujetar a Hoffstetler de golpe y este cae derrumbado al suelo, acunando contra el pecho el brazo medio retorcido. Tiene la vista empañada por las lágrimas, pero ve que Mihalkov hace un gesto y el Bisonte, con sus manazas descomunales, lo levanta en vilo y lo sienta en el reservado. La comodidad del asiento le resulta casi grotesca; mayor sentido tenía reptar por los suelos. Encuentra una servilleta y se la lleva al mentón. Hay sangre, pero no tanta. Leo Mihalkov sabe lo que se hace.

—Mis superiores me han dicho que una extracción es imposible. —Mihalkov hunde dos terrones de azúcar en el té—. Expuse su punto de vista, el de usted. Y de forma convincente, o eso me dije. Expliqué que la Unión Soviética no supera a Estados Unidos en muchas categorías. ¡Pero sí que vamos por delante en la carrera del espacio! Ese objeto que hay en Occam podría aumentar nuestra ventaja. —Bebe un sorbito, se encoge de hombros—. Pero ¿un bruto como yo qué sabe de todo eso? Soy lo que usted ha dicho antes: un animal al servicio de ellos. Todos nosotros, Dmitri, somos unos animales al servicio de alguien.

Hoffstetler retuerce con el puño la servilleta ensangrentada y, jadeante, abre mucho la boca.

—¿Y entonces? ¿Vamos a dejar que esa criatura muera? ¿Es eso?

Mihalkov sonríe.

—Rusia nunca deja a sus hijos sin recursos.

Se limpia las manos bien y coge una caja situada sobre el tapizado de la banqueta. Es pequeña, negra, de plástico industrial. Libera los cierres de la caja y revela tres objetos insertados en unos espacios practicados en la espuma protectora del interior. Extrae el primero de ellos. Hoffstetler está familiarizado con algunos artefactos novedosos, pero este le resulta nuevo. Es del tamaño de una pelota de béisbol y está construido a partir de un tubo metálico curvado como un nudillo, parecido a una granada de mano casera, con la salvedad de que la soldadura es profesional y que el cableado está sujeto por limpia resina epóxica. Junto a un botón rojo hay una luz verde, en este momento apagada.

—Lo llamamos «el descargador» —explica Mihalkov—. Es uno de los nuevos juguetes de los israelíes. Basta con dejarlo a menos de tres metros de los fusibles centrales de la red eléctrica en Occam y pulsar el botón. A los cinco minutos emite una descarga lo bastante fuerte como para inutilizar toda la electricidad. Las luces, las cámaras…, todo. Es muy efectivo. Pero le advierto, Dmitri: el daño es temporal. Basta con que pongan unos fusibles nuevos para que vuelva a hacerse la luz. No creo que vaya a disponer de más de diez minutos para llevar a cabo su misión.

—Mi misión —repite Hoffstetler.

Mihalkov vuelve a meter el descargador entre la espuma y, con la delicadeza de un campesino ante un polluelo recién nacido, retira el segundo objeto. Hoffstetler lo reconoce sin dificultad, porque ha empuñado muchos iguales, en circunstancias frecuentemente lamentables. Se trata de una jeringa. Mihalkov, a continuación, saca el último de los objetos, una pequeña ampolla de cristal con un líquido plateado. Sostiene ambas cosas con mayor cuidado que el descargador y mira a Hoffstetler con conmiseración.

—Si, como dice, los americanos se proponen exterminar al objeto, solo queda una medida posible. Que usted se les adelante. Que le inyecte esta solución. Matará al objeto. Pero, lo más importante, devorará las entrañas del objeto, casi todo cuanto hay en su interior. Una vez consumado el proceso, los americanos solo podrán estudiar sus huesos. Un pequeño puñado de escamas, quizá.

Hoffstetler ríe, y su risa amarga provoca que unas salpicaduras de saliva, sangre y lágrimas vayan a caer a la mesa.

—Si no podemos contar con él, ellos tampoco. Es la idea, ¿verdad?

—Destrucción mutua asegurada —apunta Mihalkov—. Ya conoce ese concepto.

Hoffstetler apoya una mano en la mesa y se cubre la cara con la otra.

—Este ser no quería hacer daño a nadie —solloza—. Se ha pasado siglos enteros sin hacer daño a nadie. Y nosotros le hemos hecho esto. Lo hemos arrastrado hasta aquí. Lo hemos torturado. ¿Y después, Leo? ¿Qué especie vamos a borrar del mapa a continuación? ¿La nuestra, quizás? Espero que sí. Nos lo hemos ganado.

Nota que la mano de Mihalkov se posa sobre la de él, que la palmea con delicadeza.

—Me ha dicho que ese espécimen percibe el dolor igual que nosotros. —La voz de Mihalkov es suave—. En tal caso, sea usted mejor que los americanos. Sea mejor que todos nosotros. Dé un paso adelante, escuche a su autor predilecto, el señor Huxley. Piense en lo que esa criatura siente. Libérela de sus sufrimientos. Una vez que haya terminado, esperaremos, cuatro o cinco días, nada más que para guardar las aparienciass. Y a continuación le llevaré, yo personalmente, a la embajada y le embarcaré en un navío rumbo a Minsk. Trate de imaginárselo, Dmitri. Los cielos azules, de un azul que aquí nunca han visto. El sol como la estrella de Belén por entre los árboles nevados. Muchas cosas han cambiado desde la última vez que las vio. Las verá otra vez. Las verá con su familia. Concéntrese en todo esto. En todo ello. Ya casi hemos llegado al final.

20

Todos están familiarizados con la chica de recepción; todos están la mar de ocupados. Pero hoy dejan lo que están haciendo al verla pasar, con su sonrisa permanente de pronto sombría, con su habitual, estudiado, paso tranquilo convertido en unas pisadas tan rápidas y firmes que el borde de su vestido revolotea en el aire. Lainie se dirige al despacho de Bernie tan decidida que la secretaria, ducha en su oficio, reacciona a la defensiva:

—No está en el despacho.

Lainie se pasa el día presentando obstáculos a los clientes que vienen, por lo que también sabe cómo eludirlos. Rodea a la secretaria sin más, agarra el pomo de la puerta y entra en el despacho.

Bernie Clay está arrellanado en su sillón de cuero, con la cabeza hacia atrás y los tobillos cruzados sobre el escritorio, con un whisky con soda en la mano y las facciones distendidas por la risa. En el sofá están relajadamente sentados el redactor publicitario jefe y el comprador de espacios publicitarios, que también ríen y tienen bebidas parecidas en las manos. Demasiado tarde, si bien obligada por el protocolo, la secretaria anuncia a Bernie por el interfono la irrupción de Elaine Strickland en su despacho. La sonrisa se desvanece del rostro de Bernie, que ahora expresa perplejidad. Con el vaso en la mano, señala a los otros dos.

—Estamos reunidos, Elaine.

Lainie siente que va a desmayarse, piensa que la despedirán, se pregunta cómo puede ser tan imbécil. ¿Cómo ha podido ocurrírsele?

—El señor Gunderson… está esperando que le reciba.

Bernie guiña los ojos, como si estuvieran hablándole en chino.

—Ya. Pero es que estoy en una reunión importante.

El redactor publicitario jefe resopla. Lainie dirige la vista al sofá. Los dos hombres sonríen taimadamente. Un escalofrío recorre su columna y se enfurece al ver que este par siguen sentados tan tranquilos, medio borrachos y tan seguros de su poder, un poder que consideran merecido. Se aferra a esta punzada de resentimiento. Si tiene que desmayarse, lo mejor es que lo haga desde una altura respetable. Afirma bien los pies y levanta la cabeza.

—Lleva una hora esperando.

Bernie se endereza en el sillón. El licor de su vaso se derrama e impregna la moqueta. Eso no es cosa suya, se dice Lainie: una limpiadora, otra más del servicio, ya se encargará de arrodillarse para frotar y limpiarla. Bernie mira a los dos hombres, suspira y señala a Lainie con un gesto de la cabeza, como diciendo: «*Dejad que me ocupe de esto*». Ambos se levantan, se abotonan las americanas, sonríen y piensan que su amigote le pegará una buena bronca a esta mujercita medio histérica. El redactor publicitario jefe guiña un ojo a Lainie al salir. El comprador de espacios publicitarios pasa rozándola tan de cerca que Lainie está segura de que puede oír, y posiblemente notar en la tela de la manga, el palpitar del corazón de la intrusa.

—Tengo claro que le ofrecí un empleo a tiempo completo —dice Bernie—, pero que no se le suba a la cabeza. Haga su trabajo, Elaine, y yo me ocuparé de hacer *mi* trabajo. Saldré a recibir al señor Gunderson cuando me venga bien. Espero que sea antes de la hora del cierre, pero ya veremos.

—Ese señor es una buena persona. —Lainie se desprecia por el temblor en su voz—. Ha estado esperando dos semanas para que le diera una cita y...

—Justo lo que estoy diciéndole. Me temo que no sabe bien de qué está hablando. Toda persona que entra por esa puerta tiene su propia historia personal. ¿O es que usted no la tiene? Déjeme contarle una cosa sobre el señor Gunderson, este hombre mayor y tan amable.

Gunderson antes trabajaba aquí. Hasta que le detuvieron por cometer ciertos actos depravados, por transgredir la moral pública. Vaya sorpresa, ¿eh? De manera que cuando entra aquí sin llamar, cuando en mi despacho hay otras personas, y pronuncia el nombre del *señor Gunderson*, eso es lo primero en lo que piensan. Lo que no me facilitará las cosas. Soy el único en esta ciudad dispuesto a trabajar con el señor Gunderson. Y lo hago porque tengo buen corazón. Voy a decirle otra cosa. En relación con el trabajo de nuestro visitante. No nos sirve. Es bueno, sí. Pero es anticuado. No vende. Hace dos semanas me trajo una monstruosidad, enorme y de color rojo, y tuve que decirle que lo rehiciera todo en verde. Se lo dije porque no tengo valor para decirle la verdad. Que está acabado, que no a volverá a trabajar en este sector. Conmigo por lo menos se saca una pequeña indemnización por el trabajo realizado. Así que, Elaine, ¿quién le parece que es la buena persona?

Lainie ya no lo sabe. Bernie resopla con indulgencia, se levanta, le rodea el talle con el brazo y la conduce hasta la puerta. Con aire paciente y tolerante —Lainie así lo reconoce—, le indica que diga al señor Gunderson que al señor Clay le ha surgido un asunto urgente y que lo mejor será que deje el lienzo en recepción. Así, esos desalmados que trabajan en contabilidad podrán dar la mala noticia más tarde. Lainie se siente como una niña. Asiente con la cabeza, como una niñita buena, y la sonrisa que fuerza en el rostro es la sonrisa que asocia al hogar, la mesa con la cena, el fingimiento de que todo marcha de maravilla.

Cuando regresa al vestíbulo, Giles se levanta, se ajusta los faldones del abrigo y da unos pasos en su dirección, con el portafolios oscilando en el aire. Lainie se parapeta tras el mostrador con velocidad, como un soldado en su trinchera, y selecciona de su catálogo personal un tono de disculpa y el guion que acompaña a este. El señor Clay está ocupado con un imprevisto. No lo sabía. Toda la culpa es mía. Lo siento muchísimo. Si le parece, déjeme esa pintura suya, y yo me ocupo de lo demás. Me aseguraré de que el señor Clay la vea. De repente se pregunta si así es como Richard se siente, si siente que, a cada nueva palabra, el corazón se le endurece como la piedra. Giles hace temblar dicha piedra al ponerse a abrir las hebillas del portafolios sin protestar, aceptando sus embustes palmarios, no porque se los crea, sino porque no quiere azorarla aún más. Olvídate de la depravación moral mencionada por Bernie. Giles Gunderson es el hombre más atento que Lainie ha conocido en la vida.

—Deténgase.

Lainie piensa que esa voz suena como su propia voz. También la nota como su propia voz; así se lo dicen los labios y el paladar. Pero ¿cómo es posible que semejante palabra sediciosa haya podido ser pronunciada por una mujer cegada por el vapor de la plancha para la ropa, aplastada por el peso del cardado rebosante de laca, ensordecida por el plac-plac-plac repetitivo del cabezal de la cama contra la pared? Y sin embargo, la voz sigue hablando, imponiéndose al teléfono beligerante y a los ¡ejem! de los últimos llegados al vestíbulo de recepción, de tal forma que, por una vez en la vida, Lainie está otorgando prioridad a un hombre que no es prioritario para nadie más en el mundo.

—No lo quieren —dice Lainie.

—¿Que no…? —Giles se ajusta las gafas—. ¿Perdón?

—No van a decírselo. Pero no lo quieren. Su cuadro. No lo quieren en absoluto.

—Pero si… me pidieron que lo hiciera en verde y…

—Si lo deja conmigo, le pagarán una pequeña indemnización por el trabajo que ha hecho. Pero nada más.

—… pero hice lo que me pidieron, lo cambié todo a verde. ¡No puede ser más verde!

—No le recomiendo que deje su obra aquí.

—¿Señorita Strickland…? —Giles parpadea de forma llamativa—. *Señora* Strickland, quiero decir, yo…

—Usted merece algo mejor. Merece tratar con personas que lo valoren. Merece ir a algún otro lugar en el que pueda sentirse orgulloso de lo que es.

La voz —Lainie se da cuenta— parece ser la de otra persona porque no solo está hablando a Giles Gunderson; también está hablando a Elaine Strickland. Ella también merece algo mejor; merece ser valorada; merece vivir en un lugar donde el orgullo no sea un simple don exótico. Una vez más, la joven esposa y el caballero renqueante son una y la misma persona, tachada como imperfecta por quienes no tienen autoridad moral para hacer esta acusación. Klein & Saunders es un comienzo, pero no pasa de ser eso precisamente: un comienzo.

Giles se ajusta la corbata de pajarita y su mirada recorre la sala en busca de alguna pista, pero ella sigue asintiendo con la cabeza, con mayor énfasis cada vez, instándolo a hacer lo correcto, a salir de aquel lugar. Giles resopla, se estremece con debilidad, y contempla su portafolios. A continuación respira con fuerza y fija la mirada en ella, con la mirada brillante por las lágrimas y el bigote tembloroso por efecto de la sonrisa valerosa. Tiende el portafolios a Lainie. No la pintura, sino el portafolios entero.

—Para usted, querida.

Lainie no puede aceptarlo. Está claro que no puede. Pero el brazo de Giles tiembla del mismo modo exacto en que su propia voz hace un momento; el otro está correspondiendo a su impulsiva muestra de heroísmo con un gesto similar, suplicándole a Lainie que le quite de las manos esta engorrosa pieza de su equipaje vital. Lainie coge el portafolios, y sus dedos se acomodan en los surcos que los de él han excavado en el suave cuero rojo a lo largo de los años. Ve que la sombra de Giles se desplaza cuando él se aparta de su lado, pero no levanta la vista. Mirarlo solo serviría para hacérselo todo más difícil, intuye. Y, además, está buscando un lugar donde dejar el portafolios para que este, tan cargado de significado, no vaya a desplomarse atravesando los tres pisos del edificio.

21

Hoffstetler está comprobando, por última vez, los indicadores de temperatura, volumen y pH en la piscina mientras sus colaboradores se llevan el equipamiento del laboratorio con ayuda de unas carretillas. De pronto se le ocurre algo asombroso. Es muy posible que nunca más vaya a estar tan cerca del Devónico, mientras este sigue respirando, cuando menos. El lunes —solo faltan tres días, y la perspectiva resulta repelente—, él mismo se encargará de pulverizar sus entrañas inyectándole la sustancia facilitada por Mihalkov.

¿Es posible que la coraza proporcionada por las batas de laboratorio y los escudos en forma de carteras de mano le volvieran tan indiferente al dolor ajeno? Bueno, pues hoy no lleva la bata puesta; la tiró al suelo de su despacho, disgustado por sus invisibles manchas de sangre. ¿Y qué ha sido de su cartera? En cuestión de pocos días se convertido en el símbolo del hundimiento de su existencia meticulosamente mantenida; está llena de notas arrugadas, envoltorios de galletitas saladas, migas de bollería. Por una vez, no hay máscara de profesionalidad que disfrace la muerte y a quien la provocará en el F-1.

La víctima de Hoffstetler —pues ya no se permite pensar en el Devónico de una forma menos cruda— flota en mitad de la piscina; las cadenas fijadas a su arnés están tan tiesas como palos. La única muestra de que sigue vivo la constituye la luz que se derrama de sus ojos como oro fundido por el agua. Hoffstetler se acuerda del baile de Elisa Esposito, de los cambios de tonalidades del Devónico en aquel momento, y se siente presa de unos celos incontenibles. No es justo que ella llegara a amar a este ser, y él a ella, mientras que él mismo, Hoffstetler..., cargará con un asesinato que ningún dios podrá perdonar. Recoloca los barómetros, trata de quitarse de encima el más mínimo sentimiento de ternura. Porque no van a facilitarle en nada la tarea de clavar la aguja mortífera por entre las placas óseas.

No tiene motivo para pensar que el Devónico sienta otra emoción que no sea el odio. Ningún motivo en absoluto. Y sin embargo, al oír que las puertas del laboratorio se cierran tras sus asistentes, no puede evitarlo y levanta los ojos implorante. Si Elisa lo consiguió, él también hubiera podido hacerlo: establecer contacto, contacto *verdadero*, con el Devónico. Hasta ahora se las ha compuesto para estar en paz consigo mismo a pesar de haber quebrantado repetidamente las normas de lo que representa lo humano. ¿También puede perdonarse este último quebrantamiento?

El laboratorio está vacío y en silencio. Hoffstetler deposita el cuaderno de notas en el suelo, sin preocuparle que pueda mojarse ni que todo lo que ha cuidadosamente anotado se borre, pues ¿qué bien le han procurado los hechos registrados en Occam? Cruza la línea roja de seguridad y se sienta en el reborde de la piscina; la humedad empieza a impregnarle los fondillos de los pantalones. Está acostumbrado a tener las manos vacías; las une mientras la columna se le encorva. La suya es una postura melancólica, como la de quien está sentado junto a la tumba de un ser querido. Otra fantasía de humanidad. Él no tiene seres queridos. No en este país. El propio Devónico, un ser de otro mundo, le supera a este respecto.

—*Prosti menya, pozhaluysta* —susurra—. Lo siento muchísimo.

El agua de tonalidad dorada se ondula con tanta suavidad como un campo de trigo.

—No puedes entenderme, lo sé. Estoy acostumbrado. Mi verdadera voz, mi hermosa lengua rusa…, aquí nadie la entiende. ¿Quizá somos parecidos en este sentido? Si te hablo con el suficiente sentimiento, ¿quizá podrás comprenderme? —Hoffstetler se palmea el pecho—. Yo soy el hombre que te ha fallado. El que no ha podido salvarte. A pesar de todos esos diplomas que he hecho que se llevaran metidos en cajas. A pesar de los títulos y las distinciones vinculados a mi nombre. Siempre con la idea de etiquetarme como *inteligente*. Pero ¿qué es la inteligencia? ¿La inteligencia representa cálculos? ¿Acaso la verdadera inteligencia no encierra un componente moral? Estoy más convencido de esto último, a cada minuto que pasa. Y por eso me digo que soy un estúpido, un estúpido sin remedio, estúpido a más no poder. Estas cadenas, este tanque... son tu recompensa por haberme salvado la vida. ¿Sabías que me la salvaste? ¿Puedes olerlo en mi sangre? Las hojas de afeitar ya estaban preparadas. Pero de pronto se toparon contigo, un ser como los que aparecen en los cuentos de hadas de Afanasev, los que yo leía de niño. Historias de criaturas mágicas, de monstruos extraños. Toda la vida he ansiado encontrarte. A ti, mi querido Devónico. Nuestra relación... tendría que haber sido maravillosa. Tengo claro que mi mundo es seco y frío. Pero en él hay muchas cosas que hubiera podido enseñarte, que hubieran podido proporcionarte alegrías. Pero el hecho es que tú y yo no tenemos relación alguna, ¿verdad? Ni siquiera sabes cómo me llamo.

Hoffstetler sonríe a la vaga forma de su reflejo oscuro.

—Me llamo Dmitri. Y estoy contentísimo de conocerte.

Rompe a sollozar. Las cálidas lágrimas se precipitan por sus mejillas, por decenas, como si le hubieran inyectado el preparado de Mihalkov, como si fueran sus tripas las que estuvieran fundiéndose. Apoya las manos con fuerza en el reborde y contempla el puntuar de sus lágrimas en el agua, una borrasca en miniatura, la primera que tiene lugar en Baltimore desde hace meses.

El agua se corta en dos. Es la mano del Devónico la que la rasga, hasta emerger como un tiburón, con las garras como cinco aletas perladas. Hoffstetler da un respingo, se endereza como puede, se aparta del reborde. Pero no hay nada que temer. El Devónico está a un metro de distancia y, de hecho, ya está retirando el brazo. Hoffstetler contiene el aliento y ve que esta criatura se pasa los dedos por la boca, por la lengua. Lo que sucede está más que claro.

El Devónico está probando el sabor de sus lágrimas.

Hoffstetler comprende que es una suerte que ninguno de sus colaboradores entre en el F-1 en este momento. Tiene la boca muy abierta en un mudo grito, la cara húmeda y enrojecida, y su cuerpo tiembla de pies a cabeza. Las dobles mandíbulas del Devónico se cierran sobre las lágrimas saladas, y sus ojos se suavizan y van del dorado metálico al azul celeste. El Devónico se yergue en la piscina, dando la impresión de desafiar la gravedad, y hace una reverencia a Hoffstetler. No hay otra palabra para describirlo. A continuación se sumerge en silencio, y sus pies palmeados dan una sacudida final. Hoffstetler la interpreta como *gracias* y, también, como *adiós*.

22

Sale del concesionario al volante, y es un sueño. Los neumáticos del De Ville no tocan la calzada. Ruedan sobre nubes algodonosas. Sobre las volutas del humo del cigarrillo de Strickland. Sobre los flotantes rizos de las chicas que le miran con deseo —a él y al coche— cada vez que se detiene ante un semáforo. Todo cuanto tendría que hacer sería abrir la portezuela, y entrarían volando. Felices y contentas, sabedoras del lugar que les corresponde: el asiento trasero. El Sueño Americano... llegó a pensar que se había acabado para siempre. Que se había perdido en alguna de las cajas de la mudanza. Pero, mira tú por dónde. Estos fulanos tan listos de Detroit se las han arreglado para fabricarlo en acero. Y lo único que él ha tenido que hacer es aflojar la pasta, y ahora es suyo.

En Occam hay plazas de estacionamiento de sobra, pero Strickland escoge una situada junto a la entrada del aparcamiento. Todo el que entre verá el Cadillac. El personal de servicio que llega en autobuses también lo verá. Sale, se acuclilla junto a esta preciosidad verdiazulada y la inspecciona. Una manchita de tierra junto a una rueda.

Algo de arenilla en la parte delantera del guardabarros. Echa mano al pañuelo y las limpia hasta que el metal refulge. Se siente bastante mejor que antes por la mañana. Lainie tiene un secreto, y eso es inaceptable. Pero el coche es de ayuda. El coche es una solución parcial. Saca el frasco con las pastillas y se lleva unas cuantas a la boca. En el interior de Occam hay otra solución, una solución todavía mejor.

Se siente tan optimista como para no increpar a los limpiadores que están fumando en el muelle de carga, en lugar de hacerlo en el vestíbulo de arriba. Tiran las colillas al suelo y se esfuman. Strickland se las arregla para sonreír. ¿Y qué más da, hombre? Los soldados rasos también tienen derecho a un pequeño respiro. Incluso se molesta en recoger la escoba tirada por los suelos y la apoya contra la pared. Entra en Occam con la tarjeta de acceso y enfila uno de los pasillos llenos de gente. Científicos, administradores, asistentes, limpiadores. ¿Es posible que todos estén mirándole? Está bastante seguro. ¿Y por qué no? Se siente como si fuera el De Ville. Descomunal, dotado de un brillo cegador. Nacido para comerse el camino y todo cuanto hay en él.

La segunda solución tiene nombre propio: Elisa. La limpiadora no entra hasta medianoche. Strickland se mantiene contento y medicado hasta que llegue el momento. Reducirá el consumo de pastillas, muy pronto. Pero hoy no. Cada una de las tareas a las que escoge dedicarse le resulta ilusionante. Limpia de polvo los monitores de seguridad con los mismos movimientos delicados empleados con el Cadillac. Da con Hoffstetler —quien tiene los ojos enrojecidos— con el simple propósito de restregarle por las narices la vivisección inminente. Encuentra una caja de cartón y acomete la recogida inicial de sus efectos personales en el escritorio. Casi puede ver que Occam —Baltimore— se empequeñece en el retrovisor del Caddy. Washington, también. ¿La que está sentada a su lado en el coche es Elisa? Si Lainie está haciendo cosas a sus espaldas, él también puede hacerlas, ¿no? Él y Elisa seguirán conduciendo hasta que el general Hoyt ya nunca pueda encontrarlos.

Las doce y quince. Pulsa la tecla del interfono.

—¿Puede llamar a la señorita Elisa Esposito y decirle que vaya al despacho del señor Strickland? Se me ha caído algo al suelo.

Se le ha caído algo. Se dice que lo mejor será tirar alguna cosa. Mira en derredor y ve la bolsa con los caramelos duros. No necesita todos esos caramelos. No hasta que se quite de las pastillas, por lo menos. Pega un manotazo a la bolsa. Bajo su mirada, las bolas corren hasta perderse por los rincones oscuros, como unos ratones verdosos. El golpe ha sido un poco fuerte; algunos de los caramelos han ido a parar bastante lejos. ¿Y si ella no se lo traga? Suelta una breve risita y nota un nudo en el estómago. Está nervioso. Hacía tiempo que una mujer no le ponía nervioso.

Alguien llama a la puerta, una sola vez. Strickland se encasqueta una ancha sonrisa y levanta la vista. Aquí está, tan rauda como una colegiala, vestida con el uniforme gris de los limpiadores. Con la escoba en la mano como un bastón *bō* coreano de guerra y la barbilla inclinada en la clásica postura de quien desconfía. Strickland nota aire frío en los molares posteriores. ¿Su sonrisa quizás es demasiado lobuna? Trata de disimular. Lo que es como soltar una goma elástica extendida. La sonrisa bien puede dispararse y rebotar por toda la habitación, si no se anda con cuidado. Sonreír no es lo suyo.

—Hola, señorita Esposito. ¿Qué tal está esta noche?

La chica se muestra tan precavida como un gato. Al cabo de un momento se toca el pecho; el canto de su mano a continuación se proyecta hacia delante. Strickland se arrellana en el asiento. Por su cabeza pasa un torbellino cautivador, el de la esperanza. Se había olvidado de esta sensación. Ha cometido tantos errores... Dejar que Hoyt le involucrara en sus manejos. Dejar que Lainie se alejara de él, posiblemente para siempre. Pero ahora mismo, sin embargo, en este lugar preciso, bajo la tenue, suave luz de los monitores, queda una oportunidad. Elisa es todo cuanto necesita. Una mujer callada. Fácil de controlar.

Elisa alarga el cuello y recorre la sala con la mirada. Lo que hace mella en la serenidad de Strickland. La chica tiene la expresión de quien se huele una trampa. ¿Cómo puede pensarlo? Se ha asegurado de cubrir con nuevos vendajes sus dedos horrorosos y de esconder el látigo de Alabama bajo el escritorio, para que no se vea. Señala el suelo y dice:

—No hace falta que traiga la fregona. Sencillamente, se me han caído unos caramelos; se me cayeron de la bolsa y han ido rodando por todas partes. No quiero que atraigan bichos. Un trabajito fácil, ya lo ve. Podría haberlo hecho yo mismo, pero resulta que estoy muy ocupado. Por eso sigo aquí a estas horas. Papeleo, ya sabe usted.

No hay papeles en el escritorio. Tendría que haberlo pensado antes. Elisa echa una mirada a su carrito, y él aprovecha para sacar una carpeta al azar del cajón del escritorio. Elisa termina de entrar pertrechada con un cepillo y un recogedor que lleva en las manos como unos *nunchakus*. También es tan observadora como una gata. Tiene los ojos puestos en la carpeta que Strickland de pronto está examinando. A él no le gusta; siente como si le hubieran pillado mintiendo. Pero sí que le gusta que ella esté mirándolo. Elisa se arrodilla en un rincón para recoger uno de los caramelos. Y la estampa que ofrece al hacerlo tampoco está nada mal. Strickland de pronto se siente pletórico de poderío. Al igual que el que le produjo las vibraciones del motor V8 del Cadillac. Elevalunas eléctricos. Transmisión eléctrica. Poderío por todas partes.

—La verdad es que no me acostumbro a trabajar a estas horas. Me canso y me vuelvo torpe. Pero supongo que usted sí que está acostumbrada, ¿verdad? Para usted es de mañana. Lo más seguro es que esté llena de energía. Oiga, ¿le apetece un caramelo? No de esos del suelo, quiero decir. Todavía me quedan unos cuantos en la bolsa.

Elisa ahora está delante del escritorio, agachada entre las sillas. Levanta la vista y le sostiene la mirada unos segundos. Está bastante guapa bajo la luz gris de los monitores. Su cabello recuerda las nubes de una tormenta. Su cara es de plata centelleante. Las cicatrices en su cuello son dos líneas brillantes de salada espuma del mar. A Strickland le encantan esas cicatrices. Se pregunta si en el cuerpo de una mujer puede haber otros lugares en los que unas cicatrices resulten tan bonitas. Muchos lugares, probablemente. Elisa deniega con la cabeza. No quiero caramelos, gracias. Hace amago de apartar los ojos, pero Strickland no quiere perder esas cicatrices de vista.

—Un momento, un momento. Tengo que hacerle una pregunta. —Al momento se le ocurre una—: Cuando dice usted que es muda..., eh, bueno, tampoco es que me lo haya dicho. La negra fue quien me lo dijo. Usted no puede decir nada. —Se echa a reír. Ella no. ¿Y por qué no? Se trata de un chiste inofensivo—. Y bien, tengo curiosidad por saberlo. ¿Su mudez es total? Quiero decir, si sufre algún daño, ¿puede chillar? Tampoco es que tenga pensado hacerle daño. —Vuelve a reír. Ella vuelve a abstenerse de hacerlo. ¿Por qué no se tranquiliza un poco?—. Como sabe, hay algunos mudos que se las arreglan para chillar un poco. Sencillamente, tengo curiosidad.

No termina de expresarse bien. Lo suyo no es andarse con finuras. Él no es como ese doctor Bob Hoffstetler, que tantos aires se da al explicar por qué es tan inteligente. En todo caso, su pregunta merece ser reconocida con un gesto de la cabeza o algo por el estilo. Pero Elisa, sencillamente, se da media vuelta y vuelve a enfrascarse en el trabajo. Sin pérdida de tiempo, o eso parece. Strickland piensa un momento. Si otra persona se atreviera a ignorarle, lo pagaría con creces. En el caso de esta mujer de la limpieza, sin embargo, el silencio, sencillamente, resulta todavía más reconfortante. Se queda mirando su trasero. No es fácil discernir qué hay exactamente debajo de ese uniforme, pero supone que no está nada mal. Nada mal del todo, si sigue calzando unos zapatos como esos. Unos zapatos con estampado de leopardo. *Estampado de leopardo.* Si no se los ha puesto para que él disfrute al verlos, ¿para quién se los ha puesto entonces?

Los caramelos hacen ruido al ir a parar al recogedor metálico. Como el crujido de unas ramitas en la selva, que indican que un depredador está acercándose. Strickland se levanta, se pasea por delante de los monitores. Al momento, Elisa se incorpora. Ha terminado, o está harta, y echa a andar hacia la puerta deprisa, pero algo le impide ser tan rápida. Los caramelos ruedan por el recogedor sin llegar a caerse; se trata de una muestra de equilibrio digna de un número circense. Strickland bloquea la puerta con el brazo derecho. Elisa se frena en seco, y los verdes caramelos hacen clac-clac-clac como unos pulmones bronquíticos.

—Sé que todo esto puede parecer extraño —dice él—. Yo soy quien soy. Y usted es quien es. Pero tampoco somos tan diferentes. Vamos a ver. ¿Usted a quién tiene? En su expediente pone que no está con nadie. Y yo, bueno, supongo que mi caso es distinto, pero el hecho es que yo *me siento*…, lo que estoy intentando decirle es que me siento igual que usted. Supongo que los dos cambiaríamos algunas cosas en nuestras vidas. ¿No le parece?

Strickland no termina de creérselo, pero el hecho es que lo está haciendo. Está levantando la mano derecha, tocando una de las cicatrices en el cuello. El cuerpo de Elisa se vuelve rígido por entero. Traga saliva con dificultad. Su yugular se estremece con pulsaciones como de pajarito. A Strickland le gustaría que palpitase con fuerza, pero tiene los dedos hinchados, vendados, y uno de ellos está por completo insensible de resultas del anillo de bodas. El anillo que Elisa le entregó aquí mismo, en este despacho. Cambia de mano y con el índice recorre una cicatriz del cuello, con los ojos medio cerrados, abandonándose a los sentidos. La cicatriz es tan suave como la seda. Esta mujer huele tan a limpio como la propia lejía. Su aliento asustado ronronea como el Caddy.

En la Amazonia, su partida encontró el cadáver de un macho de ciervo de los pantanos con la cornamenta enganchada en las costillas de un jaguar. Los indios bravos dieron por supuesto que las dos bestias habían estado así unidas durante semanas enteras antes de morir, en un cruce grotesco. Igual que él y Elisa, piensa Strickland. Dos opuestos, atrapados juntos. O encuentran un modo de liberarse el uno del otro, o ambos terminarán por convertirse en un amasijo de huesos. El cerebro de las mujeres —lo sabe— necesita tiempo para pensar. Deja que su brazo derecho baje por el marco de la puerta. Elisa no espera un segundo. Sale con rapidez, vacía el recogedor en la bolsa de basura, agarra el carrito y lo empuja. Se marcha, se está marchando.

—Eh —le llama él.

Elisa se detiene. A la luz más intensa del pasillo, tiene las mejillas rosadas, las cicatrices rojas. Strickland se siente presa de una vorágine de pánico, de duelo, de frustración. Se obliga a sonreír; hace lo posible por que la sonrisa sea sincera.

—No me importa que no pueda hablar. Es lo que quería decirle. De hecho, incluso me gusta. —A su mente acude un chiste con segundas, pero sin mala intención. ¿Resulta permisible? ¿Ella responderá de forma positiva al oírlo? La cabeza le da vueltas por efecto de las pastillas, y no se atreve a dejar pasar la oportunidad. La elástica sonrisa vuelve a ensancharse, hasta casi romperse—. Algo me dice que *yo* sí que podría hacerle chillar. Un poquito, ¿no cree?

23

Zelda ve a Elisa salir del despacho del señor Strickland. Hay un montón de posibles razones. Es posible que Strickland, con su mano aparatosamente vendada, haya hecho algún pequeño destrozo. O que las Normas de Control de Calidad entregadas a Elisa incluyeran una anotación de Fleming para que limpiara la sala normalmente restringida. Pero, en todo el tiempo que llevan en Occam, Zelda y Elisa nunca han dejado de comentar cualquier instrucción especial enviada por Fleming. Y Elisa esta vez no le ha dicho nada. Estos días no le dice nada, de hecho. Zelda le cuenta las últimas andanzas de Brewster, y Elisa no le pregunta nada. Zelda trata de preguntarle si hay algo que marcha mal, pero Elisa finge no haberla oído. Cada desaire de este tipo es un dedo clavado entre las costillas de Zelda, hincado con tanta fuerza como el látigo de Alabama que Strickland tiene consigo. Y las contusiones están acumulándose. Le duelen incluso en casa. Brewster se ha fijado, y si Brewster se ha fijado, es que las señales son tan evidentes como unos fuegos artificiales.

—Se trata de Elisa —reconoció.

—¿Tu amiga la del trabajo?

—Últimamente me está tratando…, bueno, no sé cómo decirlo…

—Como si fueras su sirvienta, ¿es eso?

Así es Brewster. Cuando no está pegado a la tele, es tan despierto como un zorro. Demasiado malpensado a veces, o tal se dice Zelda: una persona no cultiva una amistad durante tan largo tiempo y luego la deja ir como un pétalo al viento. Seguro que hay una fuerza exterior en juego, y tiene que ver con el F-1. Desde la vez que Strickland estuvo a un pelo de descubrir a Elisa en el interior, Zelda ha visto a su amiga venir con el carrito desde el pasillo del F-1, dos veces. Ha dado a Elisa toda clase de oportunidades para explicarle lo que pasa, ya sea en forma de pregunta genérica: *¿Has visto esta noche alguna cosa de interés?* o de modo más incisivo: *¿Me pregunto qué demonios están haciendo en el F-1?* Elisa no cuenta nada. Ni siquiera se encoge de hombros. Lo que ya no es solo extraño en ella, sino que resulta directamente grosero. Zelda está empezando a preguntarse si tendría que seguir el consejo de Brewster, respetarse a sí misma, y olvidarse de Elisa.

¿Es la amistad de Elisa algo tan importante como para perderla? Zelda se dice que seguramente podría integrarse sin problemas en el grupo formado por los demás limpiadores de noche. Bastaría con compartir con ellos un par de cigarrillos más en el muelle de carga, compartir alguna risita a costa de Elisa y, bum, en un visto y no visto estaría al corriente de todos sus chistes y habladurías. Resultaría duro, pero el trabajo es el trabajo, y Occam al fin y al cabo no pasa de ocupar un solo aspecto de su vida. Ella tiene familia. Tías y tíos, con sus vástagos respectivos, por no hablar del complicado árbol familiar de Brewster, formado por primos segundos y terceros, así como por una serie de figuras periféricas que nunca termina de situar. También tiene vecinos y vecinas; a algunos los conoce desde hace quince años y suelen invitarla a sus casas a comer. Y también está la iglesia, que comprende tanto a la familia como a los vecinos, en la que pueden expresarse en voz muy alta, donde se abrazan y lloran, en la que siempre hay apoyo y amor.

Queda claro. En realidad no necesita a Elisa.

Pero sí que la *quiere*. Y Zelda es testaruda al respecto, como una adolescente cuyos padres le hubieran prohibido verse con una amiga. Solo que ella no es ninguna adolescente. Ella es —y no Brewster, la familia o la iglesia— la que tiene que decidir si de veras están pisoteando su orgullo. Si quiere conceder una oportunidad más a una amiga que a estas alturas carece de oportunidades, se la concederá. Por lo demás, una mujer se vuelve loca cuando hay un hombre de por medio —los hombres se vuelven igual de locos, ojo—, y esa por el momento es su teoría: Elisa Esposito tiene una aventura clandestina. Y si el F-1 es el punto de encuentro, entonces tiene que tratarse del doctor Hoffstetler, ¿no? Ese hombre que siempre se ha mostrado tan atento con las dos, ¿no? El que muchas veces se queda hasta bien entrada la noche. El que no lleva anillo de casado.

No se lo reprocha; muy al contrario, le entran ganas de felicitar a Elisa, quien no ha estado con ningún hombre desde que se conocen. Es verdad que una relación de este tipo puede costarle el despido, pero también es verdad que, si funciona, quizás el doctor Hoffstetler y ella podrían irse de Occam juntos. Lo que sería fantástico. ¡Elisa, casada con un doctor!

Esta noche, sin embargo, tras ver que Elisa ha salido corriendo del despacho del señor Strickland, Zelda no está segura. Sin duda

Strickland también tiene tarjeta de acceso al F-1. ¿Y si ese hombre desagradable, con su herrumbroso látigo de Alabama —quien, ahora que lo piensa, echó una larga mirada a las piernas de Elisa cuando se encontraron en su despacho— pretendiera ser su amante? Elisa no es tonta, pero no tiene la menor experiencia con los hombres. Y si Zelda ha conocido a un hombre perfectamente capaz de aprovecharse de una mujer como Elisa, ese hombre es el señor Strickland.

Una metálica rigidez se adueña de su mandíbula, sus puños y sus pies, las partes precisas del cuerpo que pueden meter en problemas a una hasta ahora dócil limpiadora en Occam. Toma una decisión. Solo tiene que eludir dos habitaciones, unos espacios para almacenamiento que raras veces están sucios, para seguir a Elisa y observarla durante la última media hora del turno de noche. Zelda se siente como una asquerosa. Y, lo peor, su trabajo detectivesco no le aporta ningún resultado concreto. Elisa lleva el peinado intacto y el uniforme limpio y planchado, lo que no sugiere que se haya producido un encuentro físico. No obstante, en el despacho de Strickland ha pasado alguna cosa, pues a Elisa le tiembla la mano y no logra ensartar el plumero para el polvo en el gancho del carrito sino a la tercera vez.

Suena el timbre del final del turno. Los limpiadores se dirigen al vestuario en masa. Zelda continúa observando a Elisa; se cambia de ropas con rapidez para llegar al reloj de salida justo después de ella. Cuando por fin están fuera, bajo el amarillo anaranjado de un amanecer como una cicatriz, a la espera en la parada del autobús, entre el polvo de gravilla que les llega a los tobillos, Zelda se encomienda a Dios, agarra por la manga a la atónita Elisa y se la lleva junto al contenedor de basuras, poniendo en fuga a un grupo de ardillas. En los ojos de Elisa, enrojecidos y fatigados, hay un brillo de cautela.

—Sí, ya lo sé, cariño. Ya sé que no quieres hablar conmigo. Que no quieres hablar en absoluto. Pues no hables. Pero escucha. Antes de que venga el autobús, escucha lo que voy a decirte.

Elisa trata de zafarse, pero Zelda explota algo que no suele explotar, su envergadura y su fuerza físicas, y tira de la muñeca de Elisa con tanta fuerza que la cadera de la otra choca contra el contenedor metálico con un sonido de gong. Elisa se expresa por señas con rabia y energía, y Zelda termina por entender el meollo de todos esos puntos y rayas. Son excusas, justificaciones, pretextos. Resulta revelador que ninguno de ellos suponga una disculpa. Disculparse equivaldría a reonocer que ha hecho algo malo.

Zelda sujeta las manos de Elisa, como quien trata de dominar a unas palomas metidas en una jaula, y las lleva hacia su cálido pecho.

—No me estás contando nada de interés, y las dos lo sabemos. —Elisa deja de resistirse, pero su expresión sigue siendo dura. No severa, sino sencillamente, dura, como si fuera el muro con que esconde un secreto demasiado enorme para ser revelado. Zelda suelta un resoplido—. Reconocerás que siempre me he interesado por saber cómo estás. Desde el primer día en que empezaste a trabajar aquí. Si te acuerdas, ese día Fleming colgó un póster en el vestuario. Una rubia a lo Marilyn Monroe con una fregona, con unas flechas que señalaban sus atributos y unas leyendas: *Manos dispuestas a ayudar. Piernas prestas a correr al servicio de todos.* ¿Te acuerdas? ¿Te acuerdas de que estuvimos partiéndonos de risa? Ese día nos hicimos amigas. Porque eras muy joven y tímida, porque quería ayudarte. Y sigo queriéndolo.

En la frente de Elisa se dibujan unas arrugas de confusión. Da un respingo al oír que la gravilla cruje, cuando media docena de trabajadores afianzan los pies mientras rebuscan los pases de autobús en bolsos y bolsillos. Señal de que se acerca el autobús. Zelda no podrá retener a su amiga mucho más. Encierra las manos de Elisa con tanta fuerza como puede en la jaula de sus propias manos; nota la agitación de las delicadas alas de paloma de Elisa.

—Si estás metida en algún problema, no tengas miedo. No te asustes. He visto toda clase de problemas en la vida. Y si se trata de un hombre…

Los ojos de su amiga se clavan en los de ella. Zelda asiente con la cabeza, hace lo posible por insuflarle valor, pero Elisa trata de soltarse, y ya no es posible ignorar el ruido del autobús. A Zelda se le humedecen los ojos de golpe, en un acopio de lágrimas que le resulta despreciable; todas las emociones que no quiere revelar a la hora de mostrarse fuerte. Elisa se separa; Zelda la llama. Elisa se detiene, se da media vuelta. Zelda se enjuga las lágrimas con el dorso de la mano.

—No puedo pasarme la vida haciéndote preguntas, cariño —gime—. Tengo mis propios problemas. Mi propia vida. Para que lo sepas, un día de estos me voy a ir de aquí para montar mi propio negocio. Y siempre me he dicho que entonces contaría contigo. Pero tengo que saber una cosa: ¿lo nuestro se limita a limpiar habitaciones juntas? Una vez que nos quitamos los uniformes, ¿seguimos siendo amigas?

La luz matinal aporta nítida definición a las lágrimas que, en réplica perfecta a las de Zelda, comienzan a rodar por las mejillas de Elisa. Su rostro se retuerce, como si quisiera hablar, pero cierra las manos y aprieta los puños —es su forma de morderse la lengua—, y no pasa de menear la cabeza antes de salir corriendo hacia el autobús. Zelda se da media vuelta para que el sol la ciegue, y se seca la cara húmeda con un brazo tembloroso. Se protege con él del resplandor, del dolor, de la soledad, de todas las cosas.

24

Al final de una dura jornada laboral, el ejército de empleados de las agencias de publicidad frecuentan los bares, y beben para olvidar su mala suerte, y echan pestes de las iniquidades habituales en el sector. Pero ¿qué está haciendo Giles Gunderson? En primer lugar, dejó las lamentaciones para el día siguiente, porque se sentía viejo y cansado.

En segundo lugar, no está bebiendo cerveza, sino leche. En tercer lugar, está solo.

Llegó a pensar que nunca volvería a levantarse de la cama. Sin trabajo, sin dinero, sin comida…, sin amigos, si Elisa sigue estando furiosa con él. ¿Para qué posponer lo inevitable? Pero entonces, la luz matinal iluminó la ventana de su dormitorio, y los arcoiris resultantes le llevaron a pensar en las vitrinas cromadas del Dixie Doug. Solo una cosa podía hacer que Giles se olvidara del, berenjenal de su destino: las atenciones de Brad…, de no ser que la otra chapa de identificación fuera la buena, y en realidad se llamara JOHN. Giles se vistió con unas ropas que, por primera vez, no daban la impresión de resultar originales, sino que simplemente parecían viejas, y se encasquetó el peluquín, de mala manera. A continuación hizo lo posible por ignorar el ruido renqueante, terminal, del motor de su furgoneta Bedford y por recomponer los ajados fragmentos de su orgullo, con la idea de entrar en el Dixie Doug con algo de su empuje habitual.

Pero Brad no estaba allí, y la cola, una serpiente de cascabel, hizo que se replegara en sí mismo. Obligado a efectuar el pedido, y consciente de su indigencia, sonrió débilmente a una joven pizpireta cuya chapa llevaba el nombre de LORETTA y pidió lo más barato que había en la carta, un patético vaso de leche. Ahora está sentado a la barra, por mucho que estos taburetes sean fatales para su cadera. Será cuestión de beber la leche, largarse con rapidez y seguir con el asunto de morirse.

Hace girar el taburete hacia la derecha para distraerse un poco con el televisor en blanco y negro enquistado entre los recipientes con los cubiertos de plástico. La señal es deficiente, pero las maromas de la electricidad estática no terminan de esconder los familiares contrastes de unos manifestantes negros pertrechados con carteles de protesta. La leche se torna agria en el paladar de Giles. ¡Vaya! ¡Muy interesante! Giles considera pedirle a Loretta que suba el volumen, pero la muchacha está sumida en sus constantes coqueteos, metamorfoseando guiños y contoneos en comandas enteras de porciones de pastel. En el Dixie Doug ponen música country, y a él ya le está bien, pero el problema es que apenas puede oír retazos del programa informativo. La manifestación tiene que ver con William Levitt, el promotor inmobiliario pionero en la construcción de barrios residenciales en las afueras de las ciudades. Según parece, Levitt se niega a vender viviendas a los negros. Giles se queda embobado mirando las imágenes de archivo de uno de estos barrios suburbanos construidos por Levitt, en Long Island en este caso. Se imagina a sí mismo en una de esas moradas pintadas de color pastel, protegiéndose del rocío de la mañana envuelto en un cómodo albornoz para regar las magnolias. Eso nunca pasará. Si tiene suerte, como mucho lo que le espera es la cadena perpetua en ese cuchitril infestado de ratones situado sobre el Arcade.

Unos codos se posan sobre el mostrador. Giles levanta la vista y ahí lo tiene, un ángel llegado del paraíso de la pastelería en porciones. Brad está confortablemente acodado sobre la barra, pero la postura no oculta que seguramente es más alto de lo que Giles anteriormente había calculado. Uno noventa. ¡Uno noventa como mínimo! Brad acerca del rostro por encima del mostrador; huele a azúcar y a masa de pan. Suelta un dedo grande y perezoso del amasijo que son sus brazos y señala un plato con un trozo de pastel verde brillante, mágicamente aparecido junto a la leche.

—Me he acordado de que le gustó nuestra tarta de lima.

El falso acento sureño de Brad ha vuelto para quedarse, y Giles se derrite. Un acento falso, pelo también falso…, ¿qué diferencia hay? ¿Es que no podemos permitirnos nuestras pequeñas vanidades, sobre todo cuando complacen a alguien que nos gusta?

—¡Vaya! —Giles visualiza su billetera vacía—. No sé si he salido con el dinero suficiente para…

Brad suelta una risa burlona.

—Olvídelo. Invita la casa.

—Es usted más que amable, pero es demasiado. Así que ni hablar. Más tarde vuelvo y se lo pago. —Se le ocurre una idea, del tipo demencial, pero ahora que se encuentra en su momento más bajo, quizás ha llegado la hora de echar toda precaución por la borda—. O quizá…, si quiere darme su dirección, más tarde puedo pasar a verlo.

—El que es amable es usted. Trabajar en este lugar es como trabajar en un bar. Conoces gente. Escuchas sus historias. Pero voy a decirle una cosa, señor. La mayoría de la gente es incapaz de mantener una conversación de interés, del mismo modo que yo no sabría manejarme con una bolsa llena de gatos. No hay muchos clientes que sean como usted. Inteligentes, educados. ¿Qué fue eso que me dijo la última vez, sobre la comida…? Cuenta usted unas cosas la mar de interesantes, y le estoy agradecido. Así que coma hasta hartarse, señor.

Bernie seguramente está en lo cierto, se dice Giles. Está hecho un viejo sentimental, vive atrapado en otra época. De lo contrario, no se explica que este minúsculo gesto de generosidad esté provocando que los ojos se le humedezcan…

—No sabe cuánto le agradezco que… Yo trabajo a solas en casa, ¿sabe?, y la conversación… Sí que tengo una amiga con la que hablo, claro está, mi mejor amiga, pero ella… —Las señas con las que Elisa se ha despedido de él siguen hiriendo la carne en su espalda—. Bueno, pues esta amiga mía no es muy habladora precisamente, así que…, gracias. Mi más sincero agradecimiento. Y le pido que me llame Giles, por favor. —Se obliga a sonreír, y nota que la sonrisa es frágil, que su cráneo entero resulta frágil, tanto como el propio Andrzej—. No está bien eso de que me invite a tarta de lima y tenga que seguir llamándome «señor».

La risa de Brad suena a luz del sol, a limonada casera, a césped recién cortado.

—Si quiere saber la verdad, es el primer Giles que conozco.

Giles lo ve en los labios carnosos de Brad, ve que está a punto de darle su verdadero nombre, con la misma amigabilidad con que le reveló su origen canadiense. Después de hoy, Giles ya no tendrá necesidad de seguir buscando pistas, de esto está seguro. Se acabó eso de mirar en la guía telefónica por mirar, como un colegial embelesado y no correspondido; se acabaron las humillaciones en esta vida que no ha conocido otras cosas. Esta mañana, la peor de su vida, de pronto será la mañana de su salvación.

—Yo siempre quiero saber la verdad —dice, y la frase suena profunda.

Esta es la verdad de Giles. Se ha alejado de la única persona en la que podía confiar. La campaña publicitaria sobre la que estuvo mintiendo a Brad, dándoselas de importante, ha terminado con un cuadro mediocre que ha regalado a la recepcionista que se apiadó de él. No tiene futuro. No le quedan esperanzas. Son las razones por las que —más tarde lo pensará— finalmente sucumbe al deseo tan largamente reprimido, y de forma delirante, tal como haría un niño excitado por demasiado pastel atiborrado de azúcar. La última vez que estuvo hablando con Brad le explicó la etimología de la palabra *atormentar*, relacionada con el suplicio de Tántalo. Le contó que Tántalo fue condenado a estar en un lago, con el agua a la altura de la barbilla, bajo un árbol repleto de frutas. Hambriento y sediento, cuando intentaba coger una fruta o tomar un sorbo de agua, le era imposible. Giles ahora también coger algo que está fuera de su alcance.

Pone la mano sobre la muñeca de Brad. Está tan caliente como el pan recién horneado.

—A mí también me gusta hablar con usted —dice Giles—. Y me gustaría conocerlo un poquito mejor. Si también le apetece, claro. Dígame una cosa... ¿De verdad se llama... Brad?

Los ojos chispeantes de Brad de pronto pierden todo su brillo, de forma tan fulminante y completa que se diría que acaba de fallecer. Se levanta cuan largo es —no metro noventa o metro noventa y dos, sino tres metros, treinta metros, trescientos metros, o eso parece— y se aparta del mostrador en dirección a la estratosfera. La mano de Giles ya no está en contacto con la piel caliente y acaba sobre la barra gélida: una mano con manchas, con venillas azuladas, temblequeante. La deidad en lo alto se encara con él, y de su voz ha desaparecido todo rastro de mantequilla y sirope.

—¿Se puede saber qué está haciendo, vejestorio?

—Pero si usted..., yo..., usted... —Su voz suena amanerada, y de pronto se siente a la deriva y aislado bajo las luces brillantes, como un espécimen de laboratorio—. Me ha invitado usted *a tarta* y...

—He invitado a tarta a todo el mundo —dice Brad—. Porque anoche me comprometí. Con esa señorita de allí.

Gilles tiene un nudo en la garganta. El mismo dedo grueso y velludo que hace un momento señalara la sugerente tarta gratuita ahora está señalando a Loretta, la señorita tan pizpireta, a la que le gusta reír y contonearse, la normalidad en estado puro. Giles mira a Loretta, luego a Brad, luego a Loretta, al uno y a la otra de nuevo, con geriátrica incomprensión. A sus espaldas está haciendo cola una familia de negros —la madre, el padre, el hijo—, entretenida en la contemplación de la carta en lo alto, musitándose los unos a los otros qué piensan pedir cuando les llegue el turno. Giles observa que Brad tiene el rostro enrojecido como la grana tras el roce asqueroso de su mano, y está claro que su rabia tendrá que salir por alguna parte.

—¡Eh! ¡Ustedes! —grita Brad—. Pueden comprar para llevar, si quieren, pero olvídense de sentarse en este establecimiento. No hay asientos libres.

Los miembros de la familia negra dejan de conversar. Giran las cabezas en su dirección, y otro tanto hacen todas las cabezas que hay en el Dixie Doug, para mirar al furioso Brad. La madre rodea a su hijo con los brazos y responde:

—Hay muchos asientos libres y...

—Están todos reservados —corta Brad—. Durante todo el día. Durante la semana entera.

Los miembros de la familia de pronto están alicaídos; apartan la vista del fuego perceptible en los ojos de Brad. Giles se siente embargado por la náusea. Se agarra al mostrador para que el taburete deje de girar y de repente advierte que no está girando en lo más mínimo. Ve el borrón del televisor a espaldas de Brad, y la imagen parece estar despreciándolo de forma merecida. La gente ve todos los días los noticiarios con las manifestaciones de protesta de los negros, mientras están planchando la ropa, quizás, y se queda impertérrita. Pero Giles no soporta ver estas imágenes. Y no porque se sienta abrumado por la compasión, no. Es por puro instinto de supervivencia. Él tiene un privilegio —un *privilegio*, sí—: puede esconder su pertenencia a una minoría sojuzgada. Pero si tuviera una brizna de orgullo no se dedicaría a establecer furtivos roces con la mano en el mostrador de una cafetería. Estaría luchando junto a quienes no tienen miedo de que la policía les rompa la cabeza a porrazos. Una cosa es quedar en evidencia y hacer el papelón, y otra dejar que su metedura de pata tenga repercusiones sobre estos tres inocentes que han entrado a comprar unas porciones de supuesta tarta, llena de sacarina y vendida a precio de oro macizo.

—No tiene por qué hablarles de esa forma —reprende.

Brad dirige su torcida sonrisa a Giles.

—Mejor que se largue también, compadre. Este es un establecimiento para famiias.

Suena la campanilla de la puerta, y Brad levanta la vista. El padre, a quien seguramente le han partido la cara alguna que otra vez, se lleva a la familia antes de que haya más problemas. Brad dibuja una ancha sonrisa caballuna en la cara, el tipo de sonrisa que Giles creía que horneaba especialmente para él, y exclama, sin escatimar con el acento sureño de pega:

—¡Vuelvan siempre que quieran, amigos! ¡Aquí tienen su casa!

Giles clava la mirada en su tarta de lima. El color es idéntico al de la gelatina que usa para pintar, un verde sintético, extraterrestre. Sus ojos recorren el Dixie Doug. ¿Dónde han ido a parar los vibrantes colores y la licuescencia de los cromados? Esto no es más que un cementerio de plástico barato. Se levanta y encuentra que tiene los pies más firmemente asentados de lo esperado. Cuando Brad vuelve a mirar en su dirección, se sorprende al constatar que el objeto de sus fantasías en realidad no es tan alto. De hecho, ambos tienen la misma altura. Se ajusta la corbata de pajarita, equilibra las gafas sobre el puente de la nariz, se limpia los pelos de gato de la americana.

—Reconozco que me dejó impresionado cuando estuvo hablándome de esta franquicia —dice—. La decoración, los pasteles que les llegan en camionetas…, todo.

Giles se detiene, asombrado por lo inflexible en su voz. Otros comensales siguen mirándolo, como si también se sintieran indignados. Por vanidoso que resulte, Giles se dice que ojalá la familia de hace un momento estuviera aquí para escucharle. Ojalá su propio padre estuviera aquí para escucharle. Ojalá Bernie Clay, el señor Klein y el señor Saunders estuvieran aquí. Ojalá todos los que lo han menospreciado en la vida estuvieran aquí para ser testigos de todo esto.

—Pero vamos a ver, joven, ¿sabe usted lo que estas franquicias son en realidad? —Giles señala la sala con un gesto de su brazo—. Son un remedo vulgar, miserable, ruin, el grosero intento de falsificar, empaquetar y vender la magia imposible de vender que tiene lugar cuando una persona está sentada a una mesa frente a otra persona. Una persona que es *importante* para ti. De ningún modo pueden vender en franquicia la alquimia producida por la comida de verdad y el afecto entre los seres humanos. Es posible que porque nunca los hayan conocido, ni lo uno ni lo otro. Bueno, pues yo sí que los he experimentado. Hay una persona que es importante para mí, por poner un ejemplo. Una persona que, se lo aseguro, es demasiado inteligente como para dejarse ver por un sitio como este.

Se da media vuelta. La cara de Brad se convierte en un manchón idéntico al del televisor. Atraviesa el establecimiento, en el que a estas alturas solo se oye una melosa balada country. Para cuando llega a la puerta, Brad finalmente consigue dar con una contestación.

—Y no me llamo Brad, para que lo sepa. Me llamo John. Maricón.

No es la primera vez que le han regalado con este epíteto, después de haber tendido a algún chico prometedor el delicado cebo de un doble sentido, con la precaución de añadirle un tercer sentido al momento, por si el otro comprende el doble sentido y lo rechaza. Pero el epíteto hoy no duele tanto como otras veces; más bien le dota de energía mientras conduce por las calles de Baltimore, aparca en su plaza de estacionamiento en la parte trasera del Arcade, sube por la escalera de incendios, pasa por delante de la puerta de su piso y entra en el de Elisa tras llamar someramente con los nudillos. Nada más entrar ve que su amiga no está durmiendo, lo que resulta raro; se dirige hacia el faro que es el iluminado cuarto de baño y allí la encuentra, a cuatro patas en el suelo, pegada a un cubo con agua jabonosa, detenida en el acto sorprendente de fregotear la bañera con tal vigor que la superficie refulge como el mármol, hasta dotar de una nueva luz a Elisa, al cuarto entero, seguramente al cine que hay abajo y hasta a la completa retícula urbana de la ciudad.

—No me importa qué es esa cosa de la que me has estado hablando —dice Giles—. Lo único que importa es que la necesitas. Así que voy a ayudarte. Solo dime qué es lo que tengo que hacer.

25

Elisa mira a su amigo, quien desliza el pincel sobre la plantilla recortada a mano y pegada a la puerta corredera de la furgoneta Bedford, alias «la Perrita». Tras eliminar la mugre, han quitado la capa de carbonilla de los tubos de escape adherida al vehículo durante décadas con lavavajillas de aroma a limón antes de refregar la carrocería con barro. Se trata de un truco de limpiadora profesional. Giles ha estado haciendo todo esto vestido con el mismo chaleco con estampado de pata de gallo que viste cuando está ante la mesa de dibujo, con los ojos entrecerrados al igual que en tales ocasiones. Sin embargo, bajo el aire fresco y dulce de la primavera, su estampa es muy otra: Giles da la impresión de haber sido liberado de una mazmorra en la que hubiera estado cargado de cadenas. El sol de la última hora de la tarde del domingo calienta la parte superior de su calva, ¿y cuánto hacía que no salía a la calle sin el peluquín? Elisa se siente feliz al verlo. Durante todo el fin de semana Giles ha sido otra persona. Todas sus dudas han desaparecido. Elisa piensa que posiblemente sea el último día que pasan juntos antes de poner su plan en marcha, antes de que los detengan, de que los condenen, de que los maten a tiros incluso. Pero el día ha sido estupendo.

Se ve obligada a dejar de mirar a su compañero. Sus brazos tiemblan bajo el peso de otra carga de botellas de leche no devueltas, recién limpiadas y rellenadas con agua. Sube al interior de la furgoneta. Han vaciado el compartimento trasero a fin de hacer sitio para un batiburrillo de cajas y cestas dispuestas sobre un retal de moqueta. Elisa coloca las botellas, una por una, en una caja cuyo interior han forrado con una manta. Las botellas hacen ruido y derraman un poco. Jadeante, se sienta con la espalda contra la pared interior del vehículo.

—Sí, descansa un poco. —Giles ha apartado la vista de la rotulación con plantilla y está mirándola con ojos sonrientes—. Estás trabajando demasiado. También te preocupas demasiado. Dentro de unas pocas horas, querida, todo esto habrá terminado, de una forma u otra. Conviene que lo tengas en mente. Yo solo tengo clara una cosa: lo que más cuesta sobrellevar en la vida es la incertidumbre.

Elisa sonríe; se sorprende al hacerlo, pero el hecho es que sonríe. Mediante señas con las manos pregunta: «¿Has terminado con el documento de identificación?»

Giles aplica un toquecito de pintura, sopla para secarlo y deja el pincel cruzado sobre una lata de pintura. Echa mano a la billetera y saca una tarjeta adornándose con el gesto; la muestra sobre su muñeca opuesta, como si fuera una espada. Elisa la coge, la examina y a continuación saca su tarjeta auténtica de Occam para comparar. La textura y el peso no son los correctos, aunque si alguien se toma la molestia de examinar la tarjeta tan de cerca, lo más probable es que la partida esté perdida a esas alturas. Por lo demás, resulta tan convincente como cualquier otra obra hecha por Giles. La circunstancia de que se tratara de un nuevo campo artístico para él y de que hiciera el trabajo en un solo día es algo extraordinario.

Por gestos, repite el nombre escrito en el documento falso: «¿Michael Parker?»

—Encuentro que es un nombre adecuado, digno de confianza. —Giles se encoge de hombros—. Como es natural, mis amigos me llaman Mike.

Elisa revisa los detalles con mayor atención. Sonríe y pregunta por señas: «¿Cincuenta y un años?»

Giles la mira con cierto abatimiento.

—¿No cuela? ¿Ni siquiera con el peluquín puesto? ¿Y si pongo cincuenta y cuatro? Con otro toquecito de pintura basta para sumar tres años.

Elisa hace una mueca. Giles suspira y agarra la tarjeta. Empuña el pincel, retuerce sus pelos para que converjan en una punta y lo acerca con suavidad a la superficie del documento.

—Ya está. Cincuenta y siete. Y no se hable más. Y deja de mostrarte tan grosera con el pobre Mike Parker.

Vuelve a enfrascarse en su labor, con una falsa expresión enfurruñada que resulta cómica. Elisa se siente enferma por la tensión acumulada, tan mareada que por un momento cree estar nadando, y eso que se halla en el peculiar, cálido interior de la furgoneta, el que acaso es el lugar más cómodo del mundo. Durante gran parte de la vida se ha sentido sola por completo, pero en este momento hay pruebas abundantes en sentido contrario. Si dentro de unas horas los detienen, lo peor será no poder darle las gracias a Zelda por su insistencia casi suplicante en ayudarla. Eso no podía hacérselo a Zelda; si la detienen en compañía de Giles, Zelda no tendrá nada que ver con ellos. Es una sensación terrible, la de estar alejando a Zelda de su lado. A la vez, Elisa cree que tiene que haber hecho algo bien en la vida para granjearse una lealtad como la de su amiga.

El ruido que Giles hace al cargar sus cosas en la furgoneta le devuelve a la cruda realidad. Un viento reseco invade la Perrita, y del interior del cine llega una inquietante ráfaga musical. Elisa baja de la furgoneta, guiña los ojos al sol del atardecer.

«Estoy orgulloso de ti.»

Elisa baja la vista y mira a Giles. Este se encuentra acuclillado, ocupado en limpiar el pincel con agua. El sol se está poniendo a sus espaldas, pero Elisa detecta la serenidad y el afecto con que está contemplándola.

—Y bien, ya veremos qué pasa —dice—. Una cosa está clara: soy viejo. Incluso mi otro yo, Mike Parker, es viejo también. De manera que un riesgo de este tipo en último término nos resulta relativo. Pero tú eres joven. Tienes tanta vida por delante como agua tiene el Atlántico. Y sin embargo, está claro que no tienes miedo.

Elisa se toma su tiempo para absorber el cumplido, porque le hace falta, y finalmente, para que corra el aire, se pone a hacer unas señas frenéticas. Giles frunce el ceño.

—Ah. ¿Me dices que *sí* que tienes miedo? ¿Que estás *muy* asustada? Esto sí que no me lo esperaba, querida... ¡Ahora el que está muerto de miedo soy yo!

Lo dice de forma exagerada, con intención de quitarle hierro a la situación. Elisa sonríe, agradecida por el salvavidas que él acaba de echarle, y da un paso atrás para examinar el rótulo con plantilla creado por Giles. El crepúsculo, entre violeta y anaranjado, ilumina la escena de forma dramática. Elisa contiene el aliento. Un documento de pega metido en un bolsillo es una cosa. Más grave resulta pintar un rótulo fraudulento en un vehículo con matrícula:

LAVANDERÍAS MILLICENT

Bajo las letras, la recién limpiada puerta corredera de la Bedford, resplandeciente por efecto del sol, se convierte en un estanque al que Elisa cae por accidente y en el que empieza a ahogarse hasta que, de forma por entero inesperada, de pronto está dotada con las aptitudes de la criatura en el laboratorio y empieza a nadar, a respirar incluso, y no en la misma superficie, como si fuera un huevo duro, sino atravesando con rapidez las corrientes subterráneas de este plan imposible. La repentina conciencia de que está en un callejón angosto y sucio, maloliente por los envoltorios con palomitas de maíz tirados por el suelo, no termina de borrar esta sensación. Algo le dice que hay todo un océano de aventuras que está convergiendo en un punto preciso, a la espera de que ella entre en acción. Ha llegado el momento.

El tapón del frasco se escurre por entre sus dedos sudorosos, rebota sobre las baldosas del suelo y termina por rodar hasta encajonarse detrás del retrete. Hoffstetler siente el impulso de caer de rodillas y rebuscar con los dedos para cogerlo de inmediato, como si fuera un yonqui. Uno de los limpiadores lo encontrará, uno de los científicos analizará las huellas dactilares y Strickland, con su picana para el ganado en ristre, echará el guante a Hoffstetler antes de que pueda concertar el encuentro con el Bisonte y su Chrysler. Pero no hay tiempo. Es lunes, y el cambio del turno de noche al de mañana —los treinta minutos diarios más turbulentos en Occam— está al caer. Ha de calmar sus manos, la respiración, la mente, y hacer lo que tiene que hacer. No por su propio beneficio. Lo hará en nombre de los niños cuyas vidas fueron arruinadas por los estudios médicos secretos que en su momento no impidió. A su modo, el Devónico es otro niño sometido a abusos. Hoffsetler puede evitarle sufrimientos y, finalmente, encontrar algo de redención.

Saca el tapón y la punta de goma de la jeringa, arroja ambas cosas por el retrete y tira de la cadena; el rugido es un eco del latir en sus oídos. El agua del retrete salpica su cara de gotitas que quedan pegadas a su piel como verrugas mientras mete la aguja en el frasco y retira el émbolo. La solución plateada se arremolina de una forma maravillosa en el interior. Hoffstetler conoce las leyes de la naturaleza: una sustancia tan hermosa solo puede ser letal. Mete la jeringa en el bolsillo de la bata que lleva puesta, se seca el rostro con la manga y sale del cubículo del inodoro, haciendo lo posible por no mirar el rostro desconocido en el espejo. El profesor universitario sereno y distante ha dejado lugar a un asesino con el rostro enrojecido y los labios fruncidos.

27

A Antonio le lleva una eternidad encontrar la tarjeta con la que fichar. Porque es bizco, supone Zelda. Dios sabe cómo puede limpiar un escritorio sin tirarlo todo por los suelos. Los pensamientos de Zelda son hostiles, pero se dice que tiene derecho a pensarlos. Elisa ha tenido el fin de semana entero para darle vueltas a la pregunta que ella le hizo: *¿Seguimos siendo amigas?* Al parecer, la respuesta es que no. El turno del lunes ha llegado a su final y Elisa no le ha dicho una sola palabra. Ni siquiera la ha mirado. Zelda ha tenido lo suficiente. Es lo que está diciéndose, por lo menos: he tenido lo suficiente. Quizá Brewster está en lo cierto. Una amiga blanca solo es amiga mientras te necesita. Pero no consigue olvidar lo pálida que Elisa tenía la cara esta noche, tan blanca como el vientre de un pescado, las constantes miradas por encima de su hombro, el hecho de que la mitad de los productos de limpieza se le han caído al suelo por obra del temblor incontrolable en sus manos.

Yolanda le da un toquecito en la espalda. La cola se ha movido, y ella hace otro tanto. Pero cuando llega el momento de fichar la salida, la cosa más normal y corriente del mundo, el trámite le lleva más que la eternidad de Antonio: le lleva media docena de eternidades. Como si estuviera rebuscando con la mano en un abismo sin fondo. Según parece, la humillación y la rabia, por muy justificadas que estén, resultan ser emociones resbaladizas para Zelda, tan resbaladizas como la tarjeta perforada para fichar. Se le cae de los dedos y revolotea hacia el suelo como un ala rota.

28

La furgoneta Bedford avanza dando botes por Falls Road. Giles tiene que presentarse ajustándose al horario de Elisa, esto es, una hora antes de que lo haga la verdadera furgoneta de las lavanderías. Si llega antes, despertará sospechas. Conduce bajo los haces de luz de gas de las farolas, siguiendo el curso tortuoso del riachuelo Jones Falls, dejando atrás los negros bosquecillos del Druid Hill Park, circunvalando los céspedes morados del Baltimore Country Club. Son zonas de la ciudad que nunca ha explorado, que nunca explorará. Giles pisa el acelerador con fuerza cuando se siente nervioso, y tuerce por la izquierda en el cruce con South Avenue a tanta velocidad que nota que las ruedas en el lado del pasajero casi pierden el contacto con la calzada. Los amortiguadores de la Perrita están hechos polvo, y el impacto de bajada provoca que una de las cajas en la parte posterior vuelque y que las botellas con agua salgan proyectadas como torpedos disparados por un submarino Polaris. Giles mascula una imprecación, lucha con la furgoneta y aminora frente a un oscuro complejo de edificaciones, el hospital infantil Happy Hills, el último edificio antes de Occam Road.

No ha estado en este lugar desde que condujo a Elisa a la entrevista de trabajo, cuando ella solo tenía dieciocho años. Nada ha cambiado. Las espesas arboledas a uno y otro lado de la carretera siguen dando la impresión de estar habitadas por duendes, y el reloj iluminado junto al rótulo de Occam continúa proyectando destellos como una segunda luna. Durante mucho tiempo se arrepintió de su participación a la hora de hacer que Elisa trabajara en este lugar. Pero hoy no. Hoy tiene un propósito, y se trata de un propósito bonito. Trata de no olvidarlo mientras sigue las indicaciones de CARGA y cruza por un aparcamiento vacío. Bueno, no vacío del todo, pues hay un gigantesco Cadillac Coupe De Ville color verde. Los faros de la Bedford iluminan a un guardia que levanta la mano ordenando a Giles que se detenga junto a la garita de entrada, al mismo tiempo que su otra mano descansa en la culata de la pistola al cinto.

29

La gris luz de los monitores de seguridad es el único amanecer que Strickland necesita. Se levanta como puede del suelo, el lecho en que descansa las noches en que no soporta ver a Lainie, y se sienta en la silla. Sus tripas emiten un ruido viscoso, el producto de la digestión de los analgésicos. Una digestión que no parece estar resultando fácil, porque cuando tose, escupe sangre. Unos puntitos rojos salpican el sobre blanco en el escritorio. Pasa la mano por encima, para limpiarlo. Queda una mancha borrosa, pero no pasa nada. Hace que el sobre llame la atención de forma importante. Y el sobre es importante. Contiene el papeleo relacionado con la disección del objeto, que hoy tendrá lugar. Saca el documento. Está limpio, es bonito..., ni una sola palabra aparece tachada. No se molesta en leerlo, estampa su firma con tres trazos. No presta mucha atención a los diagramas. La autopsia parece ser del tipo más o menos habitual, y da igual que estemos hablando de una bestia en principio rarísima. Una incisión en forma de Y. Rotura de las costillas por la mitad. Extracción de los órganos. Seccionamiento del cráneo con una sierra dentada. Inserción del cerebro en una bandeja. Se muere de ganas de que llegue el puto momento.

Oye unas pisadas al otro lado del umbral. Levanta la vista del esquema. Es muy temprano, por lo que supone que será el Tablillas. Pero no es Fleming. Es Bob Hoffstetler. Parece estar hecho una mierda. Sudoroso, pálido, nervioso. Le recuerda a Raúl Romo Zavala Henríquez, cuando estaba en las últimas. Strickland se arrellana a gusto en el asiento. Entrelaza los dedos de las manos tras la nuca. Le duele, pero la postura vale la pena. Esto seguramente será divertido.

30

Zelda se arrodilla para recoger la tarjeta perforada de fichar. Yolanda se pone hecha una furia a sus espaldas. Pero Zelda solo oye lo que Brewster siempre le dice: que no ha de fiarse de nadie. Pero él no conoce a Elisa, ¿verdad? Pues claro que no. A pesar de sus largos años de amistad, Elisa nunca ha estado en casa de Zelda, ni una sola vez. Pero Zelda *sí* que conoce a esta chica. *Sabe* que la conoce. Y esta no es la Elisa que ella conoce.

La tarjeta de Elisa está en la ranura correspondiente, y eso que Elisa ha salido del vestuario sin pérdida de tiempo. Un detalle irrelevante, quizás, hasta que caes en la cuenta de lo que últimamente tiene lugar en Occam. Del F-1 han estado sacando carretillas con equipamientos cubiertos con lonas. Los científicos han estado estrechándose las manos y despidiéndose junto a las mesitas con dónuts y café. La atmósfera es un tanto imprecisa e induce a pensar en la última semana del último curso en el instituto: todos se sienten ilusionados, pero también un poco temerosos, tristes asimismo. Zelda tiene claro que todos en el edificio han estado preparándose para algo importante. Hoy sucederá algo gordo, y Elisa —de pronto le resulta evidente— de un modo u otro formará parte del asunto. ¿Y Zelda cómo lo sabe? Porque lo ha tenido delante de las narices toda la noche, mientras limpiaba.

El calzado de Elisa. Esta noche lleva puestas unas feas zapatillas grises con suela de caucho, hechas para correr.

Zelda inserta su tarjeta, la perfora y a continuación, en una acción que incrementa la bilis de Yolanda, da con la tarjeta de Elisa y también la perfora. Está claro que, si pasa algo malo, lo primero que hará Fleming será mirar las tarjetas de entrada y salida para ver quién está en Occam y quién no. Zelda da media vuelta, golpea con el hombro a Yolanda sin disculparse, y emprende rápido camino de vuelta a los laboratorios. ¿Algo malo? La intuición le dice que aquí pasará algo muy malo, y dentro de muy poco.

31

Hoffstetler se dirige encorvado hacia el escritorio de Strickland. Su mano aferra la jeringa metida en el bolsillo. Mihalkov nunca se enterará. Tampoco tiene por qué saberlo. La mitad de la solución para Strickland. La otra mitad para el Devónico. Hay que empezar por matar al primero, para que sea posible matar al segundo con limpieza. Hoffstetler piensa que este *mudak* retorcido y odioso se lo tiene bien merecido. El cristal de la jeringa está grasiento y está soltándose de su mano. Se limpia los dedos en la tela del bolsillo y agarra la jeringa con mayor fuerza. Ya está llegando al escritorio. No hay que detenerse.

—Vuelva por sus pasos y llame antes de entrar —dice Strickland.

Unas palabras sin sentido, que Hoffstetler —cuyo cerebro ha sido programado para encontrar sentido a las cosas— rechaza como un ordenador al que hubieran suministrado datos erróneos. Y hace lo peor que puede hacer: se detiene, justo delante del muro de monitores, dieciséis pantallas de luz grisácea que lo ciegan. Levanta la mano para protegerse los ojos, la mano con la que un segundo atrás estaba empuñando la jeringa. Una mano que ahora está vacía, que no pasa de ser una cosa blanda, rechoncha, inofensiva.

—¿Que llame...?

—Es el protocolo, Bob —dice Strickland—. Sé que usted es de los que valoran el protocolo.

—Yo... quería darle otra oportunidad...

—¿*A mí*? ¿Que quería darme una oportunidad *a mí*? Bob, no le sigo. Por supuesto, puede contármelo todo. Pero antes vuelva por sus pasos y llame a la puerta.

32

La Perrita no es un vehículo delicado, precisamente, pero los neumáticos gastados parecen formar parte de la carne de Giles, quien al dejar atrás la garita de entrada nota cada una de las gravillas sobre los que ruedan. Sí, es verdad que el guardia le ha invitado a pasar con un gesto, sin comprobar su documentación, fiándose del rótulo pintado en la furgoneta. Pero la garita iba a ser lo más fácil, eso quedó claro desde el principio. Giles aminora al máximo mientras rodea la parte posterior del edificio. Hay una figura apoyada en una pared, fumando entre dos luces. Giles limpia el parabrisas empañado. Sí, tiene que ser esto: el muelle de carga. Hace lo posible por tragarse el miedo que siente, pero tiene la garganta como papel de lija.

Comienza a avanzar por entre dos líneas pintadas en amarillo. El guardia de pronto cobra vida y levanta las dos palmas de la mano, como preguntándole si es imbécil o qué. Hace girar el dedo, y Giles tuerce el rostro al darse cuenta del error cometido. Se supone que tiene que entrar de culo. Pues claro. Las furgonetas no se cargan por delante. Se enjuga el sudor de la cara, da marcha atrás y efectúa el primer movimiento para efectuar un giro en tres fases. Aquí tiene un problema. Un problema muy serio. Cuando conduce la vieja Bedford por la ciudad y tiene que aparcar, Giles se desplaza lo que haga falta hasta encontrar una plaza de estacionamiento que no suponga mucha maniobra, para no quedar en ridículo delante de todo el mundo. Y ahora, en la oscuridad previa al amanecer, se ve obligado a retroceder por un angosto espacio cuadrangular en presencia de un vigilante puesto sobre aviso. Mira por el retrovisor y ve el ojo rojo y suspicaz que es su cigarrillo encendido. Pone la marcha atrás, agarra el volante y reza a los dioses de la General Motors por que se produzca un milagro vehicular.

33

—Y bien, ¿cómo está usted, Bob? ¿Qué puedo hacer por usted esta mañana?

Strickland quiere que Hoffstetler se sienta como un niñito a quien acaban de poner en su lugar, y el científico en este momento se siente justamente así, de los pies a la cabeza. Ha tenido que llamar a la puerta diez o doce veces, mientras Strickland sonríe burlonamente, haciéndole perder un tiempo precioso. Empequeñecido, vuelve a situarse ante las deslumbrantes pantallas de seguridad. Está anonadado de miedo, tan desquiciado que, al meter la mano en el bolsillo, su dedo índice roza la punta de la aguja hipodérmica. Un poco más y... Un bufido de pánico asoma entre los cerrados dientes de su sonrisa postiza.

—Yo... solo quería asegurarme de que..., de que estaba seguro de seguir por este camino.

—Estamos hablando de órdenes del general Hoyt. —Levanta el documento que hay en lo alto, el dibujo superficial del objeto con unas líneas de puntos como las empleadas en carnicería para designar los cortes precisos—. Justo acabo de firmar su recepción. Lo que significa que, dentro de dos horas y cuarenta y cinco minutos, usted y yo vamos a comportarnos como unos americanos de los buenos, como unos americanos de verdad, y vamos a destripar a ese pez. Sé lo que piensa. Pero véalo de otra forma. Los japos, los alemanes, los chinos... También son unos seres dotados de inteligencia, ¿no? Pero no por ello tuvimos problema a la hora de matarlos.

Hoffstetler se prepara para abalanzarse sobre el otro. Ya sabía que las cosas podían terminar así. Muy poco elegante, pero es posible que la sorpresa provocada por un hombre de su edad resulte suficiente. Strickland sin duda levantará el brazo para protegerse, o posiblemente ladeará el cuerpo. No importa. La aguja se clavará donde sea. Hoffstetler tensa las pantorrillas para la acometida, pero de pronto repara en el más minúsculo de los movimientos. Es posible que porque sus ojos están acostumbrados a detectar los detalles antropocéntricos de cualquier dimensión, empezando por los cilios de las protocélulas y orgánulos simples. Justo detrás de la cabeza de Strickland, en el séptimo monitor, el ángulo de visión de la cámara de seguridad se ha desplazado hacia arriba. Ha dejado de enfocar una furgoneta de lavandería que retrocede junto al muelle de carga y ahora enfoca el cielo negro y vacío en lo alto.

Hoffstetler deja caer la jeringa en el bolsillo. Responde que sí, claro, por supuesto, volverá a reunirse con Strickland cuando procedan a efectuar la eutanasia, pero los tan corteses sonidos se ven ahogados por el cántico en su corazón. *Slav'sya, Otechestvo nashe svobodnoye!*, el himno del Estado soviético. Mihalkov finalmente se ha presentado. Después de dejar a Hoffstetler a su suerte a lo largo de dieciocho años, los rusos han llegado para ayudarlo.

34

Elisa entra corriendo en la sala de la colada. Está sucediendo: de pronto ha visto que la Perrita entraba en marcha atrás junto al muelle de carga, de forma tan serpenteante y llamativa que el guardia se ha visto obligado a intervenir. Preocupante, pero ha dado a Elisa la ocasión de empuñar la escoba y mover la cámara de seguridad hacia arriba antes de esfumarse. Su cintura choca contra el gran fregadero industrial. Pone el tapón en el desagüe y abre los grifos del agua fría y caliente. Agarra varias toallas de un cesto y las tira al fregadero. Elisa y Zelda han estado ridiculizando durante años las Normas de Control de Calidad designadas por Fleming, pero hay que reconocer que el hombre sabía lo que se hacía. Las tareas rutinarias alojadas en su cerebro le ayudan a mantenerse ocupada, sin desmayarse aterrorizada.

Recoge las toallas chorreantes del fregadero y las deja caer, tan pesadas como el barro, en el carrito de la colada más cercano. Sigue haciendo lo mismo, y su uniforme está cada vez más empapado, hasta que el carrito se encuentra medio lleno. Quita el tapón del desagüe en el fregadero y el agua se escurre en remolino. Lleva las manos al carrito y empuja. El carrito no se mueve en lo más mínimo. Elisa siente que su médula espinal se ha convertido en hielo. Lo intenta de nuevo, apretando los dientes, con los músculos en tensión, afirmándose sobre las zapatillas deportivas. Los primeros centímetros son los más difíciles, pero el carro a continuación entra en movimiento. Una rotación, dos... Elisa siente un nuevo vuelco en el corazón cuando oye que se trata del carro que chirría, el que maúlla como un gato en celo. Y no hay tiempo para cambiarlo por otro.

35

Giles recula por instinto cuando unos nudillos golpean en la ventanilla. El guardia esboza el movimiento de una manivela con la mano. A Giles no se le ocurre más que obedecer. Baja la ventanilla y las facciones del vigilante cobran nítida definición: ojos oscuros y soñolientos, bigote descuidado, pelos en las orejas. Frunce el ceño mientras recorre con la linterna las ropas de Giles, y a este le asalta un recuerdo: hace veintidós años, la noche de su detención en el bar gay, la que supuso que lo despidieran de Klein & Saunders, todos aquellos policías bigotudos..., los haces de sus linternas asimismo recorrieron su cuerpo; Giles en aquel momento se sintió violentado por completo.

—No tiene pinta de ser de la lavandería —dice el guardia.

—Gracias. —Giles piensa que así es como tiene que hablar un conductor, de forma lacónica, sin pasarse con las fórmulas de cortesía.

El guardia no le encuentra la gracia al chiste.

—La documentación —dice.

Giles sonríe de una forma tan descomunal que piensa que los dientes van a caérsele de las mandíbulas. Finge buscar su billetera, con la esperanza de que el vigilante, muerto de frío y cansancio, le diga que lo deje correr. Pero el guardia no pronuncia palabra, por lo que no tiene más remedio que sacar el documento de identificación. Lo muestra para que el otro pueda leerlo sin necesidad de tocarlo, pero no cuela. Con extrtema rápidez, el vigilante, no tan adormilado como parecía, se lo arrebata. La linterna ilumina el endeble cartón, que de pronto se vuelve translúcido. Giles de hecho puede ver a través de él, y el guardia está rascándolo con la uña del pulgar. El número 7, el que Giles insertó para dotar a Michael Parker de más años, se desprende.

—¡Huy! —dice Giles.

—Salga de la furgoneta —indica el guardia.

Y en ese momento se apagan todas las luces del centro de investigación aeroespacial Occam.

36

Zelda se encuentra en la sala de la colada cuando se produce el apagón. Hace seis años entraron a robar en su casa y en la de los vecinos, y nunca olvidará lo poco que tardó en comprender que algo marchaba mal. Apenas si había salido del coche, Brewster seguía sentado al volante. El pequeño césped de la entrada estaba como siempre; no había nada que llevarse. Y, sin embargo, todo resultaba raro. La hierba tenía un aspecto raro, pues la habían pisado unos pies ajenos. Había algo raro en la puerta, cuyo pomo rotaba de forma extraña. Sobre todo, había algo raro en el aire, medio absorbido por la respiración nerviosa de un desconocido, medio agitado como si un enjambre de avispas hubiera pasado por el lugar.

Con la vista fija en las gotas de agua en el suelo, Zelda siente la misma certeza funesta. No hay algo palmario evidente; al fin y al cabo, es normal que haya un poco de agua en el suelo de una estancia como esta. Pero, entonces, ¿cómo se explica que esté dando vueltas en torno a ella como un detective en torno a un charco de sangre? Se explica porque, si una mira de cerca, las propias gotas de agua son reveladoras. No se trata de gotas esféricas y convexas. Son cuchilladas que revelan una historia de arrebato. La de Elisa. Zelda sigue viendo las pistas reveladoras incluso después de que las luces en lo alto parpadeen y se apaguen, de que todo se vuelva negro.

Se trata de algo verdaderamente impensable; hay que vivirlo durante más de un minuto para terminar de creérselo. Occam nunca está a oscuras. Hasta las luces interiores de los armarios están constantemente encendidas. Un gruñido de fatiga brota de las paredes y a continuación se hace el silencio, un silencio absoluto, carente de ruido blanco, de tal forma que Zelda se queda enteramente a solas con su propia, fatigada, maquinaria corporal. Pero no, no está a solas por completo. Pues de un pasillo a oscuras llega el agudo chirrido del carro de la colada con la rueda averiada.

37

De no haber estado ya junto a la puerta del F-1, Elisa es incapaz de imaginarse cuánto tiempo le hubiera llevado encontrarla en esta oscuridad que lo envuelve todo. Entra con el carro en el laboratorio; la rueda defectuosa rompe el silencio con estridencia, y Elisa se guía por sus constantes sueños sobre el laboratorio hasta que sus ojos van adaptándose a la luz escasa, seguramente proveniente de los primeros rayos del amanecer que se cuelan por las ventanas de la planta baja y que, como volutas de humo, entra y sale por unos conductos de ventilación invisibles hasta ahora.

El carro no choca con nada y llega al reborde de la piscina. En el agua hay unos destellos grisáceos que se imponen a la oscuridad, atravesándola como cuchillos lanzados por los aires. ¿Él puede verla? Elisa se asoma a la negrura y mediante señas despliega sus fervorosas súplicas, con la esperanza de que la criatura las entienda. «Ven». «Nada». «Muévete». Se tumba sobre el reborde, con la cabeza sobre el agua, y continúa haciendo señas. El agua lame su rostro. No deja de hacer señas y más señas. A saber por qué se han apagado las luces, pero está claro que reinará el pánico, y que el pánico empujará a la gente a proteger el objeto más preciado de todos. Esta criatura no tiene escapatoria —y Elisa tampoco— si no viene hacia ella, nada, se mueve, sin pérdida de tiempo.

Dos ojos dorados emergen como unos soles gemelos. Elisa se queda sin palabras. Al cabo de un segundo se ha quitado las zapatillas, tiene las piernas metidas en el agua y el uniforme está enroscándose en torno a sus pantorrillas como unos tentáculos fríos. Tirita y camina hacia él en el agua, con los brazos abiertos. Los ojos dorados desconfían —por supuesto que desconfían—, pues no es la primera vez que dan caza a esta criatura. Elisa da un nuevo paso y el fondo de la piscina se curva de forma radical; el agua de repente le llega a la barbilla, abre mucho la boca y el peso de sus ropas le arrastra todavía más hacia el fondo, hasta que está escupiendo agua frenéticamente, y las únicas señas de sus manos son los fútiles, desesperados intentos de aferrarse a la existencia hechos por una mujer que está ahogándose.

38

Los monitores descargan latigazos de electricidad estática. Las pantallas todavía no se han fundido a negro. Están fundiéndose a gris, cual dieciséis ojos agonizantes. Nada está siendo vigilado. Nada está siendo grabado. El control es la aspiración absoluta de Strickland desde el campo de instrucción militar, desde Corea, desde el Amazonas: el control sobre su familia, el control sobre su destino, y este control acaba de ser cortado limpiamente, como una liana selvática hendida por el machete. Se levanta. Su rodilla choca contra el escritorio con tal fuerza que la madera cruje sonoramente. Repentinamente cojo, se bambolea en dirección a la batería de monitores. Recupera el equilibrio ayudándose con los dedos muertos, pero eso también duele, y al momento los aparta de las pantallas. Se encuentra en un negro terreno lunar. Con el pie vuelca una papelera. Su hombro choca contra una pared. Tiene que luchar para salir por la puerta, como si fuera diminuta, una puerta construida para un perro en su perrera.

El ruido de unas pisadas, apremiantes pero tambaleantes, llega por el pasillo como el gotear de la lluvia. Un haz de luz garabatea la negra oscuridad.

—¿Strickland...?

Es Fleming, ese civil medio imbécil, el inútil de siempre.

—¿Qué coño...? —Strickland es presa de un dolor súbito; todo le duele de repente—. ¿Qué coño está pasando?

—No lo sé. ¿Los fusibles, quizá?

—Bueno, pues llame a alguien.

—Las líneas telefónicas no funcionan. No puedo.

Los instintos de Strickland siempre funcionan mejor cuando hay contacto físico de por medio. Su puño se dispara como proyectado por un tirachinas. Agarra a Fleming por el cuello de la camisa. Es la primera vez que se rozan, haciendo salvedad del apretón de manos que se dieron el primer día. Pero siempre estuvo claro que esto podía pasar, ¿verdad? Siempre estuvo latente la amenaza del hombre de acción y con arrestos sobre el chupatintas apenas pertrechado con bolígrafos y tablilla. El bíceps de Strickland se tensa y las delicadas costuras se sueltan en el cuello de la camisa del otro.

—Encuentre a alguien. Ahora. Nos están invadiendo.

39

Algo ejerce presión contra la espalda de Elisa. Parecer ser demasiado grande para tratarse de una mano, pero se flexiona como si lo fuera, con la palma acunada y los dedos rígidos. Otra igual se aprieta contra su pecho, cinco garras que se clavan, levísimamente, en sus senos y su estómago. Tienen la suficiente fuerza para espachurrarla sin remedio, pero se contentan con alzarla, con tanta delicadeza como si fuera una mariposa, hasta que su cabeza está fuera del agua. Elisa tose contra los músculos de un hombro poderoso mientras las manazas la depositan de espaldas sobre el agua y la llevan al lado menos profundo de la piscina. Es incapaz de pensar con coherencia: él la abraza, y las escamas bajo sus manos son suaves como la seda a la vez que afiladas como el cristal, y aunque no cruzan una sola palabra están diciéndoselo todo, todo absolutamente.

El cuerpo de Elisa sufre una sacudida. El otro ha llegado al límite de sus cadenas. Elisa es consciente de golpe de su misión, afianza los pies en el fondo y saca de los empapados bolsillos de su delantal las mejores herramientas que Giles y ella pudieron robar: una cizalla y un par de tenazas coladas de tapadillo bajo el abrigo. Los surcos que cruzan el cuerpo de la criatura relucen rojizos, pero solo un instante. Él la mira, y sus ojos están a muy corta distancia; se yergue cuan alto es, y su pecho emerge, para que ella pueda acceder a las cadenas sujetas al arnés. Fuera del agua, sus branquias comienzan a ahuecarse, pero no hay resquicio para la duda. Él la entiende. Confía en ella. Al igual que Elisa, no tiene nada que perder.

Lleva la cizalla a un eslabón de cadena. Al momento comprende que ha cometido un error fatal de juicio. El eslabón es demasiado grueso, y las hojas de la cizalla no logran abarcar todo su diámetro; es como tratar de morder una pelota de baloncesto. Hace lo posible por remeter el eslabón con la mano y tratar de cortarlo con las hojas, pero no consigue ocasionar más que débiles raspaduras. Guarda la cizalla en un bolsillo e inserta la punta de las tenazas cerrradas dentro de un eslabón y se esfuerza en abrir la herramienta y romper el eslabón desde el interior. Pero este método tampoco le sirve. Las tenazas resbalan de su mano y se hunden en la piscina. No se molesta en recuperarlas. ¿Para qué? Está con las manos en la masa, chorreando en la piscina del F-1, con Giles a la espera en el exterior, sin forma de liberar a la criatura. Oye la voz de un hombre en la oscuridad, y se diría que es un acto de misericordia.

—Deténgase —dice el recién llegado.

40

Giles cree que su capacidad para fingir que no logra quitarse el cinturón de seguridad está llegando al límite. De repente se apagan las luces. No las dos luces del muelle de carga. Todas: las de las ventanas de los despachos, las aceras, los céspedes, las marquesinas, los aparcamientos… todas parpadean y se funden a negro. El guardia se aparta un paso de la furgoneta y lleva la mano a la radio.

—Habla Gibson, en el muelle de carga. ¿Todo bien ahí dentro? Cambio.

Elisa no le ha dicho nada sobre un apagón. Giles aprovecha la oportunidad para mirar las puertas del muelle de carga por el retrovisor. Lo que quiere es que ella aparezca de una vez. A la vez no quiere que lo haga, todavía no. Este vigilante sigue donde está. Será cuestión de distraerlo. Asoma la cabeza por la ventanilla y se aclara la garganta.

—¿Señor? —Se maldice en silencio; un conductor de furgoneta no habla de ese modo—. ¡Oiga, amigo!

El guardia está regulando la frecuencia del transmisor.

—Gibson al habla, muelle de carga, cambio.

—Siento mucho lo del documento de identificación —dice Giles—. Reconozco que soy un tanto vanidoso en lo tocante a mi edad. ¿Ve esto de aquí? Es un peluquín. Es verdad que soy coquetón, pero le aseguro que hago bien mi trabajo como profesional de la lavandería.

El guardia se vuelve y desenfunda la pistola con destreza.

—Se lo digo por última vez, señor Parker. Salga de la furgoneta.

41

Hoffstetler se desliza por el reborde de la piscina, se echa al agua, agarra a Elisa por el hombro. La criatura emite un bufido, un sonido agudo y chirriante, pero, por una vez en la vida, Hoffstetler no tiene miedo a morir.

—¿Usted para quién trabaja?

Lo pregunta porque sigue siendo incapaz de creer que aquella música y aquellos bailes, las tácticas revolucionarias que mantuvieron al Devónico con vida, pudieran haber sido ideadas por esta mujer de la limpieza normal y corriente. Pero tras mirar un segundo sus ojos cada vez más desesperados se da cuenta de que la limpiadora es el más raro de los seres, una agente de veras independiente, que opera según un solo principio: el de hacer lo que considera que tiene que hacer.

—Usted ha sido la que ha movido la cámara en el muelle de carga, ¿verdad? —pregunta él—. Piensa llevarse al Devónico de aquí, ¿es eso?

La otra asiente con la cabeza, y su mente de pronto es un torbellino. Los rusos no han venido al rescate. Acaba de hacer saltar la red eléctrica de Occam con el detonador de Mihalkov, y solo cuenta con la ayuda de esta mujer de aspecto frágil e incapaz de hablar. La situación es tan irreversible que le entran ganas de reír, pero se acuerda de lo que solía decir a sus alumnos. Imaginad que sois un planeta. No os riais, les decía. Tratad de imaginarlo. Eones de soledad, hasta que un buen día vuestra elipsis se dirige hacia la de otro planeta y se da un momento de cercanía. ¿No trataríais de aprovecharla al máximo? Seguramente vosotros también entraríais en combustión, arderíais y estallaríais a cambio de estrechar dicha cercanía. Lo mismo sucede con Elisa Esposito y Bob Hoffstetler: dos cuerpos solitarios, improbables, estrechamente unidos en este instante precioso.

—Dígale que no me haga daño —apunta Hoffstetler—. Voy a abrir el candado y librarlo de sus cadenas.

42

Los monitores de las cámaras de seguridad están muertos cuando Strickland vuelve a irrumpir en su despacho negro como la boca del lobo. Enfurecido, anda de un lado para otro, tirando todo por los suelos. Se siente ciego. Incapacitado. Al igual que esa criatura, que apenas puede respirar el aire normal. Lo mismo que Elisa, quien no puede hablar. Su mano impacta contra un teléfono del escritorio, que se estrella en el suelo con un pequeño ring-ring patético. Strickland se pregunta si será el teléfono rojo. El del general Hoyt. La puta que los parió a todos juntos. Si Hoyt se entera de esto, Strickland se pasará el resto de la vida pagándolo muy caro...

Ahí lo tiene. Su mano buena se cierra en torno al mango de suave madera de roble del machete. No, es el látigo de Alabama. Cada vez le cuesta más pensar con claridad. La barra de acero hace ruido al golpear contra el armario metálico tras el que la mantiene escondida. Strickland conecta el encendido. El látigo de Alabama zumba y cobra vida. Su dueño lo esgrime por delante mientras se dirige hacia la puerta. Esta vez no tropieza con nada. Se diría que el despacho entero se siente atemorizado al verlo.

El pasillo está iluminado por el brillo levísimo del amanecer que se infiltra. Por los demás corredores resuenan escasas pisadas y voces. El que ha reventado los fusibles sabía lo que se hacía. El cambio de turno es el momento idóneo para golpear. Hay un cuello de botella en el ascensor. Confusión general en el mostrador de recepción. Pero en los pasillos y los laboratorios solo hay unos pocos empleados madrugadores. ¿Y todo esto quién lo sabía? El mismo que acaba de estar en su propio despacho. Bob Hoffstetler. El ruso de los cojones. Strickland avanza por el pasillo tan rápidamente como puede en la oscuridad, aspirando el ozono en combustión del látigo de Alabama.

—¡El objeto! —grita a todos quienes le escuchan—. ¡Encierren al objeto con llave!

43

Ninguno de los dos está hecho para los grandes esfuerzos físicos, ni esta mujer endeble ni este biólogo de aspecto lastimoso que ronda la cincuentena. El carro para la colada bien pudiera estar lleno de bloques de hormigón. En todo caso, Hoffstetler confía en propiedades como la propulsión y el empuje. Sencillamente, tienen que seguir moviendo este carro. Pero Elisa, de repente, suelta el asa y se agacha sobre el carrito para disponer las toallas mojadas de tal manera que escondan mejor a la criatura en el interior. Lo hace con tanto afecto que Hoffstetler detesta tener que reprochárselo, pero lo hace. Esta mujer ha puesto un marcha un plan que el Gobierno soviético descartó como demasiado temerario, y su plan merece ser recompensado con un intento serio. La limpiadora vuelve a sujetar el asa, empujan, y las toallas crujen por obra del miedo de la criatura, mientras las ruedas sollozan en protesta y comienzan a girar.

Hoffstetler calcula que llegar hasta la puerta del laboratorio les ha llevado el equivalente de toda una carrera profesional. El umbral sigue estando sumido en la oscuridad, pero Hoffstetler sabe que esta no durará; como Mihalkov explicó, el detonador serviría para reventar los fusibles, pero cualquier manitas de tres al cuarto sería capaz de reparar el desperfecto. Empujan con mayor fuerza y llevan el carro en dirección al muelle de carga. Solo se oye el sonido de la rueda chirriante, acompañado por sus gruñidos de esfuerzo y el resollar de la criatura bajo las toallas, hasta que el zumbido dentado de una voz rabiosa reverbera desde el pasillo de al lado.

—*¡El objeto! ¡Encierren al objeto con llave!*

Hoffstetler comprende de inmediato qué tiene que hacer. Saca un frasco con pastillas del bolsillo y lo pone en la mano de Elisa.

—Mezcle una pastilla con agua cada tres días. ¿Entendido? El agua para el Devónico debe tener una salinidad del setenta y cinco por ciento. —Ella le mira confusa—. Ha de seguir una dieta estrictamente proteínica. Pescado sin cocinar. Carne cruda. ¿Entendido? —La limpiadora sigue negando con la cabeza mientra él le entrega la jeringa—. Si ve que no conseguirá salvarlo, use esto. No permita que lo abran en canal. Por favor. Guarda secretos que no tenemos derecho a conocer. Ninguno de nosotros merece conocerlos. —Con la posible excepción de esta mujer de la limpieza, piensa—. Solo puede sobrevivir treinta minutos fuera del agua. ¡Deprisa! ¡Deprisa!

Elisa asiente con la cabeza, pero como si la cabeza fuera a desprendérse del cuello. Hay muchas más cosas que él necesita decirle, toda una vida de información y de cautela, pero apenas cuenta con unos segundos. Echa a correr en la oscuridad, en pos del bramido de la voz de Strickland.

44

Elisa empuja; le tiemblan los músculos de las piernas y los de los brazos están a punto de reventar. El carro avanza centímetro a centímetro, y cada piedrecilla en el suelo es un obstáculo descomunal que se ve obligado a franquear. Pero oye que Hoffstetler está llamando a Strickland, lo que la sobresalta, tanto como la respiración cada vez más dificultosa de la criatura. Sigue empujando, y es duro, pero más duro resulta actuar con normalidad cuando se acerca un hombre con expresión confusa, un sujeto con bata blanca que, en un detalle de normalidad casi obsceno, aún lleva una taza con café en la mano. El hombre apenas mira a Elisa, por supuesto, porque las mujeres como ella son invisibles. Elisa nunca jamás se ha sentido tan agradecida.

Llega a la curva en ángulo recto a la izquierda que conduce al muelle de carga. Ve que la luz de la mañana se cuela entre las puertas. Pero la ruedecilla testaruda ahora se niega a girar. El carro no avanza. Está llegando gente. Oye pisadas, en mayor número que antes, y voces cada vez más histéricas. Pega una patada a la rueda, resbala y por poco se cae. Del carro se filtra agua, y el suelo está viscoso. Vuelve a situarse tras el asa, determinada a continuar adelante a fuerza de puro músculo, pero no logra afianzar los pies en el charco. Cae de rodillas al suelo. Se queda agarrada del carro como una niña de las barras de un gimnasio, temerosa de desplomarse.

Unos dedos se cierran en torno a su brazo.

45

Zelda pone a Elisa en pie. La chica está como loca, trata de zafarse, está rebuscando algo en el bolsillo, pero Zelda no la suelta. Elisa no solo está temblando. Sufre convulsiones, respira con dificultad, no parpadea en absoluto, está frenética. Saca la mano del bolsillo y en ella tiene lo que parece ser una jeringa hipodérmica. De su extremo pende una gota de un líquido plateado, realzado por la incipiente luz del rubor del amanecer. La mirada de Zelda va de la punta de la aguja hasta Elisa.

—Cielo —susurra—. Cálmate un poco.

Su voz ejerce el efecto no conseguido por la expresión en su rostro. Elisa devuelve la jeringa al interior del bolsillo y se desploma delante de Zelda, a cuyo uniforme intenta agarrarse. Zelda solo ha presenciado este tipo de dolor preñado de rabia en algún funeral, pero deja que siga su curso y cierra los brazos en torno a la desbocada espalda de Elisa, cuyo uniforme está mojado. Empapado. Zelda mira por encima del hombro de su amiga y contempla el montón de ropa blanca empapada: toallas, batas de laboratorio, guardapolvos blancos...

Y un solitario ojo dorado.

—¡Por Dios! —exclama boquiabierta—. ¡Por Dios!

Elisa se desliga del abrazo y sujeta a Zelda por los antebrazos, suplicando y temblando a la vez. Quizá por su capacidad para expresarse con los dedos, se las arregla para explicarlo todo: por qué ha sido tan fría con Zelda, por qué trató de alejarse de su amiga. Lo hizo por *esto*, porque no quería que Zelda fuera culpable de todo esto; y por esta fidelidad a su amistad, Zelda tira todo el sentido común por la borda y se sitúa en su lugar habitual y empuña el asa del carro.

—Estás loca —dice—. Y ahora, empuja.

46

Strickland conoce la forma-sombra de Hoffstetler tan perfectamente como los andares de este ruso con pies planos. Ahí lo tiene. Strickland se mueve con mayor rapidez y embiste por el centro del pasillo iluminado por los rayos matinales que se cuelan por una única ventana, ignorando a un peeme que saluda y pide instrucciones. Apenas ha dado unos cuantos pasos y de pronto se lleva una verdadera sorpresa. Hoffstetler no está tratando de escabullirse. Se dirige directamente hacia él. Strickland se detiene, enciende con el pulgar la picana para el ganado, la deja lista para usarla, se dispone a interpelar a Hoffstetler. Pero este se le adelanta.

—¡Strickland! ¡He conseguido escapar! Entré para prepararlo todo... ¡y ese bicho me arrastró a la piscina!

—¿Espera que me crea...?

Hoffstetler agarra a Strickland por la chaqueta. Strickland da un paso atrás, con la idea de soltarle un latigazo de Alabama, pero todo sucede de forma muy rápida y desconcertante.

—¡Yo no he sido, Richard! ¡Alguien ha entrado! ¡Y se lo ha llevado!

—Usted es un rojillo asqueroso y...

—Si hubiera sido yo, ¿le parece que estaría diciéndole todo esto? ¡Tenemos que cerrar el recinto entero!

El rostro de Hoffstetler está tan próximo que sus narices se tocan. Strickland le fulmina con la mirada, tratando de descifrar la verdad en los ojos del científico. La verdad en sus ojos. La ha visto en los de cada hombre a quien ha amenazado. En los de cada hombre a quien ha matado. Ojalá pudiera verla ahora.

Y entonces le hacen un pequeño favor: todas las luces del universo vuelven a la vida de golpe.

47

El apagón fue una cosa fácil, como cuando uno cierra los ojos para dormir. Cuando vuelven las luces en Occam, el vataje es el adecuado para un estadio: el tungsteno estalla por las ventanas como fogonazos, las farolas del aparcamiento lo cubren todo como lava. El guardia se protege los ojos y se da media vuelta, pues es el edificio entero el que acaba de tenderle una emboscada. Giles asoma la pierna por la portezuela del conductor y titubea, cegado. Pero, con los párpados casi cerrados, mira en la dirección oportuna y ve que las dobles puertas se abren y que Elisa aparece con un carro, tal como lo planearon. Con la salvedad de que una mujer negra y corpulenta está ayudándola a empujar.

Giles sabe que no es un hombre de acción. La acción es propia de otros y le ha dejado malparado, una vez tras otra. Le ha arrebatado la vida que tendría que haber tenido. Pero hoy la cosa cambia. El guardia sigue con la vista puesta en el edificio, y a Giles se le ocurre una idea. No permite que llegue al punto en que las ocurrencias de este tipo, tan comprometedoras, sean evaluadas por la mente. Sujeta la portezuela con ambas manos y la estrella contra el vigilante con todas sus fuerzas. La furgoneta tiene una altura considerable, y el ruido de la puerta de metal contra el cráneo del guardia resulta horrendo, al igual que el sonido, como de saco lleno de huesos, del cuerpo que se estrella contra la calzada. Pero lo ha hecho, la primera acción violenta en su vida, y aunque no por ello se siente satisfecho, sabe que queda mucha violencia que compartir, aquí en particular.

48

El carro desciende rampa abajo por sí solo, hasta chocar contra la parte posterior de la furgoneta. Elisa corre hacia allí, mientras Zelda se apresura a cerrar las puertas que dan a la rampa, para disimular su retirada. Elisa abre una de las puertas del vehículo y empieza a tirar toallas mojadas al interior, las suficientes para dejar a la criatura al descubierto. Está encogida como un feto y con una manaza se protege los ojos de las brillantes luces en lo alto. Elisa se acerca, la coge bajo su brazo, trata de enderezarla. La criatura la acompaña, pero por muy corto tiempo. Tiene las branquias infladas y a duras penas se sostiene en pie.

Zelda acude a ayudar a Elisa. Su amiga otra vez está a su lado. Sujeta el otro brazo de la criatura con una mueca de repulsión en el rostro hasta que nota la textura de su cuerpo, fría y de cota de malla. El contacto no dura más de diez segundos, mientras lo meten rodando en la parte trasera de la furgoneta, pero son suficientes para que Elisa se percate de la anonadada comprensión en la cara de Zelda. Este ser no es un simple animal, un lagarto colosal. Más bien se parece a un hombre, pero superior en todo aspecto, una criatura de grado superior al de ellas dos, abandonada a su suerte en un desierto frío y árido que no fue hecho para ella.

—¡Vamos! —resuella Zelda—. ¡Vamos!

No hay tiempo para agradecimientos ni despedidas. Elisa señala la cámara de seguridad y le indica por señas: «No pueden verte». Conduce a Zelda hacia las puertas, pues a su amiga no la han visto; si se mete en el interior, siempre podrá alegar ignorancia. Pero Zelda continúa boquiabierta por el asombro, mientras Elisa cierra las puertas de la furgoneta ruidosamente, y el vehículo abandona el muelle de carga dando bandazos, con los neumáticos chirriando a mayor volumen que la ruedecilla defectuosa en el carro para la colada.

49

Strickland corre. Cosa que detesta. Esto de ponerse a correr por unas oficinas es la prueba definitiva de que ha perdido el control. Pero no le queda más alternativa. Se precipita por el corredor, atropellando a la gente, y sube alocadamente por las escaleras de servicio y a través del vestíbulo, hasta que sale como una bala por la puerta principal y se detiene para recuperar el aliento. Dos policías militares se encuentran directamente detrás de él, y Fleming está detrás de ambos peemes. En el exterior, la mañana ha terminado de llegar. Los científicos llegan andando al trabajo, bostezando. Las secretarias hacen alto para retorcerse el lápiz de labios frente al espejito. Todo resulta normal.

Pero se oye ese sonido... Un vehículo, demasiado próximo para ir a tanta velocidad. Strickland sale corriendo hacia la derecha, cruza el césped y dobla la esquina del edificio. Ahí está, como una gigantesca bola de nieve que bajara por el Everest, una furgoneta blanca de lavandería que está escorándose en su dirección.

—¡Disparen! —grita.

Pero los dos peemes aún están doblando la esquina, y no hay nada que un hombre armado con una picana para el ganado pueda hacer contra un mastodonte que corre a toda velocidad. El guardia situado de pie junto a la garita sale huyendo despavorido. No obstante, la furgoneta vira su curso; el conductor no quiere causar bajas, lo que es una sorpresa. En ese sector del aparcamiento solo hay un vehículo, y la furgoneta lo golpea con fuerza al pasar. La parte posterior del coche sufre una abolladura descomunal. Es un elongado, formidable Cadillac Coupe De Ville.

—No. —A Strickland le duele el pecho con fuerza, como si la furgoneta también le hubiera golpeado a él. Oye que su voz asciende en espiral, con un gallo de muchachita—. *¡No, no, no!*

50

La Perrita pega una fuerte sacudida. Giles nota el puñetazo del cuerpo de Elisa al golpear contra la parte posterior de su asiento. Llega un olor a caucho quemado. Se han detenido. Se han quedado atorados, a unos metros de la libertad. Mira por encima del capó de la Bedford y ve que el parachoques delantero de la furgoneta se ha quedado enganchado con el del Cadillac verde brillante. Oye un grito agudo. Se dice que es una mujer, pero se trata de un hombre muy corpulento que viene corriendo hacia ellos, a grandes zancadas, como el macho alfa de un grupo de gorilas, empuñando una especie de bate de béisbol.

Giles suelta un juramento, pone la marcha atrás, pisa a fondo. Dificultosamente, la furgoneta retrocede un metro. El metal cruje y chilla. Se oye el pum de los cristales rotos, un sonido como de fuegos artificiales. El hombre que llega corriendo es veloz; ha cubierto la mitad de la distancia. Giles cambia de marcha, pisa el pedal con todas sus fuerzas y avanza hacia delante. Los cromados quedan triturados y gimen los parachoques enlazados. Levanta la vista y ve que unos hombres armados apuntan y gritan al hombre que llega a la carrera que se quite de en medio, para que puedan disparar. Sin embargo, este individuo está enloquecido. Cruza por un seto de un salto, aullando cosas absurdas. Giles eleva el cristal de la ventanilla, en una penosa iniciativa de defensa.

Pero menos mal que lo hace. El hombre golpea la ventanilla con su bate. Una resquebrajadura divide el cristal en dos. Giles suelta un grito, hace girar el volante y pisa a fondo, lo hace girar a la izquierda y de nuevo pisa a fondo. El otro vuelve a golpear el cristal, creando una telaraña. Golpea por tercera vez y lo hace añicos; unos fragmentos de cristal rozan el rostro de Giles. Y el parachoques de la furgoneta en ese momento se desengancha, y el desconocido se echa hacia atrás de un salto para no ser arrollado. Saltan chispas, y la Bedford se abre paso, escupiendo pintura verde del Cadillac, en cantidad, pintura con muchas capas, o eso le parece a Giles.

51

Las branquias de la criatura se abren, revelando unas mareantes capas de rojo encaje, y se mantienen abiertas, mientras los filamentos se agitan como patas de ciempiés en busca de suelo firme. Los jadeos de este ser son cortos y cada vez más espaciados. Su brazo se levanta de entre las prendas mojadas; esta envuelto en ellas como un niño que jugara a los fantasmas, y la mano se enrosca y sigue alzándose, como si fuera la primera parte de su cuerpo en ascender al cielo.

Elisa agarra su muñeca y la devuelve a la tierra. La muñeca pugna por levantarse otra vez y Elisa finalmente comprende: la criatura está suplicando agua por señas. Ella se ha limitado a mantenerlo envuelto en toallas mojadas, sin oír el entrechocar de las botellas que ruedan por el suelo. Van de un lado a otro a cada nuevo giro de Giles, pero se las arregla para recoger una, abrir el tapón y empapar la cara, los ojos y las branquias de este ser, quien arquea la espalda para absorber cuanta más mejor. El agua se infiltra en su cuerpo a través de los surcos, que a estas alturas tienen un feo color marrón. El líquido se desvanece en cuestión de segundos, pero la criatura sigue estando seca, continúa resollando.

—¿Se encuentra bien? —grita Giles—. ¿Está vivo?

Elisa patea la pared con ambos pies; es su forma de decir: más deprisa.

—¡Hay mucho tráfico! ¡Hago lo que puedo!

Elisa patea otra vez. Hoffstetler le ha dicho que la criatura no podía resistir más de treinta minutos y ya han pasado quince o, quizá, veinte; el tiempo vuela. Vuelve a concentrar su atención en el evadido. De su boca brota un sonido ahogado, y Elisa, quien solo conoce técnicas humanas de consolación —una lastimosa limitación, y ahora se da cuenta—, pasa el brazo bajo su axila y hace que se siente con normalidad. Con la mano libre pilla otra de las botellas y comienza a verter agua sobre su cuerpo.

La absorbe, la trasiega; sus ojos recién rociados, que ahora se encuentran al nivel de la ventanilla, van del oro al amarillo diente de león. Por muy sofocado que esté, da la impresión de sentirse maravillado por el mundo que se despliega en el exterior. Elisa también mira, preguntándose si la ciudad tendrá un asomo de la magia de la selva. La anaranjada luz del sol cae sobre los grises soportes de los neones apagados. De pronto aparece un trolebús que es como una ballena amarilla. Una valla de un anuncio de Coca-Cola protagonizado por un hombre y una mujer, tan físicamente juntos como Elisa y la criatura: la mujer tiene una botella de refresco en la mano mientras Elisa tiene otra de agua. Durante un segundo considera que Baltimore no es el hormiguero insensato que se ha obligado a aceptar, sino que cuenta con su propio batiburrillo de narrativas, sus propias montañas de mitos, su propio bosque de las hadas.

La Bedford se descontrola al dar un bandazo detrás del Arcade y, aunque Giles frena, el morro de la Perrita —ya no protegido por el parachoques— se estrella contra los cubos de basura. No hay tiempo para lamentaciones. Giles abre las puertas traseras de golpe, y Elisa ya está preparada: hace que la criatura salga envuelta en una mojada bata de laboratorio y encapuchada con una sábana mojada. La subida por la escalera de incendios resulta torpe, desmañada, de película de batacazos, el opuesto deprimente de las piruetas de Shirley Temple y Bill Bojangles.

De una forma u otra se las componen para llegar a lo alto, para correr por el pasillo y entrar por la puerta del piso de Elisa. Giles se hace a un lado en la puerta del cuarto de baño, porque el espacio es reducido, y Elisa tiene que guiar a la criatura a solas hacia el interior, pero los dos están muertos de fatiga y el resultado es que la criatura se desploma: sus patas inútiles ceden al pegar contra la bañera, y cae de espaldas sobre al agua a la espera. La salpicadura rocía la cara de Elisa, tal como el agua embotellada mojó el rostro de la criatura en la furgoneta: como una limpieza ritual, como un bautismo. El recién llegado empequeñece la bañera del apartamento, como la empequeñecerían casi todos los hombres, o tal piensa Elisa. Abre el grifo del agua caliente porque la que hay está fría después de la noche entera. Las cañerías chillan y se estremecen, hasta que el agua brota a chorro junto a la cabeza de la criatura. La superficie sube con rapidez y termina por cubrirle el rostro. Elisa se mantiene a la espera de que aparezcan burbujas de aire. No aparecen. Agita el agua con la mano.

—¿Quién es esa mujer que te ayudó? —jadea Giles a sus espaldas—. ¿Tienes una red de saboteadores a tu servicio?

Sí, la piscina: Elisa se acuerda de que, al hundirse bajo el agua, la boca se le llenó de sal. Lleva la mano al bolsillo y saca el frasco de pastillas salinizadoras que le proporcionó Hoffstetler. Al hacerlo saca sin querer un segundo objeto, que cae al suelo.

—Por Dios... —dice Giles—. ¿Eso de ahí es una *jeringa*?

Una pastilla cada tres días, fue lo que le dijo Hoffstetler, ¿no? ¿O eran tres pastillas al día? La criatura es una roca sumergida; no hay más tiempo que perder. Tira al agua tres de las pastillas. Burbujean al disolverse, y Elisa vuelve a agitar el agua con la mano, haciendo que la sal impregne la cara y el cuello de la criatura. No hay nada más que hacer, lo que resulta terrible. Coge la mano de la criatura. Esa cosa descomunal, palmeada, reluciente por obra de sus escamas irisadas, estriada por delicadas espirales. Pone su propia mano encima y dobla las garras del otro hasta que puede estrujar los dos puños superpuestos como un cirujano que estrujara un corazón.

La sombra de Giles se cierne sobre ellos.

—Tenías razón —dice con el aliento entrecortado—. Es hermoso.

La mano de la criatura se tensa en torno a la de ella, engulléndola entera como una serpiente a un roedor. Un espasmo mortal, piensa Elisa con un sollozo hiriente, hasta que el agua del baño comienza a refulgir, con un destello de cobalto al principio, una ilusión óptica, hasta que florece y se tranforma en un azul zafiro, convirtiendo el cuarto estrecho, húmedo y sin ventana en un acuario infinito en cuyo interior están nadando, efervescentes, etéreos y vivos.

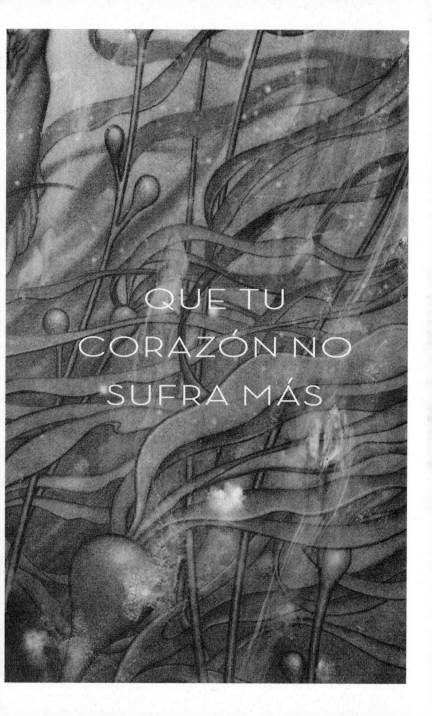

1

En la bandeja sobre el escritorio se encuentran los retorcidos restos de un artefacto. Strickland lleva horas mirándolos. Una sección de tubería de metal desventrada por una explosión de algún tipo. Un amasijo rojizo que parece ser plástico frito. Unas venosas incrustaciones negras que seguramente corresponden al cableado. La verdad es que no tiene ni puta idea. En realidad, ni siquiera está tratando de adivinar de qué se trata. Sencillamente, lo contempla.

A saber qué tipo de bomba es, pero el hecho es que lo fundió todo. Lo mismo que su vida en este momento, ¿no? Todo se ha fundido. Sus esfuerzos por convertirse en un buen padre. Las ideas caricaturescas sobre la paz y la tranquilidad domésticas. Su propio cuerpo se ha fundido. Echa una mirada a sus vendajes. Hace días que no se los ha cambiado. Están grisáceos, húmedos. Es lo que pasa con los cadáveres en los ataúdes. Se funden hasta convertirse en una viscosidad negruzca. Y esto no se limitará a los dedos. Nota que la putrefacción empieza a carcomer las arterias en sus brazos. Que algunos de sus zarcillos están adhiriéndose al corazón. La Amazonia estaba llena de esta fecundidad hedionda. Quizá no sea posible detenerla.

Un puño llama a la puerta. Lleva tanto tiempo con la vista fija en la bandeja que los globos oculares le duelen al moverse. Es Fleming. Vagamente, Strickland se acuerda de que ordenó que viniera a hacerle esta visita. Fleming se había ido a casa a dormir. ¡A dormir! Después de un desastre de este calibre. Por su parte, a él en ningún momento se le ha ocurrido irse de Occam. Se ha convencido a sí mismo de que está allí porque quiere, y no porque aún no haya osado inspeccionar los daños causados al Cadillac. Fleming se aclara la garganta y le libera de estos pensamientos. La luz gris de los monitores de seguridad es como la de un gran aparato de rayos X. Strickland puede ver los sebosos órganos internos del hombre. Sus huesos como ramitas de árbol. Los electrodos palpitantes de su miedo.

—¿Ha hecho algún progreso en relación con lo sucedido? —pregunta Fleming.

Strickland no lo fulmina con la mirada. Para fulminar a alguien con la mirada es preciso tenerle un mínimo de respeto. Fleming se esconde tras su tablilla, pero el militar ve la tumefacción en el cuello, del golpe que le propinó en el curso del apagón. Este capullo es tan blando como una babosa.

El otro vuelve a aclararse la garganta, consulta la tablilla.

—Han quedado muchos restos de pintura que podemos estudiar. Lo que seguramente nos dará pistas. La marca y el modelo de la furgoneta. Lo mejor de todo: tenemos el parachoques delantero enterito. Podemos enviar a gente a buscar una furgoneta blanca sin el parachoques, ahora mismo. Lo más fácil sería avisar a la policía de la ciudad, pero entiendo que prefiera no hacerlo. Hemos acordonado todo el aparcamiento, por lo que también podemos medir los dibujos de los neumáticos.

—Los dibujos de los neumáticos —repite Strickland—. Restos de pintura.

Fleming traga saliva.

—También contamos con las grabaciones de las cámaras.

—Pero no con la de la única cámara que importa. Es así, ¿no?

—Seguimos peinando todas las imágenes.

—Y no tenemos un solo testigo ocular que pueda decirnos algo útil.

—Recién hemos empezado a entrevistar al personal.

Strickland vuelve a posar la vista en la bandeja. Las bandejas están para llevar comida. Imagina que se come este artefacto. Que sus dientes se clavan en los fragmentos metálicos. Que las piezas engullidas se le apelotonan pesadamente en el estómago. Él mismo podría convertirse en una bomba. La cuestión sería dónde escogería situarse en el momento de explotar.

—Si quiere saber mi opinión —prosigue Fleming—, creo que nos las tenemos que ver con unas fuerzas de élite muy bien adiestradas. Bien equipadas y bien pertrechadas. La infiltración les llevó menos de diez minutos. A mi modo de ver, señor Strickland, esto ha sido obra de las fuerzas especiales del Ejército Rojo.

Strickland no responde. ¿Un operativo ruso de penetración? Podría ser. Se adelantaron con el primer satélite, el primer animal y, después, el primer hombre en el espacio. En comparación con tales hazañas, el robo del siglo es una fruslería. Y está Hoffstetler. Pero hay un detalle: no ha dado con el menor atisbo de prueba de que Hoffstetler anoche hiciera algo malo. Y toda esta operación, todo este ataque, no lleva el sello de los rusos. Algo se lo dice. Porque ha sido demasiado chapucero. La furgoneta contra la que se abalanzó armado con el látigo de Alabama era una pura chatarra. El conductor era un viejo medio histérico. Strickland necesita tiempo para pensar. Razón por la que ha hecho venir a Fleming. Ahora se acuerda. Se endereza en el asiento. Echa mano a los analgésicos. Se mete unos cuantos en la boca y mastica.

—Lo que quiero decirle —declara—, lo que quiero dejar absolutamente claro, es que lo sucedido no tiene que salir de Occam hasta que yo diga lo contrario. Necesito que me dejen limitar los daños. Nadie tiene que enterarse de todo esto, todavía no. ¿Queda claro?

—¿Excepto el general Hoyt? —pregunta Fleming.

La podredumbre que asciende por el brazo de Strickland se hiela como la savia en invierno.

—Excepto... —Strickland es incapaz de terminar.

—Yo... —Necesitado de un escudo, Fleming lleva la tablilla a su pecho—. Llamé al general a su despacho. Al momento. Pensé que...

Todo termina de fundirse con rapidez. A Strickland se le sellan los oídos, por efecto de su propia carne en licuefacción. El trabajo casi finalizado en Occam, todo lo conseguido en el Amazonas... En su conjunto era suficiente para negociar y liberarse de las cuerdas que le ataban a Hoyt. Y ahora, ¿cómo negociará? Hoyt sabe que le ha fallado. El pináculo profesional al que Strickland se ha encaramado por instigación de Hoyt ha resultado ser el de una guillotina. Strickland cae de él en dos mitades y aterrizará en algo suave. Es el fango de un arrozal. La pestilencia del excremento usado como fertilizante resulta asfixiante. La estúpida risita de los carros de bueyes al pasar es ensordecedora. Dios, Dios, Dios... Otra vez se encuentra en Corea, donde todo empezó.

Corea, donde Hoyt tenía instrucciones de dirigir la evacuación al sur de decenas de millares de coreanos, con Strickland como su asistente personal. Llegados a Yeongdong, donde el general MacArthur dio la orden de que su grupo plantase cara al enemigo, Hoyt agarró a Strickland por el cuello, señaló uno de los camiones y le dijo que lo condujera. Y lo condujo, bajo una lluviada plateada e hirviente, siguiendo el avance de las garzas en sus perezosos, alados desplazamientos de un arrozal al siguiente.

Llegaron a una antigua mina de oro medio llena de ropas andrajosas. Strickland supuso que tenía que quemarlas, del mismo modo que habían incinerado innumerables aldeas para que el Ejército Popular de Corea del Norte no pudiera apoderarse de botín alguno. Pero, al acercarse, vio que no eran ropas. Eran cadáveres. Cincuenta muertos, quizá cien. El interior de la mina estaba acribillado a balazos. El peor de los rumores en el ejército se había convertido en realidad: una matanza de civiles coreanos inocentes. Hoyt sonrió, llevó la mano de forma paternal al cuello de Strickland chorreante por la lluvia y lo acarició con el pulgar.

—dijo.

Cuando Strickland rememora este momento, las palabras de Hoyt no son sino tachaduras expresadas a voz en grito. Pero, en lo fundamental, se acuerda bien de lo sucedido. Un soldado de avanzadilla hizo saber a Hoyt que no todos los tiroteados en el interior estaban muertos. Lo que resultaba malo para Hoyt. Malo para Estados Unidos. Si algunos supervivientes lograsen arrastrarse al exterior y contar lo sucedido, Estados Unidos se encontraría metido en un buen lío, ¿verdad que sí?

Strickland nunca en la vida iba a permitirse lloriquear delante de Hoyt. Echó mano al fusil colgado del hombro. Pero Hoyt se llevó un dedo a los labios y a continuación lo movió en el aire, bajo la lluvia. Allí no había nadie más. No convenía llamar la atención. Hoyt desenvainó del cinto un gran cuchillo Ka-Bar con la hoja negra. Se lo entregó a Strickland e hizo un guiño.

La empuñadura de cuero estaba viscosa como carne en putrefacción bajo la asquerosa lluvia caliente. Los cuerpos también estaban calientes y asquerosos, apilados en montones de cinco o seis, con las extremidades dobladas y enredadas. Apartó a una mujer haciéndola rodar. Los sesos se desparramaron por un agujero en su cabeza. Sacó a un hombre de uno de los montones. Los intestinos salieron a borbotones, de un azul brillante. Diez cuerpos, veinte, treinta. Hurgó en la fría carnicería, como quien excava un túnel en el útero de un cadáver. Estaba perdido, no cesaba de resbalar, apestaba. En su mayoría estaban muertos. Pero algunos de hecho estaban vivos, murmurando, quizá suplicantes, probablemente rezando. Los degolló, para asegurarse bien. De allí no iba a salir nadie vivo, se dijo, ni siquiera Richard Strickland.

No le gustó aquel sonido que oyó. Cuando estás en las entrañas del infierno, ¿cómo puedes fiarte de algo? Pero el sonido seguía oyéndose, un gemido agudo, y en el fondo del montón encontró a una mujer. Muerta, pero la rigidez había hecho que su cuerpo fuese la jaula protectora de su bebé. El bebé estaba vivo. Un milagro, de verdad. O lo contrario de un milagro. Descubierto, el bebé rompió a llorar. De forma alta y estridente, justo lo que Hoyt quería evitar. Strickland trató de limpiar el cuchillo Ka-Bar de sangre y de cartílago, para que el corte fuera limpio. Pero estaba temblando demasiado para confiar en sí mismo. Y en esto precisamente radicaba la cuestión, ¿no? En la confianza, ¿no? En la confianza en Hoyt. En la violencia. En la guerra. En que el mal era bueno, en que el asesinato era una muestra de compasión.

Había un charco. Mitad agua de lluvia, mitad sangre. Con delicadeza, Strickland hundió la cabeza del bebé en el líquido. Quizá, rezó, el bebé efectivamente era un milagro. Quizá fuera capaz de respirar en el agua. Pero en el mundo entero no había un ser capaz de hacerlo. Se retorció un poco, y todo terminó. Strickland se puso de rodillas y varios cadáveres rodaron por su espalda. Hoyt se le acercó, acunó la cabeza de Strickland contra su barrigón protuberante y acarició su pelo ensangrentado. Strickland se entregó, se abrazó con fuerza a él. Hizo lo posible por escuchar lo que Hoyt estaba diciéndole, pero tenía los oídos obturados por la sangre y los tejidos.

██████████

En aquel momento resonó como un susurro; ahora resuena como un aullido. Lo que había hecho era una atrocidad, un crimen de guerra que aparecería en primera plana en todos los periódicos del mundo si un día llegaba a ser revelado, y el secreto iba a mantenerle aliado con Hoyt hasta que uno de los dos estuviera muerto. A solas en su despacho en Occam, tantos años después, Strickland termina por comprender. Los ensordecedores aullidos que son las tachaduras de Hoyt…, ¿cómo pudo no darse cuenta de la conexión? Son los chillidos de los macacos, son uno y lo mismo. Durante su vida entera, las voces primitivas han estado empujándolo a aceptar el destino por otros preparado. Es la razón por la que el Deus Brânquia tenía que ser capturado. Es la razón por la que la deidad de la selva tiene que destruir a la deidad dotada de branquias. Ninguna nueva divinidad puede ascender hasta que se produce la muerte de la divinidad anterior. Tendría que haber escuchado a Hoyt, tendría que haberle hecho caso en todo momento. Los macacos… No hay que tener miedo de las órdenes que imparten.

Lo que hay que hacer es obedecerlas.

2

El carboncillo es un cartucho de dinamita en su mano. No es una herramienta que utilice mucho. No te decantas por el carboncillo a la hora de ilustrar la crema desodorante antiséptica Etiquette o el colorete para el verano Tangee. Es desaseado, lo contrario de lo que tales productos exigen, y el negro induce a la gente a desconfiar, a que no les entren ganas de comprar. ¡Ah, pero hubo un tiempo en que él no aceptaba otra cosa! Lo utilizaba para desnudos, principalmente, porque el carboncillo era el más crudo de los instrumentos y requería que el tema también fuera crudo. Dibujar con él era el equivalente de la brujería. Incluso los retazos de papel por él ignorados cobraban vida en forma de pómulos angulosos, frentes altas, clavículas prominentes, las laderas de unas nalgas, los costados de los vientres. Los rasgos más finos se hundían en la carbonilla y se alzaban renacidos, la historia de la evolución desarrollada en dos dimensiones.

Él, por entonces, era tan joven y tenía tan poco miedo a los errores…, de hecho tenía ganas de encontrar errores, los catalizadores de la sorpresa artística. Giles se pregunta si sigue teniendo lo que hay que tener. ¿Sus manos viejas y doloridas van a impedirle modular el color del negro al brezo, del humo a la niebla? ¿El temblor de sus viejos dedos le impedirá borronear la textura de la arpillera, la sarga o la gamuza? Ha pasado un día desde que dieron el golpe; sus oídos están prestos a detectar el ruido de las sirenas de la policía. El trabajo es lo único capaz de calmar su mente y sus manos. Escoge un lápiz de grosor mediano. Gomoso, pues ha estado metido en un féretro en forma de caja de cigarros durante décadas. Lo afila un poco con un sacapuntas y se dispone a dibujar en el papel, situado en el caballete que descansa en su regazo sobre la cerrada tapa del inodoro.

La criatura le observa bajo el agua de la bañera. Todavía está aprendiendo a inhalar el agua de los apartamentos Arcade y no puede hacer mucho más que rodar. Cosa que hace con bastante facilidad, como un jovencito que aún no quiere levantarse de la cama. Giles le sonríe; le sonríe mucho. Primero lo hacía para asegurar a esta esfinge inescrutable que no pensaba causarle el menor daño. La sonrisa de Giles a estas alturas es genuina, y a veces no puede reprimir la risa. ¡Cuán vacíos e inexpresivos resultan a veces sus ojos de gato! No hay mucho que leer en el siempre cambiante brillo ocular de este ser. En el interés que muestra por Giles y su vistosa colección de lápices, ninguno de ellos un bisturí o una picana para el ganado. En cómo está empezando a confiar en Giles, es posible que hasta empiece a gustarle.

No, no es *eso*. Es *él*. Elisa ha insistido mucho a este respecto, y a Giles le complace darle la razón. Ayuda que la criatura sea deslumbrante, mil millones de gemas cegadoras moldeadas en la forma de un hombre por un artista de categoría incomparablemente superior a la de Giles. Este no cree que existan óleos o acrílicos capaces de reproducir tamaña incandescencia, ni acuarelas o aguadas capaces de capturar los matices más oscuros. De ahí que él haya seleccionado el camino de la simplicidad: el carboncillo. Giles pronuncia lo que recuerda del Ave María y efectúa el primer trazo, la curva en S de una aleta dorsal.

—Esto —resuella. Suelta una risita de asombro y agrega—: Esto es.

Desde este ángulo no puede ver el espejo del lavamanos, pero se dice que otra vez podría tener treinta y cinco años, hasta puede que veinticinco. Así de osado y de valiente se siente. Traza otra línea, y otra más después. No se trata de una obra de arte, se recuerda, sino de un simple bosquejo, nada más que lo suficiente para entrar en calor al viejo estilo. Y sin embargo, no puede evitar la sensación de que estás ásperas líneas son las más vibrantes que ha realizado desde el día en que aceptó el empleo en los almacenes Hutzler's, la etapa previa a Klein & Saunders, la etapa previa al olvido de todo cuanto importaba en la vida.

La señorita Strickland, la *señora* Strickland, mejor dicho... ¿Es posible que esa mujer con el cardado y los labios pintados sea una especie de vidente? Porque le dijo la verdad. No solo la verdad de que Bernie no quería lo que él había venido a vender, sino también la de que no tenía por qué rebajarse. *Merece ir a algún otro lugar en el que pueda sentirse orgulloso de lo que es*, le dijo, y ese lugar era este, este precisamente, el hogar de su mejor amiga, donde iba a encontrarse a dos palmos de distancia del ser vivo más prodigioso que hubiera visto en la vida.

Elisa no ha podido darle mucha información sobre el origen de la criatura, pero no importa. Giles intuye la divinidad de este ser y, por mucho que se trate de un simple esbozo, no hay empresa artística que requiere más seria atención que el retrato de lo que es sagrado. Rafael, Botticelli, Caravaggio... de joven los estudió a todos en los libros de las bibliotecas y comprendió las recompensas y los riesgos inherentes al retrato de lo sublime. Hacía falta sacrificio personal. Y si no, que se lo dijeran a Miguel Ángel. ¿Cómo completó el fresco de la Capilla Sixtina en cuatro años? Es grotesco, esto de compararse con Miguel Ángel, pero hay una similitud. Al igual que el viejo maestro, él tiene acceso a algo que el mundo en su conjunto no ha visto. Aunque de pronto se oigan las sirenas de la policía, por Dios que habrá valido la pena.

Comienza a hacer un gesto dirigido a la criatura, para que se gire ligeramente, y se echa a reír ante lo ridículo de la idea. ¡Cuán fácilmente rertornan las ínfulas del retratista! Pero resulta que este ser responde, se mueve de tal forma que su ojo izquierdo asoma sobre la línea del agua, como si quisiera ver mejor el gesto de marras. Giles contiene el aliento y decide completar la seña. La criatura sigue el dedo en movimiento, como hubiera podido seguir a un pájaro o un insecto alado en su tierra natal, apreciándolo con calma, sin hostilidad alguna. La criatura parpadea. Sus branquias se cierran con suavidad.

Y a continuación se muestra como un modelo complaciente y se gira.

3

¿En qué momento las luces en los techos de los grandes almacenes se transformaron en supernovas? ¿Cuánto tiempo lleva la fruta enlatada llorando por su propia belleza? ¿En qué ocasión los productos de repostería empezaron a suspirar secretos azucarados hasta formar una nube cuyas gotas cubren el rostro de Elisa como lágrimas de felicidad? ¿Desde cuándo las compradoras —aquellas señoronas malencaradas pertrechadas con bolsos voluminosos y carritos usados como armas— se han convertido en mujeres que le sonríen, insisten en que ella vaya primero, la elogian por sus compras? Es posible que hayan visto lo que la propia Elisa ha visto reflejado en la vitrina de la carnicería: no una mujercita encorvada y tímida, empeñada en esconder las cicatrices en el cuello, sino una mujer hecha y derecha, erguida y segura de sí misma mientras indica qué cortes precisos de carne y pescado son los que quiere. Son muchos cortes, seguramente ha pensado el carnicero, pero ¿por qué no? Una mujer como esta sin duda cuenta con un hombre hambriento que está esperándola en casa. Es el caso. Elisa ríe. ¡Es el caso, sí!

Y no solo ha comprado carne. También ha adquirido un montón de huevos, por cartones que ha dispuesto en una traviesa estructura entrecruzada dentro del carrito, con un descaro que hace reír a otras clientas. Asimismo, bolsas de sal, pues las pastillas salinizadoras de Hoffstetler no van a durar eternamente. Le toma algo de tiempo reunirlo todo, pero no le importa. Esto de comprar para otro resulta estupendo. Giles se ofreció a ir en su lugar, pero le dijo que no, pues tenía la intuición de que solo ella podía intuir lo que la criatura necesitaba. Ha ido en el transporte público, sin preocuparse por los policías uniformados, recordándose que no tienen ni idea de lo que ha hecho, hasta llegar a Edmondson Village. Zelda llevaba largo tiempo hablándole maravillas de este centro comercial —cuerno de la abundancia, y no estaba mintiéndole. Elisa tiene muchas cosas que decirle, y se las dirá en el próximo turno. Dicho sea de pasada, es fundamental que no se pierda un solo turno en el trabajo, si es que quiere evitar las sospechas. Al pensar en Zelda, Elisa siente que su corazón, que de hecho ya está lleno, oprime los límites de su caja torácica.

Le sorprende ver que en la parte delantera de los almacenes hay un departamento de floristería. Cautivada, entra a mirar y deja que las frondas en movimiento y las hiedras colgadas de lo alto acaricien sus mejillas. Esto era lo que la criatura hubiera necesitado para llenar el vacío en el laboratorio y lo que ahora necesita para que los ángulos rectos del cuarto de baño resulten menos desagradables. Escoge las plantas más frondosas que encuentra. Dos helechos gruesos enmacetados que sin duda cubrirán mucha loza y muchas baldosas. Un palmito con unas hojas como las manos de la criatura; quizá sirva para que se sienta un poco menos solo. Un drago lo bastante alto para alcanzar las luces que iluminan el lavamanos; a lo mejor colorea el cuarto entero de verde.

Amontonadas dentro del carro, las hojas de las plantas le cosquillean la nariz, hacen que se le escape una risita. ¿Cómo se las arreglará para llevar todo esto a casa? Tendrá que comprar uno de los carritos plegables que ha visto cerca de la entrada. Un gasto inesperado, pero ¿qué importan unos pocos dólares más? Hoy es el primer día de su vida en que no ha contado los centavos, y está decidida a exprimirlo al máximo. Es tan consciente de su ancha sonrisa como lo sería de un sombrero muy chillón. Tendría que sonreir menos. O está cantado que despertará las sospechas del primer policía con dos dedos de frente que vea a una mujer así de jubilosa porque ha hecho la compra.

Resulta difícil, y también bastante divertido, avanzar con tanta frondosidad ante los ojos, y al enfilar el pasillo de la caja el carro choca levemente con un expositor. Un centenar de ambientadores para el hogar en cartón bailan de sus ganchos. Los resigue con un dedo. Tienen forma de arbolitos, y cada uno anuncia un aroma diferente. Cereza rosada. Canela marrón. Manzana roja. Muchos son verdes. ¡AUTÉNTICO OLOR A PINO!, proclama uno de los envoltorios en celofán.

No cree posible que su sonrisa pueda ser más amplia, pero es lo que sucede. Coge uno del expositor. No. Descuelga todos los que son verdes. Seis de ellos. No son muchos árboles para formar una selva, pero por algo se empieza.

4

Incluso cuando sus lágrimas van a parar al papel, Giles aprovecha la ocasión para extender los manchurrones con el canto de la mano, dotando a las líneas ásperas de una suavidad fluida que se asemeja a las escamas de la criatura. Esta revelación le provoca una sonrisa, pues espera que solo sea la primera de las muchas que están por venir. Lágrimas, una gota de sangre, un toque de la saliva de un beso: la criatura podría usar la magia del artista para que estas sustancias asimismo se conviertan en arte, en gracia.

Giles levanta la mano, hace girar el índice. La criatura cambia de postura para ofrecerle otro ángulo, alargando el cuello resplandeciente, casi pavoneándose. Giles ríe, nota el sabor de la sal, la relame con la lengua y dibuja, dibuja, dibuja... cual un hombre hambriento en un banquete, temeroso de que los camareros retiren las viandas en cualquier momento. Cuando empieza a hablar, ni siquiera se da cuenta; su murmullo es el roce del carboncillo sobre el papel.

—Elisa dice que estás solo por completo. Que eres el último de tu especie. —Suelta una risita—. Por mucho que lo intento, no siempre pillo todo lo que ella me dice. Naturalmente, al principio no la creí. ¿Quién iba a creerla? Pero entonces te vi y, si no te importa que lo diga, eres muy convincente en persona. Espero que puedas perdonar mis anteriores reticencias. Que incluso llegues a comprenderme. ¿Tú que pensaste al ver por primera vez el interior de un barco de guerra o el tanque en que te encerraron? Dudo que tus pensamientos fueran muy halagadores para la especie humana. Las cosas cambian.

La rugosidad sobre los ojos de este ser. La dibuja en un tono gris nebuloso, el color del desamparo.

—Pero Elisa entonces te encontró. Y eso fue lo que pasó, ¿verdad? Que en ella se produjo un cambio. Y sospecho que en tu interior también se produjo un cambio, ¿puede ser? ¿Quizá no todos los seres humanos somos tan malos? Si semejante idea te ha venido a la cabeza, te doy las gracias, aunque te aviso que es una valoración demasiado piadosa.

En el pecho de la criatura, las placas en cascada, elegantes como pétalos, van adquiriendo, una tras otra, una coloración plateada más oscura.

—Y bien, ahora que te conozco mejor... Oh, por cierto, me llamo Giles. Giles Gunderson. La costumbre es estrechar las manos, pero, en vista de que estamos medio desnudos en el baño, mejor será dejarlo correr. Verás, ahora que te he conocido, encuentro que estoy volviendo en círculos a la casilla de salida, allí donde empecé. No termino de creer que nuestra Elisa esté en lo cierto. ¿Estás solo en el mundo? ¿En serio? Porque si tú eres una anomalía, yo también lo soy.

Dibuja las diáfanas aletas en un gris ceniza, los huesos son unas negras barras.

—Es una tontería. Pero yo también me siento como si me hubieran arrancado del lugar al que pertenecía. O cuando... Quizá nací demasiado pronto. Pero las cosas que sentía de chaval... era demasiado joven para entenderlas, estaba demasiado descolocado en el tiempo o en el espacio para hacer algo al respecto. Ahora lo entiendo todo, pero, bueno, soy un viejo. Mira esta cosa. Este cuerpo en el que estoy encerrado. Se me acaba el tiempo, y eso que tengo la sensación de que nunca llegué a vivir *mi* tiempo, a vivirlo de verdad.

Resuelve la forma de la cabeza con unos trazos suaves como plumas.

—Pero no puedo estar solo, ¿verdad? Por supuesto que no; no soy tan especial. Hay anomalías como yo en el mundo entero. Y me pregunto: ¿en qué momento una anomalía deja de ser una anomalía y comienza a ser lo que sencillamente es? ¿Y si tú y yo no fuéramos los últimos de nuestro tipo, sino algunos de los primeros? ¿Los primeros seres mejores en un mundo mejor? Podemos albergar esperanza, ¿no es así? La esperanza de que no pertenecemos al pasado, sino al futuro.

Giles alarga el brazo para contemplar bien el dibujo. Para tratarse de un estudio, no está mal. ¿Y para qué sirven los estudios? Como práctica para obras más ambiciosas. Vuelve a reír ligeramente. ¿Es esto lo que tiene en mente? Vaya, vaya, hacía décadas que no se sentía tan creativo.

Respira hondo y vuelve el papel hacia la bañera. La criatura saca del todo la cabeza del agua para que su segundo ojo emerja. Contempla el esbozo y a continuación la ladea para compararlo con su propio cuerpo sumergido. Esos fulanos de Occam seguramente consideran que es imposible que esta criatura tenga conciencia de sí misma, pero Giles está en condiciones de decirles muy otra cosa. La criatura sabe que están retratándola, y que el retrato es distinto a su simple reflejo en un río. En pocas palabras, se trata de la magia del arte. El reconocimiento de la posibilidad de ser capturado de este modo equivale a la colaboración activa con el artista. Por Dios, piensa Giles, es verdad: no son tan diferentes el uno del otro. Es posible que Giles, bajo la luz indicada, bañado por las aguas adecuadas, también sea hermoso.

5

El carrito plegable con dos ruedas para la compra es más ágil que el que utiliza Elisa en Occam, pero para ella las aceras de Baltimore suponen un desafío de mayor envergadura que los pulimentados suelos de laboratorio. Ya es media tarde y lleva una eternidad sin dormir, pero sigue sin estar cansada. El acto de acunar a la criatura en la furgoneta parece haberle inyectado lo contrario de cuanto pudiera haber en la jeringuilla de Hoffstetler. Se siente llena de energías. Ha bajado del autobús varias paradas antes, para pasear de regreso a casa, para quemar algo de la energía nerviosa. Por mucho que ansíe ver de nuevo a la criatura, el olor del río Patapsco le atrae de forma irresistible, como a una niña las galletas recién horneadas.

Arrastra el carrito y pasa junto a un malecón y un muelle que tienen el acceso vedado. También hay una pequeña pasarela suspendida sobre pilotes que se adentra en el agua. ¿También está prohibido el paso? Lo último que necesita es llamar la atención de algún policía. Pero nada indica que esté prohibido. Camina en dirección del río y los edificios de la ciudad se deslizan por su espalda como un salto de cama. No hay ningún vallado, ni barandas de seguridad, solo hay un letrero con la leyenda PROHIBIDO BAÑARSE. PROHIBIDO PESCAR. DESEMBOCADURA DIRECTA EN EL MAR CUANDO EL NIVEL DEL AGUA ALCANZA 10 METROS. La idea de la pesca siempre le ha producido repulsión, y en el Hogar nunca le enseñaron a nadar, pero entiende bien lo que dice el letrero. Cuando el nivel del agua alcanza la marca de 10 metros pintada en un pilar de hormigón —suponiendo que alguna vez vuelva a llover—, el río desemboca en la bahía.

Elisa deja a un lado el carrito y pisa el borde de la pasarela. Cierra los ojos para protegerse de un roción que indica que el día no es tan tranquilo como creía. Razón por la que los pasajeros en el autobús llevaban los cuellos subidos e iban encogidos para protegerse del frío de sus propias ropas. Y por la que la mujer sentada al otro lado del pasillo del autobús no reparó en la sonrisa radiante de Elisa sino a la tercera.

La mujer era guapa, todo lo guapa que Elisa había soñado ser, hasta los acontecimientos de ayer. Era tal como imaginaba que sería la Julia de la zapatería. Delgada, pero con las curvas suficientes que quedarían realzadas en un vestido de franela a rayas, un modelo ornado con hebillas con diamantes de imitación, un broche a juego, pulseras, pendientes y un anillo de casada. Solo el cardado rubio estaba un poquito pasado de moda. Elisa lo atribuyó al hecho de que, bueno, esta era una mujer que trabajaba, y las mujeres que trabajan siempre andan muy ocupadas. Si lo sabría ella.

Cuando finalmente logró atraer la mirada de la mujer, esta titubeó antes de devolverle la sonrisa; como todos los demás, parecía sentirse algo sorprendida por la alegría de Elisa. Se fijó en la mano de la desconocida y se percató de la ausencia de un anillo. Sin embargo, para sorpresa de Elisa, su expresión no fue de desdén, sino de alivio; la sonrisa se tornó menos histriónica, más genuina. Elisa tuvo la impresión de que, por mucho que ella pudiera admirar a esta mujer tan guapa y tan profesional, ella por su parte le admiraba más aún. Y lo más asombroso de todo: Elisa creyó leer lo que la otra estaba intentando decirle: *Haz lo que te diga el corazón. Cueste lo que cueste, sigue lo que te indique el corazón.*

Y Elisa por fin está siguiéndolo. Pero aquí, en el extremo del mundo, mientras la temperatura baja a cada nuevo segundo, Elisa se siente angustiada por la tensión visible en el rostro de la mujer. Si una mujer que lo tiene todo puede ser así de infeliz, ¿qué esperanza le queda a una limpiadora del turno de noche, que a duras penas puede pagar el alquiler, cuya incapacidad para hablar le aísla de casi todos, quien —esto ya es lo último— esconde en su bañera a un hombre anfibio que es un secreto de Estado?

Elisa abre los ojos, se da media vuelta, los entrecierra mientra mira al norte. No hay más dudas: el día está cerrándose cada vez más. Así lo demuestran las lejanas luces de la marquesina del Arcade, que el señor Arzounian solo conecta cuando la oscuridad es intensa y justifica el gasto. Elisa nota un nudo en el estómago. Si puede ver el Arcade desde este lugar, eso significa que la criatura está muy cerca del río. Tanta proximidad la pone nerviosa. Agarra el carrito y se dirige a casa tan rápido como puede.

Encuentra a Giles dormido, con la espalda erguida sobre la tapa del inodoro, roncando ligeramente, con las manos manchadas de carboncillo. En silencio, para no despertarle, se agacha sobre la alfombra raída, dobla los brazos sobre el borde de la bañera y encaja la barbilla entre ellos. Contempla los ojos de la criatura, todavía brillantes bajo el agua, y escucha el suave burbujear que es su respiración. La criatura parpadea; es su forma de saludar. Elisa desdobla un brazo y hace que su índice navegue por la superficie hasta tocar el dorso de la mano del anfibio. De modo inesperado voltea la mano, así que ahora ella toca su palma. El dedo se ha convertido en el estambre solitario de una gran flor cubierta de rocío que está desplegándose. Elisa trata de escuchar su propia respiración, pero no oye nada. Los dos están acostumbrados a comunicarse con las manos, pero esto es otra cosa. Están *tocándose*. Elisa se acuerda de la mujer en el autobús, tan rígidamente sentada, sin rozarse con nadie en absoluto. En este momento cmprende que la ausencia de miedos puede ser malinterpretada como felicidad, pero no es lo mismo. Ni de lejos.

6

Mirar el mundo rebobinado. Es más rápido, carente de alma, un cuchillo que raspa unas escamas de pescado hasta que desaparece toda iridiscencia. La tecla de parada. El disfrute de la carnosa sacudida de la cinta magnética alargada y adelgazada. La tecla de reproducción. Corredores infinitos, todos idénticos, con clones vestidos con batas blancas que se deslizan por ellos como plaquetas. La acción de aislar a una persona, una persona que resulta interesante. La de pulsar la tecla oportuna. La disección de la cinta en segundos, mitades de segundo, cuartos de segundo. Los hombres ya no son hombres. Son formas abstractas que puedes estudiar como un eremita que estudia las sagradas escrituras. Esa sombra en el bolsillo del científico de turno bien podría ser el secreto de la vida entera. La empastada mueca de su fotograma congelado bien podría ser el cráneo del demonio. Dieciséis cámaras. Infinitos indicios. Rebobinado, parada, cámara lenta. Este pasillo, el otro. No hay salida, Todas las rutas conducen a este lugar, al despacho de Strickland. Pero Strickland no por ello está más cercano a la verdad. No por ello ha avanzado. Está atrapado.

Siente que sus ojos son dos salchichas putrefactas y a punto de reventar. Todos esos caramelos verdes que trajo de la selva... Mejor habría sido traer viales con *buchité*. Un par de gotas y vería todo cuanto estas cintas están ocultándole. Lleva horas y más horas mirándolas. Le bastó con una hora para familiarizarse con el manejo de la consola de reproducción. El fusil Garand M1, el Cadillac Coupe De Ville, el magnetoscopio... Todo tiene las mismas entrañas. Pones tus manos en ellos, los conviertes en tuyos. Hacia el mediodía dejó de pulsar los botones y las teclas. A estas alturas tiene la sensación de que puede dirigir las cintas con la mente. *Este es el secreto*, se dice.

Dejar que las imágenes fluyan como agua, hundir las manos en ellas, atrapar un pescado.

Y ahí lo tiene. Así de fácil. La cámara 7. El muelle de carga. Los últimos segundos de la última cinta antes del apagón. Parece que la cámara de pronto apunta hacia arriba. ¿Es así? Cinco o seis centímetros decisivos, ¿puede ser? Strickland revisa los fotogramas uno a uno. Antes y después, antes y después.

Se levanta de la silla. Los pasillos se han vuelto más brillantes, y de eso está seguro. Se protege los ojos con la mano, sin importarle que el peeme piense que está como un cencerro, y pasa junto al F-1 en su camino al muelle de carga, siguiendo la misma ruta que la criatura que le han robado. Abre las puertas dobles y aparta la mano de los ojos. El sol se ha puesto. Es de noche. Ha vuelto a perder la noción del tiempo. La rampa está vacía; en ella no hay más que un par de charcos de aceite. Levanta la vista y mira la cámara 7. A continuación mira lo que hay debajo.

Hay cuatro personas, y sus rostros reflejan la sorpresa al verle. Todos fuman. Sus posturas son dispares, visten uniformes, tienen distintas tonalidades de piel. Comparten la misma pereza. Desde el robo del objeto, él no se ha movido del despacho, pero estos pájaros no pueden trabajar cinco minutos sin tomarse un descanso. Y aquí abajo, además, contraviniendo las normas. Pero Strickland necesita información. Se encasqueta una sonrisa dura, cerúlea.

—Tomándose un descansito, ¿eh?

¿Es posible que Fleming solo contrate a mudos. No, decide. Sencillamente, están aterrados.

—No se preocupen, que no les pasará nada. —Ensancha la sonrisa, nota que sus labios de cera empiezan a resquebrajarse—. Qué carajo, de hecho me fumaría un pitillo con ustedes. A mí tampoco me dejan fumar en el interior, pero lo hago de vez en cuando, no crean. —Los limpiadores miran de reojo los cigarrillos a medio consumir y con la ceniza casi cayéndose—. Pero, cuéntenme, ¿cómo se las arreglan para mover la cámara hacia arriba, a fin de no ser vistos?

En los uniformes llevan cosidos los nombres, del mismo modo que los perros llevan chapas con ellos.

—Yo-lan-da —lee—. Puede contármelo, preciosa. Lo pregunto por simple curiosidad.

Pelo castaño oscuro. Piel morena. Ojos negros. Los labios delgados propios de quien suele rezongar y criticar. Pero no delante de él, claro. Esta chica sabe con quién se la juega. Strickland deja que su sonrisa cerúlea se funda un poco. Y funciona. Huele que la mujer está sudando bajo su perfume de lejía. Aparta la vista de sus compañeros limpiamierdas, a los que cree estar traicionando, y señala un objeto que hay detrás del grupo. No es un artefacto sofisticado como el que reventó los fusibles. Se trata de una escoba. Una puta escoba.

La mente de Strickland es el magnetoscopio. Avanza rápido, se detiene, reproduce, repasa fotogramas concretos. Está llegando al fotograma decisivo.

—A ver una cosa. —Trata de sonar despreocupado, no lo consigue, y le importa una mierda—. ¿Alguno de ustedes ha visto al doctor Hoffstetler paseándose por aquí?

7

Zelda ha bajado del autobús y se dirige a Occam con paso vacilante. Tiene el cuello tenso porque no cesa de mirar en todas direcciones para comprobar si un pelotón de cabezas huecas con casco se acerca corriendo para tirarla al suelo, esposarla y detenerla. Todo el día ha estado atenazada por la duda. ¿Iba a presentarse en el trabajo? ¿Sería mejor llamar y decir que está enferma? ¿Desaparecer para siempre? Llegada a cierto punto, no pudo resistirlo más y hasta contó a Brewster —con algunos detalles modificados en aras de la credibilidad— una media mentira: Elisa había robado algo no especificado pero valioso, y Zelda sin querer se había convertido en su cómplice. Brewster expresó su opinión con firmeza: lo que tenía que hacer era denunciarla. Porque, si no, los palos los iba a recibir ella.

Ve que Elisa camina por la acera unos metros por delante y se estremece de alivio. Es una buena señal. Elisa hubiera podido esfumarse, marcharse de la ciudad y dejar que Zelda se las viese con todas las posibles preguntas desagradables. Pero no: está aquí, a la hora en punto, caminando con unos zapatos bonitos por la acera iluminada por la luna que conduce al acceso principal. Zelda la sigue a corta distancia, por si se produce algo sobre lo que Brewster le ha puesto en guardia: por si Elisa trata de llamar la atención de algún superior, ese tipo de cosas. Pero no, tampoco. Elisa entra en el vestuario, y a Zelda no le queda más remedio que hacer otro tanto y sentarse en la banqueta también. No se miran durante un rato, pero Zelda visualiza perfectamente el carro, el de la rueda defectuosa, entre la una y la otra, con su carga llegada de otro mundo.

Elisa se ha puesto el uniforme, entra en el almacén y empieza a cargar el carro. Zelda la sigue y hace lo mismo. Elisa saca un rollo de bolsas para la basura; Zelda hace igual. A continuación levanta un bote con líquido limpiacristales, que Elisa al momento dispone en el carro. Están operando por separado, pero sus movimientos son sincrónicos. Cuando Zelda lleva la mano hacia un nuevo cepillo con mango para sustituir el que ya está para tirar, la mano de Elisa se adelanta y se cierra sobre el utensilio.

Zelda conoce el carro de Elisa tan bien como el suyo. La chica nunca hace uso de su propio cepillo con mango, por lo que está claro que no necesita otro nuevo. Elisa pone sus dedos sobre los de Zelda; los entrelaza. Unos dedos son negros y otros son blancos, pero todos tienen callos de tanto restregar, mugre bajo las uñas, la coloración rosada creada por los productos corrosivos de limpieza. Zelda retiene un sollozo, con esfuerzo pero consigue retenerlo, a pesar de la toxicidad de la nebulosa química en este almacén.

Es un gesto de perdón, callado e invisible. En el vestuario hay otras personas. Y más allá se encuentran Fleming y Strickland, las cámaras y los cabezas huecas. Zelda solo se atreve a presionar de forma infinitesimal los dedos de su compañera. Los nudillos se rozan, y Elisa finalmente suelta el cepillo con mango y sale del almacén con su carro. Zelda se queda donde está, cierra los ojos, respira las miasmas. El minúsculo apretón con los dedos representa el fuerte abrazo que lleva semanas esperando; las cálidas lágrimas de la persona que trata de reconfortarte. Es reconocimiento, aprecio, disculpa, admiración. *Saldremos de esta*, han dicho los dedos. *Juntas saldremos de esta.*

8

Nos levantamos /// El sol se ha ido solo hay soles falsos en este lugar llevamos ciclos enteros bajo estos soles falsos no nos gustan los soles falsos los soles falsos nos cansan pero esta mujer está ciega sin los soles falsos y por eso nos esforzamos en que nos gusten lo hacemos por ella por ella el agua en esta cueva es pequeña pero estamos sanando y el agua es un agua mejor que el agua anterior es incomprensible que haya agua que te produce dolores no nos gustan las aguas estancadas no nos gustan las aguas lisas no nos gustan las aguas vacías el agua no debería de tener forma no hay forma del agua /// en esta cueva solo hay mujer y hombre y comida pero es bueno tener hambre no hemos tenido tanta hambre desde el río desde la hierba desde el lodo desde los árboles desde el sol desde la luna desde la lluvia el hambre es vida y por eso nos levantamos y los soles falsos se tornan más próximos el hombre no ha apagado los soles falsos al salir echamos al hombre de menos es un buen hombre se sienta junto al agua pequeña y usa una piedra negra para hacer pequeños hermanos gemelos nuestros hace mucho tiempo la gente del río hacía pequeños gemelos con ramitas y hojas y flores y los hermanos gemelos son buenos nos convierten en eternos pero la gente del río se ha evaporado y estamos tristes pero el hombre es bueno y hace gemelos todo el día y nos proporciona más fuerza más hambre /// la mujer ha plantado árboles en esta cueva y la luz de los soles auténticos llega desde las cuevas exteriores y ahora tocamos los árboles que ella ha plantado y los árboles nos tocan y nos sentimos contentos y nos encantan los árboles y la mujer ha plantado otros árboles en las paredes unos árboles pequeños y planos que no huelen como árboles y ni son felices ni están vivos pero la mujer los ha plantado y vamos a querer a estos árboles pequeños e infelices por ella vamos a hacerlo por ella por ella por ella /// nos movemos libremente sin lianas de metal que nos apresen han pasado muchos ciclos desde que nos movíamos en libertad y esta pequeña cueva se convierte en una cueva de mayor tamaño y está el hombre que nos muestra los gemelos que hace de nosotros tiene los ojos cerrados pero respira como un ser vivo y hace ruidos de sueño y eso es bueno y tenemos hambre pero no vamos a comernos al hombre porque el hombre es bueno /// olemos a la mujer el olor es fuerte y hay otra cueva es la cueva de ella y entramos y la mujer no está dentro pero sus olores están vivos su piel su cabello sus líquidos su aire el olor más fuerte es de sus aletas en la pared tantas aletas de colores nos encantan sus aletas y nos preocupa que haya perdido sus aletas pero no hay olor a sangre no hay olor a dolor no hay olor a miedo y nos sentimos confusos /// hambre y pasamos junto al hombre y vamos al lugar de los olores y este lugar es liso alto y blanco y tratamos de levantarlo pero pesa mucho y tratamos de agrietarlo pero no le encontramos ningún pliegue y empujamos y tiramos de él y se abre de golpe y los olores los olores los olores es una cueva muy pequeña con olores una cueva con sus propios soles falsos y cogemos una piedra pero no es una piedra apretamos y la espachurramos y es leche y la leche está cayéndose y la levantamos y bebemos y es buena y masticamos la roca y no es buena y la dejamos por ahí y cogemos una nueva roca y la abrimos y es huevos tantísimos huevos y nos sentimos contentos y los comemos y no son los huevos sólidos que nos da la mujer son unos huevos líquidos pero están buenos y nos gusta masticar las cáscaras /// buscamos más alimentos muchos alimentos buenos y el hombre hace ruido de felicidad al dormir y nos sentimos contentos y hay otra cosa alta y lisa y blanca y pensamos que contiene más alimentos y otra vez empujamos y tiramos y se abre pero dentro no hay comida es un corredor y por este corredor llegan olores distintos olores de fuera y sonidos de pájaros y sonidos de insectos y no queremos perdernos a la mujer cuando vuelva pero somos exploradores hemos nacido para explorar y hemos comido y somos más fuertes y hace muchos ciclos que no exploramos y por tanto salimos

9

El teléfono rojo. No cesa de sonar. No va a responder. No puede hacerlo. No hasta que tenga controlada esta situación, no hasta que la tenga cogida por la corta cola escamosa. Suena durante cinco minutos seguidos. Transcurre media hora —una, si hay suerte— y suena otra vez. Strickland tiene que concentrarse. Hoffstetler. Este rojillo, este trotskista. Quien ahora está mirando el teléfono de reojo como si nunca antes hubiera visto el color rojo. Como si no fuera el color de su bandera nacional. Strickland baraja los papeles que Hoffstetler le ha entregado. Pura comedia, para que el de la bata blanca se ponga nervioso. No ha leído más que las frases iniciales. Sus dedos muertos no notan el roce del papel. Pero no importa, ya no. El papel es para los hombres, no para las deidades de la selva.

—¿No tiene que responder a esa llamada? —pregunta el científico—. Si quiere, vuelvo más tarde y...

—Quédese donde está, Bob.

El teléfono continúa sonando. Los macacos también se las han arreglado para meterse en ese sonido, que ahora es el aullido de sus instrucciones. Strickland cuadra el papel y sonríe. Hoffstetler evita sus ojos, mira en derredor, fija la vista en los monitores. La mitad están vivos, la otra mitad están en pausa desde ayer. Strickland se siente igual: medio vivo y medio muerto, desesperado por encontrar al Deus Brânquia, por mucho que por sus venas estén desplegándose unas gruesas lianas de la jungla.

—¿Cómo va la investigación? —pregunta Hoffstetler.

—Bien. Muy bien. Tenemos una pista muy prometedora.

—Bueno, pues... —El científico se ajusta las gafas—. Eso es magnífico.

—¿Está enfermo, Bob? Se le ve un poco gris.

—No. Nada de eso. Quizá sea por este tiempo gris que hace.

—¿En serio? Usted viene de Rusia, así que le hacía acostumbrado al mal tiempo.

El teléfono sigue sonando, el aullido de los monos.

—No sé... No he estado allí desde que era joven, claro.

—Antes de trabajar aquí, ¿dónde estuvo trabajando?

—En Wisconsin.

—¿Y antes?

—En Boston. En Harvard.

—¿Y antes?

—¿Seguro que no quiere responder al...?

—En Ithaca, ¿no es así? Y en Durham. Tengo buena memoria, Bob.

—Sí. Eso es.

—Impresionante. Y lo digo en serio. Otra cosa que recuerdo de su expediente es que estaba contratado como profesor fijo. Una plaza que muchos ambicionan, ¿verdad?

—Eso supongo, sí.

—Y sin embargo renunció a ese chollo para estar con nosotros.

—Sí, es verdad.

—Lo suyo es sorprendente, Bob. Hace que una persona en mi situación se sienta contenta.

Strickland hace crujir el papel entre sus dedos. Hoffstetler da un respingo en la silla.

—Supongo que por eso me he quedado un poco sorprendido —apunta Strickland—. Lo dejó todo para integrarse en nuestro pequeño proyecto. ¿Y ahora nos dice que se va?

El teléfono rojo cesa de sonar. Las vibraciones del timbre se prolongan doce segundos más. Strickland los cuenta uno a uno mientras observa la reacción de Hoffstetler. Es verdad que el científico parece estar un poco enfermo. Pero la mitad de los que trabajan en Occam parecen encontrarse enfermos últimamente. Necesita contar con una prueba más concluyente. Si le cuelga este muerto tan serio al científico estrella de Occam y luego resulta que se ha equivocado, el teléfono rojo sonará de modo aún más estridente. Respira por la nariz, la nota requemada por el calor del sertón. Repentinamente dotado de nuevas energías, estudia los ojos de Hoffstetler. Huidizos, pero siempre lo han sido. Está sudando, sí, pero la mitad de estos científicos se desmayan al ver a un simple peeme.

—Tengo el propósito de retomar mis estudios.

—¿Ah, sí? ¿Y qué estudios son esos?

—Todavía no lo he decidido. Siempre hay nuevas cosas que aprender. He estado pensando en cosas como la multicelularidad en el árbol taxonómico. O quizá puedo seguir mi interés en los acontecimientos no deterministas al azar o del tipo volitivo. Y está claro que nunca voy a cansarme de la astrobiología.

—Palabrejas que se las traen, Bob. Oiga, ¿y si me enseña alguna cosa? Eso último que ha dicho. La astrocomosellame.

—Bueno... ¿qué quiere saber?

—El profesor es usted. El primer día de clase, cuando todos están mirándole, ¿qué les dice?

—Yo... siempre les enseñaba una canción. Si quiere saber la verdad.

—Sí que quiero. Quiero saber la verdad. No conocía ese lado suyo de cantante melódico, Bob.

—Es una simple..., una simple canción infantil.

—De aquí no saldrá hasta que me la enseñe.

Ahora Hoffstetler está sudando de verdad. Y Strickland está sonriendo de verdad. Se tapa la boca con la mano para asegurarse de que los alaridos de los macacos que nacen en su garganta no salgan al exterior. Hoffstetler trata de reír para ganar tiempo, pero Strickland ni pestañea. El científico hace una mueca, mira sus manos unidas en el regazo. El tictac de los segundos hace que la situación sea aún más dolorosa. Ambos lo saben. Hoffstetler se aclara la garganta y, para contento de Strickland, se pone a cantar.

—*El color de una estrella, de eso puedes estar segura, depende de su temperatura.*

Sus trinos desafinados traicionan el acento ruso del hombre, más que de costumbre. Hoffstetler también se da cuenta de esta putada; traga saliva con dificultad. Strickland aplaude, y sus muertos dedos parecen ser de plástico.

—Muy bonito, Bob. Si le importa que se lo pregunte, ¿qué sentido tiene esta cancioncilla?

Hoffstetler se echa hacia delante, lo bastante rápido como para matar. Sobresaltado, Strickland se echa hacia atrás en el asiento y lleva la mano al machete —si es que de eso se trata— escondido bajo el escritorio. Se maldice. Nunca jamás hay que fiarse de una presa acorralada. Pero el arma no es necesaria. Por el momento. Hoffstetler se posa en el borde de la silla, pero no más allá. La voz sigue temblándole, pero no por miedo. La humillación le causa rabia, una rabia tan afilada como las rocas en un acantilado.

—El hecho es que resulta cierta —contesta el científico—. Todos estamos hechos de polvo de estrellas, señor Strickland. Oxígeno, hidrógeno, carbono, nitrógeno y calcio. Si algunos de nosotros nos imponemos y nuestros países lanzan sus mísiles nucleares, en tal caso volveremos a ser polvo de estrellas. ¿Y qué color tendrán entonces nuestras estrellas? Esta es la cuestión. Una cuestión que usted mismo puede plantearse.

Se ha acabado la palabrería dicha en tono amigable. Los dos hombres se fulminan con las miradas.

—Es su última semana —replica Strickland con voz queda—. Voy a echarlo de menos, Bob.

Hoffstetler se levanta. Las rodillas se le entrechocan. Algo es algo.

—Si se produce algún acontecimiento, como es natural, volveré cuanto antes.

—¿Cree que se producirá algún acontecimiento?

—No lo sé, claro. Pero dice usted que tiene una pista.

Strickland sonríe.

—Sí que la tengo.

Hoffstetler aún no ha terminado de salir por la puerta cuando el teléfono rojo empieza a sonar otra vez. Gritos de macacos, acusatorios en esta ocasión. Strickland descarga el puño derecho contra el escritorio, con tanta fuerza que el auricular tiembla. Le duele. Pero también es satisfactorio, como aplastar escarabajos cuernilargos, hormigas conga, tarántulas, todos aquellos bichos asquerosos de la Amazonia. A la hora de pegar un nuevo puñetazo, elige el puño izquierdo. Porque menos dedos le dolerán. Casi no lo nota. Vuelve a pegar un puñetazo, y otro, y otro más, y cree escuchar un ¡pop! en uno de los dedos, otro de los negros puntos de sutura que se ha soltado. Como las suturas en el Deus Brânquia. ¿Quién está haciéndose trizas con mayor rapidez? ¿Quién de los dos sobrevivirá al otro?

Coge el teléfono, no el rojo, y llama a la extensión de Fleming, quien puede ser el correveidile del general Hoyt, pero a la vez está sometido a las órdenes de Strickland. Fleming responde al primer timbrazo. Strickland oye el ruido de una tablilla que se ha caído al suelo.

—Cuando el doctor Hoffstetler se marche hoy —ordena—, quiero que le asigne vigilancia permanente.

10

La luz sale por el resquicio bajo la madera como animales juguetones muchos colores buenos color de pájaro color de serpiente color de abeja color de delfín y tratamos de atraparlos pero no es más que luz y un poco de sonido eso que la mujer llama música es diferente a nuestra música pero nos encanta y mostramos nuestro amor resplandeciendo y seguimos la luz y la música pasillo abajo hasta que vemos otro objeto alto, plano y blanco y empujamos y tiramos y entramos y es una cueva que huele al hombre bueno su piel su pelo sus líquidos su aliento su enfermedad hay enfermedad un poco el hombre aún no la siente ni la huele y nos sentimos tristes por ello pero también hay buenos olores la piedra negra que el hombre usa para hacer nuestros pequeños gemelos vemos nuestros gemelos la cueva entera está llena de gemelos y tocamos a nuestros gemelos y nuestras garras emborronan el negro y lamemos el negro y el negro no tiene buen sabor y hay una calavera de hombre y en lo alto hay pelo un pelo tan falso como los falsos soles y de pronto nos sentimos solos en nuestro río hay muchas calaveras hay muerte por todas partes y es bueno conocer la muerte porque entonces puedes conocer la vida /// aquí hay otro olor mejor el olor de comida de la mejor comida de comida que está viva y acariciamos a los animales en esta cueva todos los animales son nuestros amigos y salen de sus escondites con las orejas en punta y bigotes y largas colas y sus ojos brillan como los nuestros nos hacen reverencias se nos ofrecen son hermosos los queremos aceptamos el sacrificio y cogemos a uno y apretamos para que no sufra y nos comemos a nuestro amigo y es bueno es sangre pelaje nervio músculo hueso corazón amor y comemos y somos más fuertes y sentimos el río otra vez todos los dioses el dios de las plumas el dios de las escamas el dios de las conchas el dios colmillo el dios garra el dios de las pinzas el dios árbol el dios de todos nosotros parte del nudo no hay tú no hay yo solo hay nosotros nosotros nosotros /// un ruido un ruido malo un ¡crac! como el del hombre malo y su palo creador de dolor el palo relámpago y bufamos y nos giramos y atacamos y el hombre malo hace un sonido de dolor pero nos hemos equivocado no es el hombre malo es el hombre bueno el hombre bueno ha vuelto a su cueva y nos ha encontrado comiendo a su amigo de orejas en punta bigotes larga cola y lo sentimos cambiamos al color que dice lo sentimos al olor que dice lo sentimos a los líquidos que dicen lo sentimos a la postura que dice lo sentimos no era nuestra intención atacar no somos enemigos somos amigo amigo amigo y el hombre bueno nos sonríe pero su olor ahora es desagradable y el hombre bueno levanta el brazo se mira el brazo y sale mucha sangre y la sangre cae como lluvia.

11

Un jefe de proyecto tiene acceso a todas las estancias de Occam menos una, y en ella se encuentra Hoffstetler precisamente: en el vestuario para mujeres. *Slava bogu*, por suerte, no hay cámaras en este lugar. Con el tiempo ha llegado a pensar que las cámaras son unas gárgolas que aletean en lo alto para informar sobre todos y cada uno de sus movimientos. Si lo descubrieran en este vestuario le tacharían de pervertido —aceptable en estos últimos días que le quedan en el trabajo, pero peligroso porque llevaría a nuevos interrogatorios—, de forma que ha ido hacia el fondo, ha visto unas antiguas duchas en las que hoy almacenan productos de limpieza, se ha colado y se ha escondido tras una gran remesa de limpiador industrial.

Un áspero pitido señala el fin del turno de noche. Oye que el cuarteto de mujeres asignadas a dicho turno entran arrastrando los pies. Se siente mareado. Debe de ser el olor a amoníaco. A no ser que se trate del pánico. Se repite que solo tiene que seguir en Occam el resto de la semana. Su primera —y espera que última— mentira a Mihalkov fue la de que la jeringa había funcionado y el Devónico había muerto; Mihalkov le recompensó con unos cuantos detalles. El viernes, el teléfono sonará dos veces, tras de lo cual tendrá que dirigirse al punto acostumbrado, donde el Bisonte le recogerá para trasladarlo a un barco, que zarpará rumbo a casa, a Minsk, donde sus padres lo esperan. Mihalkov incluso colmó de elogios a Hoffstetler por sus valerosos servicios a lo largo de los años. Y hasta le llamó Dmitri.

Hoffstettler se quita las gafas, se frota los ojos irritados por las emanaciones químicas. ¿Va a desmayarse? Concentra la atención en los sonidos del vestuario. Es un catalogador, por naturaleza y por especialización, pero no tiene mucha experiencia en la clasificación de los ruidos femeninos. Roces de telas. Ruidos secos de broches que se cierran. Tintineos delicados. Muestras de una vida que nunca ha conocido, pero que aún podría conocer, si se las arregla para sobrevivir hasta el viernes.

—Oye, tú, Esposito. —La voz de la mujer es de origen latino y resulta tan áspera como la sirena del cambio de turno—. ¿Le dijiste al hombre que salíamos a fumar al muelle de carga? —Una pausa para que Elisa responda por señas—. Ya sabes a qué hombre me refiero. Al que siempre está mirándote con ganas. —Una pausa—. Y bueno, alguien le ha dicho que movemos la cámara. Y la única de nosotras que no fuma eres tú. —Una pausa—. Siempre te haces la inocente. Pero no lo eres. Mejor que te andes con ojo, Esposito. O me ocuparé del asunto, ¿*entiendes*?

Unos pasos se alejan, y se oyen unos murmullos de consuelo. Hoffstetler cree entender que quien los pronuncia es la llamada Zelda. Contiene el aliento para no respirar los vapores químicos, se queda a la espera de que Zelda se marche del lado de Elisa. Pero lo que oye es un rumor procedente de arriba, del vestíbulo, el del turno de día que empieza a llegar. No queda tiempo. Hoffstetler pasa a la acción y avanza a cuatro patas sobre las baldosas húmedas y sucias. Asoma la mirada por un rincón. Elisa está sentada en la banqueta. Zelda se encuentra de pie a su lado, peinándose frente a un espejo en el vestuario. Es cuestión de jugársela. Agita la mano para llamar la atención de Elisa.

Atónita, Elisa establece contacto visual con él. Está vestida pero se cubre por acto reflejo, echa la pierna hacia atrás, preparándose para soltar una patada. Calza unos zapatos asombrosamente elegantes y llamativos —color verde brillante y con lentejuelas—, y los tacones resuenan con fuerza sobre el embaldosado. Zelda se gira de golpe, ve a Hoffstetler y se dispone a gritar, pero Elisa le agarra por la blusa, se levanta corriendo de la banqueta y arrastra a Zelda al tenue resplandor azul claro de las duchas. Con su mano libre está haciendo una seña tras otra, sin duda desgranando una letanía de preguntas. Hoffstetler levanta su propia mano, pidiendo que le dejen hablar un momento.

—¿Dónde está...? —musita—. Ya saben a quién me refiero.

—Nos han pillado —jadea Zelda—. Elisa, nos han...

Elisa hace un gesto tajante, y Zelda guarda silencio. Hace señas a Hoffstetler y, con otro gesto, indica a Zelda que traduzca.

Zelda mira a Hoffstetler con aprensión y se limita a responder:

—En casa.

—Tienen que librarse de él. Cuanto antes.

Elisa hace unas señas. Zelda traduce:

—¿Por qué?

—Por Strickland. Está empeñado en encontrarlo. No puedo prometerles que mantendré la boca cerrada si recurre a..., a ese *bastón* que tiene.

No necesita conocer el lenguaje por gestos para entender que a Elisa le ha entrado el pánico.

—Escúchenme bien —dice entre dientes—. ¿Tienen alguna forma de llevarlo al río?

El rostro de Elisa se vuelve inexpresivo. Baja la cabeza y se queda mirando los zapatos tan vistosos, o quizá la mugre de las baldosas entre ellos. Al cabo de un momento levanta la mano, de forma letárgica, como si tuviera unos pesos amarrados a ella, y hace unas señas con lúgubre aprensión. Zelda traduce cada nuevo fragmento.

—La dársena. El río desemboca directamente en el mar. Cuando el nivel del agua alcanza los diez metros de altura.

Zelda mira a Hoffstetler implorante; no entiende el significado de estas palabras, que él sí comprende. Esta limpiadora de aspecto frágil e inventiva incalculable tiene que vivir lo bastante cerca del río para llevar al Devónico a un embarcadero de algún tipo. Pero no es suficiente. Si persiste la sequía primaveral la criatura quedará allí varada, como un pez fuera del agua, no en una situación mejor de lo que estaba atado a unos pilares por Strickland.

—¿Con qué medios cuenta? ¿Cuenta usted con algo? —suplica—. La furgoneta en que se lo llevaron. ¿Podrían llegar con ella hasta el mar...?

Ella hace un gesto de negación con la cabeza como una niña obstinada, llora y tiene las mejillas y el cuello teñidos de rojo salvo las dos cicatrices queloides que son de un rosado suave, delicado. Hoffstetler desea zarandearla, sacudir el cerebro en su cráneo hasta liberarla del egoísmo que anida en su interior. Pero no tiene ocasión de hacerlo. Un teléfono suena, alguien responde, y la mujer malencarada con acento latino grita. Su voz reverbera en el vestuario.

—¿Una llamada para Elisa? ¡En la vida he oído una idiotez parecida! ¿Cómo demonios va a responder a una llamada?

—*¿Quién es, Yolanda?*

El vozarrón suena tan alto que la consternación de Hoffstetler desaparece. Es Zelda, a quien el científico había descartado por su temor a perder el trabajo o cosas peores. La situación de los tres es más peliaguda que nunca, pero esta mujer ha saltado en defensa de Elisa como una leona, proporcionando a Hoffstetler un regalo minúsculo pero precioso, más fino que una membrana celular, menor que una partícula subatómica: esperanza.

En los oscuros ojos de Zelda se refleja una advertencia para Hoffstetler, y esta vez es ella la que agarra a Elisa por el brazo y se la lleva. A Hoffstetler no le queda más remedio que retroceder, aunque no mucho, pues tiene claro que ha de escapar del vestuario antes de que las limpiadoras del turno de mañana empiecen a entrar, que le quedan tres días más de esta presión, que no va a dormir por las noches mientras Elisa no se decida a seguir el único curso de acción sensato. Es posible que nunca más pueda pegar ojo. Se esconde tras las botellas de líquido para la limpieza cuando resuenan los últimos graznidos de Yolanda.

—Yo soy limpiadora, Zelda, y no telefonista. ¿Jerry? ¿Jeremy? ¿Giles? ¿Por qué tengo que acordarme del maldito nombre?

12

Elisa ha estado miles de veces en el piso de Giles, y siempre se ha encontrado con un mundo en tonalidades pardas de *tweed* y grises peltre. Ahora es un mundo rojo brillante. Hay sangre en el suelo. En la pared. La marca de una mano ensangrentada en la nevera. Elisa ha entrado muy deprisa para fijarse bien y ahora contempla con impotencia las manchas rojas que sus zapatos verdes están dejando en la alfombra y el linóleo. Se apoya en la mesa de dibujo de Giles y hace que dos gatos salgan huyendo. Se obliga a estudiar la sangre, trata de determinar qué dirección sigue. Pero lo hace en todas direcciones.

Incluso hay sangre en la puerta del apartamento. Anda a grandes zancadas y ve que una delgada franja de sangre conecta la puerta del piso de Giles con la del de ella. Entra en su propio apartamento y encuentra a Giles desplomado en el sofá. Corre a su lado, y sus rodillas aterrizan en unos negros dibujos al carboncillo puntuados por la sangre roja. Giles está muy pálido; parpadea a cámara lenta; está tiritando. Tiene el brazo izquierdo envuelto de forma desmañada en una toalla azul de baño empapada en carmesí. Elisa mira en dirección del cuarto de baño.

—No está —comenta Giles.

Elisa lleva las manos al rostro de su amigo, que conserva cierta calidez. Le interroga con los ojos y Giles responde con una sonrisa débil.

—Estaba hambriento. Y le asusté sin querer. Es una criatura salvaje. No podemos esperar que vaya a reaccionar de otra manera.

Elisa piensa: si vas a hacerlo, hazlo ya. Agarra la toalla y desliga la tela pegajosa del brazo de Giles. Entre la muñeca y el codo se extiende un tajo tan inauditamente fino que solo ha podido ser hecho por la garra tan curva y afilada de la criatura. Es profundo, sigue sangrando, pero la hemorragia ha disminuido. Elisa corre al dormitorio, coge una sábana limpia de un estante, la hace jirones, vuelve corriendo y empieza a vendar el brazo de Giles. Se diría que un torbellino de tela está envolviendo el brazo en espuma de mar. Incluso en ese preciso instante, Elisa no consigue evitarlo: continúa viendo agua. Giles esboza una corta mueca de dolor, pero su sonrisa permanece en el rostro como una máscara de baratillo. Lleva la mano húmeda a la mejilla de Elisa.

—No te preocupes por mí, querida. Ve y encuéntralo. No puede andar lejos.

Elisa no sabe qué más puede hacer. Sale al pasillo de la escalera y cierra la puerta a sus espaldas. Es difícil ver otra cosa que no sean los rastros de sangre más llamativos, pero se concentra y descubre que una especie de masilla rojiza apunta hacia la escalera de incendios. Imposible, piensa. La criatura sin duda estaba demasiado aterrada. Pero en ese momento atruena una fanfarria procedente del cine de abajo, y el hecho es que no es tan distinta de los vinilos que ella solía ponerle en el F-1. Corre y baja tan estrepitosamente por los escalones de metal que siente el vértigo de un ascensor que desciende; medio tropezando, avanza por el callejón y por la acera del Arcade, confinada por un cordón de terciopelo, apabullada por la brillantez del letrero de neón.

Con tanta luz, las salpicaduras de sangre, que ahora resultan escasas, son tan visibles como joyas diseminadas por la acera. Llevan al interior de la sala. Elisa dirige la vista a la taquilla. El señor Arzounian está en ella, pero bosteza, luchando contra el sueño, y Elisa no lo piensa más. Mira sus pies, los zapatos verde esmeralda, con gruesa hebilla y tacón cubano, adecuados para el baile, y se dice que ahora es Bill Bojangles con el sonido apagado en el televisor, y baila hasta dejar atrás a Arzounian como tantas veces ha dejado atrás a los varones de Occam sumidos en sus propios pensamientos.

La moqueta bajo sus pies deja paso a un suelo de terrazo con motivos decorativos navajos. Elisa alarga el cuello para mirar la cúpula en la que, según el señor Arzounian, estaban pintados políticos famosos y titanes de la industria en los años cuarenta y cincuenta, cuando el Arcade era un cine importante, antes de que los despachos de arriba fueran sacrificados para construir un par de apartamentos-ratoneras. Los años y el descuido tampoco significan que algo no sea hermoso; Elisa ha terminado por creerlo así de corazón. El vestíbulo, sin embargo, está demasiado iluminado, y Elisa sabe que la criatura buscará la oscuridad.

A pesar de la centelleante luz de la película, Elisa no ve que ninguna cabeza asome por el respaldo de alguna de las mil doscientos butacas de la sala. Da igual; la pantalla, los palcos y las constelaciones de luces en el techo aportan a esta sala la majestad de una basílica. Y lo cierto es que de niña venía a este lugar a adorar. Aquí fue donde encontró los materiales en bruto para construir una maravillosa vida de fantasía, y aquí es donde, con un poco de suerte, posiblemente salvará lo que queda de ella.

Píamente encorvada, se escabulle por el pasillo. Es uno de los últimos días de proyección de *La historia de Ruth*, filme épico-bíblico del que solo conoce los diálogos formulados a mayor volumen, así como cada una de sus entradas musicales. Mira a izquierda y derecha, escudriñando las oscuras filas de asientos, hasta que sus ojos van un momento a la pantalla. Una sudorosa masa de hombres esclavizados pican piedra en una cantera bajo la mirada ceñuda y saltona de una gigantesca estatua pagana. Así que este es Chemosh, el nombre que tantas veces le ha llegado por entre los tablones del suelo. Si su criatura asimismo es un dios, en tal caso se trata de un dios mucho menos pavoroso.

Empieza a tener la pesadilla de que la criatura está vagando por el centro urbano de Baltimore cuando ve que una forma sombría se mueve con dificultad por entre la primera fila y la segunda. Elisa agacha la cabeza bajo los rayos del proyector. Ahí lo tiene, con las rodillas pegadas al pecho jadeante y los brazos envueltos en torno a la cabeza. Elisa se cuela en la fila, obviando el factor sorpresa, taconeando con los zapatos, y la criatura suelta un bufido, un crudo sonido de advertencia que ella no le había oído desde la primera vez que se acercó a la piscina con un huevo duro en la mano. Es un ruido feroz, que la detiene, y el miedo hiela su cuerpo, un cuerpo no más valeroso que el de las incontables bestias que en su momento mostraron sus vientres a esta cosa superior.

Llega una algarabía de gritos de dolor. Al igual que las grabaciones hechas en las selvas, proceden de los altavoces: los efectos de sonido correspondientes a hombres que están siendo azotados con látigos mientras se esfuerzan en mover el ídolo de piedra. La criatura se cubre la cabeza con las manos como si estuviera tratando de aplastar su propio cráneo. Elisa se agacha, se pone de rodillas y repta por el suelo gomoso. Los colores de la luz caen en cascada y crean caleidoscopios en los ojos de la criatura, quien ahora retrocede, tropezando y cayendo de rodillas, corto de aliento.

Un estruendo ensordecedor. Elisa no puede evitarlo y mira: Chemosh acaba de desplomarse sobre un cristiano que aúlla. La criatura responde con un lastimero chillido de perrillo. Posiblemente temeroso de haber provocado estos sufrimientos en la pantalla, deja de retirarse y, en su lugar, va al encuentro de Elisa. Esta se desliza por el suello y lo estrecha en sus brazos. Está frío. Está seco. Sus branquias se ahuecan sobre el cuello de ella, tan ásperas como el papel de lija. Treinta minutos es su límite absoluto, ha avisado Hoffstetler. Por allí hay una salida de emergencia. Da directamente al callejón. Lo subirá a casa otra vez, donde de nuevo estará a salvo. Lo único que quiere es abrazar unos segundos más a esta criatura hermosa y triste, quien de hecho nunca se encontrará a salvo en este mundo.

13

A Elisa le duele la mano de tanto hacer la seña de «hospital», pero Giles se niega a ir, y ella entiende por qué. Los médicos conocen las heridas causadas por garras cuando las ven, y hay protocolos para el control de los animales: visitas al señor Arzounian, registros en los apartamentos Arcade para asegurarse de que ninguno de los inquilinos tiene una bestia peligrosa en casa. Da la casualidad de que Elisa sí que tiene una, y tanto ella como Giles saben lo que el gobierno municipal hace con las bestias peligrosas: se las arrebatan a sus irresponsables propietarios y las exterminan.

Motivo por el que Elisa ha capitulado ante el rechazo de Giles y ha hecho lo que ha podido con unas vendas y un frasco con tintura de yodo. Giles no ha parado de bromear, con intención de dejar claro que no está contrariado, pero sus chistes no han animado mucho a Elisa. El Devónico devoró a uno de sus gatos. La herida de Giles puede incubar cualquier tipo de infección. Giles es viejo y no especialmente robusto. Si algo le pasa, la culpa será de Elisa, y esta es una idea que le rompe el corazón. Un corazón que, dicho sea de pasada, también es un animal salvaje, un segundo ser vivo que será puesto a buen recaudo si los funcionarios especializados en el control de animales se presentan en la puerta.

Elisa vigila a Giles, para asegurarse de que ingiere la sopa y el agua que le ha preparado, cuando de pronto oyen un chapoteo en la bañera. Se miran el uno al otro. Ambos han aprendido que la criatura puede entrar, salir y moverse por el agua sin hacer ruido, lo que significa que está llamando su atención, intencionadamente, que está en pie. La mano de Giles se cierra en torno a la cuchara como si esta fuera una daga, y a Elisa vuelve a rompérsele el corazón. Todo el mundo está cambiando, y no para mejor.

La criatura necesita un minuto entero para salir del cuarto de baño. Avanza lenta y pesadamente, con la cabeza gacha, las branquias lisas y dóciles, las garras mortíferas replegadas e invisibles tras sus muslos. Su espalda con aleta está encorvada en señal de sometimiento y mantiene un hombro junto a la pared, como si se hubiera autoencadenado a uno de los pilares de hormigón predilectos de Strickland. Elisa intuye que este ser intemporal nunca ha conocido la tristeza provocada por el arrepentimiento, y se yergue y abre los brazos en su dirección, dispuesta a aceptar sus disculpas pero sin tenerlas todas consigo.

La criatura tiene miedo de mirarla y pasa encogida junto a los abiertos brazos de Elisa, temblando tan intensamente que algunas escamas se le caen y van a parar a los tablones del suelo, donde relucen con tanta brillantez como la constelación de luces en el techo del cine. Arrastra los pies como si fuera uno de los esclavos de Chemosh cargados de cadenas, con la cabeza cada vez más gacha, hasta situarla al nivel de Giles, quien está sentado a la mesa. Giles menea la cabeza y levanta las manos.

—Por favor —dice—. No pasa nada en absoluto, amigo mío.

La criatura saca las manos hasta ahora ocultas y las levanta, de forma tan gradual que resulta imperceptible, hasta que sus diez garras, medio replegadas en los dedos, se enganchan en el vendaje de Giles. Este mira a Elisa, quien le devuelve la mirada con idéntica expresión confusa al tiempo que esperanzada. Ven que la criatura levanta el brazo de Giles de la mesa, tan tiernamente como si fuera un niño pequeño, y lo sitúa bajo su cabeza agachada. A pesar de lo delicado de sus movimientos, la postura es inquietante: se diría que va a devorar el brazo de Giles, como un niño al que hubieran regañado y se dispusiera a terminar la cena.

Lo que tiene lugar es menos violento y mucho más extraño. Lo lame. La lengua de este ser, más larga y plana que la de un hombre, asoma por sus dobles mandíbulas y lame el vendaje. Giles intenta decir algo, pero está demasiado asombrado para conseguirlo. Elisa tampoco está en condiciones de hablar; sus manos inertes no hacen la menor seña. La criatura hace girar el brazo mientras sigue lamiendo, y el vendaje no tarda en estar completamente empapado y pegado a la piel de Giles, hasta que la sangre reseca de nuevo es líquida y la criatura la limpia a base de lametones. Deja el brazo reluciente en el regazo de Giles, se agacha lentamente y a continuación, como quien da un beso de despedida, lame la parte superior de su cabeza.

El ritual ha terminado, de modo abrupto. Giles mira a la criatura y parpadea con fuerza.

—Gracias...

La criatura no reacciona. Elisa tiene la impresión de que está demasiado avergonzada para moverse. Pero el día ha sido largo para aquellos que solo se sienten verdaderamente a gusto en el agua: sus branquias y su pecho comienzan a expandirse y a tremolar. Elisa quisiera limpiar el brazo de Giles, volver a aplicar la tintura de yodo, cubrirlo con vendas esterilizadas otra vez, pero no soporta la idea de insultar a la criatura. Se acerca a ella y lleva la mano a su espalda curvada, empujándolo hacia el cuarto de baño con delicadeza. La criatura lo permite, pero retrocede torpemente de espaldas y hace una genuflexión dirigida a Giles. Es el movimiento menos elegante que

Elisa le ha visto hacer, y tiene que cogerlo del brazo para que pueda pasar por la puerta del cuarto de baño, donde su hombro da un golpetazo a los ambientadores en forma de árbol.

Lo mete en la bañera, con cuidado. Las luces están apagadas y su cara se desliza bajo el agua, sin que el brillo de sus ojos se diluya en lo más mínimo. Elisa aparta la vista para verter sal en el agua, pero nota que los ojos están observándola. Está acostumbrada a que los hombres la miren en la calle o en el autobús. Esto es distinto. Esto es excitante. Cuando hunde la mano en la bañera para dispersar la sal sus miradas se encuentran, durante nada más que un segundo, pero en dicho segundo lee tanto gratitud como admiración. La idea es increíble. *Ella le provoca admiración.* ¿Cómo es posible? ¿Cómo se explica, cuando él mismo es la cosa más admirable que ha hollado este mundo?

Elisa termina de revolver el agua. Tiene la mano junto al rostro de la criatura. La tentación es irresistible, y le acaricia la mejilla. Es suave. Algo le dice que ninguno de los científicos tomó nota de este dato en particular. Solo registraron los dientes, las garras, las espinas. Ella ahora está acariciándolo, y su mano se desliza por su cuello y su hombro. El agua ha hecho que ahora tenga la misma temperatura que el aire, y quizá por ello Elisa no nota que la mano de la criatura está subiendo por su propio brazo hasta llegar a la carne suave y azulada de la curvatura interior del codo. Las escamas en su palma son estiletes liliputienses que acarician su piel de forma juguetona, mientras sus garras se hincan, pero nunca lo bastante para hacer daño, mientras recorren su bíceps, dejando blancos rasguños superficiales al pasar.

Tras vendar la herida de Giles, Elisa se ha puesto una camisa tan ajada que la tela está como la gasa, una camisa procedente del Hogar, y cuando la mano de la criatura va de su brazo a su pecho el algodón se empapa al instante, como por arte de magia. Primero un pecho, y luego el otro, se tornan más pesados por la camisa mojada y pegada a

la piel. Elisa se siente desnuda bajo su manaza y nota cada estremecimiento de su pecho que sube y baja, pero no porque entre ellos esté
dándose algo de tipo ilícito. Él siempre está desnudo delante de ella, y
resulta perfectamente aceptable que ella se una a él en este estado
natural.

La habitación se torna incandescente, empezando por el suelo de
tablones. Elisa cree que por obra de *La historia de Ruth*, que el proyector seguramente está rebobinando para un nuevo pase. Pero no hay
música. Es la criatura, cuyas luces corporales tiñen el agua de un tono
rosado que hace pensar en flamencos o en petunias, en toda aquella
otra fauna y flora de un mundo que Elisa solo conoce por grabaciones
magnetofónicas: *ric-ric, chakachá, curu-curu, zi-i-i*. Lo que le induce a
arquear la espalda, hasta que todo su peso descansa sobre una palma
lo bastante ancha para acunar su pecho entero.

En un punto lejano, a Giles se le escapa un bufido de dolor. Elisa
se da cuenta de que tiene los ojos cerrados; los abre. Descubre que su
cuerpo se ha desplazado. Ahora está tan metida en la bañera que sus
cabellos cuelgan sobre el agua. Quiere seguir así, hacia abajo y cada
vez más, hasta que se ahogue, como tantas veces se ha ahogado en
sueños, pero Giles ha sufrido una herida, y por su culpa. Es preciso
tratar la herida otra vez, y más aún después de todos esos lametones.
Con gran esfuerzo, endereza la columna. La mano de la criatura recorre su vientre hacia abajo y vuelve a sumergirse en el agua sin salpicar
ni hacer ruido.

Elisa se cubre la camisa mojada con un albornoz antes de dirigirse
a la salita. No acude junto a Giles. Pasa a su lado, recorre la entera longitud del apartamento y se planta ante la ventana de la cocina. Apoya
la frente en el cristal. Apoya la mano en él. La vista se le nubla, pero
no porque esté llorando. Hay agua en la ventana, colgada en gotas del
marco, moviéndose en surcos húmedos por el cristal. Sí, es posible
que, de hecho, esté llorando.

Está lloviendo.

14

Con la mano buena, hace girar el mando del dial. La imagen es débil, descolorida. Maldito trasto inservible. Y eso que le costó un dinerito en Electrodomésticos Kosciuszko. ¿Se trata del enchufe? ¿Es un cable en el interior? ¿Es posible que uno de sus hijos haya derramado un vaso de zumo encima? Le entran ganas de reventar la parte trasera del televisor para saber quién ha sido el culpable. Le detiene el miedo irracional de que las entrañas del aparato vayan a tener el mismo aspecto que el artilugio que hizo saltar los fusiles en Occam y los convirtió en un amasijo incinerado. No supo identificar dicho artefacto, ¿y qué le induce a creer que podrá diagnosticar el mal funcionamiento de este?

Quizá se trate del mal tiempo, que dificulta la recepción. Lleva largo tiempo en Baltimore, pero está seguro de que es la primera vez que ve llover. Y no ha parado en todo el día. En el tejado hay una antena, una cosa como un arácnido, similar a uno de los transceptores para cápsulas espaciales que cierta vez vio en Occam. Le tienta la idea de subir al tejado y tratar de arreglarla, bajo el intenso chaparrón. De contemplar cómo se despliega y espesa la tormenta. De reírse de los relámpagos. De encontrarse bajo el tipo de peligro que un hombre de verdad puede comprender.

Y sin embargo, lo que tiene es otra cosa. Una ruina en la sala de estar. Una familia fulminada por un rayo; nadie lo diría, pero las marcas de las quemaduras están ahí. Con voz monótona, Tammy insiste en que quiere que le compren un perrito. Timmy quiere mirar *Bonanza*. Lainie está diciéndole no sé qué tontería sobre el postre con gelatina, una especie de anaranjada sustancia pegajosa de la que está muy orgullosa, y eso que sencillamente la ha vertido de un paquete.

Las comidas familiares estos días siempre vienen empaquetadas. ¿Cómo es eso? Strickland sabe el porqué. Porque su mujer se pasa casi toda la jornada fuera de casa, haciendo vete tú a saber qué. Ha hecho mal en volver a casa. Tendría que haberse quedado a dormir otra noche más en el despacho. Al fin y al cabo, hace solo cuatro horas que el general Hoyt ha llamado a Occam. Mejor dicho, y peor: ha llamado a Fleming. Este le ha transmitido el mensaje, que no puede estar más claro.

Strickland tiene veinticuatro horas para encontrar al objeto, o su carrera se ha acabado.

¿Y qué quiere decir eso de «se ha acabado»? ¿Una corte marcial? ¿Una prisión militar? ¿Algo peor todavía? Todo es posible. Al oírlo, a Strickland le entró el miedo. Así que se sentó al volante del Cadillac hecho polvo —últimamente tiene la impresión de que la gente en Occam hace comentarios y se ríe de su coche— y se dirigió a casa. Nada más llegar recibió una llamada de Fleming. Este había hecho lo indicado por Strickland y había estado vigilando a Hoffstetler como un profesional. Lo que tampoco es tan de sorprender. Al fin y al cabo, Fleming es un perro, y un perro sabe oler la mierda. Fleming asegura contar con fotos en las que Hoffstetler aparece haciendo las maletas en una casa carente de muebles. Y dice haber encontrado una conexión con un agregado ruso llamado Mihalkov. Es posible que el Deus Brânquia aún no haya salido del país, de la ciudad incluso. Strickland necesita salir al exterior, ahora mismo, de noche, bajo la lluvia, para encontrar a esa criatura, para poner fin a todo esto, para cumplimentar su destino.

En su lugar, no hace más que buscar en el dial. ¿Dónde demonios ponen *Bonanza*?

—*Bonanza* es una serie para adultos —dice Lainie—. Mejor seguimos con *Dobie Gillis*.

Strickland se crispa. Seguramente ha murmurado alguna inconveniencia. Mira a Lainie. Casi no puede ni verla. Ayer vino a casa con un peinado nuevo. El cardado se ha volatilizado, como si lo hubieran cortado con un machete de la Amazonia, y ha sido reemplazado por un estilo menos aparatoso, una onda en forma de S que se riza junto al cuello. Un peinado de chica joven. Pero ella no es una chica joven, ¿verdad? Es la madre de sus hijos. Es su maldita mujer.

—¡Pero papá dijo que podíamos mirar *Bonanza*! —protesta Timmy.

—Si le dejáis mirar *Bonanza*, yo quiero un animalito de compañía —tercia Tammy.

Doctor Kildare, Perry Mason, Los Picapiedra... Las tres series de siempre, un par de canales que no funcionan. Nota un temblor de tormenta. Mira por la ventana. No ve más que lluvia, una lluvia que explota contra el cristal como insectos contra un parabrisas. Con la salvedad de que el agua se lleva sus tripas al momento. Sus propias tripas, también. Su carrera profesional, su vida. Esta parodia de la maravillosa vida en familia de los americanos. Putos postres con gelatina, perritos de compañía en la mente, una serie del Oeste imposible de encontrar en el dial.

—No vamos a comprar ningún perrito —dice—. ¿Sabéis lo que pasa con los perritos? Que con el tiempo se convierten en perrazos.

Un médico, un abogado, un hombre de las cavernas... Los personajes de los diferentes canales están confundiéndose con su propio reflejo en la pantalla. Él es el médico, él es el abogado, él es el hombre de las cavernas. Él es quien retrocede, quien vuelve atrás. Lo nota en el desmoronamiento de su urbanidad, en la ascensión de la sed primitiva de sangre. El bisturí del médico, el martillo del juez, el garrote del hombre de las cavernas.

—Richard —dice Lainie—. Pensaba que habíamos quedado en que por lo menos...

—Un perro es un animal salvaje. Puedes tratar de domesticarlo. Puedes intentarlo, ya lo creo que sí. Pero, un día, ese perrazo te mostrará su verdadera naturaleza. Y te morderá. ¿Es eso lo que quieres?

Se formula una pregunta a sí mismo. ¿El perro es el Deus Brânquia? ¿O es él mismo?

—¡Papá! —Timmy agita los brazos—. ¡Justo acabas de pasar *Bonanza*!

—Timmy, ¿qué acabo de decir? —regaña Lainie—. Esa serie es demasiado violenta.

Gente que muere en la mesa de operaciones, gente que muere en la cárcel, una especie que muere al completo. Los tres canales giran con mayor rapidez todavía. Unos canales fantasmales, ya puestos, unas señales fantasmales, unos purgatorios de electricidad estática que nadie quiere ni ver. Le resulta imposible dejar de hacer girar el dial.

—¡*Bonanza* no es violenta! —refunfuña—. El *mundo* es violento. Si quieres saber mi opinión, conviene mirar esa serie. Es la única que hace falta mirar. Tim, ¿quieres aprender a ser un hombre? En tal caso, tienes que aprender a mirar los problemas a la cara y resolverlos. A tiro limpio, si hace falta.

—¡Richard! —interviene Lainie con voz entrecortada.

El mando del dial se rompe. Se ha soltado; lo tiene en la mano. Strickland lo mira atónito. No hay forma de volver a colocarlo. El plástico se ha roto. Lo deja caer en la alfombra. No hace el menor ruido. Los niños tampoco hacen el menor ruido. Ni tampoco Lainie. Están mudos. Finalmente mudos. Tal como él quiere que estén. El único ruido es el crujir de la electricidad estática allí donde se ha quedado atascado el dial. Un ruido parecido al de la lluvia. Se levanta de la silla. La lluvia, sí. El bosque pluvioso. Él lugar al que pertenece. Fue un cobarde al volver aquí corriendo. Su verdadero hogar está allí.

Se dirige a la puerta de la casa, la abre. El tamborileo se convierte en un rugido. Bien, bien. Si escucha con atención, puede oír los macacos, los emisarios de Hoyt, puede oír cómo se balancean a través de los árboles mojados, aullando sus condenadas tachaduras, diciéndole lo que tiene que hacer. Strickland vuelve a sentirse en el interior de la mina de oro de Yeongdong, bajo todos aquellos cadáveres. Sí, señor. Se abrirá paso a través de la carne y dislocará los huesos que haga falta hasta que encuentre aire respirable. Y da igual a quién tenga que hacer pedazos.

Un momento después se encuentra fuera. Al cabo de unos segundos, cuando llega junto al Cadillac Coupe De Ville, está chorreando de pies a cabeza. La lluvia azota la superficie de acero, la enloquecida percusión de unos caníbales selváticos. Sus dedos resiguen el ornamento en lo alto del capó, una especie de ídolo primitivo. Los dientes de la rejilla, de los que cae algo que parece ser sangre. Por las aletas tan afiladas que cortan las gotas de lluvia en dos. ¿Qué fue lo que le dijo el vendedor, aquel sonriente mefistófeles con la piel de la cara irritada por el afeitado? Poderío en estado puro.

Su mano recorre los desconchones de la pintura. Las vendas mojadas se sueltan y caen. Sus dos dedos reimplantados están tan negros como la noche. Frunce el ceño. Ni siquiera puede ver el anillo de casado. Lleva la otra mano a uno de los dedos maltrechos y aprieta. No la siente. Aprieta con mayor fuerza. Un líquido amarillento sale despedido de la uña y se estampa en la parte trasera del coche y es borrado por la lluvia. Strickland parpadea para librarse del agua acumulada en los ojos. ¿De verdad ha visto eso?

Lainie de pronto está a su lado, a resguardo de la lluvia con un paraguas.

—¡Richard! ¡Vuelve dentro! Estás asustando a los...

Strickland sujeta con ambas manos la blusa de Lainie. El dolor en los dedos se extiende por los brazos. Estampa a su mujer contra la abollada parte posterior del coche. Una ráfaga de viento se lleva el paraguas, que desaparece en la noche. El Caddy apenas reacciona al impacto del cuerpo de Lainie. Un auto de primera, sí, señor. Una suspensión de narices. Unos amortiguadores calibrados a la perfección. Lainie tiene los ojos clavados en la lluvia incesante. Su maquillaje pronto se convierte en los manchurrones de un payaso. Le alisa por entero el peinado de adolescente que tanto le complace. Con una mano Strickland atenaza el cuello flacucho de la mujer. Tiene que agachar la cabeza para hacerse oír entre los truenos y la lluvia.

—¿Te crees más lista que yo?

—No... Richard, por favor...

—¿Crees que no sé que todos los días te marchas al centro? ¿A espaldas de todos?

Lainie trata de apartar los dedos de su cuello. Clava las uñas en los dedos negruzcos. Vuelven a rezumar líquido, unas gotas rancias y amarillentas que salpican las mejillas y el mentón de la mujer, iluminados por la farola de la calle. Boquea y traga agua de lluvia. Terminará por ahogarse si él sigue manteniéndola en esta postura.

—Yo no..., no quería..., solo es...

—¿Crees que la gente no se enterará? ¿En una mierda de ciudad como esta? Van a enterarse, Lainie. Van a verlo, tan claramente como están viendo este coche hecho trizas. ¿Y qué van a pensar? Van a pensar que no merezco estar aquí. Que no sé ni controlar a los míos. Y ya tengo bastantes problemas por mi cuenta. ¿Queda claro?

—Sí, Rich..., yo no..., yo no...

—¡La que está acabando con esta familia eres tú! ¡Tú, y no yo! *¡No yo!*

Strickland casi llega a creerse las acusaciones que está formulando. Aprieta el cuello de Lainie con ambas manos, en mayor medida, en un intento de solidificar esta convicción. En los ojos de la mujer, los vasos sanguíneos se ensanchan como tinta roja vertida en el papel. Tose y expulsa lo que parece ser una lengua de sangre. Todo esto resulta asqueroso. Levanta el cuerpo de Lainie y lo tira hacia atrás, con tanta facilidad como fuera un balón de fútbol. Oye que su cuerpo choca contra la puerta del garaje. Una minucia de ruido, en comparación con los alaridos de los macacos. La lluvia ha convertido las ropas de Strickland en una segunda piel. Otra vez está desnudo, como en el Amazonas. Nota las llaves en el bolsillo, afiladas como hueso roto. Las saca. Camina junto al Caddy tan largo y satisfactorio. Tan largo como una vida, que aún puede reparar.

Abre la portezuela, se sienta al volante. Dentro está seco. Limpio. Sigue oliendo a nuevo. Conecta el encendido. El coche gime cuando lo pone en marcha, pero sin duda lo llevará adonde tiene que llevarlo. Visualiza el cajón cerrado en su escritorio. En el interior se encuentra la Beretta Model 70, el arma con la que disparó al delfín del río. Va a echar de menos la picana eléctrica para reses. Los hombres se encariñan con sus herramientas, y esta era de las buenas. Pero ha llegado el momento de avanzar. Pisa el acelerador, casi puede ver el barro pulverizado que las ruedas posteriores expulsan en este momento. Hasta cubrir la puerta del garaje, la blusa de Lainie. El barrio residencial se ha vuelto feo, aunque eso no tendría que sorprender a alguien con medio cerebro. Porque, si te fijas, todo en el mundo es feo.

15

Es por la mañana, pero no hay luz. En las cunetas inundadas han colocado conos para el tráfico. Las calles laterales están acordonadas con grandes caballetes de madera. El autobús que transporta a Elisa atraviesa un charco de dos palmos de altura; el agua lodosa sale proyectada hacia arriba y empapa los neumáticos. Los charcos de agua y la oscuridad circundante son el reflejo de la angustia de esta pasajera. Ha estado comprobando los niveles del río dos a veces al día desde que empezó el temporal, y cada vez se ha sentido como si estuvieran rebanándole el corazón en vida, poco a poco. Mañana, el doctor Hoffstetler se saldrá con la suya. Ella y Giles volverán a meter a la criatura en la Perrita, conducirán hasta el pie de la pasarela y acompañarán al ser al borde del agua. En consecuencia, hoy es el último día y la última noche que estará en compañía de la criatura que, en mayor medida que cualquier otro ser que haya conocido, ve en ella unas cualidades superiores a las que en realidad tiene. ¿Y eso no se llama amor?

Mira sus pies. La penumbra reinante en el suelo del autobús no le impide ver los zapatos. ¡*Estos* zapatos! Todavía no puede creérselo. Ayer, antes de arreglárselas para pegar ojo nerviosamente unas pocas horas antes de ir al trabajo, convirtió uno de sus sueños en realidad. Entró en la Zapatería Selecta Julia y, como si estuviera embriagada por el picante olor del cuero, cogió los zapatos bajos de punta cuadrada y ornamentos de lamé plateado expuestos en la columna de mármol del escaparate y los llevó al mostrador de ventas.

Según resultó, la Julia tantas veces imaginada, aquella imponente belleza tan ducha para los negocios, en realidad no existía. Preguntó por ella, y la mujer de la caja registradora se lo dijo. Sencillamente, se trataba de un nombre que sonaba bien. Lo que reconfortó a Elisa cuando, una vez en casa, apretó los zapatos relucientes contra los lados de sus pies. Si Julia no existía, pues muy bien, ella se convertiría en Julia. Los gastos ocasionados por la criatura la habían dejado sin fondos, y esta adquisición caprichosa suponía poco menos que la ruina. Le dio igual. Sigue dándole igual. Los zapatos son como unos cascos de animal, y por una vez en la vida, este último día, Elisa está empeñada en ser una criatura igualmente hermosa.

Baja del autobús y abre el paraguas, pero de pronto le resulta ajeno, un engorroso invento humano. Lo tira a la cuneta, gira el rostro hacia el cielo y se pierde en el agua, hace lo posible por respirar dentro de ella. Se dice que no quiere volver a estar seca en la vida. Está chorreando cuando llega a casa, y se alegra; el agua de lluvia tamborilea al caer al suelo mientras avanza por el corredor y forma charcos que —eso espera— nunca van a evaporarse. Antes de que la criatura se escapara al cine de abajo, no tenía por costumbre cerrar la puerta del piso con llave. Ahora, las cosas han cambiado. Palpa hasta encontrar la llave que ha escondido tras una lámpara averiada del pasillo y la inserta en la cerradura.

Giles no está en su lugar de costumbre. Antes de que ella saliera para Occam, Giles le dijo que luego volvería, pero que primero quería terminar el cuadro entero que había estado preparando con sus dibujos al carboncillo. Estaba rebosante de inspiración, explicó. No lo había estado tanto desde que era joven. Elisa no lo dudó, pero tampoco es tonta. Giles también sabía que la separación estaba cercana y quería dar a su amiga la oportunidad de despedirse a solas.

Eso sí, le ha dejado la radio encendida. Es un detalle. Elisa remolonea junto a la mesa para escuchar. Ha terminado por depender de la radio: cuestiones políticas, resultados deportivos, aburridos listados de acontecimientos locales que proporcionan un sobrio contrapunto a la fantasía desbocada que está viviendo estos días. Siempre la tiene conectada. Ayer, la criatura, envuelta en toallas mojadas, estuvo sentada a la mesa con ella, en una silla por primera vez. Lo que no es fácil con sus aletas dorsales y su cola corta y plateada. Su aspecto era el de una mujer recién salida de la ducha, lo que hizo reír a Elisa. Es imposible que él pudiera entenderla, pero lo cierto es que se iluminó, en su propia versión de la risa: una luz dorada que palpitaba en su pecho al tiempo que las branquias vibraban.

Elisa está moviendo las fichas del Scrabble con los dedos. Ha estado tratando de enseñarle las letras impresas. El día anterior trajo unas revistas generalistas encontradas en el trabajo para mostrarle cosas que de otro modo nunca podría ver: un avión 727, la Orquesta Filarmónica de Nueva York, Sonny Liston pegándole un puñetazo a Floyd Patterson, una espectacular fotografía de Elizabeth Taylor tomada durante el rodaje de *Cleopatra*. La criatura estuvo aprendiendo con verdadero fervor. Con los delicados movimientos propios de quien está acostumbrado a cortar cosas con las garras, extendió los largos índice y pulgar, cogió la foto de Elizabeth Taylor y la situó sobre el 727, que a a continuación emplazó sobre la filarmónica de Nueva York. A continuación, como un niño que juega a los avioncitos, empujó el 727 por toda la mesa hasta que aterrizó en otra foto del Egipto de *Cleopatra*.

El significado estaba claro: *si Elizabeth quiere ir de Nueva York a Egipto, tendrá que coger un 727*.

Por supuesto, él no necesitaba esa información. Lo hizo todo —Elisa está segura— para verla sonreír, para escuchar su risa.

Lo que no significa que él se encuentre bien. Una grisura que induce a pensar en la carbonilla de una fábrica recubre todo su cuerpo. Sus brillantes escamas han perdido lustre y están un poco verdosas, como un viejo centavo de dólar abandonado en una acera. En pocas palabras, da la impresión de estar envejeciendo, y Elisa teme ser responsable de este crimen imperdonable. Porque ¿cuántas décadas, por no decir siglos, ha estado viviendo sin perder un ápice de su vitalidad? En Occam por lo menos tenían filtros, termómetros, biólogos especializados por decenas. Aquí no hay nada que pueda nutrirle, como no sea el amor. Y el amor en último término no es suficiente. La criatura está muriéndose, y ella es la homicida.

«Se esperan lluvias muy fuertes en la zona norte de la costa este —anuncian en la radio—. Baltimore seguirá en el centro del temporal, y se prevé que las precipitaciones alcancen entre doce y diecisiete centímetros a medianoche. La borrasca no amaina, amigos.»

Elisa coge un rotulador negro que descansa sobre la mesa después de las clases de lenguaje. A su lado hay un calendario de sobremesa; cada día está acompañado de una cita cursi inspiracional que estos días es incapaz de leer sin romperla luego. Quita la tapa del rotulador. Si no lo anota, si no lo convierte en real y lo ve por sí misma, no sabe si será capaz de seguir adelante con el proyecto. Mover el rotulador por el papel es como mover un cuchillo por su propia piel.

MEDIANOCHE – EN LOS MUELLES

Esta noche llamará y dirá que está de baja por enfermedad; por primera vez en muchos años. Incluso si Fleming se da cuenta de que es algo inusual, ya será demasiado tarde. No sabe si volverá a Occam el lunes siguiente. Eso ahora le parece trivial. Lo más seguro es que no. Duda de que tenga estómago para hacerlo. No tiene idea de cómo se ganará la vida. Otro detalle que ahora mismo parece ser banal, parte del ámbito enrarecido que ha dejado atrás. Giles le miró de un modo peculiar el día que vino a decirle que finalmente iba a ayudarle a sacar a la criatura de Occam. Elisa sospecha que ella misma debe de tener una expresión parecida en este momento. Una vez se haya consumado la despedida, no le quedará nada que perder que resulte importante de veras.

Hay una alegría que echará de menos en particular: la de volver a ver a la criatura después de haberse ausentado de casa. Es la última vez que sentirá este entusiasmo delirante, razón por la que no se apresura y entra en el cuarto de baño como si entrara en el agua fría, centímetro a centímetro. La criatura refulge como coral cromático bajo la superficie de un mar virgen. Elisa no puede resistir su llamada.

Cierra la puerta a sus espaldas y va hacia él, con el pecho henchido de tal manera que se siente mareada por lo que inicialmente considera como una tristeza llorosa, hasta que siente la atracción más fuerte y gutural e identifica esta emoción como pasión. De pronto queda clarísimo qué hará, sin que suponga ninguna sorpresa. Estaba escrito que iban a terminar así, comprende, desde el primer momento que miró el tanque en el F-1 y se sintió atraída al interior, no físicamente pero sí de todas las demás formas posibles, por las estrelladas agrupaciones de sus escamas y las supernovas que son sus ojos.

La cortina de plástico de la ducha está arracimada contra la pared. Tira de ella. Una de las argollas de metal se suelta. Lo hace once veces más y las argollas van desprendiéndose de las paredes hasta perderse entre la espesura de las plantas. Cada estirón de la cortina supone un acto de destrucción asombroso e irreversible, el tipo de comportamiento que ninguna limpiadora del mundo osaría mostrar. Extiende la cortina por el suelo como una colcha en una cama, encajando los extremos bajo los revestimientos de madera en las paredes y por el hueco inferior de la puerta. Cuando el plástico está lo más tenso posible, se levanta. Elisa no puede dar órdenes al agua, como hace este ser, pero sí que cuenta con algo no menos interesante: grifería moderna.

Tapona el desagüe del lavabo y abre los grifos. El agua sale. Se agacha sobre la bañera y hace otro tanto. Eso de abrir los dos grifos a chorro y a la vez no es un lujo que una persona pobre pueda permitirse, pero ella no es pobre, hoy no. Hoy se siente la mujer más rica del mundo; tiene todo cuanto quiere; ama y es amada, y por consiguiente es tan infinita como este ser, ni humano ni animal, sino *sentimiento*, una fuerza compartida entre todas las cosas buenas que en el mundo han sido y van a ser.

Se quita el uniforme, lo que representa el volcado de piedras de cantera por parte de los esclavos al servicio de Chemosh, la liberación de una pesada carga. Se despoja del sujetador y de las braguitas; está liberándose de las cadenas de todos los seres atrapados por otros seres. Las prendas caen al suelo sin hacer ruido; el agua rebosa del lavabo y de la bañera y recubre la cortina extendida, lamiendo sus tobillos, subiendo por sus pantorrillas como una mano cálida. Elisa solo lleva puestos los zapatos plateados; apoya un pie en el borde de la bañera, para que la criatura pueda verlo, una aleta triangular más fantástica que cualquiera que él haya podido ver en el papel pintado de la pared de su dormitorio, lo único que ella tiene que es tan brillante y tan bonito como él. Se trata de la postura más desvergonzada y sensual que ha adoptado en la vida, y de pronto oye que la Matrona le tacha de inútil, de imbécil, de fea, de puta, hasta que la criatura emerge de la bañera rebosante, un millar de cascadas silenciosas caen por su cuerpo, y se sitúa sobre el borde para que ella lo acoja con los brazos abiertos.

Se enroscan juntos en el suelo, y las partes del cuerpo de Elisa encuentran espacios recíprocos en las del de él, y las de él en las del de ella. Elisa hunde la cabeza en el agua y la sensación es maravillosa, ruedan, y ella está en lo alto, jadeante, con el agua cayéndole por los cabellos, y él se encuentra bajo la superficie que se desparrama, y para besarlo se ve obligada a hundir la cara todavía más, cosa que hace. Se produce el éxtasis, y las líneas tediosas del rígido mundo de Elisa se suavizan; las formas del lavabo, del inodoro, del espejo, y hasta de las paredes, se difuminan.

El beso reverbera bajo el agua, y no se trata del chasquido húmedo propio de unos labios humanos, sino de una tormenta retumbante que entra por sus oídos y corre garganta abajo. Elisa lleva una mano a su cara escamosa y las branquias palpitan contra las palmas, y ella le besa con fuerza, con la idea de que la tempestad que han iniciado se convierta en un tsunami capaz de provocar una inundación; quizá lo que lo salvará no sea la lluvia, sino los besos de ella. Elisa espira en la boca de él, nota que unas burbujas ascienden cosquilleándole las mejillas. *Respira*, ruega. *Aprende a respirar mi aire para que siempre podamos estar juntos.*

Pero él es incapaz. Se vale de sus fuertes manos para obligarla a salir a la superficie, para que no se ahogue. Elisa está jadeando, por múltiples razones, con las manos pegadas al pecho para facilitar el redescubrimiento del oxígeno. Descubre que tiene las manos cubiertas por las relucientes escamas de la criatura. La imagen le cautiva, y se pasa las manos por los senos y el vientre, extendiendo las escamas, diciéndose que ojalá este fuera su aspecto real. Del cine de abajo llega un fragmento de diálogo, uno que ha oído cien veces: *¡No se turbe vuestro corazón! En este momento tienes que ser fuerte. Pues la viuda de tu hijo engendrará hijos, y estos hijos engendrarán otros hijos.* Sí, ¿por qué no? Cada gota de agua en sus pestañas es un mundo entero; lo ha leído en las revistas de divulgación científica. ¿No podría una de estas gotas ser de los dos para poblarla con una especie nueva y mejor?

Ninguna de las fantasías que ha tenido puede compararse a esto. Elisa explora cada resquicio y cada protuberancia en el cuerpo del otro. Cuenta con un órgano sexual, en el lugar indicado, y ella también tiene el suyo, allí donde siempre ha estado, y Elisa hace que él entre en ella; con tanta agua en movimiento resulta fácil, es la traslación tectónica de dos placas submarinas. El resplandor de las luces del cine que se cuelan por los tablones y el plástico queda empañada por los ritmos particulares de esta criatura, unos ritmos de colores cristalinos, como si el propio sol estuviera bajo sus cuerpos, y es que lo está, tiene que estarlo, pues se encuentran en el cielo, en los canales de Dios, en la cantera de Chemosh, todo cuanto es sagrado y profano acontece a la vez, trasciende el sexo y se convierte en la siembra de la comprensión final, pues la criatura está implantando en su seno la antiquísima historia del dolor y el placer que conecta a todos los seres vivos de este mundo, y no ya solo a ellos dos en particular. No es que él esté dentro de ella. Es el mundo entero, y ella, a su vez, se encuentra en su interior.

Así es como la existencia cambia, muta, emerge, sobrevive, así es como un ser absuelve los pecados de su especie al transformarse en otra especie radicalmente distinta. Quizás el doctor Hoffstetler lo entendería. Elisa solo puede percibir sus contornos, atisbar las laderas de las montañas, el cuerno glacial. Se siente tan pequeña, tan gloriosamente diminuta en tan descomunal universo maravilloso que abre los ojos bajo el agua para acordarse de la realidad. Las hojas de las plantas nadan junto a ellos como renacuajos. La cortina se ha partido en dos y ondea junto a ellos como medusas que estuvieran reverenciándolos.

La tormenta que tiene lugar en el exterior, en el mundo real, se solapa con la tormenta en *La historia de Ruth*, el final de la sequía descrita en la Biblia. El cuerpo de Elisa se estremece debido a las sensaciones, y cada una de ellas es como un puño que se abre. Sí, la sequía ha llegado a su final. Se ha acabado, se ha acabado, se ha acabado. Sonríe, y la boca se le llena de agua. Finalmente está bailando, bailando de verdad, en una sala submarina de baile, sin miedo a dar un paso en falso, pues su pareja está abrazándola con firmeza y la llevará a cualquier lugar al que Elisa tenga que ir.

16

El pincel de Giles revolotea sobre el lienzo. Así que a Bernie le gusta el verde, ¿eh? Pues él se lo pierde, es una pena que nunca vaya a ver esto. Se trata de un verde que Giles nunca hubiera soñado posible. ¿Cómo lo ha mezclado? Cree recordar que con una base de azul del Caribe, un poco de uva, unas motas de naranja, unas franjas amarillo pajizo, una pinza de índigo crepuscular, su característico rojo arcilloso-algodonoso... ¿y qué más? No lo sabe y no le importa. Aquí está dejándose llevar por el impulso. Resulta muy estimulante, al mismo tiempo que le imbuye de paz interior. Tiene puesta toda la concentración en el trabajo; su mente deambula y se estira, uniendo hilos dispares hasta crear unos lazos brillantes, como los que se ven en los grandes almacenes.

Bernie. El buen, viejo Bernie. Giles se acuerda de la última vez que lo vio. Ahora que lo piensa, Bernie manifestaba signos patentes de estrés. Había muchas pistas. El amarilleado cuello de la camisa, imposible de limpiar con ninguna cantidad de lejía; el barrigón que le hinchaba la camisa, y es que Bernie es de los que comen con ansiedad. Le perdona. Nunca antes se ha sentido tan dispuesto a perdonar. Durante demasiado tiempo, el resentimiento le había estado atenazando las arterias como si fuese colesterol, esa sustencia horrorosa sobre la que ha leído en el periódico. Hoy, el colesterol se ha esfumado por completo, y solo queda el amor. Un amor que fluye y alcanza los recuerdos atrincherados en la mente. Los agentes de policía que le detuvieron en el bar de Mount Vernon. El grupito de ejecutivos que decidieron despedirlo. Brad —o John—, el del Dixie Doug. Todo el mundo tiene que vérselas con los recelos y las incertidumbres que la vida teje en su derredor.

¿Cómo es posible que haya necesitado sesenta y tres años para comprender la futilidad de la rabia? Baste decir que la señora Elaine Strickland, a quien el dobla en edad, ya lo sabía, y por instinto. Giles no cree que un día vaya a dejar de estarle agradecido. Esta misma mañana ha llamado a Klein & Saunders con la idea de expresarle lo que su arranque de sinceridad le ha reportado, que le ha servido para hacer acopio de un valor que nunca sospechó que tenía. Pero la voz que respondió no fue la de Elaine, y tampoco supo decirle por qué Elaine no había acudido al trabajo.

Lo que tampoco supone un gran problema para Giles. En la vida ha acumulado la paciencia suficiente para esperar a que llegue otra ocasión. Al fin y al cabo, la señora Strickland solo es uno de los seres a los que achaca su renacimiento personal. El otro es la criatura. Maravillado, suelta una risita. La bañera de Elisa se ha convertido en un portal por el que acceder a lo imposible. Giles está muy agradecido por el trabajo que realizó junto a la bañera, sentado sobre la tapa del inodoro, nada menos..., pues sabe que experimentó la inspiración divina reservada —y está seguro de ello— a los los creadores más excelsos.

Es un hecho que la criatura no pertenece a nadie, no es de ningún lugar ni de ninguna época, pero su corazón sí que pertenece a Elisa, y por eso Giles les ha dejado compartir estas últimas horas a solas. Por lo demás, tiene que acabar el cuadro. Se trata, sin ningun género de dudas, de la obra de su vida, y no hay alivio existencial como el de saber que finalmente te las has arreglado para explotar todo tu potencial. Su máxima esperanza sería enseñarle la obra terminada a la criatura, antes de que se marche, y eso exige trabajar día y noche.

Y el trabajo no supone un problema. Lleva veinte horas seguidas y se siente mejor que nunca, tan determinado como un adolescente, propulsado por una droga fabulosa cuyo único efecto secundario fuera el de insuflarle una seguridad en sí mismo tan poderosa como el temporal. Pinta los trazos más osados sin descanso. Esboza los más minúsculos detalles sin temores artríticos. Lleva media jornada sin ir al cuarto de baño en absoluto, ¿y cuándo fue la última vez que aguantó un par de horas sin mear?

Ríe, y su mirada repara en una tela que se agita. Es el vendaje que Elisa le puso en el brazo. Está trabajando con tal rapidez que se ha soltado. Es raro que no se haya fijado. Aún más extraño es que no haya necesitado tomar una aspirina para combatir el dolor. Quizás el corte en realidad no era tan profundo. Sin embargo, el vendaje suelto puede mancharse de pintura húmeda, y de eso, nada. Suspira, deja el pincel a un lado. Bastará con ponerse un vendaje nuevo con rapidez y, ya puestos, puede cepillarse los dientes. Y a volver al caballete se ha dicho. Porque no puede parar.

Giles no se percata de que está silbando la melodía de una comedia musical hasta que de pronto deja de silbar la tan alegre tonada. Lo atribuye al arrebato que le embarga. Se está quitando la venda demasiado deprisa, como quien tira de la cuerda cuando un pez ha mordido el anzuelo. Se interrumpe y, con cuidado, termina de quitársela y deposita el vendaje en el lavabo. No hay sangre. ¿Estará tan exhausto que está mirando el lado equivocado de su propio brazo? Efectúa la comprobación pertinente y comprueba que no hay nada de sangre. Ni siquiera hay una herida, y eso que la última vez que miró la vio perfectamente.

Aprieta el puño y observa que los ligamentos de la muñeca se tensan. El asombro más absoluto le embarga paulatinamente, y menos mal que no de golpe. No solo ha desaparecido la herida. En el brazo también tenía manchas de la edad. Así como una cicatriz de una herida que se hizo de joven en una máquina de tejer. Pero ahora la piel es lisa y perfecta. Giles examina su otro brazo. Es el brazo arrugado de un viejo.

Balbucea presa de la incredulidad, y sus balbuceos suenan como una risa. ¿Esta es la reacción adecuada ante lo sobrenatural? Se mira al espejo y, sí, las profundas arrugas en su rostro son un reflejo de su júbilo. Tiene buena pinta, piensa, y se dice que hacía muchísimos años que no tenía tan alta consideración de sí mismo. Y descubre otra cosa. Ah, esta es la razón. No se había fijado hasta ahora.

Tiene una frondosa cabellera. Giles se la mesa, pero poco a poco, por si el cabello pudiera espantarse y salir huyendo. Lo palpa. No se queda aplastado como la pelusa. Es corto y grueso, de un castaño suntuoso con vetas rubias y anaranjadas. Y lo mejor de todo, es mullido, parece tener vida propia. Se había olvidado de la resiliencia del pelo de los jóvenes, de la resistencia que opone a los constreñimientos. Lo acaricia, atónito por la textura satinada. Es erótico. Se dice que por eso los jóvenes son tan proclives a la lujuria: porque sus propios cuerpos son afrodisíacos. Nada más pensarlo, nota una presión contra el lavabo. Mira hacia abajo. El pantalón del pijama abulta. Tiene una erección. No, la palabreja es demasiado clínica para describir esta respuesta adolescente al más leve pensamiento de índole sexual. Está empalmado, la tiene tiesa. Nota que la juventud impregna todas sus moléculas de ligereza, rapidez, flexibilidad e ímpetu.

Llaman a la puerta. La están aporreando, lo que es indicio seguro de que hay una emergencia en casa de la vecina. Giles se conoce bastante para anticipar que se sentirá enfermo, abrumado, pero, sea lo que sea que ha afectado a su cuerpo, también ha afectado a su espíritu: la alarma que siente es el resultado final de un incremento en la excitación, y tiende a decantarse por el desafío en lugar de eludirlo. Se dirige hacia la puerta con paso decidido, muy consciente del ridículo péndulo de su pene en erección, por lo que agarra un cojín para taparse. ¡Elisa no puede verle así! Se le escapa la risa, a pesar de todo.

Abre la puerta de golpe y se topa con el rostro enrojecido y sudoroso del señor Arzounian.

—¡Señor Gunderson! —grita el casero.

—Ah, sí, el alquiler —suspira Giles—. Es verdad que me he retrasado, pero es la primera vez que...

—¡Está lloviendo, señor Gunderson!

Giles calla un segundo, durante el que resuena el solo de batería de la lluvia sobre la escalera de incendios.

—Bueno, sí, no voy a discutírselo.

—¡No! ¡En mi cine! ¡Está lloviendo en mi cine!

—¿Está proponiéndome que vaya a presenciar un milagro? ¿O quiere decir que hay goteras?

—¡Goteras, eso es! ¡Del piso de Elisa! ¡Ha dejado el grifo del agua abierto! ¡O quizá se ha roto una cañería! ¡Y Elisa no responde cuando llamo a la puerta! ¡El agua se filtra por el techo y cae sobre los clientes que han pagado entrada! ¡Señor Gunderson, si esto no para ahora mismo busco las llaves y entro en el apartamento! ¡Tengo que bajar! ¡Solucione esto, señor Gunderson, o ya pueden olvidarse de seguir viviendo en el Arcade!

Y se marcha corriendo escaleras abajo. Giles ya no necesita el cojín; lo tira al sofá y, calzado nada más que con los calcetines, recorre a toda prisa la distancia entre las puertas de uno y otro apartamento. Sin pensarlo dos veces, coge la llave oculta tras la lámpara, la inserta con una destreza que le deja encantado y entra de forma precipitada. No sabe con qué se encontrará. ¿Más sangre? ¿La destrucción causada por un acceso de rabia de algún tipo? No ve nada extraño, hasta que se fija en que Elisa lleva tiempo sin fregar el suelo de tablones adyacente al cuarto de año. De hecho, están cubiertos por un charco de agua de casi un par centímetros de altura. Corre hacia allí y se empapa los calcetines al chapotear en el charco. No hay tiempo para llamar, así que abre la puerta del baño de sopetón.

El agua sale a chorro, mojando a Giles hasta las rodillas. Un día atrás, la fuerza de la corriente, por no hablar del susto puro y duro, le hubiera derribado; hoy, sin embargo, sus piernas tienen raíces, unas raíces plantadas con firmeza, que siguen sosteniéndole mientras las lámparas de pie y las mesitas se vuelcan a sus espaldas por efecto de la marea que sale con su desastrado cargamento de plantas sin macetas. El borde de una cortina de ducha que seguramente estuvo conteniendo la inundación restalla como una piel de serpiente contra sus calcetines, revelando que Elisa y la criatura están tumbados en el centro del suelo.

Tendrían que ser esculpidos en mármol en esta posición exacta, se dice Giles, y por alguien ducho en el oficio: Rodin, Donatello. Elisa está tan empapada que brilla, con motas de tierra embarrada, puntuada por unas escamas relucientes, desnuda. La criatura también: Giles siempre lo ha visto desnudo, pero su postura enfatiza su *desnudez*. Sus extremidades están entrelazadas con la de Elisa, y su rostro está pegado al cuello de la mujer. La mano izquierda de Elisa acaricia su cabeza y acuna la nuca, allí donde empieza la cresta espinosa. No tiene buen aspecto, y lleva cierto tiempo sin tenerlo; sin embargo, se le ve satisfecho, como si hubiera escogido su destino y no tuviera previsto modificarlo, incluso si en ello le va la vida.

Giles recorre el cuarto de baño con la mirada y contempla el espectáculo con lujo de detalles. Esto ya no es un cuarto de baño. Se ha convertido en una selva. Entrecierra los ojos hasta que se da cuenta de que ve perfectamente bien, a pesar de que no lleve puestas las gafas. ¿Es posible que al hacer el amor —sea cual sea la forma en que lo han hecho— propiciaran que las esporas de moho en el pisito florecieran como vegetación selvática? No, no se trata de eso. Las plantas que han resistido la inundación aparecen lánguidas, incluso voluptuosas, por efecto de la humedad, pero son los centenares de ambientadores de cartón acumulados los que han convertido el cuarto en una selva inimaginable de colores fascinantes. Verdes trébol, rojos lápiz de labios, dorados de lentejuelas. ¿De dónde ha sacado Elisa tantos ambientadores? Dispuestos en hileras, cubren las paredes en toda su extensión. Naranja acalabazado, marrón café con leche, amarillo mantequilla. La inventiva necesaria para construir esta selva de cartón con poco presupuesto hace que el conjunto resulte todavía más admirable. Púrpura de amatista, rosado zapatilla de bailarina, azul océano. Se encuentra ante un hogar no exactamente igual que el de Elisa, no exactamente igual que el de la criatura; se trata de una especie de extraño cielo sin parangón, construido para dos.

A Elisa le toma algo de tiempo reparar en la presencia de Giles. Tiene los ojos entrecerrados, soñadores. Con la expresión ausente, pellizca la cortina de ducha y cubre sus dos cuerpos con ella, como si se tratara de una sábana. Giles se ve en el papel del intruso que ha entrado sin llamar, y como tal está a la espera de sentirse disgustado por el acto nauseabundo y antinatural que acaba de descubrir. No obstante, este tipo de calificativos con frecuencia son aplicados a las personas como él. Hoy no hay nada que sea malo; hoy no existe el tabú. Es posible que el señor Arzounian los eche a patadas. Giles es incapaz de preocuparse por ello. Es muy probable que, en este mundo nuevo, el señor Arzounian, de hecho, no exista en absoluto.

Giles se arrodilla, sujeta la cortina de la ducha y termina de envolver sus cuerpos. Unos nuevos vecinos, se dice, unos amantes jóvenes y felices con los que él, asimismo joven otra vez, tratará de establecer una amistad sincera y duradera. Elisa parpadea al ver a Giles y le tiende el brazo centelleante por las escamas. Pasa los dedos por su novedosa mata de pelo y sonríe con delicadeza, como si estuviera formulándole una pregunta: *¿Y qué te dije?*

—¿Puede quedarse con nosotros? —suspira Giles—. ¿Un poquito más de tiempo?

Elisa ríe, y Giles también lo hace, de forma estruendosa para que el eco reverbere en el angosto cuarto y mantenga a raya el silencio de un futuro incierto, para que puedan seguir fingiendo que esta felicidad será para siempre y que los milagros, una vez encontrados, pueden ser embotellados y conservados.

17

Dos timbrazos. Es las señal que Hoffstetler lleva esperando desde medianoche, pues Mihalkov no fue muy específico a la hora de hablarle del *viernes*. Sin embargo, cuando el teléfono suena poco después del mediodía, Hoffstetler siente que una pantera está abalanzándose sobre él. Estira brazos y piernas para protegerse, y un grito histérico se abre paso en su garganta. El primer timbrazo se prolonga de forma grotesca, tanto que Hoffstetler piensa que quien llama es el señor Fleming, inquieto por la ausencia de Hoffstetler en su último día de trabajo. O quizá, sencillamente, es Strickland, quien quiere dejarle claro que ha desentrañado todo el misterio.

El segundo timbrazo, sin embargo, es terso, cortado en seco por quien llama, de manera que su eco resuena como el de un gong, por las paredes desnudas, los armarios vacíos, el camastro de acero, los platos. Los últimos gemidos de una vida en solitario, o eso espera. Tendría que sentirse loco de júbilo. En su lugar, se siente paralizado. No logra tragar saliva. Tiene que obligarse a respirar. Todo se está desarrollando según lo planeado. Todas las piezas encajan. Ha sellado con cola el tablón que estaba suelto en el suelo. El bolsillo interior de la americana abulta por el pasaporte y el dinero en efectivo. Su única maleta está hecha junto a la puerta.

Llama a un taxi cuyo número de teléfono se sabe de memoria y vuelve a arrellanarse en la silla de la cocina, en la que ha estado sentado durante las últimas catorce horas. Otras catorce horas, piensa, y se encontrará en Minsk, donde podrá dedicarse a su nueva profesión: el oficio de olvidar. ¿La mujer de la limpieza consiguió llevar al Devónico hasta el río? ¿O murió mientras estaba en su poder? Podrá enterrar estas preguntas para siempre en los montones de nieve apiladas en las cunetas de Minsk y tratar de superar la funesta intuición de que, si se deja morir a un ser como el Devónico, entonces el planeta Tierra entero está condenado a desaparecer.

Suena la bocina de un taxi. Hoffstetler respira hondo, se levanta y espera a que las rodillas temblorosas se tranquilicen de una vez. El momento es decisivo; también resulta inevitable. Unas lágrimas cálidas asoman a sus ojos. Siempre estuve manteniéndome lejos del alcance de todos vosotros, piensa, y lo siento muchísimo. Los alumnos por los que sentía afecto, los amigos que estuvo a punto de tener, las mujeres que posiblemente le hubieran hecho feliz. Sus elipses se rozaron… sin que nada llegara a suceder. No hay cosa más triste en el tiempo y el espacio enteros.

Recoge la maleta y el paraguas. Sale. El taxi está a la espera, un manchurrón amarillo bajo las plateadas nubes en movimiento y la lluvia martilleante. Un día feo, desde luego, y sin embargo Hoffstetler se siente impresionado por la belleza que ve por todas partes. Esto es Estados Unidos, y ha llegado el momento de las despedidas. Adiós a los verdes brotes que bostezan al despertar en los esqueletos de los árboles huesudos. Adiós a los juguetes infantiles en plástico de colores chillones tirados por los jardines, a la espera de que el vigor primaveral los renueve. Adiós a los gatos y los perros que parpadean mientras miran por las ventanas, prueba de la simbiosis entre las especies. Adiós a las viviendas con paredes de sólidos ladrillos, a la reconfortante luz de los televisores, a las risas cuya escucha es cómoda. Hoffstetler levanta el codo para enjugar las lágrimas, pero se han mezclado con la lluvia.

No es la primera vez que llama a este taxista, lo que supone quebrantar sus propias normas de conducta, pero se trata del último viaje, ¿y qué más da? Le indica al hombre dónde tiene que ir y mira por la ventana, mientras limpia el cristal de vaho, pues no quiere perderse ni una sola imagen. Los automóviles americanos, también los echará de menos, con sus formas ridículas, ínfulas ostentosas y pigmentación gregaria. Adiós, también, a ese gran Cadillac Coupe De Ville estacionado y con el motor en punto muerto, una máquina arrebatadora, por mucho que tenga la parte trasera abollada.

18

Es un buen día para desaparecer. Lainie no puede evitar pensarlo. Abre las cortinas color mostaza que antes tanto la enorgullecían y contempla la cortina del agua que rebota como canicas en la calle. Baltimore, el país de la tierra y el hormigón, se ha convertido en el del agua, que no solo cae del cielo sino también de todos los demás lugares. La lluvia se precipita de modo torrencial por las canalizaciones en los tejados, cae en picado de los árboles, en cascada de las barandillas, se arremolina tras los coches que pasan. Cae con tanta fuerza que parece estar disparándose hacia arriba como por obra de minas explosivas que alguien acabara de pisar. Bajo semejante diluvio, no es posible ver muy lejos. Sería fácil dar un paso y entrar en él, perderte para siempre en cuestión de segundos. Y esa es la idea precisa.

La mochila de Timmy está tan atestada de juguetes que el pequeño tiene que sujetarla con las dos manos, por lo que no puede enjugarse las lágrimas. La mochila de Tammy también está hasta arriba, pero ella no está llorando en absoluto. Lainie se pregunta si porque, como es una niña, ha aprendido que la máxima masculina de que nunca hay que huir de los problemas es *una puta patraña*. (A Lainie últimamente le ha dado por soltar palabrotas cuando está sumida en sus cavilaciones, lo que es otra novedad interesante.) Tammy le lanza una mirada perspicaz a su madre. La niña siempre ha prestado atención a las lecciones en los libros ilustrados. Los animales tienen patas, los pájaros tienen alas y los peces tienen aletas con una misma finalidad: para poder escapar.

Lainie cobró consciencia de sus propios pies, de su potencial, precisamente esta misma mañana. Richard estaba deambulando medio ido por la casa, con los ojos hinchados, pegando golpetazos a las barandillas, quitándose con brusquedad la corbata negra que sus dedos muertos se negaban a anudar, dejando que cayera desparramada por el suelo. Ella se encontraba sumida en su postura habitual, frente al punto de la moqueta permanentemente mellado por la tabla de planchar, pasando la plancha de vapor Westinghouse por una de las camisas de vestir de su marido. La noche anterior Robert llegó tarde a casa; Lainie notó que se hundía la mitad de la cama que él ocupaba, por lo que se agarró a su lado del colchón para no caer rodando por el pozo sin fondo habitado por Robert. Quien esta mañana se ha despertado en ebullición. Su cuerpo grasiento ha reptado hasta salir de la cama y se ha vestido sin lavarse en absoluto; la mano, constantemente, se le iba a un bolsillo de la americana deformado por un objeto tan pesado como la plancha de Lainie.

Después, Lainie estuvo mirando hipnotizada las cambiantes texturas en la pantalla del televisor. Las noticias no eran ni mejores ni peores que cualquier otro día. Los deportistas estrella de la jornada. Discursos pronunciados por dirigentes de las potencias mundiales. Negros manifestándose. Soldados en formación. Mujeres que avanzaban con los brazos entrelazados. Nada conectaba una historia con la otra como no fuera la idea del progreso constante: cada individuo del que se hablaba avanzaba, mejoraba, evolucionaba. Richard se marchó llegado el momento, despidiéndose con un portazo al salir. Un portazo que hizo que el suelo temblara, y el temblor estremeció la tabla de planchar, y su dedo pulgar dejó de estar en contacto con el mando de ajuste de la plancha, y de pronto se encontró *allí plantada* y nada más, repentinamente segura de que era la única persona en el mundo que no estaba moviéndose en absoluto.

La plancha era demasiado pesada para dejarla en vertical sobre la tabla. No le quedó más remedio que posarla sobre la camisa de Richard. Durante diez segundos, hubiera sido posible rescatar la normalidad con un pequeño giro de su muñeca. Pero el humo entonces comenzó a ascender. La Westinghouse de vapor se hundió en la fibra sintética del mismo modo que una idea empapa una mente. Lainie dejó que el humo se espesara. Dejó que las emanaciones tóxicas se acidificaran en sus fosas nasales. Justo acababa de retirar la plancha del pegote fundido en la tabla cuando los niños bajaron corriendo, alertados por el humo. Los miró, sonrió y dijo:

—Recoged vuestras cosas. Nos vamos de viaje.

Y ahora lleva tres pesadas bolsas colgadas de los hombros. Tiene un brazo entumecido, pero no le importa. Gracias al entumecimiento ha sobrevivido a la vida junto a Richard. La mujer conocida como la señora Strickland es un encorsetado escudo cubierto con un delantal y con los labios pintados, un escudo destinado a protegerle del dolor causado por el potencial personal no desarrollado, y el empleo de este escudo preciso para llevar a la práctica sus propios propósitos, por esta vez en la vida, resulta ilusionante. Se ajusta bien las tirillas y las yemas de los dedos acarician los surcos dejados en el cuello por las manos asfixiantes de Richard. Todo el mundo verá los moratones. Todos van a adivinar lo sucedido. Respira hondo. Se dice: sencillamente, tienes que ser sincera. La verdad comenzará a fluir, y la libertad irá ascendiendo.

Un taxi se detiene delante de la casa. Los neumáticos crepitan en un gran charco. Lainie saluda al conductor con la mano desde el otro lado de la puerta mosquitera.

—Vamos, niños, deprisa.

—Yo no quiero ir —Se obstina Timmy—. Quiero esperar a que venga papá.

—Llueve demasiado para que venga —dice Tammy—. ¡El agua me llega hasta el vestido!

Lainie no las tiene todas consigo. Lamenta tener que despedirse del trabajo por medio de una llamada de teléfono hecha desde Florida, Texas o California, o donde sea que vayan a aterrizar. Y no le parece que eso sea muy profesional que digamos. Pero ya se encargará de explicarle a Bernie la razón por la que tuvo que irse, y Bernie se lo perdonará y hasta es probable que acceda a darle una carta de recomendación. También lamenta otra cosa: no haber anotado la dirección del señor Gunderson, para escribirle más adelante, en algún momento de su futuro delirantemente incierto, haciéndole saber que, cuando le regaló el portafolios de cuero rojo, ella al momento comprendió que nunca es tarde para dejar atrás las cosas que a tu modo de ver te definían y decantarse por otras cosas mejores. De hecho, el portafolios que le regaló Gunderson es una de las tres bolsas que ahora penden de sus hombros. Ha resultado tener más capacidad de la sospechada.

Lo que más lamenta es haber tardado tanto en llegar a esta plataforma de lanzamiento en el porche de su casa. Su indolencia ha tenido costes muy reales. Los niños han visto y escuchado cosas que les han influenciado de manera poco recomendable. La disección que Timmy hizo de la lagartija sigue siendo una cuestión inquietante y no resuelta. Por fortuna, los dos niños aún son pequeños. Lainie no es uno de esos científicos del centro de investigación aeroespacial Occam, pero sabe que el proceso de madurez no tiene lugar en línea recta y que su propia influencia personal sobre los pequeños se prolongará durante largo tiempo. Suelta la bolsa que cuelga del hombro derecho, para que las tres ahora cuelguen del izquierdo, y se arrodilla. Rodea a Tammy con el brazo y mira a Timmy.

—Corre —le musita—. Métete en todos los charcos. Y déjalo todo mojado y embarrado, cuanto más mejor.

Con el ceño fruncido, Timmy se mira los pantalones y los zapatos limpios.

—¿Lo dices en serio?

Lainie asiente con la cabeza y sonríe. Timmy también sonríe y sale disparado escalones abajo, aullando como un loco, yendo de un lado para otro del jardín, mojándose a conciencia. Como era de esperar, a Tammy le entra miedo, pero Lainie, precisamente por eso, tiene el brazo en torno a la pequeña. Levanta a su hija, la acomoda sobre su cadera, abre la puerta con el pie y se queda bajo la marquesina de la casa. Una marquesina que antaño encerraba muchas promesas, pero hoy está tan cargada de decepciones que le inquieta que pueda venirse abajo, aplastándola bajo su peso.

Pero Timmy ya está en el taxi, chorreando de pies a cabeza y riendo, haciéndose a un lado para que ella también entre, instándola a venir de una vez. Lainie también ríe y se da cuenta de que no, de que nada ni nadie la aplastará nunca más. Corre y se adentra en este mundo acuático. Disfruta con el restallar de la lluvia en su peinado, con el modo en que el agua se desliza por la onda en la nuca. El taxista recoge sus bolsas, y Lainie se deja caer en el asiento posterior y suelta un gritito cuando las frías gotas de lluvia corren por su espalda. Cepilla la gorra de Timmy con la mano y aferra los tirabuzones de Tammy; los dos niños ríen y gritan con entusiasmo. Oye que la puerta del maletero se cierra de golpe. El taxista se acomoda al volante, meneando la cabeza como un perro mojado.

—Si esto no para, el agua nos llevará flotando hasta Tombuctú —ríe—. ¿Va usted lejos, señora?

El hombre está mirándola por el retrovisor. Sus ojos reparan en su cuello magullado. Lainie no pestañea: que la verdad fluya, que la libertad se alce.

—A una de esas agencias de coches de alquiler. ¿Conoce alguna?

—La que está junto al aeropuerto es la más grande. —La voz del taxista ahora es más suave—. Lo digo por si tiene previsto alquilar un coche sin reserva previa. Si tiene previsto marcharse lo antes posible.

Lainie mira su tarjeta de identificación profesional: Robert Nathaniel De Castro.

—Sí, señor De Castro. Gracias.

El taxi arranca y circula por mitad de la calle.

—Mis disculpas por el retraso. Las carreteras hoy están fatal. Pero pierda cuidado. Voy a hacer que lleguen adonde tienen previsto ir, y sin imprevistos.

—Estupendo. Me parece muy bien.

—Se les ve felices. A los tres. Eso es bueno. Hay gente que se pone de un humor de perros a la que caen cuatro gotas y se mojan un poco. Antes me han enviado a recoger a un fulano para que lo llevase al polígono industrial que hay junto a la acería Bethlehem. Es la segunda vez que llevo a este fulano allí. Me presento a recogerlo, y no se ve ni rastro de él. Estuve dando vueltas para encontrarlo. Un poco preocupado, si quiere saber la verdad. Y al final me lo encuentro sentado en un bloque de hormigón bajo la lluvia. Este fulano no parecía sentirse feliz en absoluto. Quizás él también haría bien en pillar el primer coche de alquiler a la que pudiera. Parecía estar a la espera de que llegase el fin del mundo. Le veías la cara, y tú mismo te decías que la cosa estaba al caer.

Lainie sonríe. El taxista sigue hablando, lo que es una distracción agradable. Los niños tienen las caras apretadas contra los cristales y Lainie apoya el mentón en el cuero cabelludo de Tammy, que huele de forma dulce. En el exterior, se diría que el taxi acaba de caer por un precipicio y está hundiéndose en el mar. Lainie piensa que, para sobrevivir bajo tanta agua, tendrá que aprender a respirar como los peces, adaptarse a ser otro tipo de criatura. De forma sorprendente, se cree capaz de hacerlo. En el mundo abundan los arroyos, los riachuelos, los ríos, los estanques, los lagos. Nadará todo lo que haga falta hasta encontrar el mar adecuado para los tres, aunque la empresa le lleve tanto tiempo como para desarrollar aletas.

19

La lluvia cae como cemento húmedo. El paraguas de Hoffstetler esculpe una pequeña columna estanca en la que su aliento se arremolina. Parece humo, como si lo estuvieran quemando en una hoguera. Es difícil ver cuanto se extiende más allá del paraguas: aliento gris, lluvia gris, hormigón gris, gravilla gris, cielo gris. Pero sabe dónde mirar y, tras una eternidad angustiosa, los humos de un tubo de escape —otra capa de gris— se elevan sobre el camino de tierra. El negro Chrysler avanza como un escualo en el agua.

A Hoffstetler le entran ganas de sumergirse en el asiento trasero con calefacción, pero ni siquiera los méritos hechos durante una misión de dieciocho años de duración sirven para obviar el consabido protocolo estúpido. Recoge la maleta, se levanta del bloque de homigón y camina con paso firme, repentinamente loco de ilusión. Está a punto, a punto de estrechar otra vez la mano temblorosa de papá, de estrechar con los brazos a su *Mamochka* querida, de enmendar la vida que ha estado llevando hasta ahora para empezar una existencia mejor.

Como de costumbre, la puerta del conductor se abre con un ¡clac! Como de costumbre, el Bisonte baja del auto con el motor encendido; esta vez lleva un paraguas negro a juego con su negro traje. Pero entonces pasa algo inusual: la puerta del pasajero se abre y un segundo hombre sale bajo las alas expandidas de su propio paraguas. Se estremece bajo el frío, se ajusta todavía más una bufanda que amenaza con aplastar la flor en su ojal. Hoffstetler tiene la sensación de caer, como si se hubiera caído del bloque de hormigón y no hubiera encontrado suelo bajo sus pies.

—*Zdravstvujtye* —saluda Leo Mihalkov—, Bob.

La lluvia que se estrella contra el paraguas de Hoffstetler es ensordecedora; se dice que sin duda ha oído mal. *Zdravstvujtye* es un saludo frío, ¿y eso de *Bob* en lugar de *Dmitri*? Aquí hay algo que marcha mal.

—¿Leo? ¿Ha venido para...?

—Tengo unas preguntas —replica Mihalkov.

—¿Van a interrogarme? ¿Bajo esta lluvia?

—En realidad es una sola pregunta. No nos llevará mucho tiempo. Cuando inyectó la solución al objeto, ¿cómo reaccionó este antes de morir?

Hoffstetler sigue dando vueltas sumido en un torbellino. Quisiera aferrarse al bloque de hormigón, a la rejilla del Chrysler, a lo que haga falta para salvarse, pero si suelta el paraguas se ahogará con tanta agua. Trata de pensar. La solución plateada..., ¿en qué podía consistir? Tendría que saberlo, es su campo de trabajo. Está claro que un ingrediente fue el arsénico. Otro podría ser el cloruro de hidrógeno, ¿no? ¿Y si hubieran agregado una pizca de mercurio? Qué clase de efectos devastadores tendría un cóctel semejante en el organismo del Devónico? Si el fragor de la lluvia fuera un poquito menos desconcertante, posiblemente lo deduciría. Pero no hay más tiempo para pensar. Tiene que decir lo primero que le venga a la mente y rezar.

—Todo sucedió de forma instantánea. El objeto sangró. Profusamente. Y murió al momento.

No para de llover. Mihalkov tiene los ojos clavados en él. El suelo burbujea como si fuera lava.

—Correcto, sí. —La voz de Mihalkov ahora es más amable, adecuada para una conversación tranquila en el reservado del restaurante Black Sea, casi inaudible bajo la percusión de la tormenta—. Su país está orgulloso de usted. Siempre lo ha estado. Vamos a recordarle. Muy pocos tienen este privilegio. Ni siquiera yo voy a tenerlo cuando también también me llegue el momento. En este sentido, lo envidio.

Un hombre del KGB como Mihalkov hubiera detectado el cierre a cámara lenta de esta ratonera una década atrás, pero Hoffstetler solo se da cuenta ahora. ¿Acaso no le insistió al Devónico que él no contaba con verdadera información reservada de importancia? Lleva demasiado tiempo en Estados Unidos como para que Moscú se sienta cómodo con su presencia en suelo ruso. Lo único que importaba era que la misión encomendada llegara a su fin. Creer cualquier otra cosa era pura fantasía. Su papá, su mamá... seguramente siguen con vida, tal como le prometieron, pero únicamente como rehenes del

Estado. Ahora van a eliminarlos, les pegarán un tiro en la nuca, meterán pedruscos en sus bolsillos y arrojarán los cadáveres al río Moskva. Hoffstetler les dice adiós, con rapidez, y añade que lo siente muchísimo, de forma frenética, y que siempre los querrá. Todo esto tiene lugar un segundo antes de que el Bisonte empuñe el revólver que porta al cinto.

Hoffstetler grita y, por instinto, le tira el paraguas en la cara al Bisonte, y antes de que oiga el disparo el paraguas ennegrece el mundo, singularidad que engulle al hombre, el arma de fuego, la lluvia, todo. Pero estos hombres han sido adiestrados para el asesinato, y él no es más que un académico medio tonto, y lo que parece ser un puño de hierro se estrella contra su mandíbula, y en su cara parecen estallar una suerte de piedras calientes. Los dientes, cree. Ahora está pivotando sobre sí mismo, con los carrillos inflados por la sangre, con el regusto viscoso de salpicaduras de sangre en la lengua.

Ahora yace en el suelo. La sangre sale de su boca en un chorro, como si por ella estuvieran vertiendo un cuenco con sopa de tomate. El aire frío asaetea su rostro de izquierda a derecha, y la sensación es rara. Acaban de dispararle al pómulo. Mamá se llevará un disgusto cuando vea a su hijito querido desfigurado, cuando vea que sus dientes bonitos y regulares han saltado hechos añicos. Trata de ponerse de rodillas, diciéndose que si muestra a Mihalkov los daños sufridos el otro igual lo deja correr, pero la cabeza se le va, sus rodillas resbalan en el lodo, y de pronto está caído de espaldas mientras la lluvia se cierne sobre sus ojos como arpones de plata.

La negruzca estampa del Bisonte, quien sigue teniendo su paraguas en la mano, tapa toda la luz. El Bisonte le mira de forma impersonal como siempre y apunta a la cabeza de Hoffstetler con el revólver. El disparo, piensa Hoffstetler, suena extrañamente apagado para tratarse del balazo que acabará con su vida. Y todavía es más raro que el Bisonte recule. Suena un segundo balazo y la mano del Bisonte suelta el paraguas, que cae sobre Hoffstetler como tierra paleada sobre una tumba abierta. Hoffstetler necesita un momento para escabullirse de dicha sepultura e hincar los codos en el suelo, mientras la lluvia enjuaga una mezcla caliente de sangre y de saliva por su pecho.

Lo que ve es el cuerpo derribado e inmóvil del Bisonte; el rojo charco en su derredor está virando a rosado por la lluvia repiqueteante. Hoffstetler ve borroso, pero sí que puede distinguir formas. La de Mihalkov, delgada pero tirando a ovoide, que se revuelve con una precipitación que nada tiene que ver con sus comportamientos habituales. Está sacando su propia pistola, eso queda claro, aunque sea en abstracto. Sin embargo, quizás ablandado por tanto bogavante y tanto caviar, Mihalkov se deja llevar en exceso por la vanidad y opta por no desprenderse del paraguas. En estos segundos cruciales, el salvador de Hoffstetler, sea quien sea, da unos pasos al frente con rapidez, con su propia arma humeante tras dar buena cuenta del Bisonte, y resulta que este hombre tampoco es un aficionado. Apunta con ambas manos, para afianzar la pistola bajo la lluvia, y con un solo disparo le basta.

Mihalkov cae de espaldas contra el coche. Ahora sí que deja caer el paraguas. En su camisa brota un círculo rojo, como una segunda flor con que adornarse. Muere al instante y es olvidado al instante, justo lo que él mismo vaticinó. Hoffstetler entrecierra los ojos bajo el chaparrón y ve que el pistolero se arrodilla junto al cuerpo para asegurarse de que está bien muerto. Se levanta en el acto y, con rapidez de araña, se dirige hacia Hoffstetler. La lluvia difumina la identidad del hombre hasta que su cara se cierne sobre Hoffstetler. La lluvia y, seguramente, la incredulidad, supone este último.

—¿Strickland? —pregunta—. Oh, gracias…, muchas gracias.

Richard Strickland se acuclilla, introduce el pulgar de su mano libre en el agujero que Hoffstetler tiene en la mejilla y tira del herido. Tira con tanta fuerza que lo arrastra por el barro. El dolor llega con cierto retraso, de forma contundente y musculosa, envuelto en una capa de asombro, y Hoffstetler chilla mientras es consciente del hueco irregular en la mejilla. Vuelve a chillar, y sigue chillando, hasta que el barro que desplaza su hombro le cubre los ojos y la boca, y de pronto está ciego y mudo, y luego ya no es nada en absoluto.

20

El despertar llega en forma de abrupta pesadilla. Un estruendo ensordecedor lo domina todo. Hoffstetler alza la vista, pues se espera que estén cayendo chuzos de punta, pero en lo alto hay un techo de hojalata, y de ahí proviene el estruendo. Está en un porche de hormigón. Cortinas de agua golpean las paredes medio desmoronadas. Todavía está en el polígono industrial. Una sombra se interpone en su visión. Parpadea, y de sus ojos brota líquido. ¿Lluvia, sangre? Es Strickland, que está paseándose por el suelo de hormigón. Sujeta algo pequeño en la mano, un frasco de medicamentos. Lo vuelca sobre su boca abierta, pero esta vacío. Maldice, tira el frasco a la lluvia y contempla a Hoffstetler.

—Ya se ha despertado —gruñe—. Mejor. Tengo otras cosas que hacer.

Se acuclilla. En lugar de la picana anaranjada para el ganado, empuña una pistola. La monta y clava el cañón en la palma de la mano derecha de Hoffstetler. El cañón está frío y mojado, como el morro de un cachorrillo, piensa Hoffstetler.

—Strickland. —Tan pronto como lo dice, su pómulo destrozado y todos los nervios lesionados vuelven a la vida y braman al unísono—. *Richard.* Esto duele. Un hospital, por favor...

—¿Cómo se llama usted?

Lleva dos décadas mintiendo, por lo que instintivamente responde:

—Bob Hoffstetler. Ya me conoce.

Suena un disparo. Una bala rebota contra el hormigón y produce un sonido sorprendemente parecido al estallido de un elástico, un ¡tuap! reverberante. Hoffstetler siente como si le hubieran propinado un palmetazo en la mano. La levanta. En el centro de la palma hay un hueco con los bordes nítidos y chamuscados. Por instinto contrae los dedos para ver si reaccionan, porque le quedan miles de páginas de libros que hojear, centenares de informes que escribir, pero lo que hace es darle la vuelta. La herida de salida tiene una forma irregular estelar con láminas de piel a los lados. En el orificio se agolpan los vasos sanguíneos. Sabe que empezará a sangrar; se lleva la mano al pecho.

Strickland clava el cañón de la pistola en la otra palma de la mano.

—Su nombre verdadero, Bob.

—Dmitri. Dmitri Hoffstetler. Por favor, Richard, por favor.

—Muy bien, Dmitri. Ahora dígame los nombres y las graduaciones de los miembros de la unidad de asalto.

—¿La unidad de asalto? No sé de qué…

Otro disparo. Hoffstetler grita. Se lleva la mano derecha al pecho sin mirarla, aunque no puede ignorar la bocanada de humo negro que se alza de la carne carbonizada. Une las manos, lo que queda de ellas, mientras por su mente pasan todas las cosas que seguramente no podrá hacer más en la vida: comer, bañarse, limpiarse tras usar el inodoro. Solloza, y las lágrimas se acumulan en el agujero en su mejilla y saben a sal en su lengua.

—A ver una cosa, Dmitri —dice Strickland— Alguien no tardará en reparar que esos dos fulanos que vinieron a recogerle han desaparecido. A estas alturas las cosas se han acelerado. La culpa no es mía. Así que voy a preguntárselo otra vez.

Hoffstetler nota que el duro cañón de la pistola se hinca en su rótula.

—No, Richard, no, por favor, por favor…

—Nombres y graduaciones. Del grupo de asalto que se llevó al objeto.

Hoffstetler ahora lo entiende. Strickland cree que fueron los soviéticos los que se llevaron al Devónico. Y no un infiltrado aislado como el doctor Hoffstettler, sino una unidad especializada, pertrechada con herramientas de última generación, llegada por los conductos del aire acondicionado para apoderarse de la presa. De su garganta brota un extraño ruido. Tendría que ser un gemido, piensa, pero otro ruido se le escapa, y se da cuenta de que es una risa. Porque lo que Strickland piensa resulta *cómico*. En este momento en que el pabilo de su existencia está ardiendo en su tramo final, no puede pensar en un ruido más sorprendente, y más bienvenido, a la hora de decir adiós a la vida. Abre la boca y deja que la risa emerja, entre sangre burbujeante y añicos de dientes.

Strickland enrojece. Dispara, y Hoffstetler grita, y con el rabillo del ojo ve que la mitad inferior de su pierna se desliza sobre el hormigón, pero el grito vuelve a transformarse en risas, y de pronto se siente orgulloso como nunca, y Strickland frunce los labios y resuenan nuevos balazos, dirigidos a la otra rodilla, a un codo y al otro, a los hombros, y el dolor detona hasta que ya no es dolor en absoluto, sino un estado del ser puro y crudo que amplifica la coda musical que ha escogido para terminar sus días: la de la risa. Es un sonido jubiloso el que sale por su boca, por el orificio en la mejilla, por los nuevos orificios por todo su cuerpo.

—*¡Nombres y graduaciones! ¡Nombres y graduaciones!*

—¿Graduaciones? —ríe Hoffstetler—. ¡Mujeres de la limpieza!

Hoffstetler siente una punzada de arrepentimiento como si fuera otro balazo. Seguramente no tendría que haber dicho esto último, pero la cabeza se le va y no puede pensar bien. El estofado que son sus tripas recorre los lados de su torso, y el vapor que asciende de sus entrañas se enrosca bajo la mirada de protesta, hasta trazar unos pequeños puños cerrados en protesta. Se tuerce hacia atrás y hacia abajo, moviéndose con rapidez tras una existencia inmovilizada al otro lado de atriles y escritorios. Y sin embargo, de forma obstinada, sigue siendo un académico hasta el final, y las palabras de su filósofo predilecto, Pierre Teilhard de Chardin —¿quién sino un académico profesional podría tener un filósofo predilecto?— resuenan sangrantes entre el humo de la pólvora. *Somos uno, después de todo, tú y yo, juntos sufrimos, juntos existimos, y por siempre nos recrearemos el uno al otro.* ¡Sí, eso es! Una existencia vivida a solas carece de importancia, y él al final no está solo. Está contigo, y contigo, y contigo, y no se hubiera dado cuenta de no ser por el Devónico. Se trata de la partida definitiva, acelerada por el sacrificio: el encuentro de Dios, ese granuja escurridizo, quien se esconde donde menos te lo esperas, ni en una iglesia ni en una tumba, sino dentro de nosotros, justo al lado de nuestros corazones.

21

¿Y qué era lo que Zelda estaba haciendo en los segundos previos a que echaran abajo la puerta de la casa? ¿Antes de que la madera que aseguraba el pestillo ahora inútil se desintegrara en astillas y dejara la cadenilla colgando como un collar de perlas arrebatado por un ladrón a mano armada? Cree recordar que estaba cocinando. Suele hacerlo antes de irse al trabajo, a fin de dejarle a Brewster provisiones para un día entero. Olisquea: tocino, mantequilla, coles de Bruselas. También se oye música, la de un cantante melódico con la voz profunda. Seguramente estaba escuchándola. Se pregunta si en aquel momento estaba a gusto, si se sentía contenta. Le parece vital recordar tales detalles, porque está convencida de que van a ser los últimos.

Hasta la fecha, lo más surreal que Zelda había visto en la vida había sido la mirada con que el objeto del F-1 le contempló desde el carro de limpieza de Elisa. Nada podía estar más fuera de lugar que esa bestia imponente y magnífica, arropada en un lecho de trapos sucios. Pero la imagen se queda corta en comparación con lo que ahora está viendo: Richard Strickland, ese hombre horroroso del trabajo, con los ojos desorbitados, chorreante de lluvia, manchado de sangre, con una pistola en la sala de estar de su casa.

Brewster se encuentra donde siempre cuando el trabajo escasea: acomodado en el Barcalounger con el respaldo echado hacia atrás al máximo, con los pies envueltos en calcetines descansando sobre el reposapiernas, con una lata de cerveza en el puño entrecerrado. Strickland se sitúa ante el televisor y Brewster se lo queda mirando con cierta inquietud, como si este espectro hubiera aparecido por detrás de Walter Cronkite, el presentador del telediario, y no en el interior de su apartamento. Strickland suelta una risa desdeñosa y escupe saliva, lluvia y sangre. Pisa el escupitajo y embadurna la alfombra limpia con los restos de barro adheridos a las suelas de los zapatos.

Zelda no necesita preguntar a qué viene todo esto. Levanta la mano; al hacerlo, descubre que está sosteniendo una espátula.

—Tienen una casa bonita. —comenta Strickland con voz pastosa.

—Señor Strickland —suplica ella—. No queríamos causar problemas, se lo juro.

El militar frunce el ceño y se queda mirando las paredes. Por un segundo, Zelda cree adivinar lo que Strickland piensa al ver la alegre decoración con sus ojos enrojecidos y feroces: baratijas mendaces, bagatelas sensibleras, recuerdos estúpidos, en conmemoración de una vida feliz que ni por asomo puede haber sido tan feliz. Strickland voltea la muñeca con pereza. El cañón de la pistola hace pedazos el cristal de una fotografía enmarcada, y una resquebrajadura en forma de rayo corta el rostro de la madre de Zelda en dos.

—¿Dónde lo metieron? —El intruso trastabilla como si estuviera ebrio—. ¿En el sótano?

—No tenemos sótano, Strickland. Se lo juro.

Pasa el cañón del arma por un estante lleno de figuritas de porcelana. Una por una, caen al suelo y se hacen añicos. Zelda hace una mueca tras otra al ver los destrozos: el pequeño acordeonista, el ciervo con los ojos grandes, el angelito de año nuevo, el gato persa. Chucherías sin importancia, se dice, que nada significan en realidad, pero se trata de una mentira, porque *sí* que tienen significado. Son las pruebas, acumuladas a lo largo de tres décadas, de que a veces ha tenido el dinero suficiente para comprarse algo frívolo, algo que sencillamente resultaba bonito, excepciones a la áspera rutina marcada por los filetes correosos, los cereales de marca blanca, el insípido queso subvencionado por el Gobierno.

Strickland pivota sobre un tacón enlodado, tritura porcelana al hacerlo, y apunta con la pistola en su dirección. El arma se convierte en un dedo acusador.

—*Señor*, señora Brewster. Tiene usted un verdadero problema con los nombres.

—Brewster —interviene Brewster, quien ha reaccionado al oír su propio nombre—. Ese soy yo. Es mi nombre de pila.

Strickland no lo mira, pero menea la cabeza.

—Ah, sí. Claro. Zelda Fuller. Zelda D. Fuller. La vieja Dalila. —En dos zancadas se sitúa frente a ella, con tanta rapidez que a Zelda se le cae la espátula de la mano—. No me dio ocasión de terminar la historia. —Traza un arco con la pistola y acaba para siempre con un jarrón de loza que perteneció a la abuela de Zelda—. Si recuerdo bien, Sansón, quien ha sido traicionado por Dalila, cegado y atormentado por los filisteos, se salva en el último segundo. Dios le salva. —Clava el cañón del arma en el cristal de la vitrina, pulverizando la vajilla que su madre reservaba para las ocasiones especiales—. ¿Cómo es que se salva? Porque es un buen hombre, Dalila. Un hombre con principios. Un hombre que, hasta que no le quedan más putas energías, se esfuerza en hacer siempre lo correcto.

Suelta un revés contra los quemadores de la cocina, volteando una sartén y salpicando de grasa de tocino el manual de lenguaje por señas que Zelda tiene en la encimera. La grasa ardiente chisporrotea y quema agujeros en las páginas. Zelda se siente repentinamente indignada. Sus ojos recorren con rapidez el hogar destrozado, el rastro de destrucción destinada a borrar los recuerdos de cada dificultad que ha conseguido superar. Strickland está a dos pasos. Es posible que la pistola vaya a estrellarse contra su propio rostro a continuación. No importa: Zelda levanta el mentón, todo cuanto puede. No se dejará amedrentar. No delatará a su amiga.

Strickland la mira con malicia. En las comisuras de sus labios se acumulan espumarajos blancos que llevan a pensar en aspirinas machacadas y mojadas. Poco a poco, muestra la mano izquierda. A pesar del terror anonadante, Zelda da un paso atrás al ver la imagen tan repugnante. No ha visto estos dedos desde que Elisa y ella los encontraran tirados en el suelo del laboratorio. Los vendajes se han esfumado a estas alturas, y queda claro que la intervención quirúrgica ha sido un fracaso. Los dedos tienen el color negro brillante de los plátanos podridos y están inflamados y a punto de estallar.

—Dios devuelve a Sansón toda su fuerza —dice Strickland—. Le devuelve todo su poderío. Para que Sansón pueda destruir a todos los filisteos. Sansón sujeta las columnas del templo. Así.

Encaja la pistola bajo la axila y con una mano pellizca los dos dedos muertos.

—¿Y qué hace a continuación? Romper esas columnas.

Se arranca los dos dedos putrefactos. Se separan con facilidad, con una serie de ¡pops! quedos, como las judías verdes que ella a veces ella corta en la cocina, piensa Zelda antes de romper a chillar. Oye un golpe sordo; es Brewster que ha dejado caer el bote de cerveza. Le sigue un ruido agudo; es el ¡zing! del respaldo del Barcalounger al proyectarse hacia delante. Strickland enarca las cejas con sorpresa mientras observa el fluido marrón que brota de los orificios dejados por los dedos arrancados y que se derrama como salsa de carne. Sus ojos van a las dos morcillas que sigue sosteniendo; las deja caer al suelo de la cocina. De uno de los dedos salta un anillo de bodas.

—Ha sido Elisa —farfulla Brewster—. Esa tal Elisa comosellame. La muda. Ella es la que tiene esa cosa.

Solo se oye el golpeteo de la lluvia que entra por la puerta abierta, el parloteo de la televisión, el suave progresar de la cerveza vaciándose sobre la alfombra. Strickland se vuelve. Zelda se apoya en la cocina para no caer, mira a su esposo y menea la cabeza.

—Brewster, no...

—La muda vive en los altos de un cine —prosigue Brewster—. Zelda me lo ha dicho. El Arcade. Unas cuantas manzanas al norte del río. Le será fácil llegar. En cinco minutos, como mucho.

El peso de la pistola parece duplicarse. Zelda ve que se proyecta hacia abajo, hasta apuntar al suelo.

—¿Elisa? —susurra Strickland—. ¿Esto es cosa de Elisa?

Se queda mirando a Zelda, con el rostro contraído por la sensación de traición, por el asombro más absoluto, con los brazos temblándole ligeramente, como si estuvieran necesitados de un abrazo destinado a mantenerlo erguido. Zelda no sabe qué decir o hacer, razón por la que no reacciona. Strickland está consternado. Se queda mirando el dedo tirado sobre el manchado linóleo y hace morritos, como si de pronto ansiara contar con él otra vez. Respira durante un minuto, de forma ligera al principio, con mayor intensidad después, hasta que levanta la cabeza y cuadra los hombros. La clásica postura militar, se dice Zelda, lo único que le queda a este hombre desquiciado.

Camina pesadamente por la alfombra, arrastrando los zapatos. Levanta el auricular del teléfono como si también pesara una tonelada y marca un número como puede. Zelda mira fijamente a Brewster. Brewster a Strickland. Zelda oye la voz aguda del hombre que responde a la llamada.

—Fleming. —La voz de Strickland carece de vida, hasta tal punto que Zelda se estremece—. Yo... estaba equivocado. Ha sido la otra. Elisa Esposito. Tiene el objeto escondido en los altos del Arcade. El cine, sí. Haga que la unidad de contención se dirija allí. Estaré esperándolos.

Cuelga sin pérdida de tiempo y da media vuelta. Recorre con la vista los cristales, la porcelana, la loza, la cerámica, el papel, la carne..., tanto detrito generado con tanta velocidad. Su expresión comatosa sugiere a Zelda que nunca se marchará de aquí, que se convertirá en una parte integral de su hogar, a la que habrá que recomponer junto con todos los demás destrozos. Pero Strickland es un reloj al que acaban de dar cuerda. Unos pistones entran en funcionamiento en su interior, y se mueve. Pasa entre Brewster y el televisor con dificultad y sale por la puerta.

Se tambalea en el umbral y se pierde de vista, fundido con la lluvia.

Zelda corre hacia el teléfono, lleva la mano al auricular. Brewster, sin embargo, finalmente se levanta del sillón y se mueve con una celeridad que ella nunca le ha visto hasta ahora. El Barcalounger da una sacudida, suelta un aullido, repentinamente vacío, y Zelda se encuentra con que el brazo de su marido está situado sobre el teléfono.

—Brewster. Aparta, por favor.

—No puedes meterte en esto. No podemos meternos en esto.

—Ese hombre está dirigiéndose a su casa. ¡Y tú eres el responsable, Brewster! Tengo que avisarle. ¡Strickland va armado!

—Soy el responsable de que hayamos salvado la piel. Si no echan el guante a esa amiga tuya, ¿a quién crees que culparán a continuación? ¿Crees que van a olvidarse del asunto así por las buenas? ¿Que van a olvidarse de esos negros que sabían del asunto? Lo que vamos a hacer es reparar la puerta y recoger..., recoger las cosas que ese tipo ha tirado por los suelos, y luego vamos a sentarnos a mirar la tele. Como hace la gente normal.

—No tendría que habértelo dicho. No tendría que haberte dicho una sola palabra...

—Tú termina de cenar. Yo voy a buscar algo para limpiar la alfombra...

—Ellos dos se quieren. ¿Es que ya no te acuerdas? ¿Es que ya no te acuerdas de ese sentimiento?

Brewster baja un poco el brazo, sin fuerza. Pero no por ello abdica del teléfono.

—Me acuerdo —dice—. Por eso mismo no puedo dejar que hagas esa llamada.

Sus ojos oscuros, tan frecuentemente entrecerrados y vidriosos por la luz estroboscópica del televisor, están bien abiertos y miran con claridad. Zelda ve en ellos el reflejo de la escoria dejada por Strickland. De hecho, ve muchas otras cosas. Ve la propia historia personal de Brewster, la historia de sus luchas y de sus fracasos, los fracasos sempiternos que sin embargo no le han empujado a dejar de luchar, ni siquiera cuando Zelda le viene con sus quiméricas fantasías de dejar el empleo en Occam y montar su propio negocio. En este sentido, Brewster es valiente. Ha sobrevivido. Aquí sigue, sobreviviendo. Es un hombre bueno.

Pero ella es una buena mujer, o quiere serlo, y esta particular aspiración encuentra traducción en la distancia existente entre el platillo donde descansan las llaves del coche de Brewster y la entreabierta puerta de la casa y, más allá, en la distancia que va de la puerta hasta el Ford de Brewster dormido bajo la lluvia. Sabe que es capaz de hacerlo; Brewster se quedará demasiado asombrado para seguirla. También sabe que puede llegar a casa de Elisa, incluso bajo este diluvio propio del Antiguo Testamento. Lo que no sabe es de qué servirá que se presente allí, qué podrá hacer o cuáles serán las consecuencias. Pero este tipo de cosas nunca están claras, ¿verdad? El mundo cambia, o no lo hace. Luchas por lo que es justo y te alegras de haberlo hecho. Ese es su plan, cuando menos, el mejor plan que tiene Zelda D. Fuller.

22

Elisa conoce cada hoja de cada árbol de esta jungla que es suya, cada liana, cada piedra, y no detecta mala intención en la sombra que se cierne sobre ella. Abre los ojos cálidos y húmedos, disfrutando de la resistencia opuesta por las gotitas que se empeñan en mantener unidas cada una de sus pestañas. Se desgajan, las unas tras las otras, de mala gana, con languidez. Quien ha llegado es Giles. Iluminado por la lámpara de la sala de estar sonríe con afabilidad. Elisa se pregunta si la caliente humedad, propia de un invernadero, que hay en el cuarto de baño es la causante de las lágrimas que asoman a los ojos de su amigo.

—Ha llegado la hora, querida —anuncia él.

Con los brazos adormecidos, Elisa estrecha a la criatura que dormita a su lado. No quiere recordar los detalles, pero tampoco puede evitarlo y se acuerda de que hace bastantes horas, posiblemente bastantes milenios, llamó a la puerta de Giles y le pidió el mayor, el más terrible de los favores. Se lo dijo por señas con rapidez, para que el sufrimiento no se prolongara: que entrara en el piso de ella antes de medianoche, la sacara de la bañera e hiciera caso omiso de toda posible protesta por su parte. Se da cuenta de que el agua de la bañera ahora está fría, y sin embargo no tiene el menor deseo de abandonarla. No puede ser tan tarde. No puede ser. Ha tenido todo el día para despedirse de su amado, y toda la noche también, y ni siquiera ha empezado.

Giles se lleva las manos a las rodillas con la idea de acuclillarse, pero no termina de hacerlo. Entre los dedos tiene un pincel largo y delgado, con punta fina para los detalles, y parecía haberse olvidado de su existencia. Ahora tiene una mancha de pintura de verde a la altura de la rodilla en el pantalón. Se ríe, guarda el pincel en el bolsillo de la pechera.

—He terminado. —El orgullo es audible en su voz, y Elisa se alegra de oírlo—. No será lo mismo que tenerlo a tu lado. Claro que no. Pero creo que nadie más hubiera podido hacer un retrato tan fiel. Y es para ti, Elisa. Así te acordarás de él. Te lo enseño cuando salgas. Os lo enseño cuando salgáis, a los dos. Y ahora, por favor, querida… Es tarde. ¿Y si me coges de la mano?

Elisa sonríe, admirada por la mata de pelo de su amigo, por el empuje juvenil de su expresión, por la coloración saludable de su piel. Se muestra tierno, pero resuelto. Elisa mira su mano tendida, el pelo en los nudillos manchado de pintura, las uñas con huellas de pintura, la manga de su suéter con círculos de pintura. Levanta la mano del agua. Cuando su mano abandona la espalda de la criatura, esta se eriza y se abraza a Elisa con mayor fuerza. Elisa titubea, con la mano a mitad de camino entre su acuoso lecho nupcial y la tierra firme de Giles; no está segura de si podrá cubrir semejante distancia.

Se produce un choque. Abajo, en la calle. Ha sonado cerca, contra el propio edificio. Y estruendoso. Metal, cristal, plástico, vapor. Elisa siente el impacto en su propio cuerpo, la conmoción en los pulmones y sabe —lo *sabe*— que ha perdido un tiempo precioso. Giles también lo sabe. Cubre la distancia que los separa y la agarra por la muñeca. La propia criatura también es consciente. Sus garras salen a relucir y acarician la desnuda espalda de Elisa como las uñas de un amante. Se mueven al unísono. El agua se desparrama por el borde de la bañera. Las plantas se caen del lavabo. Los árboles de cartón oscilan en las paredes. Les han descubierto.

23

La culpa es de la lluvia. En las calles el nivel del agua debe de alcanzar cinco o seis centímetros de altura, y lo empuja hacia la cuneta. Azota el parabrisas emborronándolo y eclipsándolo todo, y Strickland se equivoca al girar. El cine aparece de repente ante sus ojos, y sus miles de luces son un manchurrón amarillo y mojado. Tuerce el volante hacia el callejón adyacente, fiándolo todo a la dirección asistida, pero es demasiado tarde. La parte trasera hecha trizas complica hasta la más sencilla de las maniobras, y su Caddy —su tan querido Cadillac Coupe De Ville color verdiazul, dos toneladas de peso, cinco metros con setecientos quince milímetros de comodidad palaciega, de cero a noventa kilómetros en diez coma siete segundos, autorradio con onda media, frecuencia modulada y altavoces estereofónicos— embiste contra la pared lateral del cine.

Strickland sale del coche como puede. Trata de cerrar la portezuela, por la fuerza de la costumbre, pero a lo que no está acostumbrado es a andar por la vida con dos dedos de menos. No llega a darle a la puerta en absoluto; su mano no hace más que cortar la lluvia. Se detiene un segundo para evaluar el desastre. La parte delantera del vehículo está tan destrozada como la trasera. El Sueño Americano ha sido demolido por sus dos lados. No importa. Ahora es el dios de la selva, y los macacos están encargándose de despojarle de la estúpida envoltura de su cráneo de ser humano. Hunde los pies en charcos que llegan a los tobillos. Un hombre con el nombre escrito en la pechera de la camisa sale corriendo de la taquilla y gesticula indignado por los ladrillos rotos y diseminados por la acera.

En la jungla, este hombre no pasa de ser un molesto indio carapanã. Strickland le golpea con la Beretta y le revienta la nariz. Un pendón de sangre ondea brevemente, hasta que la lluvia lo arrastra por la acera. Strickland deja atrás al hombre que se retuerce en el suelo, rebusca bajo el mojado brillo de las bombillas de la marquesina. Vuelve al callejón y por fin encuentra lo que busca. Un hueco en la pared, una puerta que conduce a los apartamentos de arriba. A Elisa, a su imagen sin voz, a su esperanza para el futuro, quien le ha traicionado, quien ahora es su presa. El Caddy bloquea el callejón entero. Se ve obligado a encaramarse al capó abollado. El motor bifurcado escupe vapor, y Strickland se detiene un momento en su interior. El calor en el Amazonas, la emoción pestilente, el cálido retorcerse de las víboras, las sofocantes piruetas de las pirañas..., todo ello está llevándolo adonde verdaderamente importa, al núcleo duro, limpio, cortante, eficiente de todo cuanto es.

¿Y qué es lo que ve en la otra punta del callejón, bajo una luz infestada de polillas? Una furgoneta blanca sin el parachoques delantero, con un rótulo que reza: LAVANDERÍAS MILLICENT. Strickland sale de la ardiente nube de vapor y sonríe, mientras un millón de duros dardos de lluvia rebotan contra su cráneo.

24

Se tambalean un poco al salir a lo alto de la escalera de incendios, por el peso de la criatura que cargan entre los dos. Elisa se ha vestido a toda prisa y lleva la raída bata rosada, así como los primeros zapatos que ha visto, el par plateado, que se puesto como talismanes. Pero ahora hacen que resbale, y la mitad superior de su cuerpo se dobla sobre la barandilla. La criatura, envuelta en una manta que no termina de cubrir su corpachón, la rescata del abismo. Elisa ve que la Bedford, la Perrita, está aparcada abajo. Y que algo más allá se encuentra estacionado un descomunal cochazo verde, encajado entre los muros del callejón, de tal forma que bloquea la única salida. Oye, sin ver, que justo por debajo de donde se encuentran alguien está tratando de hacer saltar el pomo del acceso a los apartamentos Arcade; a continuación oye que patadas en la puerta. Luego, una detonación tan estruendosa que todas las gotas de lluvia quedan suspendidas en el aire un segundo, y el rojo fogonazo del disparo convierte a cada gota en la sangre de un mundo que expira.

Un hombre sube corriendo la escalera. Alertado, Giles insta a Elisa a seguir bajando por la escalera de incendios. El descenso es lo contrario de la penosa ascensión con la criatura en brazos una semana atrás, una retirada desordenada, en la que los pies resbalan y los cuerpos se entrechocan. Elisa tiene dificultad para seguir con la cabeza encajada en el cuello de la criatura mientras se agarra al chorreante suéter de Giles. Este guía el descenso, con rapidez, sin amilanarse. La lluvia pega a su cráneo el pelo novedoso, y el pincel en el bolsillo de la pechera sangra en verde. Elisa piensa que, si ahora le pinchasen el corazón, la sangre que de él manaría también sería verde.

Llegan al callejón con los corazones destrozados, pero sin un solo hueso roto.

—¡Vamos a tener que seguir a pie! —grita Giles bajo el aguacero—. ¡No son más que unas pocas cuadras! ¡Podemos hacerlo! ¡No nos queda otra! ¡Vamos, vamos!

El callejón sigue siendo el acostumbrado campo minado de baches. A Elisa nunca le había importado hasta este preciso momento, cuando con cada paso hunden el pie en el agua aceitosa. No hay tiempo para descalzarse de los zapatos plateados con hebilla. Siguen adelante como pistones averiados, arriba y abajo, arriba y abajo. Están tardando demasiado en salir de allí. Finalmente llegan junto al coche destrozado, cuyos faros les ciegan. Elisa se arrastra por sobre el capó en acordeón y ayuda a Giles a levantar a la criatura. Giles es el último en pasar; echa mano a la manta caída al suelo y envuelve a la criatura con ella, sin dejar de empujarlos hacia delante. Al pasar, los ojos de Elisa se topan con el señor Arzounian, quien está mirándolos boquiabierto desde la acera, apretándose la nariz rota con la mano. Posiblemente está diciéndose que en su vida había visto proyectada una película tan rara como esta.

25

Strickland huele al Deus Brânquia. El recuerdo le llega de forma torrencial desde el Amazonas. Su olor es un olor a salmuera, a fruta y a limo. En los laboratorios de Occam, los productos de limpieza antisépticos se lo neutralizaron, lo que fue un error. ¿Cómo se explica que los humanos sean tan estúpidos como para prescindir del sentido corporal más importante en el plano defensivo? Y Strickland sabe quiénes fueron las culpables. Las mujeres de la limpieza. Sus jabones, lejías y amoníacos en realidad no estaban eliminando la mugre de este mundo. Estaban escondiendo un segundo mundo, un mundo que está en ascensión y que seguirá estándolo, de no ser que Strickland actúe con rapidez y le ponga definitivo punto final.

Dos puertas, dos apartamentos. Escoge la primera de ellas. No se molesta en recurrir a las manos o los pies. Apunta con la Beretta y dispara al pomo. Esta puerta es de peor calidad que la de la casa de Dalila Brewster. Su tercio central se desintegra como serrín. Strickland echa abajo a patadas los rebordes afilados y entra por el hueco con la pistola en alto, dispuesto a acabar con todo cuanto respire, tan dispuesto como lo estuviera ante el montón de cuerpos en la mina de Yeongdong.

El Dêus Branquia, colosal, beatífico, resplandeciente, soberbio, le mira desde el centro del apartamento pequeño, atiborrado de cosas y polvoriento. Strickland se equivocaba al pensar que estaba preparado.

No lo está. Grita y cae de rodillas, dispara y grita, dispara y grita. Las balas atraviesan el cuerpo del Deus Brânquia. La deidad no reacciona. La pistola está caliente en la mano de Strickland. Le tiemblan los brazos de tanto disparar. Se echa hacia atrás, hasta descansar contra la pared, y se tapa la cara con las manos. El Deus Brânquia sigue contemplándolo con paciencia, sin haber cambiado en lo más mínimo.

Strickland se enjuga la lluvia de los ojos, empieza a comprender. Este Deus Brânquia no es real, no en el sentido de una cosa que pueda matar. Se trata de una pintura. De una pintura asombrosamente realista, desconcertante por sus detalles. *Sí* que es el Deus Brânquia, de alguna manera, como si lo hubieran pintado con la sangre y las escamas del Deus Brânquia en una roca extraída de la gruta del Deus Brânquia. Strickland ladea la cabeza y la imagen de la deidad con branquias da la impresión de levantar los brazos y ofrecerle un abrazo. Se trata de un efecto visual de alguna clase. Strickland pugna por olvidar el recuerdo. Pero este se incrusta en su mente. Persiguió al Deus Brânquia hasta que llegaron a la última de las marismas. Lo arrinconó en una cueva. Y la deidad entonces trató de abrazarse con Strickland, cuya violencia, rabia y confusión aceptaba, pues entendía la obligación que Strickland había contraído con su propio dios, el llamado general Hoyt. La respuesta de Strickland: arponear al Deus Brânquia. Hasta ahora no se había dado cuenta de que él mismo había quedado empalado por la otra punta del arpón, que ahora los une a ambos para siempre, herida contra herida.

26

Elisa no puede negar que es una especie de milagro. La noche en que no tiene más remedio que andar por las calles con la criatura a su lado resulta ser una noche tan castigada por la lluvia torrencial que las calles están vacías. Algún que otro automóvil está estacionado con el motor encendido; sus conductores seguramente esperan que la tempestad amaine, pero empiezan a sospechar que se prolongará para siempre. Siempre queda algún despistado agazapado en la parada del autobús o bajo la marquesina de un comercio, mirando cómo el agua sigue ascendiendo por sus zapatos. Las aceras están intransitables, por lo que Elisa y Giles caminan por el tramo más elevado, el centro de la calzada. Entre los dos, la criatura avanza con las branquias abiertas para absorber la lluvia.

Elisa apenas puede andar bajo el peso del albornoz empapado. Y por mucho que su espíritu haya revivido, Giles sigue siendo un hombre mayor. No están avanzando con la debida rapidez. El hombre que se ha presentado en los apartamentos Arcade terminará por darles caza. Elisa mira por encima del hombro, a la espera de oír los crujidos del Cadillac destrozado, llegando como un carro de combate, o de ver que Richard Strickland aparece entre las cortinas de lluvia, sonríe perezosamente, y le repite: *Algo me dice que yo también podría hacerla chillar, aunque fuera un poquito.*

Y si no es Strickland, algún buen ciudadano se acercará con la idea de ayudarlos, y todo habrá terminado igualmente. Elisa mira en derredor con frenesí, mientras sus cabellos escupen lluvia. Lo que necesitan es un milagro más. Un coche abandonado con las llaves en el contacto, un conductor de autobús fanático de su trabajo y que siga cubriendo la ruta habitual. Elisa hace amago de indicar a Giles: «Vamos demasiado lentos». Pero Giles no está mirándola. Rodea a la criatura y dibuja el mensaje por señas en el brazo de su amigo. Giles le da una palmadita en la mano, pero no se trata de una respuesta. Está intentando llamar su atención. Se detiene repentinamente. La criatura se bambolea y los plateados zapatos de Elisa por poco resbalan. Eso de detenerse no puede ser peor idea. Elisa fulmina a Giles con la mirada, pero este está contemplando la acera, con los ojos muy abiertos bajo el chaparrón.

A su derecha, una masa oscura está agrupándose en la cuneta. Elisa cree que se trata del fango escupido por las cloacas inundadas. Pero esta masa se mueve. Nadando entre las cascadas de agua. Revolviéndose sobre la calzada mojada. Elisa comprende y se sobresalta con asco. Son ratas, que huyen de las alcantarillas inundadas. Algo más allá, un observador emite un grito de horror. Las ratas se arraciman y se adelantan las unas a las otras, soltando latigazos con sus colas rosadas, extendiéndose por la calle como alquitrán, con los pelajes húmedos haciendo guiños bajo las farolas. Elisa mira a la derecha y se encuentra con lo mismo: con otra negra oleada de roedores. Nota que Giles agarra su mano y contiene el aliento cuando las ratas les rodean. La locura se intensifica. Las ratas se detienen en masa, a metro y medio de distancia, contemplándolos con sus ojillos negros, husmeando con los morros. Ahora son centenares, a la espera de una señal.

—Te confieso, querida —dice Giles—, que no tengo idea de lo que vamos a hacer.

Elisa nota que la criatura se agita bajo la manta empapada. Una manaza enorme y dotada de garras emerge de entre los pliegues y, aunque su cuerpo jadea luchando por respirar, la manaza es firme. Dibuja un arco ininterrumpido, como una bendición, mientras la lluvia se aposenta en su palma recubierta de escamas. El ejército de ratas chorreantes se ondula en un estremecimiento colectivo, los cuerpecillos se apelotonan y unos extraños chirridos se elevan para competir con el ritmo marcado por el aguacero. Elisa advierte que es el roce de un millar de minúsculas patas al retroceder por la calzada. Se enjuga la lluvia del rostro, pero no, no se ha equivocado.

Las ratas están apartándose, abriéndoles un pasillo.

La criatura deja caer la mano y de pronto está a punto de desplomarse. Elisa y Giles tienen que emplearse a fondo para mantenerla en pie.

—Como cierta vez dijo el gran W. C. Fields: «Una noche de perros para hombres y para animales» —cita Giles, con la voz temblona. Traga saliva y con un gesto señala la calzada que se extiende ante la vista—: Así que está claro. Vamos juntos. Al combate.

27

Unas lágrimas se deslizan por el rostro de Strickland, requemado por el vapor del Cadillac. Nunca más volverá a ser humano. Semejante transformación sería como arrastrarse y meterse en el útero materno, privar de significado a toda su historia personal, reconocer que la suya ha sido una vida sin sentido. Imposible, por mucho que lo ansíe. Los macacos aúllan, y él hace lo que le dicen, obligándose a mirar al Deus Brânquia. Un simple cuadro, nada más que un lienzo. Se yergue, encuentra equilibrio. Sí, ya está bien. Si hace falta, se arrancará otros dedos, un brazo entero, la cabeza entera, lo que haga falta para ver que la sangre fluye, para ver cual de los dos es real.

Strickland sale por la puerta astillada al pasillo cuyo techo está siendo batido por la lluvia. Llega a la puerta del segundo apartamento. Conviene ahorrar munición. Seis o siete patadones, y está en el interior. Esto es peor que las cajas de la mudanza que Lainie nunca ha llegado a abrir. Es un agujero asqueroso, propio de una alimaña. Lo que Elisa Esposito es en realidad. Tendría que haberlo entendido cuando la negra le dijo que Elisa se había criado en un orfanato. Nadie la ha querido, nadie la querrá, ni por asomo. Imposible por completo.

El olor le lleva hasta un dormitorio lleno de cosas. La pared al lado de la cama está cubierta de zapatos, muchos de los cuales reconoce, no sin avergonzarse. Su polla responde en el acto, y le entran ganas de arrancársela como antes se arrancó los dedos. Quizá más tarde, cuando vuelva para ver cómo el edificio entero es pasto de las llamas. El olor del Deus Brânquia aquí también es muy intenso. Corre al cuarto de baño y se encuentra con una bañera barnizada con escamas luminosas. Las paredes están enteramente cubiertas de ambientadores en forma de árboles de cartón. ¿Qué demonios ha estado pasando aquí? Una idea va cobrando forma, para su disgusto.

Tambaleante, se dirige a la salita de estar. Su sentido de la vista se dispara en espiral. No están aquí. De un modo u otro, se las han arreglado para huir con el objeto. La Beretta se torna pesada en su mano. Su peso hace que gire hacia la derecha, una, dos y tres veces. Su cuerpo está trazando círculos, y el detritus del mundo de Elisa, el mundo que una vez ambicionó, se convierte en un vórtice de feo color amarronado. Atisba una cosa, tiene la suficiente presencia de ánimo para fijarse. Se ve obligado a hacer palanca con la pistola contra una mesa coja a fin de detener tanta mareante rotación.

Un calendario de sobremesa. Sobre la fecha de hoy, alguien ha escrito unas palabras. *MEDIANOCHE – EN LOS MUELLES*. Strickland consulta el reloj situado sobre la mesa. Aún falta rato para las doce. Le queda tiempo. Si deja de girar de una vez, si logra correr en línea recta. Agarra el teléfono que hay en la mesa, marca el número con un dedo que parece ser muy largo y como de insecto en comparación con los que faltan a su lado. Fleming responde. Strickland trata de decirle que envíe a otro lugar a la unidad de contención procedente de Occam, a los muelles emplazados calle abajo. No sabría decir si el otro ha entendido sus instrucciones. Su voz ya no suena como siempre.

28

Al principio Elisa solo reparó en las ratas porque su número era mucho mayor. Cuando por fin está delante de la pasarela, sus ojos aturdidos han aceptado que hay otros seres subterráneos entre la palpitante legión de animales, depredadores y presas que avanzan pegados los unos a los otros, en una paz entre las especies que es remedo de la existente entre Elisa y la criatura. Ardillas de pelaje apelmazado, conejos de ojos rojos, mapaches que se mueven con pesadez, zorras manchadas por las aguas residuales, ranas saltarinas, lagartos que corretean deprisa, serpientes sibilantes y, apretujada y retorcida bajo todo lo anterior, una capa de gusanos, ciempiés y babosas. Los insectos se arremolinan sobre los roedores en progresión ondulada, como una franja negruzca visible incluso bajo la lluvia inclemente. Por la periferia están llegando animales que viven en la superficie. Perros, gatos, patos, un cerdo solitario y misterioso, acaso venidos para postrarse en señal de pleitesía ante un dios que sus corazones animalescos llevaban esperando desde siempre.

Los animales se apartan para que el trío pueda acceder a la pasarela. Es tan corta como Elisa recordaba, no llegará a los quince metros, lo que es más que suficiente. La señal que indica los diez metros de profundidad ha sido rebasada por las aguas, y con mucho; solo es visible la parte superior del pilar que sustenta el cartelón. El nivel del río se encuentra unos pocos centímetros por debajo de la pasarela, cuyos tablones salpica empujado por la tormenta. Por fin han llegado a este lugar. Todos los elementos se han conjugado en su favor. Y sin embargo Elisa se queda paralizada, mientras la lluvia azota sus carnes. Jadea al respirar y se da cuenta de que otro tanto le sucede a esta criatura que no cesa de aletear con las branquias. Una mano se posa en su espalda mojada.

—Deprisa —urge Giles.

Elisa llora, y lo mismo hace el cielo; el universo entero solloza, las personas y los animales, la tierra y el agua, todos sollozan ansiando una unidad que a punto está de sellarse entre dos mundos divergentes, pero que en último término no es sostenible. Los brazos de Elisa penden por los costados; nota que las escamas frías y húmedas de la mano de la criatura se deslizan sobre las de ella. Unen las manos. Es la última vez que se encuentran unidos. Elisa contempla su rostro hermoso por entre los carcelarios barrotes de la lluvia que se desploma. Unos grandes ojos de ónix la miran a su vez, sin mostrar inclinación a sumergirse en el agua, cuya ausencia matará a la criatura sin remisión. Si eso es lo que ella quiere, la criatura está dispuesta a quedarse aquí para siempre.

Motivo por el que Elisa echa a andar. Para salvarle la vida. Un paso, dos pasos, vadeando el agua a raudales. Por encima del ruido de la tempestad le llega la parloteante retirada de los animales, así como las pisadas de Giles —su único seguidor— hundiéndose en los charcos. Una quincena de metros no es mucho. Elisa de pronto ha llegado al final, al mismo final. Las puntas cuadradas de sus zapatos plateados se alinean con el borde del extremo de la pasarela que se adentra en el río. La criatura también alinea los pies, y sus garras asoman sobre el borde. Unos centímetros por debajo, el agua negra espumea. Elisa respira hondo el aire salino y se voltea hacia él. Las ráfagas de un viento apocalíptico pegan contra su bata rosada, cuyo cinturón sueltan. La bata revolotea sobre su cuerpo desnudo, dotándola de alas de mariposa.

Él reluce, y ahora es de color verde. Su luz se impone a la lluvia, de forma intermitente, como la de un faro. Incluso en este momento, Elisa se queda sin aliento. Hace lo posible por sonreír. Señala el agua con un gesto de la cabeza. La criatura escudriña las profundidades; el verde se torna más brillante, y Elisa ve que las branquias palpitan ansiosas. Él vuelve a mirarla, y una solución acuosa se desliza por su rostro. ¿Es posible que pueda llorar? Elisa así lo cree, aunque estos sollozos no le nacen en el pecho. En lo alto retumba la tormenta, y esos son sus lloros. La criatura suelta su mano, poco a poco, con cautela. Y traza las letras de su nombre, su palabra preferida: E-L-I-S-A. A continuación pliega la mano palmeada a fin de señalar con el índice, de su propio pecho hasta el agua. Y luego vuelve a señalarse a sí mismo, y su dedo gira en sentido contrario al de las agujas del reloj.

El gesto es torpe, pero significa: «¿Voy yo solo?»

Las desgarradas partes del corazón de Elisa se desgarran aún más. Esta criatura es la última de su especie, y ni se sabe cuánto hace que está sola. ¿Cuánto tiempo se ha visto obligada a nadar en solitario? Elisa no puede permitirse que la disuadan. Asiente con la cabeza, señala el agua. La criatura vuelve a hacer una seña, un gesto como un pellizco: «No». Ella baja los brazos en muestra de frustración. Él sigue haciendo señas, pues ha aprendido mucho: «Necesito...» Pero ella no le deja terminar, no puede soportarlo, ella también lo necesita, pero es preciso obviar sus necesidades. Lo empuja, y su corpachón se inclina hacia el agua y por poco cae. El brillo azul en sus ojos hace una cabriola y se vuelve verde. Mira el agua. Elisa se alegra, porque no quiere que vea sus dedos. Aunque se las arregla para mantenerlos a un lado, parecen haber cobrado vida propia. Y mediante señas Elisa le comunica: «Quédate, quédate, quédate, quédate, quédate, quédate».

—¡Elisa! —grita Giles—. ¡Elisa!

29

El *verão*, la estación seca, ha llegado a su fin. Otra vez ha llegado la estación de las lluvias, con su nombre secreto y su secreto propósito. La cosa no puede estar más clara. Ratas, lagartos, serpientes, moscas, un mundo enteramente formado por cosas que viven y que respiran. Sus ojos pérfidos centellean, abren las bocas con colmillos. Vienen a por él. Los macacos que tiene en la cabeza siguen chillándole órdenes, y cada una de ellas es igual de secreta. Strickland es un soldado fiel. Él es el objeto, *su* objeto. Ruge y corre, sacándose de encima a patadas a las ardillas rabiosas que se aferran a sus pantalones, las ratas enloquecidas que muerden sus pantorrillas. No van a detenerlo. Él, el dios de la selva, sigue impartiendo castigos, abriendo los frágiles cráneos a taconazos, estrangulando los cuellos pequeños y aullantes con las manos.

Y por fin llega a la pasarela, mientras se arranca de encima una rata que le ha dado un bocado en la pantorrilla. Las olas se estrellan contra la pasarela como un arco formado por sables militares. Concentra su atención en determinar qué hay al final del negro túnel. Y allí están Elisa Esposito y el Deus Brânquia; se encuentran dándole las espaldas, contemplando el torbellino del río a sus pies. Strickland cubre la distancia en unos segundos, sin resbalar en los tablones bañados por el agua espumosa. Hay otra persona más: un viejo, a un lado. Lo reconoce. Es el conductor de la furgoneta de la lavandería. Todo empieza a encajar. Y sí, será muy divertido.

El viejo ve a Strickland y grita:

—*¡Elisa!*

Pero Strickland avanza veloz. El vejestorio entonces hace lo último que Strickland espera: se abalanza contra él. Obligado a detenerse en su carrera, sus pies resbalan en los maderos viscosos por el agua. Pierde el equilibrio. No puede hacer más que descargar un golpe con la Beretta. Suficiente para abrirle la cabeza al vejestorio. Este se desploma, y su torso rueda por un lado de la pasarela y cae a las aguas rabiosas. Se produce un momento de suspense, cuando el viejo pugna por agarrarse a la madera mojada. No lo consigue. las olas crueles se lo tragan.

Elisa finalmente ve a Strickland. Este afianza los pies, apunta con la pistola al Deus Brânquia, quien está a apenas tres metros de él. Pero Strickland de pronto mira fijamente a Elisa. No lleva casi nada puesto, nada más que una bata abierta. Y un par de zapatos. Unos zapatos, claro. Unos zapatos con tacón alto, plateados y centelleantes, cuyo propósito es el de torturarlo. Esta tentación viviente, esta Jezabel, esta impostora. En todo momento se ha desempeñado como una verdadera Dalila, distrayéndolo de su empresa. Se lo pagará siendo testigo del final del Deus Brânquia. Un segundo, y el dios de las branquias será cosa del pasado. ¿Y él, Richard Strickland? Él es lo que le dijo el vendedor en el concesionario Cadillac: *El futuro. Tiene usted aspecto de ser un hombre con futuro.*

Le satisface haber tenido razón en una cosa. Al final se las ha compuesto para que la mudita chille. Porque es su único medio de avisar al Deus Brânquia del balazo que Strickland está a punto de clavarle. La mudita respira hondo, llenándose la boca de agua de lluvia, y las venas en su cuello se tensan cuando, finalmente, grita. Strickland está seguro de que es el primer grito que brota de su garganta de alfeñique. Se trata de un sonido insignificante, de la rotura de lo que pueda quedar de sus cuerdas vocales, un graznido idéntico al que el buitre encadenado a la *Josefina* hizo al asfixiarse con el cuaderno de bitácora de Henríquez.

El grito se escucha con claridad en la tormenta aulladora. El Deus Brânquia se da media vuelta. Cae un rayo, tachando de blanco el resplandor verdiazulado de esta deidad con branquias. Pero ya es demasiado tarde. Strickland, el hombre con futuro, cuenta con un arma del futuro. Aprieta el gatillo, una, dos veces. Bajo el viento huracanado y la rociada martilleante, los balazos resuenan muy pulcramente. ¡Pop!, ¡pop! Dos orificios aparecen en el pecho del Deus Brânquia. La criatura se bambolea. Cae de rodillas en el borde de la pasarela. Brota la sangre, se mezcla con la lluvia.

Después de una tan épica cacería a lo largo de dos continentes, enfrentado a un enemigo tan formidable, es decepcionante. Pero tal es la naturaleza de la cacería. Tu presa a veces se debate rabiosa al agonizar, se convierte en legendaria. Otras veces, sencillamente, se esfuma, no pasa de transformarse en materia de cuentos de hadas. Strickland se aparta la lluvia del rostro, apunta a la cabeza gacha del Deus Brânquia y aprieta el gatillo.

En ese instante, Elisa es presa del extravío, del frenesí que hace que un soldado cubra una granada de mano con su cuerpo para proteger a sus compañeros de pelotón, que empuja a una madre a sacrificar la vida por un hijo, que vuelve a la persona enamorada impaciente por perderlo todo a fin de que el ser amado pueda seguir adelante. Pero no tiene la menor oportunidad. Levanta el brazo, como si pudiera desviar el balazo con este simple gesto. Es lo único que llega a hacer. Todo sucede al mismo tiempo.

El cuerpo de Strickland se tambalea a la izquierda con brusquedad en el momento de disparar. El mango afilado y delgado de un pincel de artista acaba de empalar su pie izquierdo. Justo por detrás de Strickland se encuentra Giles, resurrecto y otra vez colgado del borde de la pasarela. La persona que ha rescatado a Giles de la corriente es la que ha empuñado el pincel con restos de pintura verde que el viejo llevaba en su bolsillo y lo ha clavado en la carne de Strickland. Se trata de Zelda, por increíble que resulte, de Zelda, materializada en este fin del mundo, quien cubierta de fango no suelta el pincel. La mano se le ha manchado de verde.

Strickland se lleva la mano al pie y, tropezando, hinca las rodillas. La esperanza golpea a Elisa como un puñetazo en el pecho. Pero entonces se da cuenta de que no se trata de esperanza, para nada. Ella misma cae de rodillas, en un reflejo de la postura de Strickland. Los muslos le flaquean, y los sujeta con ambas manos para evitar desplomarse. No le sirve de nada. Cae de bruces e intenta levantarse. El agua del río le azota el rostro y los dedos. El agua es negra, es azul, es morada, es roja. Se mira el pecho. Un agujero de bala, un círculo perfecto, está enclavado entre sus senos. La sangre que brota por él a chorro cae sobre los maderos, y el agua la barre al instante.

Los codos de Elisa son como de papel. Cada vez está más débil. Ve un torbellino de imágenes, un mundo puesto del revés: unas nubes color carbón con capilares en forma de relámpagos, la lluvia, las luces centelleantes de las patrullas de policía reflejadas contra los barcos cercanos. Strickland busca su pistola en el suelo a gatas. Zelda le suelta puñetazos en la espalda, Giles termina de encaramarse a la pasarela y sujeta a Strickland por el tobillo. Elisa lo ve todo verde, azul y amarillo; y, a mayor velocidad, violeta y carmesí, y pardo; más rápido todavía, melocotón y aceitunado, y amarillo huevo; y más deprisa aún, todo color conocido y desconocido, más vívidos que la propia tormenta. Se trata de la criatura, cuyos magníficos surcos fosforecentes resplandecen, quien acaba de cogerla entre los brazos, y su sangre se mezcla con la de ella, y la de ella con la de él, y ambos están unidos por el líquido de la vida, en el mismo momento en que están muriéndose.

31

Una ola arrastra la Beretta hacia las profundidades, pero Strickland es más rápido. La alcanza y sujeta la culata con ambas manos. Se da media vuelta y le propina un patadón en el rostro al vejestorio. Con un empujón lanza al agua a Dalila Brewster. Strickland tiene mordeduras por todas partes, le sangra el pie, el aguacero le ciega. Pero consigue apoyar un codo y enderezarse un poco, abre la boca y traga agua de lluvia. Que ahora le pertenece. Se sienta con dificultad y estira el cuello.

El Deus Brânquia brilla como una fuente multicolor. Mira fijamente a Strickland y acuna a Elisa en los brazos. Lentamente, la deposita en la pasarela y las olas lamen el cuerpo de la mujer. El dios de las branquias se mantiene en pie. Strickland parpadea, hace un esfuerzo por comprender. Le ha disparado en el pecho, dos veces. ¿Y, sin embargo, se mantiene en pie? ¿Y anda? El Deus Brânquia permanece en la pasarela, su cuerpo es una antorcha en la noche, una cosa infinita que Strickland, hombre estúpido, creyó que podía destruir.

Pero Strickland no se da por vencido. Dispara. Al pecho del Deus Brânquia. Al cuello. Al vientre. El Deus Brânquia frota los orificios de bala con la mano. Las heridas terminan por desvanecerse bajo la lluvia. Strickland mueve violentamente la cabeza en señal de incredulidad, y de su testa salen disparadas miríadas de gotas de agua. ¿El río recién crecido es el que dota de semejante fuerza a este ser? ¿Los animales llegados en masa han sido los que han dotado a su capitán de tamaña energía vital? Nunca lo sabrá. No es su destino saberlo. Está llorando. Descontrolados, enormes, sus sollozos son los mismos que en cierta ocasión prohibió a Timmy. Mira a la criatura, avergonzado de hacer frente a los ojos imperecederos de la deidad dotada de branquias.

El Deus Brânquia se arrodilla a su lado. Con una garra engarza el guardamonte de la pistola y se la quita a Strickland con delicadeza. La deja sobre los tablones de la pasarela. Un aluvión de líquido negro estalla sobre la pasarela, se lleva la pistola y el agua la engulle. Con la misma garra, el Deus Brânquia alza la cara de Strickland y la sostiene por la barbilla. Strickland olisquea, intenta mantener los ojos cerrados, pero no lo consigue. Sus rostros están a unos centímetros de distancia. Las lágrimas ruedan por las mejillas de Strickland, por la curvatura de la garra del Deus Brânquia, hasta descender por las brillantes escamas. Strickland habla y se alegra, finalmente, de haber recuperado su propia voz.

—*Eres* un dios —musita—. Lo siento.

El Deus Brânquia ladea la cabeza, como si estuviera sopesando las palabras del hombre. Y entonces, con un movimiento casi distraído, aparta la garra del mentón de Strickland, la lleva a su garganta y lo degüella.

Strickland siente que lo han abierto. La sensación no es negativa. Ha estado demasiado cerrado, se dice, y durante un tiempo excesivo. La cabeza se le va. Mira hacia abajo. La sangre mana de su garganta cortada y baja por su pecho. Vaciándole de todo. De los macacos. Del general Hoyt. De Lainie. De los niños. De sus propios pecados. Lo que queda es Richard Strickland, tal como era cuando empezó, cuando vino al mundo, un recipiente sin más contenido que su potencial como persona. Está cayendo de espaldas. No, es el Deus Brânquia quien está bajando su cuerpo, arropándolo en un agua tan suave y cálida como las mantas. Se siente feliz. Las cuencas de sus ojos se llenan de agua. Todo cuanto puede ver es agua. Es el final. Pero Strickland ríe al morir. Porque también es el principio.

32

Giles ve que la civilización vuelve a imponerse a la naturaleza salvaje. Unos vehículos con luces histriónicas berrean como niños pequeños. Unos hombres uniformados y con protección para la lluvia se acercan corriendo a los muelles. Se ajustan los correajes y los cinturones con pertrechos. Se detienen atónitos al encontrarse ante los animales agrupados al pie de la pasarela, no tantos como antes, pero los suficientes para causar impresión. También están formándose grupos de curiosos, de personas que se han atrevido a desafiar el temporal inclemente para observar de cerca los increíbles colores que vieron en los muelles lejanos, acaso producidos por algún chiflado empeñado en tirar fuegos artificiales bajo la lluvia.

Giles expulsa agua de los pulmones. Tendría que estar muerto. Se acuerda de que fue a parar al fondo del río y que pataleó furiosamente para volver a la superficie, y que la contracorriente entonces lo empujo hacia la bahía. Sin embargo, una mano le agarró por la muñeca y acercó su cuerpo a la pasarela. Lo lógico hubiera sido que las manos se soltaran la una de la otra, pero esta mano tenía la textura adecuada para el agarre con fuerza. Era una mano cubierta de callos, más que habituada a restregar, a barrer y a fregar. Una mano muy parecida a la de Elisa.

Se trataba de la mujer negra que Giles atisbó en el muelle de carga de Occam, su confabulada clandestina. Su presencia en este lugar no tenía explicación, pero es que todo en aquella mujer era sorprendente: rellena y de mediana edad, era propensa a aparecer en los momentos decisivos, empujada por unas reservas de valor ilimitadas. Una vez que Giles logró aferrarse a la pasarela otra vez, la desonocida sacó del bolsillo de Giles el pincel con el mango afilado y atacó con él al hombre de la pistola. Un hombre que ahora está muerto, de cuya garganta mana tanta sangre que ni siquiera las olas enconadas logran dispersarla por entero.

Se las compone para apoyar un codo. La mujer acerca su cuerpo, que no cesa de tiritar. Sus alientos jadeantes se igualan cuando miran, con los ojos entrecerrados por las rociadas, a la criatura levantarse, sacudir ligeramente su garra para librarse de la sangre del hombre y caminar sobre sus patas palmeadas hacia el cuerpo derrumbado de Elisa. Sus luces formidables van atenuándose a cada nueva pisada.

—¿Elisa está...? —balbucea Giles.

—No lo sé —responde la mujer.

—*¡Manos arriba!* —gritan unos hombres.

La criatura no hace caso a las voces. Levanta a Elisa de los tablones de la pasarela.

—*¡Deje a esa mujer en el suelo!*

Tampoco surten el menor efecto. La criatura se queda inmóvil un momento, recortada en negro contra la espuma del río y la lluvia argentada, una forma alta y fuerte en la punta de Estados Unidos. Giles está demasiado exhausto, demasiado abrumado por el dolor para gritar, pero musita un *adiós* a la criatura cuyo toque sanador le brindó la fuerza suficiente para no morir ahogado esta noche, así como a su mejor amiga, quien estuvo aportándole la energía para no morir ahogado durante los últimos veinte años.

Sin hacer el menor ruido, sin salpicaduras, con Elisa en brazos, la criatura se zambulle en el agua.

Los hombres terminan de llegar; sus zapatones se hunden en los charcos de la pasarela. Los que están armados siguen corriendo hasta el final, con las manos sobre las gorras para que la ventolera no se las lleve, tratando de seguir los haces de las linternas sobre las olas. Lo primero que hacen los pertrechados con equipamientos médicos es acuclillarse junto al muerto con rapidez. Lo segundo es acuclillarse junto a Giles y la mujer. Un médico palpa la cabeza y el cuello de Giles, así como su torso.

—¿Está herido?

—Por supuesto que está herido —zanja la mujer abrazada a Giles—. Todos lo estamos.

Giles no puede evitarlo y emite una risita que le sorprende. Echará de menos a Elisa. La echará mucho de menos, claro está, cada noche como si fuera por la mañana, cada mañana como si fuera al mediodía, cada vez que su estómago retumbe porque otra vez se ha olvidado de comer. Él la quería. No, mejor dicho: el *la quiere*. De un modo u otro sabe que Elisa no se ha ido, que nunca se habrá ido. ¿Y esta otra mujer? ¿Su salvadora? Es muy posible que también la quiera.

—Tú tienes que ser Giles —dice ella, mientras el médico la examina.

—Y tú tienes que ser Zelda —replica él.

Lo absurdo de unas presentaciones tan formales en un entorno tan apocalíptico provoca sus sonrisas. Giles se acuerda de Elaine Strickland, desaparecida antes de que él pudiera decirle lo importante que ha sido en su vida. Es un error que no repetirá. Coge la mano de Zelda. El agua salada se escurre entre las palmas de sus manos y las sella. Zelda apoya la cabeza en su hombro mientras la lluvia repiquetea sobre sus cabezas, fundiéndolas en un ser, o tal sienten en este momento.

—¿Te parece que...? —apunta Zelda.

Giles trata de ayudarla:

—¿Que los dos...?

—Quiero decir, que los dos, ahí abajo... —prosigue ella—. ¿Podría ser que estuvieran...?

Ninguno puede terminar. Y no pasa nada: ambos tienen clara la pregunta y saben que para ellos nunca habrá una respuesta definitiva. Giles aprieta la mano de Zelda y suspira. Repara en que su propio aliento —un aliento que todavía está dotado de fuerza, se fija— se disipa bajo la lluvia. Da la impresión de que la lluvia por fin empieza a amainar. Giles espera hasta que han terminado de cubrirlos con las mantas de hospital, hasta que están en la ambulancia que han insistido en compartir. Hasta que intuye que Zelda se ha olvidado de la pregunta que quedó en el aire, y entonces aventura la respuesta que considera más probable.

33

Elisa se hunde. El puño de Poseidón la sujeta y la zarandea, como hace el cocodrilo con su presa. Se ha asomado dos veces a la superficie y solo le ha servido para ver que Baltimore, su ciudad natal, disminuye hasta convertirse en un parpadeo insignificante. Está extenuada; es incapaz de patalear. Toca fondo por última vez. Está oscuro aquí abajo. No hay aire. Solo hay presión, como decenas de manos que apretaran su carne con intención de restañar sus heridas. Pero la sangre sigue manando, extendiéndose por el agua, cual un vestido escarlata de boda que sustituye a la raída bata que flota por alguna parte.

Elisa abre los labios, traga agua fría.

Y él llega de entre las tinieblas. Ella al principio lo toma por un banco de peces relucientes hasta que se percata de que los millones de puntos de luz corresponden a sus escamas. Trae consigo su propio sol submarino, y su fulgor permite que Elisa lo vea moverse en formas inimaginables. No se encuentra dentro del agua, sino que más bien es parte de ella, camina por ella en línea recta como quien anda por la acera, lo que no es moco de pavo, pero al momento desafía a la gravedad y ejecuta una pirueta digna de flor atrapada por el viento. Con perfecta precisión, se encuentra con ella y la besa en la frente; lleva el brazo a su talle, envolviéndola en su sol marino. Las anchas palmas de las manos se deslizan hacia arriba por su espalda, se encaraman por sus hombros desnudos, se sumergen entre sus pechos. A continuación se contonea y se separa un poco para sujetarla por los costados, como si Elisa fuera una niña que estuviera aprendiendo a montar en bicicleta por primera vez.

Elisa pestañea, y sus párpados desplazan masas de agua. El orificio entre sus pechos ha desaparecido. Lo más sorprendente es que no se siente sorprendida; solo tiene una vaga, agradable sensación de aprobación. Levanta la vista y ve que la criatura se sitúa a su derecha, que ahora únicamente la sujeta con una mano. Elisa comprende que está disponiéndose a soltarla por entero; menea la cabeza en un gesto negativo y sus cabellos giran en remolino como si fueran algas. Aún no está preparada. Se esfuerza en manifestar su aprensión con la mano libre, pero las extremidades humanas no están dotadas para esa finalidad en el agua. La mano de la criatura suelta la de Elisa y esta de pronto se encuentra cayendo, cayendo, cayendo, aunque no es fácil saberlo en un vacío tan negro como este. De hecho, es incluso posible que esté subiendo, subiendo, subiendo. Patalea. Los bonitos zapatos plateados comprados en la Zapatería Selecta Julia pasan girando por su lado como un par de peces exóticos. Ya no los necesita.

Él vuelve a emerger de las profundidades. Están erguidos el uno frente al otro, sustentándose en nada más que agua, nuevos y desnudos, en el edén que es el océano. Sus branquias se expanden y se contraen. Elisa también está respirando. No entiende cómo ni le importa, ¡pues este aire-agua es maravilloso! Sabe a azúcar y a fresas, la llena de una energía que nunca antes ha conocido. No puede evitarlo y rompe a reír. Las burbujas salen juguetonas por su boca. Juguetón, el otro las aporrea con la manaza. Elisa se acerca y acaricia sus branquias tan suaves. Piensa que podría quedarse admirándolo para siempre.

Y a lo mejor lo hace. Algo en su interior está comenzando a expandirse. Y comprende: se trata de las partes de su cuerpo que, según la Matrona —quizá la única persona en el mundo que sabía la verdad—, la convertían en un monstruo. Elisa no siente odio hacia ella; se da cuenta de que, aquí abajo, el odio carece de sentido. Aquí abajo abrazas a tus enemigos hasta que se convierten en amigos. Aquí abajo no tratas de ser un solo ser, sino todos los seres, y todos ellos a la vez. Dios al tiempo que Chemosh, y todo cuanto hay entre el uno y el otro. La transformación que ahora está sufriendo no solo es mental. También es física, de la piel y los músculos. Sí, ha llegado. Está colmada. Es perfecta.

Se acerca a él. A ella misma. No hay diferencia. Ahora lo entiende. Se abraza a él, él se abraza a ella, se abrazan los dos, y todo está oscuro, y todo está iluminado, y todo es fealdad, y todo es belleza, y todo es dolor, y todo es sufrimiento, y todo es nunca, y todo es siempre, para siempre.

34

Esperamos observamos escuchamos palpamos somos pacientes siempre somos pacientes pero la mujer a quien amamos no lo tiene fácil necesita largo tiempo necesita mucho tiempo para saber para ver para

palpar para sentir para recordar y no nos sentimos felices al verla de-
batirse no nos sentimos felices al verla sufrir pero nosotros también
nos debatimos todos nosotros también luchamos y el sufrimiento y la
lucha son importantes el sufrimiento y la lucha son necesarios para
que ella sane como todos nosotros antes sanamos y estamos ayudándola a sanar y ahora está sucediendo está pasando se está dando la
comprensión y es hermoso y ella es hermosa nosotros somos hermosos y es bonito es alegría ver las marcas en su cuello las marcas que
ella tomaba por cicatrices pero no son cicatrices es bonito y es alegría
ver que esas marcas se abren y salen las branquias que las branquias
se ensanchan y se extienden es una alegría verlo y ahora ella sabe
quién es quién ha sido desde el principio ella es nosotros y conversa-
mos juntos y ahora nos sentimos juntos y nadamos a lo lejos hasta el
final hasta el comienzo y damos la bienvenida a todos quienes están
dispuestos a seguirnos damos la bienvenida a los peces damos la bienvenida a los pájaros damos la bienvenida a los insectos damos la bienvenida a los cuadrúpedos damos la bienvenida a los bípedos te damos
la bienvenida ///

ven con nosotros

AGRADECIMIENTOS

Gracias a Richard Abate, Amanda Kraus, Ricardo Rosa, Grant Rosenberg, Natalia Smirnov, Julia Smith y Christian Trimmer.

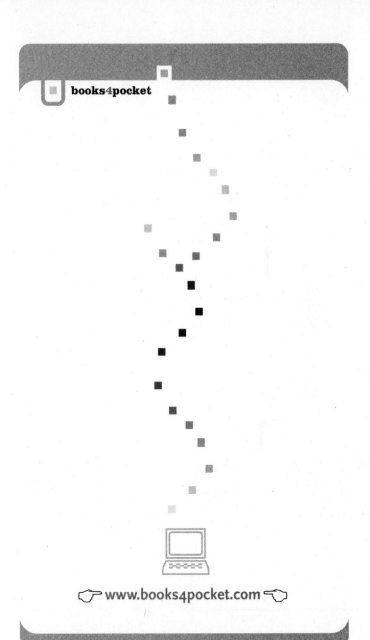

books4pocket

www.books4pocket.com